Philip Caveney

Sebastian Dark
Der falsche König

Philip Caveney

SEBASTIAN DARK

Der falsche König

Aus dem Englischen von
Mareike Weber

cbj ist der Kinder- und Jugendbuchverlag
in der Verlagsgruppe Random House

FSC
Mix
Produktgruppe aus vorbildlich
bewirtschafteten Wäldern und
anderen kontrollierten Herkünften

Zert.-Nr. SGS-COC-1940
www.fsc.org
© 1996 Forest Stewardship Council

Verlagsgruppe Random House FSC-DEU-0100
Das FSC-zertifizierte Papier *Munken Premium* für Taschenbücher
liefert Arctic Paper Munkedals AB, Schweden.

Gesetzt nach den Regeln der Rechtschreibreform

1. Auflage 2007
© 2007 für die deutschsprachige Ausgabe cbj, München
Alle deutschsprachigen Rechte vorbehalten
© 2007 by Philip Caveney
Die englische Originalausgabe erschien 2007 unter dem Titel
»Sebastian Dark – Prince of Fools«
bei Random House Children's Books, London
Übersetzung: Mareike Weber
Umschlagabbildung: Carol Lawson
Umschlaggestaltung: Ian Butterworth
Ku · Herstellung: WM
Satz: Uhl + Massopust, Aalen
Druck: GGP Media GmbH, Pößneck
ISBN 978-3-570-13285-2
Printed in Germany

www.cbj-verlag.de

Für die Hennen im Korb …
und für Charlie, ohne den …

TEIL 1

Kapitel 1

Ein seltsames Gespann

Der alte hölzerne Planwagen rumpelte mit quietschenden Rädern aus dem schützenden Wald und blieb einen Augenblick auf der weiten Ebene stehen.

Wenn irgendjemand in der Nähe gewesen wäre, um diese Szene zu beobachten, wären diesem Jemand sicher die Worte SEBASTIAN DARK, KÖNIG DER NARREN aufgefallen, die in bunter Farbe auf den Wänden des Wagens geschrieben standen. Jemand mit scharfen Augen hätte vielleicht auch erkannt, dass das Wort »Sebastian« irgendwie anders aussah als der Rest des Satzes. Es war in einer ziemlich krakeligen, stümperhaften Schrift hinzugefügt worden, ganz offensichtlich, um einen anderen Namen zu übermalen.

Die Sonne stand schon tief am Horizont, und Sebastian musste seine Augen mit einer Hand abschirmen, als er den Blick in die gleißende, hitzeflimmernde Ferne schweifen ließ. Das flache, öde Land vor ihm bestand aus ausgedörrtem roten Erdboden, durch den sich hier und da ein verkümmertes Grasbüschel trotzig seinen Weg gebahnt hatte. Sebastian hatte keine genaue Vorstellung, wie weit es bis in die Stadt Keladon war, aber wenn er dem Händler, dem er am Tag zuvor begegnet war, Glauben schenken konnte, musste er sich auf eine Reise von mindestens drei Tagen und Nächten gefasst machen.

»Das ist eine ganz schöne Strecke«, hatte der Händler gesagt. »Und in der Prärie wimmelt es nur so von Briganten. Du solltest besser immer mit einem offenen Auge schlafen, Elfenmann.«

Sebastian war diese Anrede gewohnt, auch wenn er sie nicht besonders mochte. Er war ein »Mischling« – der Sohn eines menschlichen Vaters und einer elfischen Mutter. Seine große Statur und seine hübschen Gesichtszüge hatte er ganz eindeutig von der väterlichen Seite der Familie, während sich das mütterliche Erbe in den großen pechschwarzen Augen und den langen, etwas spitzen Ohren zeigte. Seine schlaksige Gestalt wurde noch betont durch das schwarz-weiß gestreifte Kostüm, das er trug. Auf seinem Kopf saß eine Mütze mit drei langen Zipfeln, an denen klingelnde Schellen befestigt waren. Das Kostüm hatte seinem Vater gehört und war viel zu weit für Sebastian, aber als seine Mutter es hatte ändern wollen, hatte er sich standhaft geweigert und ihr versichert, dass er mit der Zeit schon hineinwachsen werde. In die Rolle eines Narren hineinzuwachsen, würde vielleicht etwas länger dauern.

Sebastian schnalzte mit der Zunge und schlug mit den Zügeln gegen die zottigen Flanken von Max, dem Büffelop, der seinen Wagen zog. Max schnaubte, schüttelte den Kopf mit den großen Hörnern und setzte sich in seinem üblichen gemächlichen Tempo in Bewegung. Solange Sebastian denken konnte, hatte das Tier der Familie Dark gehört. Er konnte sich sogar noch daran erinnern, wie sein Vater ihn als ganz kleiner Junge auf den mächtigen Rücken des Büffelops gehoben und langsam rund um die Koppel geführt hatte. Inzwischen war Max hochbetagt und hatte einige graue Haare, die das kräftige Rotblond seines Fells sprenkelten. Mit jedem Tag schien er griesgrämiger zu werden, und wenn es darum ging, seine Unzufriedenheit zum Ausdruck zu bringen, war er noch nie zurückhaltend gewesen.

»Die Sache gefällt mir nicht«, murrte er jetzt, während er den Wagen die ersten Meter durch die Prärie zog. »Wir werden eine Menge Wasser brauchen.«

»Wir *haben* Wasser«, entgegnete Sebastian. »Genug für mindestens zwei Tage. Außerdem gibt es da draußen Bäche. Das hat dieser Händler doch gesagt.«

Max schnaubte verächtlich. »Wie du einen berundischen Ölverkäufer einfach so beim Wort nehmen kannst, ist mir unbegreiflich«, sagte er. »So ein Mann würde doch seine eigene Großmutter für ein paar Kronen verkaufen.«

»Du misstraust wirklich jedem«, schimpfte Sebastian. »Deiner Meinung nach ist jeder Mensch, den wir treffen, irgendeine Art Bösewicht.«

»Meistens stimmt das ja auch. Wie ich bemerkt habe, hat der Berundier es sogar geschafft, dir etwas Lampenöl zu verkaufen.«

»Na und? Wir brauchten auch welches!«

»Aber nicht für drei Kronen die Flasche. Das ist doch Wucher! Zu Hause auf dem Markt in Jerabim kriegt man einen ganzen Eimer von dem Zeug für …«

»Wir sind jetzt aber nicht in Jerabim«, erinnerte ihn Sebastian.

Eine Weile fuhren sie in finsterem Schweigen weiter, und Sebastian dachte sehnsüchtig an seine Heimatstadt, den Ort, in dem er die ganzen siebzehn Jahre seines bisherigen Lebens verbracht hatte. Er schloss für einen Moment die Augen und sah den großen geschäftigen Marktplatz vor sich, wo wohlhabende Händler in bestickten Gewändern laut ihre Waren anpriesen, während die Stadtbewohner an ihnen vorbeidrängten. Plötzlich stürmte eine ganze Reihe von vertrauten Bildern, Gerüchen und Geschmacksempfindungen auf Sebastians Sinne ein. Er sah die reich verzierten Stoffe und Teppiche, die an den vielen Ständen auf Holzgestellen hingen. Er roch den schweren Dunst der Tiergehege, wo die Leute hinkamen, um Büffelops und Rösser zu tauschen. Er schmeckte den köstlichen heißen Scherbett, der in den Cafés serviert wurde, und nahm das wundervolle Aroma von Elfenkaffee wahr, das aus den vielen Restaurants strömte, die den Platz säumten …

Dann sah er plötzlich wieder das Gesicht seiner Mutter vor sich, an dem Tag, als er von ihr Abschied genommen hatte – ihre rot geränderten Augen, ihr tapferer, wenn auch vergeblicher Versuch eines Lächelns. Er hatte oben auf dem Wagen gesessen und zu ihr hinuntergerufen, er würde zurückkommen, sobald er genug Geld verdient hätte, und dann würden all ihre Sorgen vergessen sein … aber im Grunde hatten sie beide nicht daran geglaubt.

»Pass auf dich auf, Sebastian«, hatte sie ihm nachgerufen. »Denk dran, wenn es nicht klappt, kannst du immer zu mir zurückkommen.«

Das war jetzt schon drei Monde her. Er mochte gar nicht daran denken, wie sie abends alleine in ihrem schäbigen Heim saß, während draußen vor dem Fenster die kalten Nachtwinde heulten …

»Das ist vielleicht öde!«, riss Max ihn mit greinender Stimme aus seinen Gedanken. »Ich mein, sieh dir das doch an. Weit und breit gähnende Leere, nicht einmal ein Hügel oder ein

Baum. Das Mindeste, was du tun könntest, wäre, mich mit einer kleinen Unterhaltung zu beehren.«

»Dazu bin ich nicht in der Stimmung«, sagte Sebastian. »Außerdem: Die meisten Büffelops wissen, wie sie sich zu benehmen haben. Die quasseln nicht pausenlos auf ihre Besitzer ein.«

»Du bist nicht mein Besitzer«, erinnerte ihn Max. »Diese Ehre kam deinem Vater zu.«

»Er ist jetzt seit über einem Jahr tot. Ich habe das Haus geerbt und ich habe dich geerbt. Finde dich endlich damit ab und halt die Klappe!«

»Oh, das ist ja wirklich reizend!«, rief Max empört aus. »Nun werde ich schon zu einem bloßen Eigentum degradiert. Na ja, wenigstens weiß ich jetzt, woran ich bin.«

Sebastian bereute seine Worte sofort. »So hab ich das doch nicht gemeint. Du bist kein Eigentum. Du bist … du bist viel eher ein …«

»Angestellter? Bewegliches Hab und Gut?«

»Ich wollte sagen … ein Partner.«

Damit schien Max sehr zufrieden zu sein. Er trug den Kopf gleich etwas höher und trabte mit neuem Schwung weiter. »Ein Partner«, sagte er nachdenklich. »Na ja, machen wir uns doch nichts vor: Ohne meine Hilfe wärst du nicht bis hierher gekommen. Wer hat dir denn den Weg durch den Geltan-Wald gezeigt? Hm? Und es war auch meine Idee, letzte Nacht in dem Kiefernhain Schutz zu suchen.«

»Dafür bin ich dir auch sehr dankbar«, versicherte ihm Sebastian. »Wirklich.« Das Letzte, was er jetzt brauchen konnte, war ein Büffelop, der keine Lust mehr hatte zu laufen.

Sie fuhren schweigend weiter. Nur das Knarren des alten Ledergeschirrs, das Knirschen der Räder auf dem trockenen

Boden und das Klingeln von Sebastians Schellen waren zu hören. Er saß dort und fragte sich nicht zum ersten Mal, ob er das Richtige tat.

Sebastians Vater, Alexander, war ein Narr gewesen, und zwar ein sehr erfolgreicher. Als Hofnarr von König Cletus dem Großartigen hatte er ein wohlhabendes und privilegiertes Leben geführt und war in der Lage gewesen, seiner Frau und seinem jungen Sohn einigen Luxus zu bieten. Doch Cletus war bereits ein alter Mann, als Alexander an den Hof kam. Cletus' Sohn und Thronfolger, Theodor der Trübsinnige, hatte im Gegensatz zu seinem Vater nichts für Humor und gute Unterhaltung übrig. Daher war es klar, dass Alexanders Glück nicht ewig währen würde.

Er hatte schon immer den Wunsch gehegt, dass Sebastian in seine Fußstapfen treten solle. Von klein auf hatte der Junge sein Bestes versucht, die Narrenkunst zu erlernen. Aber irgendetwas stimmte nicht. Es gelang ihm durchaus, sich die Witze, Sticheleien und Geschichten zu merken, aber irgendwie erzählte er sie nicht überzeugend. Er machte an den falschen Stellen Pausen oder er brachte irgendein kleines Detail durcheinander. Wo Alexander sicher sein konnte, ein herzhaftes Lachen zu ernten, konnte Sebastian seinen Zuhörern nur ein müdes Kichern entlocken; wo Alexanders Publikum gebannt seinen Geschichten lauschte, wurden Sebastians Zuhörer schnell unruhig und abgelenkt. Sebastian war sich darüber im Klaren, dass er einfach nicht »die Gabe« besaß, wie sein Vater es gerne nannte. Doch Alexander wollte das nicht wahrhaben und beharrte darauf, dass Übung den Meister mache und alles nur eine Frage der Zeit sei.

Dann war König Cletus schließlich gestorben und Alexander hatte seinen Dienstherrn verloren. Seine Bemühungen, sich bei den anderen vermögenden Adeligen am Hof einzuschmeicheln, misslangen, und da nun das Einkommen ausblieb, war er bald gezwungen, in den örtlichen Tavernen und Varietétheatern für ein paar Kronen pro Abend seine Dienste anzubieten. Das Geld floss nur noch kleckerweise in die Kasse und für die Familie begannen schwierige Zeiten. Alexander versuchte alles, um eine Anstellung zu finden, doch ohne Erfolg. Dann, eines Abends, erzählte ihm ein Fremder in der Taverne von einem mächtigen König in der Stadt Keladon, weit entfernt im Westen.

»König Septimus ist ein guter und edelmütiger Mann«, hatte er Alexander berichtet. »Man sagt, sein Palast ist der prunkvollste der Welt. Er speist von goldenen Tellern und trinkt aus silbernen Kelchen, die mit wertvollen Juwelen verziert sind.«

»Hat er einen Hofnarren?«, hatte Alexander gefragt.

Woraufhin der Fremde geantwortet hatte: »Weißt du was, ich glaube beinahe, er hat keinen!«

Alexander klammerte sich an diese vage Hoffnung wie ein Ertrinkender an ein Stück Treibholz. Fortan war er besessen von der Idee, die lange und beschwerliche Reise nach Keladon zu unternehmen, wo er König Septimus seine Dienste anbieten wollte. In Vorbereitung auf diese Reise entwarf er ein vollkommen neues Programm und übte jeden Tag bis spät in die Nacht, damit jedes Wort, jede Nuance und jeder Ausdruck auf seinem eingefallenen Gesicht perfekt sein würden.

Er hatte nicht bemerkt, wie viel Kraft ihn die letzten Monate gekostet hatten. Er war unterernährt und erschöpft. Eines Morgens hatten Sebastian und seine Mutter Alexander blass und zitternd auf dem gefliesten Boden vorgefunden, wo er zusammengebrochen war. Sie trugen ihn in sein Bett, und Sebastian ritt auf Max in die Stadt, um einen Arzt zu holen, aber es war schon zu spät. Alexander war von einem furchtbaren Fieber befallen worden und starb innerhalb einer Woche.

Für Sebastian und seine Mutter war es eine hoffnungslose Situation. Das Haus und das Grundstück gehörten ihnen, aber sie hatten kein nennenswertes Einkommen, und bald würde ihnen nichts anderes übrig bleiben, als auf der Straße betteln zu gehen. Es sei denn …

Als Sebastian die Idee zum ersten Mal geäußert hatte, hatte seine Mutter nichts davon wissen wollen.

Er war doch noch ein Kind, hatte sie zu bedenken gegeben. Er konnte sich doch nicht allein auf die lange und gefährliche Reise nach Keladon machen. Sebastian hatte dagegengehalten, dass Max bei ihm sein würde, und er hatte seine Mutter aufgefordert, einen besseren Vorschlag zu machen, aber ihr war keiner eingefallen.

So war es also entschieden. Sebastian würde das Kostüm und den Wagen seines Vaters bekommen, er würde die Witze und die Geschichten seines Vaters mitnehmen, und er würde sich anstelle seines Vaters auf den Weg nach Keladon machen, um am Hofe von König Septimus um eine Anstellung zu bitten.

»Was kann denn im schlimmsten Fall passieren?«, fragte er seine Mutter. »Wenn sie meinen, dass ich nicht gut genug bin, schicken sie mich eben wieder weg, und ich komm zurück nach Hause.«

Und seine Mutter nickte und zwang sich zu einem weiteren Lächeln, aber tief in ihrem Herzen hatte sie Angst, dass dies der Anfang vom Ende war; und sie fragte sich, ob sie ihren geliebten Sohn je wiedersehen würde.

KAPITEL 2

Schlagabtausch

Du meine Güte, das ist ja furchtbar! Nun mach schon, erzähl mir einen Witz!«

»Was?« Sebastian war unsanft wieder in der Gegenwart gelandet. Er starrte auf die scheinbar endlose Weite der trockenen und staubigen Prärie und versuchte, das in ihm aufsteigende Gefühl der Panik zu unterdrücken.

»Du hast mich schon verstanden. Lass mal was aus deinem großartigen Repertoire hören.«

»Äh… nicht jetzt bitte. Ich denke gerade nach.«

Doch mit dieser Antwort gab sich Max nicht zufrieden. »Wirst du das auch zu König Septimus sagen, wenn er dich auffordert, für ihn zu spielen? *Nicht jetzt, Majestät, ich denke gerade nach!* Das wird sicher gut ankommen. Dafür wird er dir wahrscheinlich den Kopf abschlagen lassen!«

»Du musst das verstehen«, erklärte ihm Sebastian. »Das geht nicht einfach so auf Kommando. Ich… brauche die richtige Umgebung. Ein Publikum…«

»*Ich* werde dein Publikum sein«, versicherte ihm Max.

»Und mit der Umgebung nehm ich es nicht so genau. Machen wir uns doch nichts vor: Du wirst nicht mehr viele Gelegenheiten haben zu üben, nicht wahr? Wenn du das nächste Mal auftrittst, wird das vor dem König und seinem Hof sein.«

Sebastian schluckte. Das war keine besonders ermutigende Aussicht. »Also gut«, sagte er. »Ich werd es versuchen … aber bitte unterbrich mich nicht zwischendurch. Und versuch, an den richtigen Stellen zu lachen.«

Max verdrehte die Augen, verzichtete aber auf einen weiteren Kommentar.

»Also …« Sebastian dachte einen Moment nach, dann nahm er sein ganzes Selbstvertrauen zusammen und setzte zu den Eröffnungsworten seines einstudierten Programms an. »Seid gegrüßt, edle Damen und Herren! Ich will ja nicht behaupten, dass ich lange gebraucht habe, die Prärie zu durchqueren, aber als ich zu Hause aufbrach, trug ich noch kurze Hosen.« Er machte eine kleine Pause, doch das erwartete Lachen blieb aus, also redete er weiter.

»Das ist also die … die schöne Stadt Keladon! Ich habe schon so viel von ihr gehört. Ich habe gehört, dass die Händler hier so wohlhabend sind, dass sie sogar die Schlösser von ihren Mülltonnen abgenommen haben! Wo … wo ich herkomme, in Jerabim, geht es natürlich nicht ganz so vornehm zu. Ich will nicht behaupten, dass die Stadt verwahrlost ist, aber nächste Woche wird sie abgerissen, um ein paar Slums bauen zu können!«

Keine Reaktion von Max. Nichts.

»Ich … ich hatte eine trostlose Kindheit. Unsere Familie war so arm, dass wir uns im Winter kein Feuer leisten konnten. Mein Vater hat dann immer Peperoni gekaut und wir haben uns alle um seinen Mund versammelt! Und das Essen … wir … wir konnten es uns nie leisten, etwas Ordentliches zu essen. Nur manchmal hat mich meine Mutter zur Schlachterei geschickt, um einen Babarusa-Kopf zu kaufen. Und ich musste den Schlachter erinnern, auch ja nicht die Augen drinzulassen, denn die Augen essen schließlich mit!«

Sebastian sah erwartungsvoll zu Max herunter, der entschlossen weitertrottete und sich nicht anmerken ließ, ob er überhaupt zugehört hatte. »Ein aufmunterndes Wort könnte nicht schaden«, murrte Sebastian.

»Tut mir leid, aber bisher kommen mir die Witze ziemlich bekannt vor …«

»Das würde dich nicht davon abhalten zu lachen, wenn Vater sie erzählen würde.«

Für einen Moment herrschte Schweigen.

»Dein Vater hatte die Gabe, selbst die nichtssagendsten Texte komisch klingen zu lassen. Wohingegen du vielleicht etwas härter arbeiten musst, um solche Erfolge zu erzielen … aber bitte, mach doch weiter.«

Sebastian presste einen Augenblick die Zähne aufeinander. Dann beschloss er, einen seiner eigenen Witze einzuwerfen.

»Kennst du den von den zwei Händlern, die zum Markt gehen? Da sagt der eine …«

»Unlogisch«, unterbrach ihn Max.

Sebastian starrte ihn an. »Was?«, fragte er schnippisch.

»Händler gehen nie irgendwo zu Fuß hin.«

»Oh … also gut, dann reiten sie eben zum Markt. Und da sagt der eine …«

»Ich glaub, den Witz kenn ich nicht.«

»Kannst du auch nicht. Es ist nämlich einer von meinen eigenen.«

»Verstehe. Und meinst du, es ist eine gute Idee, dein eigenes Material zu verwenden? Die Witze deines Vaters sind immerhin erprobt.«

»Du lässt mich ja nicht mal ausreden!«

»Entschuldigung. Dann erzähl weiter, ich bin ganz Ohr.«

»Also… also da sagt der eine: ›Wie lange sind wir schon unterwegs?‹ Und der andere sagt: ›Drei Tage. Aber weil du es bist: *zwei* Tage‹!«

Es folgte eine weitere unangenehme Pause, in der das Knarren des Ledergeschirrs unnatürlich laut erschien.

Dann sagte Max: »Natürlich hält dich nichts davon ab, eine *andere* Berufslaufbahn einzuschlagen. Ich hab gehört, in Keladon brauchen sie dringend Bauarbeiter.«

»So schlecht war der Witz nun auch wieder nicht!«, protestierte Sebastian.

»Nein, nein. Er war nicht wirklich schlecht. Ich hab nur keinen Humor darin entdecken können. Ich meine, waren sie nun drei Tage unterwegs oder zwei?«

»Das… das ist doch der Witz«, sagte Sebastian. »Du kennst doch diese Händler. Immer versuchen sie, dir ein besonderes Angebot zu machen. Also etwa: Das macht drei Kronen, aber weil du es bist…«

»Dein Vater hat immer gesagt…«

»…erkläre nie einen Witz! Ja, ich weiß. Aber… aber bei ihm hast du dich auch nicht absichtlich dumm gestellt.«

»Täuscht mein Eindruck oder bist du etwas überempfindlich?«, sagte Max gestelzt. »Es ist ja wohl kaum meine Schuld, dass du keine anständigen Texte schreiben kannst. Aber vielleicht ist es nicht fair, das nach einer einzigen Kostprobe zu sagen. Bitte, mach weiter. Immerhin können wir uns so ein wenig die Zeit vertreiben.«

»Vergiss es«, sagte Sebastian verbittert. Er sah, dass sich die Wolken am Horizont von einem hellen Rotton zu einem tiefen Karminrot verdunkelten. Die Nacht brach in dieser Gegend schnell herein und ganze Rudel von wilden Lupos strichen durch die Prärie, also war es besser, bald ein ordentliches Lagerfeuer zu machen. Außerdem näherten sie sich einem der wenigen Gebüsche, die er heute in dieser Einöde gesehen hatte. Die Büsche waren verkrüppelt und verwelkt, aber sie würden immerhin ein bisschen Schutz bieten. »Dort hinten übernachten wir«, teilte er Max mit.

»Gute Idee. Meine Hufe sind schon ganz lahm!« Max manövrierte den Wagen geschickt neben das Gebüsch. Sebastian sprang von seinem Sitz und löste das Geschirr. Max schüttelte ausgiebig die Schultern und streckte die Beine. »Ah, was für eine Erleichterung«, sagte er. »Es ist ganz schön anstrengend, den ganzen Tag diesen Karren zu ziehen.« Er sah Sebastian erwartungsvoll an. »Und was gibt es Schönes zum Abendessen?«

»Getrocknetes Stroh für dich«, sagte Sebastian gewollt fröhlich. »Und elfisches Schwarzbrot für mich.«

»Nicht doch, das ist zu viel des Guten. Du verwöhnst mich zu sehr«, sagte Max mit gespielter Rührung.

Sebastian beachtete ihn nicht. Er ging zum Wagen, holte Max' Futterbeutel hervor und warf ein paar Handvoll von dem Trockenfutter hinein, das er in Jerabim gekauft hatte. Es roch muffig und unappetitlich, aber wahrscheinlich war es dem steinharten Kanten Brot vorzuziehen, auf den *er* sich jetzt freuen durfte. Er brachte das Stroh zu Max, der es geringschätzig beschnupperte.

»Mein Kompliment an den Koch«, sagte er grimmig.

Sebastian zeigte auf die umstehenden Büsche. »Du kannst deine Kost ja immer noch damit bereichern«, sagte er. »Vorausgesetzt du frisst nicht unseren ganzen Unterschlupf auf.«

Max sah aus, als hätte ihn der bloße Vorschlag zutiefst gekränkt. »Prima Idee«, sagte er. »Ein Anfall von Diarrhö ist genau das, was ich jetzt brauchen kann.«

»Du wirst keinen Durchfall bekommen«, sagte Sebastian, doch dann überlegte er, dass es Max durchaus zuzutrauen wäre, allein schon aus Trotz Durchfall zu bekommen.

Er streifte den Futterbeutel über Max' Ohren und ging noch einmal zum Wagen, um etwas von dem trockenen Feuerholz zu holen, das er auf seinem Weg durch den Wald gesammelt hatte. Er hatte einen ganzen Haufen Holz auf die Ladefläche geworfen – genug, so hoffte er, für ein paar Nächte in der Prärie.

»Sei bloß sparsam mit dem Zeug«, nuschelte Max in den Futterbeutel. »Wir wollen schließlich nicht, dass uns das Holz auf einmal ausgeht.«

»Wir können immer noch auf den Sack mit den getrockneten Büffelop-Fladen zurückgreifen«, sagte Sebastian fröhlich, auch wenn er wirklich hoffte, dass es so weit nicht kommen würde. Sie ließen sich schwer anzünden und verbreiteten einen furchtbaren Gestank, wenn sie endlich Feuer fingen.

»Dung verbrennen«, sagte Max tonlos. »Wunderbar. Ich kann's kaum erwarten.«

KAPITEL 3

Zu Tisch, bitte!

Bei Einbruch der Nacht hatte Sebastian das Feuer zum Brennen gebracht, und bald darauf saß er auf seinem Schlafsack und röstete ein Stück Schwarzbrot über den Flammen, in der vergeblichen Hoffnung, es dadurch etwas genießbarer zu machen. Max hatte sich neben ihm ausgestreckt und starrte trübsinnig ins Feuer. Die Flammen spiegelten sich in seinen großen braunen Augen und tanzten wie winzige Teufelchen darin umher. Von Zeit zu Zeit krümmte er leicht den Rücken und ließ einen ungeheuren Darmwind entweichen.

»Entschuldige«, sagte er dann jedes Mal. »Das ist das Stroh.«

»Nein, das bist *du*«, verbesserte ihn Sebastian. »Kannst du nicht versuchen, deine Körperregungen etwas mehr unter Kontrolle zu halten?«

»Nun ja, wir wollen doch erst mal sehen, wie es dir ergehen wird, wenn du dieses Brot runtergewürgt hast. Mal ehrlich, bist du sicher, dass man das noch essen kann?«

»Nein, bin ich nicht, aber die einzige Alternative ist, nichts zu essen. Wenn ich es also irgendwie runterbringen kann, ohne daran zu ersticken, dann werde ich es auch tun.«

Max seufzte. »Sieh uns an«, sagte er. »So weit sind wir gesunken! Ach, ich erinnere mich noch, wie dein Vater mir immer einen Eimer mit bienengoldgetränktem Sargan-Korn gebracht hat. Und wenn ich besonders hart gearbeitet hatte, gab es zusätzlich noch ein paar reife Pommer... oder sogar eine gelbe Süßfrucht.«

»Das ist jetzt alles Vergangenheit«, sagte Sebastian.

»Und was ist mit dir? Ich habe oft genug durchs Fenster ins Haus geguckt und dich und deine Eltern beim Abendessen sitzen sehen, auf dem Tisch ein saftiger Moorhuhnbraten, haufenweise geröstete Erdäpfel und dicke schwarze Pilze...«

»Können wir nicht über was anderes reden?«, blaffte ihn Sebastian an. »Du lässt mir ja das Wasser im Mund zusammenlaufen.« Er konnte es nicht mehr länger aushalten, also nahm er das brutzelnde Schwarzbrot und biss vorsichtig hinein. Es kam ihm vor, als würde er heißes Sägemehl essen. Er zwang seinen Kiefer zu kauen und musste sich sehr anstrengen, ein paar Bissen von dem Zeug zu schlucken. Er war froh, es mit Elfenkaffee hinunterspülen zu können, der einzige Luxus, den er sich unterwegs gönnte. Auf diese Weise schaffte er es irgendwie, das Brot aufzuessen. Das dürftige Mahl hatte den dumpfen Schmerz in seinem Magen etwas beruhigt, aber keineswegs seinen Hunger gestillt. Er starrte ratlos in die Nacht, aber der Mond wurde von aufgetürmten, schnell ziehenden Wolken verdeckt, und so konnte er nur so weit sehen, wie das flackernde Licht des Feuers die Umgebung erhellte. Nicht dass da überhaupt viel zu sehen gewesen wäre außer der endlosen Prärie, die sich in unbekannte Fernen erstreckte. »Was würde ich jetzt nicht für ein Stück gebratenes Fleisch geben«, sagte er.

»Du brauchst mich gar nicht so anzuschauen«, sagte Max vorwurfsvoll. »Wir Büffelops geben eine äußerst schlechte Kost ab.«

»Da hab ich aber was anderes gehört«, sagte Sebastian und warf ihm einen verschmitzten Blick zu. »Meines Wissens steht Büffelopfleisch auf der Speisekarte eines jeden Briganten ganz oben.«

»Wirklich?« Max warf einen nervösen Blick über seine Schulter. »Na ja, wundern würde mich das nicht. Nach dem, was ich gehört habe, sind das ja die reinsten Bestien. Mir hat mal jemand erzählt, dass sie in harten Zeiten sogar zum Kanibalismus übergehen.«

Nun war Sebastian an der Reihe, nervös zu werden. »Wir ... äh ... werden so weit im Norden bestimmt keine Briganten treffen«, sagte er. »Trotzdem – für den Fall der Fälle.« Er strich über die Scheide des großen gekrümmten Schwerts, das neben ihm lag. Es hatte ebenfalls seinem Vater gehört. Alexander war ein guter Schwertkämpfer gewesen und hatte oft versucht, seine Kenntnisse an seinen Sohn weiterzugeben. Sebastian erinnerte sich noch gut an die langen Nachmittage, an denen er mit seinem Vater gekämpft hatte, bis ihm der Schweiß aus allen Poren floss. Alexander war ein strenger Lehrer gewesen und hatte nicht davor zurückgeschreckt, Sebastian jede Bewegung so oft wiederholen zu lassen, bis seine Hände Blasen hatten.

Max blickte zweifelnd auf das Schwert hinunter. »Was glaubst du, wirst du damit machen, wenn uns irgendein Böse-wicht einen Besuch abstattet?«

»Na ja, ich werde ... es schwingen und ... Ich weiß, wie man mit einem Schwert umgeht!«, sagte er. »Mein Vater hat es mir beigebracht und er war ein guter Lehrer.«

»Daran zweifle ich nicht. Aber zu wissen, wie man ein

Schwert schwingt, und bereit zu sein, jemandem, ohne eine Sekunde zu zögern, den Kopf von den Schultern zu schlagen – das sind immer noch zwei Paar Schuh.«

Sebastian schleuderte einen Zweig ins Feuer und schickte einen Funkenregen in den Nachthimmel. »Immer hast du was an mir auszusetzen«, beklagte er sich. »Wenn es nicht meine Witze sind, dann ist es meine völlige Unfähigkeit, in irgendeiner Hinsicht mit meinem Vater mithalten zu können. Ich wünschte, du –«

Sebastian brach abrupt ab, als der Wind einen fernen Laut herantrug – ein lang gezogenes Heulen, das in der Nacht schaurig widerzuhallen schien.

»Was war das?«, fragte Max ängstlich.

»Och, nur ein Lupo«, sagte Sebastian betont lässig. »Solange sie nicht im Rudel jagen, sind die nicht gefährlich.«

Prompt erklang weiteres Geheul, das auf das erste antwortete. Sebastian zählte mindestens sechs oder sieben verschiedene Laute.

»Wahrscheinlich Meilen entfernt«, sagte er und versuchte, sich seine Verzweiflung nicht anmerken zu lassen. Er lächelte Max aufmunternd zu, aber die Augen des Büffelops spiegelten seine eigenen Gefühle wider. Voller Angst sahen sie ihn an.

»Ich hab da so Gerüchte über Lupos gehört«, sagte Max beunruhigt. »Ein Rudel von diesen Viechern kann einen ausgewachsenen Büffelop in wenigen Minuten bis auf die Knochen zerfleischen.«

»Du solltest nicht immer alles glauben, was man dir erzählt«, tadelte ihn Sebastian. »Dafür würden die Lupos bestimmt die halbe Nacht brauchen.«

»Na, das beruhigt mich jetzt aber«, sagte Max.

»Außerdem hört man ihnen doch schon an, dass sie gar nicht hungrig sind.«

»Wirklich?«

»Wirklich. Ein hungriger Lupo klingt ganz anders. Ungefähr wie ein …«

Sebastian verstummte. Er hatte soeben noch ein anderes Geräusch gehört. Ein Rascheln. Er hatte das Gefühl, sein Magen würde sich schlagartig mit kaltem Wasser füllen.

»Da ist etwas hinter uns!«, flüsterte Max. »In den Büschen!«

»Ich weiß!«, raunte Sebastian zurück. Er streckte eine Hand nach dem Griff seines Schwerts aus und begann, es vorsichtig aus der Scheide zu ziehen. Jetzt konnte er neben dem Rascheln noch ein anderes Geräusch heraushören: das dumpfe metallische Scheppern einer Rüstung.

»Oh, gnade uns Gott!«, wimmerte Max. »Es sind Briganten! Sie werden dich umbringen und mich zum Abendessen verspeisen!« Er überlegte einen Moment. »Nach dem, was du vorhin erzählt hast, wirst vielleicht sogar *du* das Abendessen!«

»Still jetzt!«, zischte Sebastian. »Ich versuche gerade …«

»*Wer da?*«, brüllte eine tiefe Stimme aus dem Dickicht.

Sebastian vergaß alles Zögern und zog das gekrümmte Schwert blitzschnell aus der Scheide. Er sprang auf die Füße und stand geduckt da, bereit, jeden Angreifer abzuwehren, der aus dem Unterholz auf ihn zuspringen würde.

»N-nur ein Reisender«, antwortete Sebastian, während er den Ledergriff mit beiden Händen umfasste und mit einem Anflug von Entsetzen feststellte, dass die Klinge unkontrolliert zitterte.

»*Zwei* Reisende«, korrigierte ihn Max.

»Ein Reisender und sein Lasttier«, sagte Sebastian trotzig.

»Ach, das ist ja nett! Vor einer Weile war ich noch dein

Partner und jetzt werde ich plötzlich zu einem Lasttier degradiert.«

»Bist du jetzt wohl ruhig!«, fuhr ihn Sebastian an. Er richtete seine Aufmerksamkeit wieder auf die Büsche und versuchte, sich an die Ratschläge zu erinnern, die ihm sein Vater vor all den Jahren gegeben hatte. Aber ihm fiel einfach nichts ein. »Wir haben nichts Böses im Sinn«, versuchte er es. »Wir sind nur auf der Durchreise.«

»Bitte esst uns nicht!«, wimmerte Max.

Es folgte ein langes Schweigen, während dem Sebastian ein rhythmisches, pochendes Geräusch in seinen Ohren auffiel. Es dauerte eine Weile, bis ihm bewusst wurde, dass es das Geräusch seines eigenen Herzens war.

»Wäret Ihr gewillt, Euer Lagerfeuer mit einem anderen Reisenden zu teilen?«, dröhnte die tiefe Stimme.

»Äh … möglicherweise«, sagte Sebastian.

»Das ist bestimmt ein Trick«, flüsterte Max. »Er wartet, bis du deine Deckung fallen lässt, und dann jagt er dir ein Messer zwischen die Rippen!«

»Scht!« Sebastian holte tief Luft und nahm all seinen Mut zusammen. »Komm heraus und zeige dich«, forderte er.

Wieder Schweigen. Er fuhr sich mit der Zunge über die trockenen Lippen und wartete einen Moment, der ihm wie eine Ewigkeit vorkam. Schlagartig wurde ihm bewusst, wie klein und verwundbar er war, hier in seinem Camp, inmitten dieser riesigen öden Prärie. Und wie konnte er sicher sein, dass da nur eine Person war? Es konnte ja auch eine ganze Bande von Schurken sein, von denen ihn einer abzulenken versuchte, während sich die anderen von hinten anschlichen. Er drehte den Kopf, um einen kurzen Blick hinter sich zu werfen, dann wirbelte er wieder herum, als sich das Gebüsch teilte.

Jemand trat aus dem Unterholz, aber zunächst sah Sebastian nichts. Dann wurde ihm klar, dass er seinen Blick ein ganzes Stück weiter nach unten richten musste.

Aus den Büschen kam ein Mann auf ihn zu, ein stämmiger Kerl mit einem verbeulten Brustharnisch über einem Kettenhemd. Außerdem trug er einen Eisenhelm mit Federbusch und aufwendigem Nasen- und Wangenschutz, der sein Gesicht vollkommen verdeckte. In einer Hand hielt er ein gefährlich wirkendes gerades Schwert, und über seiner linken Schulter baumelte etwas, das aussah wie ein toter Jawralat, einer dieser flinken Vierbeiner, die in der Gegend lebten.

Der Neuankömmling war ohne Zweifel ein unerschrockener Krieger und eine ernst zu nehmende Gefahr. Aber im Gegensatz zu den meisten Kriegern reichte er Sebastian nur bis zur Hüfte.

KAPITEL 4

Klein, aber oho!

Der Fremde kam ein paar Schritte vor dem Feuer zum Stehen, steckte sein Schwert in die Scheide und hob eine Hand, um seinen Helm abzunehmen. Die Hand wirkte erstaunlich groß für jemanden seiner Körpergröße und unter dem Helm kam ein seltsam babyartiges Gesicht zum Vorschein – große blaue Augen, Segelohren und kein einziges Haar auf dem Kopf.

»Sei gegrüßt, Pilger«, sagte das Männlein mit einer tiefen, vollen Stimme, die wirklich überhaupt nicht zu seinem Gesicht passte. »Ich bin Hauptmann Cornelius Drummel, Brigantenjäger, vormals Mitglied der Armee von Königin Annisett.« Er machte eine kurze Pause, als wollte er seine Worte erst einmal wirken lassen, doch da keine Reaktion erfolgte, fuhr er fort: »Wie ich dem Schriftzug an deinem Wagen entnehme, habe ich es mit Sebastian Dark, dem König der Narren, zu tun.«

»Korrekt«, sagte Sebastian und verbeugte sich förmlich.

»Und Max«, fügte Max hinzu. »Sein Partner!«

Cornelius warf dem Büffelop einen leicht befremdeten Blick zu. »Ein schönes Feuer hast du«, bemerkte er. »Man sieht es schon von Weitem. Nicht gerade ratsam in einer so abgeschiedenen Gegend, aber das Risiko muss man eingehen.« Er griff nach dem fetten Jawralat und warf ihn vor Sebastians Füßen auf den Boden. »Würdest du mir wohl erlauben, mein Abendessen über deinem Feuer zu kochen? Ich habe mich in den letzten Tagen nur von rohem Fleisch ernährt und sehne mich nach einer warmen Mahlzeit.«

Sebastian runzelte die Stirn. »Nun ja ...«

»Natürlich teile ich das Essen gerne mit dir.«

Sebastian traute seinen Ohren kaum. »Ja, wenn das so ist – herzlich gerne!«, antwortete er. »Ich würde Euer Angebot liebend gerne annehmen.« Er steckte sein Schwert zurück in die Scheide und reichte dem Fremden die Hand. Cornelius packte zu und schüttelte seine Hand so kräftig, dass Sebastian zusammenzuckte.

»Pass auf«, murmelte Max leise. »Das ist irgendein Trick ...«

Sebastian bedeutete Max mit einer Handbewegung, still zu sein. »Bitte, äh ... Hauptmann Drummel. Macht es Euch doch bequem.«

»Sag einfach Cornelius zu mir. Wir sind ja hier nicht auf dem Exerzierplatz.«

»Nein, natürlich nicht. Ich ... ich hab einen Bratspieß im Wagen. Es dauert keine zwei Minuten, ihn zu finden ...«

»Dreh ihm nicht den Rücken zu!«, zischte Max, doch dann bemerkte er den wütenden Blick des Neuankömmlings und verstummte.

»Ganz schön geschwätzig, dein Büffelop«, stellte Cornelius fest, während er seinen Brustharnisch abnahm. »Die meisten Büffelops bringen ja kaum einen vollständigen Satz zustande, aber dieser hier ist wirklich redegewandt.«

»Hm ... ja, er ist schon seit vielen Jahren im Besitz unserer Familie. Mein Vater hat ihm das Sprechen beigebracht.« Sebastian warf Max einen vernichtenden Blick zu. »Leider.« Er eilte zum Wagen und durchwühlte den ganzen Krempel, der sich auf der Ladefläche angehäuft hatte. »Ich achte einfach nicht auf ihn. Er plappert gerne vor sich hin, weißt du, aber im Grunde ist er harmlos.«

Der kleine Mann schien davon nicht ganz überzeugt zu sein und Max sah regelrecht empört aus.

»Nur zu, rede weiter über mich, als ob ich gar nicht da wäre«, sagte er und funkelte Sebastian wütend an. »Aber sag hinterher nicht, ich hätte dich nicht gewarnt.« Er legte seinen riesigen Kopf auf seine Vorderbeine und wandte sich ab, als wollte er jede Verantwortung von sich weisen.

»Aha!« Sebastian hatte endlich gefunden, was er gesucht hatte – ein eisernes Gestänge, das man ineinanderstecken konnte, um einen drehbaren Spieß daraus zu machen. Damit würden sie das Fleisch gleichmäßig über dem Feuer rösten können. Er zog es aus dem Wagen, trug es hinüber zum Feuer und ging in die Hocke, um es zusammenzubauen. »Damit müsste es gehen«, sagte er. Bei dem Gedanken, heißes Fleisch zu essen, war er so aufgeregt, dass seine Hände zitterten.

»Ausgezeichnet«, sagte Cornelius. Er legte seinen Brustharnisch zur Seite und bewegte mit einem Seufzer der Erleichterung die Arme und Schultern. »Ah, das tut gut. Ich bin seit Tagesanbruch auf den Beinen. Na, dann lass uns mal zur Sache kommen.« Er zog ein furchterregendes Messer aus seinem Gürtel und Sebastian erstarrte vor Schreck.

»Was habe ich dir gesagt?«, zischte Max. »Ich hab ja gleich gewusst, dass man ihm nicht trauen kann!«

Cornelius sah den Büffelop noch einmal irritiert an, dann

wandte er sich dem Jawralat zu. »Ich bereite diesen Burschen mal fürs Kochen vor, okay?«, sagte er.

Sebastian atmete erleichtert auf. Er sah zu, wie Cornelius den Jawralat mit ein paar Schnitten seiner fein geschliffenen Klinge fachmännisch häutete und ausnahm. Er warf die Innereien ins Gebüsch, wischte das Messer an seiner Hose ab und übergab Sebastian den gehäuteten Tierkörper.

»Die Viecher sind das einzig Genießbare, was ich in dieser verfluchten Prärie gefunden habe«, sagte er. »Sind aber verdammt schwer zu fangen. Man muss mucksmäuschenstill vor einem ihrer Höhleneingänge sitzen, und wenn endlich einer den Kopf aus dem Bau steckt...« Er machte eine kurze Schneidebewegung mit der Handfläche.

Max zuckte zusammen. »Was für eine Welt«, sagte er. »Gerade hoppelst du noch fröhlich durch die Prärie und eine Minute später landest du auf dem Teller.«

»Hier draußen gibt es keine Gesetze«, sagte Cornelius grimmig. »Fressen oder gefressen werden, das ist die Devise – und es schleichen eine Menge Tiere durch die Nacht, die keine Skrupel hätten, *uns* auf die Speisekarte zu setzen.«

»Ja, wir hatten uns gerade über Lupos unterhalten, als du kamst«, sagte Sebastian.

»Die meine ich ja gar nicht, auch wenn sie gefährlich genug sein können.« Cornelius setzte sich im Schneidersitz vor das Feuer und streckte seine Hände aus, um sie zu wärmen. »Nein, ich rede vom Grunzaschnat.«

»Dem was?«

»Dem Grunzaschnat. Nach allem, was man hört, ein wirklich furchterregendes Tier. Eine riesige Bestie mit ledernen Flügeln, messerscharfen Zähnen und grausamen Krallen, die so ziemlich alles durchbohren können.«

Max sah ihn entsetzt an. »Du ... du hast hier doch keinen gesehen, oder?«

»Nein, aber ich habe ihn nachts gehört. Ein schreckliches Brüllen, das einem das Blut in den Adern gefrieren lässt. Man sagt, wenn dich ein Grunzaschnat entdeckt hat, wird er nicht eher Ruhe geben, bis er dich in seinem Bauch hat.«

Da wurden die Augen des Büffelops ganz groß und rund. »Na, das ist ja fabelhaft!«, sagte er. »Und dabei hätten wir es auf unserem alten Hof so gemütlich haben können. Aber nein, der junge Herr wollte ja unbedingt nach Keladon reisen. Da gab es keine Diskussion. Von Lupos und Kannibalen und fleischfressenden Monstern mit messerscharfen Zähnen hat mir niemand was gesagt!«

Sebastian konzentrierte sich darauf, den Jawralat an dem Bratspieß zu befestigen. In kürzester Zeit hatte er das Tier aufgespießt und drehte es über dem prasselnden Feuer. Fast augenblicklich begann ein appetitanregender Duft aufzusteigen. »Riecht lecker«, sagte er strahlend.

»Das tut es zweifellos«, stimmte ihm Max zu. »Und das sage ich als lebenslanger Vegetarier! Aber ... was ist, wenn auch der Grunzaschnat das riecht und auf ein Abendessen vorbeikommt?«

»Das Risiko müssen wir eingehen«, sagte Cornelius, und dabei zwinkerte er Sebastian verschmitzt zu.

Sebastian nahm wieder seinen Platz am Feuer ein, gegenüber von Cornelius. »Du nimmst doch eine Tasse Elfenkaffee?«, fragte er.

»Beim Barte des Shadlog, das tue ich! Meine Zunge klebt mir schon fast am Gaumen vor lauter Durst. Man hatte mir gesagt, dass ich hier draußen auf Flüsse stoßen würde, doch jetzt bin ich schon drei Tage in dieser Prärie unterwegs und habe noch keinen gefunden.«

»Was du nicht sagst«, murmelte Max. »Kein Wasser also.«

Sebastian beachtete ihn nicht. »Wir haben leider keine Milch, aber ich kann dir etwas Bienengold zum Süßen anbieten.«

»Das ist sehr nett. Ich bin dir wirklich zu Dank verpflichtet.« Cornelius nahm den angebotenen Becher in seine Hände und probierte. Er schmatzte genüsslich mit den Lippen.

»Diese Begegnung ist wirklich ein Glücksfall«, sagte er. »Ich hatte schon damit gerechnet, die Prärie zu durchqueren, ohne einem einzigen Menschen zu begegnen. Und nun sitze ich hier, schlürfe einen Kaffee und genieße eine nette Unterhaltung. Ich bezweifle nicht, dass ein Abend voller Spaß und Heiterkeit auf mich wartet.«

Sebastian starrte ihn verständnislos an. »Wie bitte?«

»Du bist doch ein Narr, oder etwa nicht? Da kann ich doch sicher etwas Belustigung erwarten.«

»Er hat offensichtlich noch nie einen deiner Witze gehört«, murmelte Max.

»Oder tretet ihr sogar zusammen auf?«, fragte Cornelius.

»Oh, Max lässt sich keine Gelegenheit entgehen, seinen Senf dazuzugeben«, sagte Sebastian. »Aber nein, ich arbeite allein.« Er versuchte, das Gespräch in eine andere Richtung zu lenken. »Wohin reist du eigentlich?«

»Mein Ziel ist die Stadt Keladon.«

»Unseres auch! Ich gehe dorthin, um König Septimus meine Dienste als Narr anzubieten.«

Cornelius nickte anerkennend. »Und ich will in seine Armee eintreten! Tja, dann haben wir ja einiges gemeinsam. Vielleicht sollten wir zusammen weiterreisen. Mein Schwert könnte sich als nützlich erweisen, wenn Briganten angreifen sollten. Und ich würde auch dafür sorgen, dass der Speisevorrat nicht zur Neige geht. Niemand kann besser Jawralats fangen als ich.«

»Die Idee gefällt mir«, sagte Sebastian begeistert.

»Du hast gut reden«, schnaubte Max, »Du musst ja nicht das zusätzliche Gewicht ziehen!«

»Max!« Sebastian lächelte Cornelius entschuldigend an. »Das meint er nicht so – er ist nur ein bisschen launisch. Woher kommst du eigentlich? Du hast vorhin eine Königin Annisett erwähnt, hab ich recht?«

»Das ist richtig, mein Lieber. Die stolze und schöne Königin Annisett aus der Stadt Golmira, dem Juwel des Nordens. Hattest du schon mal die Gelegenheit, dorthin zu fahren?«

»Wir haben noch nicht einmal davon gehört«, sagte Max freiheraus.

Cornelius zog es vor, diese Bemerkung zu überhören. Er lehnte sich zurück und lächelte. »Oh, es ist eine schöne und wohlhabende Stadt. Ich bin dort als junger Mann von achtzehn Lenzen in die Armee eingetreten und habe mich bis zum Rang des Hauptmanns hochgearbeitet. Ich hatte ein ausgezeichnetes Regiment von Männern unter mir und zusammen haben wir so manchen heldenhaften Kampf gegen das benachbarte Königreich Tannis geführt. Meine Männer vertrauten meinem Befehl ihr Leben an, und ich war bereit, das meine für sie zu geben. Ich glaube nicht, dass es in ganz Golmira einen glücklicheren Mann gegeben hat.«

Es folgte eine lange Stille und Sebastian bemerkte zum ersten Mal das Gezirpe der Insekten in den Büschen.

Nach einer Weile fragte Max: »Und was ist dann schiefgegangen?«

»Wer sagt denn, dass irgendetwas schiefgegangen ist?«, fuhr ihn Cornelius an.

»Keiner. Aber wenn in Golmira alles so wundervoll war, warum bist du dann auf dem Weg nach Keladon?«

Cornelius' Gesicht verfinsterte sich und er starrte in seinen Kaffeebecher. »Weil etwas passiert ist«, sagte er. »Etwas ganz… Dummes.«

Sebastian und Max warteten geduldig darauf zu erfahren, was dieses Etwas gewesen war. Schließlich musste Max Cornelius auf die Sprünge helfen.

»Nur zu, sprich dich ruhig aus.«

»Irgend so ein… wichtigtuerischer Schreiberling… irgend so ein aufgeblasener Schwätzer… hat einen Erlass durchgesetzt, der vorschrieb, dass jeder Mann in der königlichen Armee eine bestimmte…«

»Ja?«, sagte Sebastian.

»…eine… nun ja, eine bestimmte Größe haben musste.«

»Oh«, sagten Max und Sebastian wie aus einem Munde.

Cornelius saß da und starrte in seinen Kaffee, als könnte er in den dunkelbraunen Tiefen des Bechers eine Lösung für seine Probleme finden. Sebastian war klar, dass der kleine Mann einen inneren Kampf mit sich austrug. Wie es schien, wollte er nicht über dieses Thema sprechen; auf der anderen Seite brauchte er ganz offensichtlich jemanden, mit dem er darüber reden konnte.

»Ich meine, es war wirklich lächerlich! Meine Heldentaten sprachen doch für sich. Ich hatte mehr Feinde getötet als meine ganze Einheit zusammen. Niemand konnte so gut kämpfen, niemand konnte so gut mit dem Schwert umgehen wie ich. Ich war wirklich fassungslos! Ich wandte mich sogar an die Königin persönlich und bat sie, mich von dieser albernen Regelung auszunehmen.« Cornelius seufzte. »Ohne Erfolg. Sie erklärte mir unter vier Augen, dass sie nichts für mich tun könne, da sie das Papier, das die Regelung zum Gesetz machte, bereits unterschrieben hätte. Sie konnte den Erlass nicht rückgängig machen. Es half alles nichts: Ich musste gehen. Aber wohin?«

»Nach Keladon«, hätte Max beinahe gesagt, aber Sebastians Blick hielt ihn davon ab.

»Ja, wohin bloß?«, wiederholte Sebastian in einem mitfühlenden Tonfall.

»Und dann hat mir einer meiner Männer von Keladon erzählt. Er sagte, Keladon hätte die mächtigste Armee aller Zeiten, zu der auch die Spezialeinheit der Rotmäntel gehöre – die Leibgarde von König Septimus! Diese berühmte Einheit besteht aus Freiwilligen aus aller Welt. Eine Einheit mit eigenen Regeln, eigenen Gesetzen – und, soweit dieser Mann wusste, ohne Größenbeschränkung. Ich beschloss, dieser Truppe beizutreten. Also brach ich vor vier Monden aus Golmira auf, und jetzt bin ich hier, sitze an einem Lagerfeuer und werde gleich mit euch beiden zu Abend essen.«

»Ja, ja, die Welt ist klein«, sagte Sebastian. Dann zuckte er zusammen. »Entschuldige«, sagte er, »ich wollte dich nicht beleidigen.«

»Ich weiß, mein Freund.« Cornelius bemühte sich offensichtlich, seine traurigen Erinnerungen abzuschütteln. »Sei's drum! Jetzt habe ich genug von mir geredet. Wie ich sehe, ist das Fleisch noch längst nicht gar. Willst du mir nicht in der Zwischenzeit eine Kostprobe deiner Narrenkünste geben? Nach den Erlebnissen der letzten Zeit würde es mir sicher guttun, mal wieder aus vollem Halse zu lachen.«

Sebastian und Max tauschten besorgte Blicke aus.

»Aus vollem Halse lachen«, sagte Max leise. »Tja, das wäre mal was Neues.«

»Hmm. Lass mich mal sehen …« Sebastian überlegte einen Moment und blätterte durch das imaginäre Buch der Scherze, das er in seinem Kopf aufbewahrte. Schließlich traf er eine Auswahl.

»Ein Mann steht an einem Fluss und isst ein Fischbrötchen. Da kommt ein anderer Mann mit einem kleinen Köter an der Leine vorbei, und der Köter springt an dem ersten Mann hoch, um ein Stück Fischbrötchen zu ergattern. Also sagt der erste Mann: ›Haben Sie was dagegen, wenn ich Ihren Hund etwas Fisch fressen lasse?‹ – ›Nein, natürlich nicht‹, sagt der zweite Mann. Daraufhin nimmt der erste Mann den Köter und wirft ihn in den Fluss.« Sebastian lächelte und wartete auf eine Reaktion, doch Cornelius sah ihn nur verständnislos an.

»Das ist einer von den besseren«, erklärte Max.

»Konnte der Köter schwimmen?«, fragte Cornelius.

»Nun ja, ich ... ich weiß nicht«, sagte Sebastian unsicher.

»Das weißt du nicht? Nun, du *solltest* es aber wissen – schließlich bist du derjenige, der die Geschichte erzählt.«

»Aber ... es ist ein Witz. Ob der Köter nun schwimmen kann oder nicht, ist doch ganz und gar ohne Bedeutung.«

»Da bin ich aber anderer Meinung. Wenn der Köter schwimmen kann, ist es eine amüsante Geschichte. Wenn nicht, ist es eine Tragödie. Der Köter wird ertrinken und sein Besitzer wird untröstlich sein. Das ist wohl kaum zum Lachen.«

»So hab ich das noch gar nicht gesehen«, gab Sebastian zu. Er überlegte einen Augenblick. »Also gut. Der Köter kann schwimmen.«

Cornelius seufzte erleichtert und auf seinem Kindergesicht breitete sich ein Grinsen aus. »Haha, wirklich zu komisch!«

»Findest du?«

»Oh ja. Nachdem wir die Sache mit dem Köter geklärt haben. Hast du noch mehr Geschichten auf Lager?«

Es verging eine ganze Zeit, während Sebastian einen Witz nach dem anderen abspulte, doch der kleine Krieger war kein einfacher Zuhörer. Immer hinterfragte er irgendein kleines

Detail, was Sebastian aus dem Konzept brachte. Wenn sie dann zu guter Letzt doch den Schluss der Geschichte erreicht hatten, lachte Cornelius pflichtbewusst, aber Sebastian kam es ein bisschen vor, als müsste er im Sturm einen Berg hinaufrennen, und so war er erleichtert, als der Jawralat endlich gar war. Cornelius schnitt den brutzelnden Braten in der Mitte durch. Dann fielen die beiden wie besessen darüber her und bissen heißhungrig in das saftige Fleisch. Nach einer Weile bemerkte Sebastian, dass Max ihn erwartungsvoll ansah.

»Was ist?«, fragte er.

»Lass mich auch mal probieren«, bat Max.

»Du? Du kannst das nicht essen – du bist doch Vegetarier!«

»Ich weiß, aber ich bin am Verhungern.«

»Ich kann dir noch etwas mehr Heu bringen, wenn du willst.«

Max schüttelte den Kopf. »Das ist zu gütig. Trotzdem, ich denke, ich werde mich mit einem Stück Jawralat begnügen.«

Sebastian zuckte die Achseln. Er riss ein großes Stück heißes Fleisch ab und legte es vor Max auf die Erde.

»Ich habe ja schon einiges gesehen«, rief Cornelius aus, »aber ein Büffelop, der Fleisch isst! Wer hätte das gedacht?«

»Bitte erzähl es nicht weiter«, flehte Max, während er mit seinen stumpfen Zähnen Fleischstreifen von dem Jawralatknochen riss. »Womöglich steht in Keladon darauf die Todesstrafe!«

Sebastian und Cornelius schüttelten sich vor Lachen, als sie den schuldbewussten Ausdruck in seinem zotteligen Gesicht sahen.

KAPITEL 5

Die Rätsel des Lebens

Mit dem ungewohnten Gefühl eines vollen Magens lehnte sich Sebastian zufrieden zurück, um die Wärme des Feuers und die Unterhaltung zu genießen. Die Wolken waren aufgerissen und der Mond stieg langsam am Himmel empor wie ein riesiger Blauschimmelkäse. Jetzt wurde Sebastian noch mehr bewusst, welch endlose Weiten sich um sie herum erstreckten. Wenn er den Kopf zur Seite drehte, konnte er den Blick meilenweit über die Prärie schweifen lassen. Er kam sich sehr klein und unbedeutend vor in dieser fremden Landschaft.

Cornelius hatte eine Tonpfeife hervorgeholt, und nun saß er dort, paffte große duftende Rauchwolken in die Luft und unterhielt sie mit Erzählungen seiner Abenteuer in der Armee, mit der er durch die ganze Welt gezogen war. Wenn man seinen Geschichten Glauben schenken konnte – und Sebastian war selbst überrascht, dass er bereits begonnen hatte, dem kleinen Mann bedingungslos zu vertrauen –, dann hatte er wirklich ein ereignisreiches Leben geführt.

»Die Welt ist groß«, sagte er zu seinen beiden Zuhörern, »größer als ihr es euch in euren kühnsten Träumen ausmalen könnt. Wenn man lange genug in eine Richtung reist, kommt man schließlich zu einem großen Wasser, dem so genannten ›Ozean‹, der so breit ist, dass man nicht einmal bei klarer Sicht bis auf die andere Seite gucken kann. Wenn man diesen Ozean auf einem Schiff überquert, kommt man zu einem fremden Land auf der anderen Seite des Wassers, wo die Menschen anders aussehen und eine unverständliche Sprache sprechen. Und wenn man immer weiter geradeaus reist, wisst ihr, was dann passiert?«

Cornelius und Max schüttelten beide den Kopf.

»Na, man kommt natürlich da wieder an, wo man losgefahren ist! Denn mir ist klar geworden, dass die Welt wie eine große Kugel geformt ist. Wir bewegen uns auf ihrer Oberfläche wie Fliegen auf einer riesigen Frucht.«

»Wie kommt es dann, dass wir nicht runterfallen, wenn wir immer weitergehen?«, fragte Max.

»Aus demselben Grund, aus dem die Fliegen nicht runterfallen«, sagte Cornelius. »Klebrige Füße.«

Sebastian und Max sahen sich an.

»Klebrige Füße?«, wiederholte Max. »Das kann doch nicht stimmen. Was ist, wenn man in einem dieser großen Boote sitzt, von denen du erzählt hast? Oder willst du etwa behaupten, dass die Unterseite der Boote an der Wasseroberfläche klebt?«

Cornelius zuckte die Achseln. »Nun ja, es ist ein kompliziertes Thema, das muss ich zugeben. Aber bisher hat mir noch niemand eine bessere Erklärung angeboten.«

»Ich habe eine gehört«, sagte Sebastian. »Es gibt da so einen alten Kerl, der immer auf dem Markt in Jerabim herumlungert. Hält sich für eine Art Seher …«

»Doch nicht der alte Bartimus?«, unterbrach ihn Max.

Sebastian warf ihm einen ungehaltenen Blick zu. »Zufällig ja, aber ...«

»Der Typ ist vollkommen durchgeknallt!«

»Ich wusste gar nicht, dass du Bartimus kennst.«

»Den kennt doch jeder! Er läuft durch die Gegend und führt Selbstgespräche.«

»Das mag schon sein, aber er schwört, einer der führenden Gelehrten des Landes habe ihm erzählt, dass die Welt flach und leicht gewölbt ist, wie ein großer Schild. Genau genommen ist sie tatsächlich ein Schild, gehalten von einem riesigen Krieger namens Mungus.«

»Ein riesiger Krieger?«, wiederholte Max.

»Ja. Er steht im Weltenraum, die Füße auf einem riesigen Teppich. So rutscht er nicht ab oder fällt durchs All ...«

»Oh, natürlich«, sagte Max. »Das muss ja funktionieren.«

»Die Meere der Welt sind Regenpfützen, die sich auf dem Schild gebildet haben, und wenn der Krieger sich bewegt, schwappt das Wasser umher und dadurch entstehen dann Wellen und Überschwemmungen und so. Wenn man bis an die Ränder des Schildes fährt, kann man Bartimus zufolge sehr weit gucken. Bartimus vermutet, dass Mungus irgendwann keine Lust mehr haben wird, den Schild zu halten, und ihn einfach mit aller Kraft ins All schleudern wird. Wenn das passiert, wird alles Leben auf der Welt zugrunde gehen.«

Es folgte ein langes Schweigen, während Max und Cornelius sich das Gehörte durch den Kopf gehen ließen.

»Das ist die hirnverbrannteste Geschichte, die ich je gehört habe«, sagte Cornelius. »Wie will dieser Bartimus dann erklären, dass ich es zustande gebracht habe, einmal um die ganze Welt zu segeln und genau da wieder anzukommen, wo ich losgefahren bin?«

Sebastian zuckte die Achseln. »Bartimus sagt, dass Mungus die Kante des riesigen Schildes mit einem Zauber versehen hat, damit die Menschen nicht hinunterfallen. Also würde er wohl annehmen, dass du einfach an der Kante des Schildes entlanggefahren bist.«

»Blödsinn! Der Mann ist ein Idiot«, sagte Cornelius. »Wir sind die ganze Zeit geradeaus gesegelt und haben uns an den Sternen orientiert. Und der Kapitän unseres Schiffes war einer der besten Männer in der golmirischen Marine. Er hätte es bemerkt, wenn wir von unserem Kurs abgekommen wären, da bin ich mir ziemlich sicher.«

»Ganz genau. Der alte Bartimus hat einfach keine Ahnung«, sagte Max abfällig. »Aber *ich* hab eine Theorie, die sehr viel interessanter ist als eure beiden. Nach dem, was ich gehört habe, ist die Welt in Wirklichkeit ein großer Eisenring in der Nase eines riesigen Büffelops namens Colin. Sein warmer Atem gibt uns die Luft, die wir zum Leben brauchen, und wenn er niest, bekommen wir Regen. Und …«

»Ich nehm alles zurück«, sagte Cornelius zu Sebastian. »Deine Geschichte ist doch nicht die hirnverbrannteste Geschichte, die ich je gehört habe!«

»Ich habe ja nicht gesagt, dass ich daran glaube«, protestierte Max. »Aber viele Büffelops tun es. Colin hat eine große Anhängerschaft, musst du wissen. Sie sagen, wenn die Welt zugrunde geht, kommen wir alle auf eine wunderschöne Weide im Himmel, wo wir zusammen mit ihm grasen können.«

»Ich glaube nichts von all diesem Quatsch«, sagte Cornelius. »Ich verlasse mich auf das, was ich mit meinen eigenen Augen gesehen, mit meinen eigenen Ohren gehört und mit meinen eigenen Händen ertastet habe. Und merkt euch meine Worte: Unsere Welt ist rund. Dafür würde ich mit meinem Leben bürgen.« Er gähnte, reckte sich und stieß einen langen Seufzer aus. »Beim Barte des Shadlog, ich bin vielleicht müde. Ich glaube, meine Herren, ich bin bettreif«, verkündete er. »Aber vorher muss ich noch mal kurz verschwinden. Die Natur ruft.« Er stand auf und stiefelte ins Gebüsch, wo er schon bald nicht mehr zu sehen war.

Max wartete einen Augenblick, dann sagte er flüsternd: »Also, ich hab nichts rufen hören.«

»Das ist doch nur eine Redewendung«, sagte Sebastian.

»Hä?«

»Er muss mal pinkeln!«

»Oh. Und warum hat er das dann nicht gesagt? Hör zu, bist du wirklich sicher, dass wir ihn dazu ermuntern sollten, mit uns zu reisen?«

»Ja, warum denn nicht? Er wird sich nützlich machen – immerhin hat er uns gerade das beste Essen aufgetischt, das wir seit unserer Abfahrt aus Jerabim bekommen haben!«

»Es gibt Wichtigeres als einen vollen Magen, weißt du.«

»Oho, und das aus deinem Munde. Du Fleischfresser, du!«

»Es wäre mir wirklich lieber, wenn du das nicht überall rumerzählst.« Max runzelte die Stirn. »Einige meiner pflichtbewussteren Brüder und Schwestern würden es vielleicht nicht verstehen. Sie sind der festen Überzeugung, dass Fleischessen eine Sünde ist.« Er dachte einen Moment nach. »Aber im Ernst, junger Herr, dieser Cornelius – also, ich weiß nicht. Er hat irgendwas an sich … Ich traue ihm einfach nicht.«

»Du traust niemandem«, sagte Sebastian, während er seinen Schlafsack ausbreitete.

»Wir wissen nichts über ihn. Da kommt er einfach so des Weges mit seinem Jawralat über der Schulter, bietet uns ein

Abendessen an und erwartet, dass wir ihn gleich für einen feinen Kerl halten.«

»Er *ist* ein feiner Kerl. Du weißt doch, wir aus dem Elfenvolk rühmen uns, den Charakter eines Menschen auf einen Blick durchschauen zu können.«

»Oh ja, wie bei diesem Berundier, der uns für etwas Lampenöl ein kleines Vermögen abgeknöpft hat und uns weismachen wollte, dass es hier überall Wasser gibt. Deiner Meinung nach war das auch ein netter Kerl. Du kannst nicht immer...«

»Pst! Er kommt zurück!«

Cornelius kam aus dem Gebüsch hervor, schlenderte zu ihnen hinüber und machte es sich auf der anderen Seite des Feuers bequem. Er zog sein Schwert aus der Scheide und legte es neben sich.

»Nun, meine Freunde, ich wünsche euch eine gute Nacht«, sagte er. »Und es tut mir leid, dass du mir nicht traust, Max, aber da kann ich wohl nicht viel machen, oder?«

Max zuckte zusammen. »Dir nicht trauen? Wer sagt das?«

»In der Nacht sind Stimmen weit zu hören.«

Es folgte eine peinliche Stille.

»Ich glaub, ich hab noch eine Decke im Wagen«, sagte Sebastian schließlich. »Es wird nachts ganz schön kalt hier.«

»Nicht nötig«, versicherte ihm Cornelius. »Nach all meinen Jahren in der Armee könnte ich nackt auf einem Eisblock einschlafen. Wenn ich es recht bedenke, hab ich das sogar schon etliche Male getan!« Und damit drehte sich Cornelius auf die Seite und begann kurze Zeit später, leise zu schnarchen. Sebastian fiel auf, dass der kleine Mann mit einer Hand den Griff seines Schwerts hielt, und als er noch genauer hinsah, stellte er fest, dass Cornelius im wahrsten Sinne des Wortes mit einem offenen Auge schlief.

»Erstaunlich«, murmelte Sebastian. Er warf einen Blick zu Max hinüber und sah, dass der Büffelop ein eingeschnapptes Gesicht machte.

»Was ist denn nun schon wieder?«, fragte Sebastian.

»*Mir* hast du die Decke noch nie angeboten!«, sagte Max gekränkt und drehte Sebastian den Rücken zu. Die Bewegung ließ einen gewaltigen Darmwind aus seinem Hinterteil entweichen.

Sebastian schüttelte fassungslos den Kopf, sodass die Schellen an seiner Mütze klingelten. Er nahm sie ab und legte sie vorsichtig zur Seite, als wäre es eine wertvolle Reliquie. Er kuschelte sich in seinen Schlafsack und lag eine Weile still da und starrte hinauf in den Nachthimmel, an dem Millionen von Sternen glitzerten. Irgendwo, weit weg, heulte ein Lupo – ein ferner, einsamer Laut.

Sebastian seufzte zufrieden und genoss das Gefühl, zum ersten Mal seit einer Ewigkeit wieder einen vollen Magen zu haben. Dann schloss er die Augen und war innerhalb kürzester Zeit eingeschlafen.

KAPITEL 6

Das Gefecht

S ebastian öffnete die Augen und blinzelte in den Morgenhimmel. Vor wenigen Minuten noch war er im Traum vor König Septimus und seinem Hof aufgetreten. Seine Zuschauer in ihren prunkvollen Kleidern hatten dagesessen und ihn ausdruckslos angestarrt, während er immer verzweifelter versucht hatte, ihnen eine Reaktion zu entlocken. Alles in allem war es eine Erleichterung aufzuwachen.

Er setzte sich auf, streckte sich, gähnte und blickte über die noch glimmende Asche des Lagerfeuers zu der Stelle, wo Cornelius geschlafen hatte. Aber er war nicht mehr da.

»Keine Spur von ihm«, sagte Max' Stimme hinter ihm. »Er war schon weg, als ich aufwachte, und das ist *Ewigkeiten* her. Wahrscheinlich hat er sich mit all unseren Wertsachen davongemacht.«

»Welche Wertsachen?«, murmelte Sebastian und kratzte sich am Rücken. Er drehte den Kopf und sah, dass Max am Rande der Büsche stand und das Gestrüpp erwartungsvoll nach etwas Essbarem durchsuchte. »Vielleicht hat er es sich anders überlegt und will doch nicht mit uns reisen«. Sebastian warf Max einen vorwurfsvollen Blick zu. »Hängt wahrscheinlich mit dem Gestank gestern Abend zusammen«, fügte er hinzu.

»Ich kann mich an keinen Gestank erinnern«, sagte Max.

»Du hast ja auch nicht da geschlafen, wo ich geschlafen hab.« Sebastian kletterte aus seinem Schlafsack, nahm seine Mütze und stand auf. Er ließ seinen Blick den ganzen Horizont entlangwandern, aber den kleinen Krieger konnte er nirgends entdecken. »Wie schade«, sagte er. »Ich hatte mich schon so auf ein herzhaftes Frühstück gefreut.«

»Und das sollst du auch haben!«, sagte Cornelius und sprang so plötzlich aus dem Gebüsch hervor, dass Max sich an einem Grasbüschel verschluckte. »Ich hatte das Glück, ein Nest voller Gallock-Eier zu finden.« Er schritt auf Sebastian zu und zeigte ihm seinen umgedrehten Helm, der bis zum Rand mit blauen Kugeln gefüllt war. »Ich nehme an, du hast eine Pfanne, in der wir diese Prachtstücke braten können?«

»Äh … ja, natürlich.« Sebastian eilte zu seinem Wagen und hoffte, dass er nicht den Eindruck gemacht hatte, Cornelius' Begleitung schon als selbstverständlich anzusehen. »Was für eine angenehme Überraschung«, sagte er. »Da musst du ja den ganzen Morgen gesucht haben.« Er holte etwas Kleinholz und eine zerbeulte alte Pfanne hervor.

»Man muss nur wissen, wo man suchen muss«, sagte Cornelius und setzte sich an die Feuerstelle.

»Was für eine Vogelart ist denn der Gallock?«, fragte Max misstrauisch.

»Es ist überhaupt kein Vogel«, antwortete Cornelius. »Sondern eine Schlange.«

»Schlangeneier?«, rief Max und verzog das Gesicht. »Also, das geht jetzt aber wirklich zu weit!«

»Ich kann dir versichern, sie sind köstlich«, sagte Cornelius, nahm Sebastian das Holz ab und legte es ins Feuer. »Aber wenn du dein Heu vorziehst, nehm ich es dir natürlich nicht übel.«

Max machte ein nachdenkliches Gesicht. »Hmm, es ist vielleicht nicht verkehrt, von Zeit zu Zeit etwas unbekannte Kost zu probieren«, sagte er. »Nur um der Erfahrung willen.«

Am Ende fraß Max vier Eier und hätte noch mehr verputzt, wenn noch welche übrig gewesen wären. »Die sind wirklich nicht schlecht«, sagte er und schleckte sich die letzten Eireste vom Maul. »Wenn man bedenkt, wo sie herkommen.«

»Jawralatfleisch, Schlangeneier – ich hoffe nur, die ungewohnte Nahrung hat nicht die üblichen Auswirkungen auf dein Verdauungssystem«, sagte Sebastian, während er Max vor den Wagen spannte. »Vergiss nicht, ich sitze direkt hinter dir.«

»Ich hab keine Ahnung, worauf du anspielst«, sagte Max gestelzt.

Dann war es Zeit, die Sachen zusammenzupacken und die Reise fortzusetzen.

In flottem Tempo machten sie sich auf den Weg. Cornelius entschied sich, neben dem Wagen herzulaufen, anstatt sich Max' endloses Gejammer über das zusätzliche Gewicht, das er jetzt ziehen müsse, anzuhören. Cornelius ging davon aus, dass sie noch gut anderthalb Tage brauchen würden, um ihr Ziel zu erreichen. Jemand hatte ihm erzählt, dass die Türme von König Septimus' riesigem Palast schon aus einiger Entfernung zu erkennen seien, aber noch war der Horizont nur eine ununterbrochene Linie von blassem Braun vor dem klaren Blau des Himmels.

Stunde um Stunde trotteten sie durch die Prärie, bis das

flache Land schließlich von sanft geschwungenen Hügeln abgelöst wurde, auf denen sich das Gras rhythmisch im Wind zu wiegen schien. Gegen Mittag kamen sie über einen Bergrücken und erspähten etwas: In der Ferne unter ihnen stieg eine graue Rauchsäule in den Himmel. Als sie allmählich näher kamen, konnten sie erkennen, dass es sich um einen Zug von mehreren Planwagen handeln musste. Zwischen ihnen war irgendein Tumult ausgebrochen, durch den eine dicke Staubwolke aufgewirbelt wurde. Cornelius zog ein altertümlich aussehendes Teleskop aus seinem Gürtel und hielt es vor sein Auge. Er beobachtete die Szene einen Moment, dann sog er scharf die Luft ein.

»Bei Shadlogs Zähnen!«, rief er aus. Er steckte das Teleskop zurück in seinen Gürtel, klappte das Visier seines Helms herunter und zog sein Schwert.

»Komm, Sebastian«, sagte er. »Da braucht jemand Hilfe!«

»Aber … der Wagen …«

»Der kommt schon alleine hinterher. Schnapp dir dein Schwert und folge mir!«

Und er stürmte los, in einem für seine Körpergröße unglaublichen Tempo. Sebastian starrte ihm einen Augenblick nach, dann zog auch er sein Schwert aus der Scheide. In einem Satz sprang er vom Wagen.

»Ich hoffe, du hast nicht vor, mich hier alleinzulassen«, protestierte Max.

»Du wirst schon zurechtkommen. Ich kann doch nicht zulassen, dass sich Cornelius ohne Unterstützung in Gefahr begibt, oder?«

»Warum nicht? Er ist schließlich für so etwas ausgebildet. Du hingegen …«

Aber Sebastian hörte den Rest des Satzes nicht mehr. Schnell wie ein Sprinter, eilte er Cornelius nach und hatte ihn mit seinen langen, dünnen Beinen in kürzester Zeit eingeholt. Er hätte mit Leichtigkeit an dem kleinen Mann vorbeiziehen können, aber er verlangsamte sein Tempo etwas, um neben ihm zu laufen. Jetzt konnte er die Wagen, auf die sie zurannten, genauer erkennen – und er sah auch, dass sie von einer Truppe zerlumpter Männer auf Rössern angegriffen wurden.

»Briganten!«, brüllte Cornelius. »Scheint eine stattliche Versorgungskolonne zu sein, die sie da angreifen. Da machen sie kurzen Prozess mit den Besitzern!«

Sebastian senkte den Kopf und konzentrierte sich aufs Laufen. Sie hatten eine ganz schöne Entfernung zurückzulegen, und ein Teil von ihm wollte am liebsten gar nicht ankommen, denn das bedeutete kämpfen. Er dachte an Max' Worte. Mit einem Schwert umgehen zu können und jemandem den Kopf abzuschlagen, das waren zwei Paar Schuh. Aber nun war es zu spät zu kneifen. Als er das nächste Mal aufsah, war der Schauplatz des Gefechts schon beunruhigend näher gerückt. Jetzt konnte er alles erkennen.

Die Soldaten, die die Versorgungskolonne begleitet hatten – vornehm ausstaffierte Männer mit bronzenem Brustharnisch und roten Federn am Helm –, hatten sich in einem schützenden Kreis um eine besonders prunkvolle Kutsche gruppiert und verteidigten sie mit ihrem Leben. Die zwei edlen Rösser, die die Kutsche gezogen hatten, lagen tot am Boden, mit Pfeilen bespickt wie Nadelkissen mit Stecknadeln. Viele der Wachsoldaten hatten ein ähnliches Schicksal erlitten und der Boden war bereits übersät mit ihren Leichen. Sebastian beobachtete, wie immer mehr Soldaten dem Regen von Pfeilen zum Opfer fielen, den die Briganten auf sie abfeuerten. Immer engere Kreise zogen die Angreifer um ihre Opfer und kreischten dabei wie die Verrückten.

»Das ist doch nicht fair!«, schrie Sebastian.

»Willkommen in der Wirklichkeit«, rief Cornelius zurück. »Aber keine Sorge, wenn wir erst ein paar Treffer landen, gleicht sich das wieder aus.«

Als die zwei Neuankömmlinge den Kampfschauplatz betraten, entdeckte sie einer der Briganten, ein riesiger bärtiger Mann, der auf einem grauen Ross saß und jetzt aus dem Kreis seiner Kameraden ausbrach, um Cornelius anzugreifen. Mit donnerndem Hufschlag preschte er auf den kleinen Krieger zu, seine riesige Streitaxt zum vernichtenden Schlag erhoben. Am liebsten hätte Sebastian die Augen geschlossen, aber er konnte es nicht. Gerade als er dachte, wie nett es gewesen war, Cornelius gekannt zu haben, vollführte der kleine Mann ein außerordentliches Manöver, machte eine Rolle nach vorn und schlüpfte zwischen den fliegenden Hufen des Rosses hindurch. Dann sprang er wieder auf die Füße und fuhr mit der Klinge seines Schwerts in den ungeschützten Bauch des Tieres. Das Ross verlor den Halt, stürzte kopfüber in den Dreck und warf seinen Reiter dabei in hohem Bogen aus dem Sattel.

Cornelius zögerte nicht, sondern stürzte mit einem markerschütternden Schrei voran, als sich weitere Reiter aus dem Kampfgetümmel lösten und auf ihn zustürmten. Sebastian konnte das Geschehen nicht weiter beobachten, denn ein Reiter hatte ihn entdeckt und setzte zum Angriff an. Sebastian schluckte und umklammerte mit beiden Händen das Schwert seines Vaters. Wenn er hier schon sterben musste, sagte er sich, sollte er es anständig tun und keine Angst zeigen, auch wenn er innerlich zitterte wie Espenlaub.

Der Brigant galoppierte auf ihn zu. Sein hässliches Gesicht war mit Streifen roter Farbe bemalt, die verdächtig an Blut erinnerte. Er lachte und schwang ein riesiges Schwert über dem Kopf. Unter den Hufen seines Rosses schien der ganze Erdboden zu erzittern. Verzweifelt versuchte sich Sebastian daran zu erinnern, welchen Rat sein Vater ihm für solche Situationen gegeben hatte: *Lass deinen Gegner den ersten Zug machen, aber versuch, ihn vorherzusehen. Wenn du ihm ausgewichen bist, zögere keine Sekunde und mach deinen Zug!*

Plötzlich war der Brigant neben ihm, lehnte sich aus dem Sattel und setzte zum Schlag an. Als der Angreifer ausholte, lehnte sich Sebastian zur Seite, und die tödliche Spitze des Schwerts zischte in einem scharfen Bogen wenige Zentimeter an seinem rechten Ohr vorbei. Dann wirbelte er herum, schlug mit seiner eigenen Klinge zu und spürte, wie sie auf Taillenhöhe durch das Kettenhemd des Reiters schnitt. Das Ross rannte weiter, aber als Sebastian sich umdrehte, sah er, dass der Reiter im Sattel zur Seite kippte und in den Dreck stürzte. Dort lag er und krümmte sich vor Schmerzen, während das Blut durch sein Kettenhemd sickerte.

Sebastian spürte, wie ihn ein plötzliches Hochgefühl durchflutete. Er hatte es geschafft! Er hatte einen Briganten besiegt, in einem Kampf um Leben und Tod! Er öffnete den Mund, um einen Triumphschrei auszustoßen, aber in diesem Moment schlug etwas Schweres auf seinen Rücken und trieb ihm den Atem aus den Lungen. Vollkommen verwirrt stürzte er zu Boden, überschlug sich mehrmals und blieb schließlich auf dem Rücken liegen, das Schwert längst nicht mehr in der Hand. Er sah auf und erblickte einen riesigen breitschultrigen Briganten, der mit einem schiefen Grinsen auf ihn zukam. Er schwang die schwere Keule, mit der er Sebastian soeben geschlagen hatte, und sein stolzer Gang ließ keinen Zweifel daran, dass er durchaus die Absicht hatte, sie noch einmal zu verwenden.

Sebastian blickte sich verzweifelt nach seinem Schwert um und sah es in einiger Entfernung auf dem Boden liegen. Wenn er jetzt einen kühlen Kopf bewahrte, konnte er vielleicht einen Hechtsprung danach machen – doch der Brigant schüttelte seinen hässlichen bärtigen Kopf.

»Vergiss es, Elfenmann. Das wird nichts«, sagte er. Und dann kam er näher, die Keule zum Schlag erhoben.

Sebastian lag da und nahm nur undeutlich ein seltsames Donnern wahr, das den ganzen Boden unter ihm zu erschüttern schien. Er machte sich auf den tödlichen Schlag gefasst und schickte ein Stoßgebet zum Himmel, dass sein Vater ihn im Jenseits empfangen möge. Doch der Schlag kam nicht.

Stattdessen kam ein riesiger Kopf mit zwei Hörnern in Sicht, stieß dem Briganten geradewegs in die Brust und schleuderte ihn zu Boden wie eine zerbrochene Puppe.

»Max!« Sebastian sah freudig auf, doch der Wagen hatte so viel Schwung, dass der Büffelop nicht zum Stehen kommen konnte und wie besengt an ihm vorbeiraste, wobei die Räder seines Wagens Sebastian nur um Haaresbreite verfehlten. Der verdutzte Brigant hatte sich gerade wieder aufgerappelt, als Max und der Wagen ihn niedertrampelten, mitten ins Schlachtgetümmel hineindonnerten und nichts als eine Staubwolke zurückließen. Sebastian schüttelte ungläubig den Kopf und erhob sich. Er griff nach seinem Schwert und rannte hinter dem Wagen her, hinein in die Staubwolke.

Plötzlich steckte er mitten in einem undurchschaubaren Wirrwarr von kämpfenden, miteinander ringenden Männern. Ein Brigant mit einem riesigen gehörnten Helm sprang aus dem Staub auf ihn zu. Sebastian reagierte instinktiv und traf den Helm des Gegners mit dem Schwert. Die Wucht des Schlags ging durch seinen ganzen Arm und der Mann fiel auf den Rücken. Sebastian stand da und starrte fassungslos auf sein Schwert.

»Haha, jetzt kommt Stimmung auf, Junge!«, brüllte eine Stimme auf Höhe seiner Hüfte, und Sebastian sah Cornelius vorbeistürmen. Er war über und über mit Blut und Dreck beschmiert, aber er schien sich köstlich zu amüsieren. »Ich glaub, ihre Bogenschützen hab ich alle erledigt. Jetzt lass uns doch mal sehen, was so Wertvolles in dieser Kutsche ist!«

Sebastian folgte dem kleinen Krieger ohne ein weiteres Wort und fand sich bald in der Nähe der prunkvollen Kutsche wieder. Der letzte der Wachsoldaten war soeben den Schwertern der Briganten zum Opfer gefallen und einer von ihnen – ein riesiger Mann mit nacktem Oberkörper, Glatzkopf und Ziegenbart – wollte gerade triumphierend die Satinvorhänge vor dem Eingang zurückziehen. Da kam ein großer Tontopf aus dem Dunkeln des Wagens geflogen, traf ihn mitten ins Gesicht und warf ihn rückwärts zu Boden. Für einen Moment lag er benommen da, dann grunzte er überrascht, als erst Cornelius und dann Sebastian seine Brust als bequemes Sprungbrett nutzten, um in einem Satz auf den Holzstufen der Kutsche zu landen. Vor dem Eingang wirbelten sie herum, die Schwerter zur Verteidigung erhoben, und da sahen sie sich plötzlich einem Halbkreis von finster dreinblickenden, bis an die Zähne bewaffneten Kriegern gegenüber.

Es folgte eine lange und beklemmende Stille, während sich die Briganten zum Angriff versammelten.

Das war's dann wohl, dachte Sebastian. Gegen so viele können wir nicht kämpfen. Wir sind verloren.

KAPITEL 7

Irgend so ein dummes Gör

Die Stille schien eine Ewigkeit anzudauern.

Cornelius ließ seinen Blick langsam durch den Halbkreis der Wilden wandern, damit sie die Entschlossenheit in seinen Augen sehen konnten. Dann sprach er mit der Stimme eines Befehlshabers.

»Briganten, hört mir zu! Ich, Hauptmann Cornelius Drummel, habe heute schon viele eurer Kameraden getötet, und ihr könnt sicher sein, dass ich auch jeden von euch töten werde, der versucht, einen Fuß auf diese Stufen zu setzen.«

»Bogenschützen!«, rief einer der Briganten. »Tretet vor und erschießt diese beiden Idioten!«

Wieder herrschte Stille, während alle auf das Erscheinen eines Bogenschützen warteten, aber es wurde schnell klar, dass sich keiner blicken lassen würde.

»Ich war so frei und hab vorsichtshalber all eure Bogenschützen getötet«, erklärte Cornelius. »In Situationen wie dieser stören sie doch nur. Und bevor ihr eure Zeit verschwendet und nach einem Bogen sucht – ihr könnt euch darauf verlassen, dass ich immer die Sehnen durchschneide. Ich lege viel Wert auf Chancengleichheit.«

Bei diesen Worten ging ein beunruhigtes Raunen durch die Gruppe der Briganten. Sie blickten sich nach allen Seiten um, als wollten sie sich vergewissern, dass Cornelius die Wahrheit sagte. Und wirklich, sie hatten keinen einzigen Bogenschützen mehr.

»Wenn ich Euch einen Rat geben darf, meine Herren«, sagte Cornelius, »dann schnappt Euch so viel Beute, wie Ihr noch aus den letzten Wagen bergen könnt und verschwindet, solange Eure Köpfe noch fest auf Euren Schultern sitzen.«

Jetzt begannen die Briganten, miteinander zu tuscheln. Dann schrie einer von ihnen, ein gedrungener rotbärtiger Mann mit geflochtenen Zöpfen und unsauber gezeichneten Tattoos, zurück.

»Das sind große Worte von so einem kleinen Mann!«

Diese Bemerkung löste Gelächter aus, doch als Cornelius antwortete, verebbte es schnell.

»Ich bin vielleicht klein, aber bei Shadlogs Knochen, ich bin Manns genug, dir deinen hässlichen Kopf abzuschlagen, ohne auch nur im Geringsten ins Schwitzen zu geraten.«

»Mir den Kopf abschlagen? Da kommst du ja nicht mal an!«

Wieder lachte die ganze Bande, doch Cornelius lächelte nur.

»Komm doch hoch, wenn du mir nicht glaubst!«, rief er. »Überzeug dich selbst!«

Rotbarts Kameraden riefen ihm aufmunternd zu. Er blickte in die Runde und versicherte sich ihrer moralischen Unterstützung, bevor er seine kräftigen Schultern straffte, sein riesiges zweihändiges Schwert hob und auf Cornelius zuging.

»Geh einen Schritt zurück, Sebastian«, sagte Cornelius ruhig; und Sebastian tat, was er ihm sagte.

Er beobachtete die Szene und hätte später schwören können, dass Cornelius sich kaum bewegt hatte. Der kleine Krieger machte eine kaum wahrnehmbare Bewegung mit dem Handgelenk, die silberne Klinge sauste durch die Luft und der große Mann stieß ein überraschtes Grunzen aus und hielt sich den Bauch. Er fiel auf, die Knie und brachte seinen Kopf damit in Reichweite seines Gegners. Cornelius wirbelte herum, die Klinge blitzte zum zweiten Mal auf, und der Körper des Mannes sackte langsam zu Boden, während sein Kopf die Stufen hinunterpolterte und mit einem erstaunten Ausdruck auf dem Gesicht zu seinen Kameraden zurückrollte. Die Briganten standen allesamt da und starrten fassungslos auf ihn herunter.

»Will noch jemand sein Glück versuchen?«, brüllte Cornelius. Doch offensichtlich fühlte sich niemand angesprochen. Grummelnd und fluchend wandten sich die Briganten ab und trotteten in Richtung der anderen Wagen davon.

»Feiglinge!«, blaffte Cornelius und spuckte ihnen nach. »Kommt schon. Ich binde mir auch eine Hand auf den Rücken. Na, wie wär's?«

Immer noch meldete sich niemand.

»Na ja, ich hab auch noch keinen Briganten getroffen, der das Zeug zum Nahkampf besessen hätte«, brummte Cornelius. »Zu schade auch – ich war gerade erst in Schwung gekommen.« Er sah zu Sebastian hinüber und zwinkerte ihm zu. »Du hast dich gut geschlagen, Junge. Wir machen schon noch einen Soldaten aus dir. So, ich bleibe hier, falls einer dieser Barbaren beschließen sollte, zurückzukommen und einen zweiten Vorstoß zu wagen. Spring du mal in die Kutsche und schau nach, wofür diese Wächter ihr Leben geopfert haben.«

Sebastian nickte.

Er drehte sich um und schlüpfte in die dunkle Kutsche. Während er die Vorhänge zurückzog, dachte er noch daran, dass der letzte Besucher ziemlich unfreundlich empfangen worden war. Im selben Augenblick traf ihn mit ungeheurer Wucht etwas Hartes am Kopf und warf ihn zu Boden. Für einen Moment kauerte er auf allen vieren, während in seinem Schädel unzählige bunte Lichter tanzten. Er war nur froh, dass er noch seine Narrenmütze getragen hatte, die den Schlag etwas gedämpft hatte. Undeutlich nahm er wahr, dass jemand auf ihn zukam, zweifellos um erneut anzugreifen. Ohne zu zögern, stürzte er sich kopfüber auf die nur schemenhaft erkennbare Gestalt, die zurück ins Dunkle stolperte. Seine Arme schlossen sich um die Schultern der Person, und plötzlich war ein Scheppern zu hören, als ein schwerer Gegenstand zu Boden krachte. Dann fiel die Gestalt rückwärts auf etwas, das sich wie ein Federbett anfühlte, und versuchte, sich aus seinem Griff zu befreien.

Er erhob eine Faust zum Schlag, als ihm plötzlich bewusst wurde, dass sein Gegner um einiges besser duftete als die Briganten, denen er draußen begegnet war. Seine erhobene Hand streifte einen Samtvorhang und griff danach. Er riss ihn herunter und ein plötzlicher Lichtschwall flutete in das Innere der Kutsche.

Erst jetzt stellte er fest, dass er auf einem Mädchen hockte – einem hübschen noch dazu. Sie lag dort und sah wütend zu ihm auf, die grünen Augen zu zornigen Schlitzen verengt, der volle rote Mund zu einer missbilligenden Miene verzogen.

»Lass mich los, du Blödmann!«, kreischte sie. »Wie kannst du es wagen, mich anzufassen?«

Sebastian runzelte die Stirn, aber er löste seinen Griff und rutschte von dem weichen Etwas, das er jetzt als seidenen Diwan erkannte.

»Entschuldige«, sagte er. »Ich dachte…«

»Es interessiert mich nicht, was du dachtest!«

»Alles in Ordnung da drinnen, Junge?«, hörte er Cornelius rufen.

»Äh… ja, alles klar. Bloß irgend so ein dummes Gör, das mir mit einem« – er blickte sich einen Moment um und sah die ungewöhnliche Waffe auf dem Boden liegen – »mit einem Nachttopf eins überbraten wollte.« Glücklicherweise schien der ziemlich prunkvolle Porzellantopf leer gewesen zu sein, als sie mit ihm zugeschlagen hatte.

»*Irgend so ein dummes Gör!*«, schrie sie und sah ihn vollkommen entgeistert an. »Wie kannst du es wagen! Wenn mein Onkel von diesem Frevel hört, wird er dich und diese anderen Briganten zur Strecke bringen wie…«

»Hey, Moment mal!« Sebastian funkelte sie wütend an. »Ich bin kein Brigant! Falls du es nicht mitgekriegt hast – mein Freund Cornelius und ich haben dich gerade von diesem Pack befreit. Wir… wir haben dich gerettet.« Seine Worte überraschten ihn selbst. Bis zu diesem Moment hatte er noch gar nicht begriffen, dass sie genau das getan hatten.

»Ach, wirklich?« Sie schien alles andere als beeindruckt zu sein. »Und wo sind meine Leibwächter?«

Sebastian sah sie finster an. »Alle tot, fürchte ich.«

»Ach so.« Das Mädchen blickte einen Moment zur Seite, als könnte sie ihren eigenen Ohren nicht trauen. »Was? Jeder Einzelne von ihnen?«

»Ich glaube schon. Wir hatten noch keine Zeit, genau nachzusehen. Wir wollten erst mal herausfinden, was die Soldaten da so hartnäckig bewachten. Habt ihr einen Schatz hier drin?«

Das Mädchen starrte ihn an. »*Mich* haben sie bewacht, du Schwachkopf. Weißt du überhaupt, wer ich bin?«

»Ähm – wenn man bedenkt, was du hier für ein Theater machst, vermutlich jemand, der sich ziemlich wichtig nimmt.«

Das Mädchen stand auf und stemmte die Hände in die Hüften. Sie starrte ihn zornig an. »Ich bin Prinzessin Kerin von Keladon.«

»Keladon! Oh, das ist ja ein Zufall, da wollen wir ...« Sebastians Stimme verebbte, als ihm bewusst wurde, was sie da eigentlich gesagt hatte. »Entschuldige, sagtest du eben, äh ... *Prinzessin*?«

»Ja, du Ochse. Prinzessin Kerin. König Septimus ist mein Onkel.«

Es dauerte eine Weile, aber schließlich hatte sich Prinzessin Kerin so weit beruhigt, dass sie Sebastian nach draußen begleiten konnte, wo Cornelius noch immer Wache hielt. Der verlegene Ausdruck auf seinem Kindergesicht ließ keinen Zweifel daran, dass er jedes Wort mitgehört hatte. Sofort wandte er sich der Prinzessin zu.

»Immer zu Euren Diensten, Hoheit«, sagte er und verbeugte sich ehrfürchtig.

»Das ist nicht nötig«, fuhr sie ihn unwirsch an. »Du kannst aufstehen.«

»Ich stehe schon«, sagte Cornelius zerknirscht.

»Oh, ja, tatsächlich! Du meine Güte, du bist wirklich ziemlich klein, nicht wahr?«

»Klein von Statur, aber mit dem Herzen eines Riesen, Prinzessin. Ich bin aus Golmira, dem Königreich der ...«

»Was auch immer.« Die Prinzessin klatschte in die makellos manikürten Hände. »Also, was geht hier draußen eigentlich vor?«

»Die Briganten plündern die Versorgungswagen, Eure Hoheit. Ich habe es als das Beste erachtet, ihnen das zu erlauben, damit sie diese Kutsche verschonen. Und hier hat Eure tapfere königliche Leibgarde leider ihren letzten Kampf ausgefochten.«

Er zeigte auf die vielen Leichen, die um den Eingang der Kutsche herumlagen. Prinzessin Kerin blickte auf sie hinunter und ihre Augen weiteten sich vor Schreck. Sie sah genauso aus wie jemand, der gerade aus einem schrecklichen Albtraum erwacht ist.

»Tot?«, flüsterte sie, als hätte sie das Wort noch nie gehört. »Wie können sie einfach tot sein? Sie... sie...«

»Sie haben ihr Leben gegeben, um dich zu beschützen«, sagte Sebastian.

Kerin nickte. »Es waren wackere Männer. Ihr sollt jedem von ihnen die Insignien abnehmen. Wenn ich zurück nach Keladon komme, werde ich jeder ihrer Familien schreiben und...«

Ihre Stimme brach ab und für einen Moment füllten sich ihre Augen mit Tränen, doch dann versuchte sie, sich zusammenzureißen. Sie hob den Blick von den toten Männern und sah zu ein paar zerzausten Schurken hinüber, die einen großen Koffer aus einem benachbarten Wagen gezerrt hatten und ihn durchwühlten. Einer von ihnen hatte ein Rüschenkleid gefunden und hielt es vor seine behaarte Brust, als überlege er, ob er es nicht einmal anprobieren sollte. Von einem Moment auf den anderen schien sich Kerin zu verschließen und ihre Augen nahmen einen kalten Ausdruck an. Jetzt wirkte sie wieder unnahbar und herrisch.

»Wenn ihr nicht im richtigen Moment vorbeigekommen wärt, wäre ich jetzt wahrscheinlich eine Gefangene«, murmelte sie. »Diese widerlichen Dreckskerle! Die haben bestimmt seit Wochen nicht gebadet, und ich wette, die Zähne putzen sie sich auch nie.« Sie drehte sich wieder zu Sebastian und Cornelius um und von den Tränen war nichts mehr zu sehen. Sebastian staunte über diese plötzliche Verwandlung. »Es sieht wohl so aus, als stünde ich in eurer Schuld«, sagte die Prinzessin gleichgültig. Sie funkelte Sebastian zornig an. »In diesem Fall will ich mal darüber hinwegsehen, dass du auf mich losgegangen bist.«

»Das war reine Selbstverteidigung«, gab Sebastian zurück. »Du hast mich mit einem …«

»Eure Hoheit, darf ich fragen, was Euch in diese trostlose Gegend verschlagen hat?«, warf Cornelius ein, um einen möglichen Streit abzuwenden.

»Oh, das war die Idee meines Onkels. Er hat mich mit einer Delegation losgeschickt, um Helena von Bodengen zu treffen, die Königin unseres Nachbarlandes. Sie hat diesen angeblich so gut aussehenden Sohn, Rolf, den sie unbedingt unter die Haube bringen will. Onkel Septimus hielt es anscheinend für nützlich, wenn ich ihn kennenlernen würde. Er hat da wohl irgendeine Art Bündnis im Sinn.« Die Prinzessin verdrehte die Augen. »Wie auch immer, ich hatte ein Gemälde von Rolf gesehen und da sah er wirklich ganz stattlich aus. Also stimmte ich der Reise zu.«

»Wie hätte es anders sein sollen«, sagte Sebastian, aber sie schien seinen Sarkasmus nicht zu bemerken.

»Als ich in Bodengen ankam, stellte ich fest, dass der Hofmaler Rolf um einiges attraktiver gemacht hatte, als er tatsächlich war. Er hatte versäumt, die fehlenden Zähne zu dokumentieren und die fliehende Stirn. Deshalb habe ich darauf bestanden, sofort zurückzufahren, und dann haben uns diese furchtbaren Briganten überfallen.« Sie seufzte. »Ich hätte wohl doch auf den Hauptmann hören sollen.«

»Den Hauptmann?«, wiederholte Cornelius.

»Der Hauptmann der königlichen Leibgarde. Mehrere seiner Männer waren krank geworden und nicht in der Lage, uns zu begleiten. Er sagte, wir sollten ein paar Tage warten, bis sie wieder bei Kräften wären – aber ich hab durchgesetzt, sofort aufzubrechen. Ich hatte Onkel Septimus versprochen, zu meinem Geburtstag zurück zu sein.«

»Dein Geburtstag?« Sebastian runzelte die Stirn.

»Ja. Mein siebzehnter. Er ist morgen.«

Sebastian traute seinen Ohren kaum. »Lass mich noch einmal zusammenfassen: All diese Männer mussten sterben … weil du unbedingt zu deinem Geburtstag zurück sein wolltest?«

»Onkel Septimus hat darauf Wert gelegt«, sagte Prinzessin Kerin. »Woher sollte ich denn wissen, dass wir Briganten begegnen würden? Onkel Septimus hat gesagt, er hätte eine besondere Überraschung für mich und ich sollte mich nicht verspäten.«

»Soso, eine besondere Überraschung«, murrte Sebastian. »Das ist natürlich mehr wert als das Leben von …«

»Selbstverständlich werden wir Euch nach Keladon zurückbegleiten«, unterbrach ihn Cornelius hastig. »Um Eure Sicherheit zu gewährleisten. Aber wir müssen noch ein paar Vorbereitungen treffen. Bitte habt noch etwas Geduld, während wir alles zur Weiterreise klarmachen.«

»Aber Cornelius!« Sebastian war entrüstet. »Sie …«

»Wir, äh … wir gehen jetzt und sehen, was noch erledigt werden muss! Warum zieht Ihr Euch nicht in Eure Kutsche zurück, Eure Hoheit, und überlasst diese grobe Arbeit uns?«

Prinzessin Kerin runzelte die Stirn, dann zuckte sie mit den Achseln. »Also gut«, sagte sie. »Aber beeilt euch. Ich langweile mich so schnell.«

Sie drehte sich um und schlüpfte durch den Vorhang zurück in die Kutsche. Sebastian wollte ihr folgen und öffnete schon den Mund, um noch etwas zu sagen, aber Cornelius packte ihn am Saum seines Hemds und zerrte ihn die Treppe herunter.

»Cornelius! Was soll das?«

Statt einer Antwort zog ihn der kleine Mann weiter über das Feld und stieg vorsichtig über die gefallenen Soldaten. Als sie weit genug von der Kutsche entfernt waren, blieb er stehen und sah zu Sebastian hoch.

»Jetzt beruhige dich mal wieder«, sagte er mit gedämpfter Stimme.

»Aber hast du nicht gehört, was sie gesagt hat? Sie hat…«

»Ich *weiß*, was sie gesagt hat«, zischte Cornelius. »Und du hast recht, sie ist eindeutig verwöhnt und eine ziemliche Nervensäge. Aber vergiss nicht, sie ist eine Prinzessin.«

»Ein verzogenes Gör, das trifft es eher«, grummelte Sebastian. »Am liebsten würde ich sie übers Knie legen und…«

»… und sie würde dich zur Belustigung der Bevölkerung auf dem Marktplatz von Keladon aufhängen lassen. Leute wie wir sollten Leute wie sie nicht kritisieren, und du tätest gut daran, dir das zu merken. Von nun an sagen wir nur noch: ›Ja, Eure Hoheit, zu Euren Diensten, Eure Hoheit!‹, und tun, was man uns sagt. Wir können uns nicht erlauben, es uns mit ihr zu verscherzen.«

Sebastian machte ein mürrisches Gesicht. »Das wird nicht leicht«, bemerkte er.

»Nein, aber es wird sich lohnen. Sehen wir doch den Tatsachen ins Auge: Wenn wir sie unversehrt zu ihrem Onkel zurückbringen können, wird er doch bestimmt dankbar sein. Das könnte uns noch sehr zugutekommen, zumal wir beide eine Anstellung an seinem Hof suchen. Und vergiss nicht, er wird nicht mehr lange König sein. In gar nicht so langer Zeit, wenn Kerin volljährig wird, wird sie den Thron besteigen.«

»Kerin? Königin von Keladon? Aber warum ...?«

»Weil ihre Eltern beide tot sind. Ihr Onkel ist nur übergangsweise an der Macht, bis sie volljährig ist. Ich dachte, das weißt du alles.«

Sebastian schüttelte den Kopf. »Das hat mein Vater nie erwähnt. Ich bezweifle, dass er selbst mehr wusste als die Tatsache, dass da ein reicher König war, der einen Narren brauchte.« Er dachte einen Augenblick nach. »Sie ist also eine Waise?«

»Ja – und bald die mächtigste Frau des Landes. Also vergessen wir deine persönliche Abneigung und sehen zu, ob wir noch ein paar Rösser auftreiben und vor ihre schicke Kutsche spannen können.«

Die Erwähnung der Kutsche erinnerte Sebastian an etwas.

»Max ...«, murmelte er. »Wann hast du ihn zuletzt gesehen?«

»Als er an mir vorbeiraste, deinen Wagen im Schlepptau. Er rannte ja wie der Blitz!«

Sebastian hob hoffnungsvoll den Kopf und ließ den Blick zu beiden Seiten über die Prärie schweifen, doch zunächst konnte er seinen alten Freund nirgends entdecken. Eine dunkle Vorahnung ergriff ihn. Was, wenn die Briganten ihn gefangen hatten? Er erinnerte sich an ihre Vorliebe für Büffelopfleisch. Doch nach einigen Momenten des verzweifelten Suchens entdeckte er Max, der langsam zu ihm zurücktrottete und dabei noch immer den Wagen zog, der trotz der groben Behandlung weitgehend unbeschädigt zu sein schien.

»Da ist er ja«, sagte er erleichtert.

»Aber irgendetwas ist nicht in Ordnung«, murmelte Cornelius.

Sebastian bemerkte, dass Max sich langsam bewegte, mit sichtlicher Mühe die Hufe hob und den Kopf so weit hängen ließ, dass seine Nase den Boden berührte. Als er näher kam, sah Sebastian mit Schrecken, dass in der linken Flanke des Büffelops ein Pfeil steckte.

»Max!«, schrie er entsetzt. Er rannte dem Büffelop entgegen und schlang die Arme um seinen zottigen Hals. »Du bist ja verletzt!«

Max sah Sebastian mit traurigen Augen an. »Sie haben mich erschossen«, brachte er hervor. »Diese dämlichen Barbaren haben mir einen Pfeil ins Bein gejagt. Ich … ich bin erledigt. Mein Ende naht, junger Herr. Ich spüre schon, wie meine Lebensgeister mich verlassen.«

»Nein«, stieß Sebastian aus. »Nein, du wirst wieder gesund. Du bist stark …«

Doch Max schüttelte seinen gehörnten Kopf. »Es soll nicht sein, mein junger Freund.« Er sog scharf die Luft ein, als hätte ihn ein plötzlicher Schmerz durchfahren. »Meine Stunde ist gekommen, und ich … ich spüre, dass meine Vorfahren auf mich warten.« Er starrte hinauf in den blauen Himmel. »Sie rufen mich in die ewigen Weidegründe. Nach einem Leben der Mühsal, wer kann mir ein bisschen Ruhe verwehren?« Er sah in Sebastians Augen, die sich mit Tränen füllten. »Nein, weine nicht um mich, junger Herr. Das ist nicht die Zeit zum Trauern! Trockne deine Augen und blicke in die Zukunft. Wenn ich deinen Vater wiedersehe, werde ich ihm sagen, dass er einen Sohn hat, auf den er stolz sein kann. Und mein Geist wird auf dem Rest deiner Reise über dich wachen.«

»Bitte, Max, so darfst du nicht reden.« Jetzt weinte Sebastian ungehemmt. »Wir kriegen dich schon wieder hin. Ich sammle ein paar Kräuter und mach dir einen Umschlag. Ein paar Tage Schonung und du bist wieder gesund. Du hast noch viele Jahre vor dir.«

»Ich wünschte, du hättest recht.« Max stieß einen leisen Seufzer aus und seine Augenlider zuckten. »Doch ich fühle schon, wie mich die Dunkelheit überkommt.«

Sebastian schüttelte den Kopf. »Bitte, alter Freund. Bitte verlass mich nicht!«

»Ich… ich kann nicht anders. Behalte mich in guter Erinnerung. Erzähl jedem, den du triffst, dass du einmal einen Büffelop gekannt hast, der ein guter und edelmütiger… Auu!«

Er brach unvermittelt ab, als Cornelius sich auf die Zehenspitzen stellte und den Pfeil aus seiner Flanke zog. »Was fällt dir ein?«, protestierte er. »Ich war gerade dabei, meine letzten Worte zu sprechen.«

»Du wirst nicht sterben«, sagte Cornelius ungerührt. »Dieses Ding hat kaum die Haut zerkratzt. Es braucht schon etwas mehr, um deine zähe alte Schwarte zu durchbohren.«

»Aber – es ist eine tödliche Wunde«, protestierte Max.

»Tödliche Wunde, so ein Quatsch!«, sagte Cornelius unverblümt. »Es ist ein Kratzer. Ich hab mein Lebtag nicht so einen Blödsinn gehört.« Er warf den Pfeil zur Seite und wandte sich ab, um ein paar Rösser für die königliche Kutsche zu suchen.

Sebastian warf Max einen wütenden Blick zu. »Tödliche Wunde«, sagte er zähneknirschend. »Das Ende naht. Also ehrlich!« Er drehte sich um und begann, Cornelius zu folgen.

»Aber es *fühlte sich an* wie eine tödliche Wunde!«, rief Max aufgebracht. »Sie war wirklich ziemlich tief.«

»Cornelius hat gesagt, sie war harmlos.«

»Cornelius… Cornelius hat gut reden. Er ist ja nicht derjenige, dem hier ein Pfeil im Bein steckt. Vielleicht… vielleicht

68

war es ja ein Giftpfeil. Daran hast du noch nicht gedacht, oder? Ich könnte immer noch zum Tode verurteilt sein. Zum Tode!«

Sebastian hatte Cornelius eingeholt, der noch immer vor sich hin lachte.

»Der Bursche hat wirklich eine blühende Fantasie«, bemerkte er.

Sebastian wischte sich mit dem Ärmel die Tränen aus den Augen. »Das war endgültig das letzte Mal, dass ich auf sein Gerede hereingefallen bin«, sagte er. »Für einen Moment hab ich wirklich gedacht, er würde…« Er schüttelte den Kopf. Aus irgendeinem Grund brachte er das Wort »sterben« nicht über die Lippen, als würde es dadurch womöglich doch noch geschehen. »Er hat mir vorhin das Leben gerettet, weißt du. Hat einen Briganten niedergetrampelt, der mich umbringen wollte. Ich … ich weiß nicht, was ich ohne Max machen würde. Er war immer da, schon als ich noch ein Baby war.«

Cornelius gab ihm einen freundschaftlichen Klaps auf den Rücken. »Komm schon«, sagte er. »Lass uns endlich diese Rösser zusammentrommeln und den ganzen Zirkus wieder flottmachen. Wir haben immer noch eine ziemlich lange Reise vor uns.«

KAPITEL 8

Prinzessin im Wartestand

Sie brauchten eine ganze Weile, um die Rösser einzufangen. Es waren Kriegspferde, eigentlich nicht geeignet für die mühselige Aufgabe, einen schweren Wagen zu ziehen, aber irgendwie musste es gehen. Max hatte anscheinend mittlerweile akzeptiert, dass seine kürzlich davongetragene Wunde nicht lebensbedrohlich war, und erklärte sich bereit weiterzufahren.

Sebastian und Cornelius nahmen noch schnell ein paar Reparaturen an seinem Geschirr vor, das in dem Gefecht beschädigt worden war, als Prinzessin Kerin herbeistolziert kam. Sie sah ausgesprochen genervt aus.

»Wann fahren wir denn endlich los?«, fragte sie ungeduldig. »Ich langweile mich!«

Cornelius verbeugte sich und stieß Sebastian seinen Ellbogen ins Bein, damit er dasselbe tat. »Gleich, Eure Hoheit«, versicherte er ihr. »Nur noch ein paar letzte Vorbereitungen und schon sind wir unterwegs. Ich mache mir allerdings etwas Sorgen …«

»Sorgen, kleiner Mann? Sorgen worum?«

»Nun ja … die Rösser, die wir auftreiben konnten, sind sehr launisch und nicht an harte Arbeit gewöhnt. Ich habe Sorge, dass sie durchgehen oder, noch schlimmer, die Kutsche umkippen könnten. Es wäre doch absurd, Euch vor den Briganten gerettet zu haben, nur um Euer Leben erneut zu gefährden, oder?«

»Hmm.« Prinzessin Kerin überlegte einen Moment und musterte dabei die bunte Bemalung auf Sebastians Wagen. Dann hellte sich ihr Gesicht etwas auf. »Kein Problem, dann werde ich eben mit dem Elfling fahren.«

Sebastian starrte sie an. »Was?«, fragte er entsetzt. Dann, nach einem weiteren Ellbogenstoß von Cornelius, versuchte er, seinen Ton zu mäßigen. »Aber … Eure Hoheit, mein bescheidener Karren ist wirklich nicht geeignet für jemanden von hoher Geburt …«

»Das ist mir bewusst«, versicherte sie ihm. »Aber ich habe die Stille in meinem Wagen satt und möchte mich gerne etwas unterhalten.« Sie deutete auf den Schriftzug auf der Plane des Wagens. »Außerdem, ein selbst ernannter König der Narren sollte doch zumindest für ein wenig Amüsement gut sein. Ich hole nur schnell meinen Reiseumhang.« Sie drehte sich um und ging zu ihrer Kutsche zurück.

Sebastian sah ihr verdrießlich nach. »Na wunderbar«, sagte er. »Jetzt habe ich sie für den Rest der Reise auf dem Hals.«

»Erzähl ihr keinen von deinen eigenen Witzen«, warnte Max. »Wenn du unbedingt einen erzählen musst, bleib bei dem Material deines Vaters. Das ist sicherer.«

»Und halte deine Zunge im Zaum«, erinnerte ihn Cornelius. »Wir wollen uns schließlich gut mit ihr stellen.«

»Ja, ja, schon kapiert! Also wirklich, ihr zwei tut ja so, als wüsste ich überhaupt nicht, wie man mit Leuten redet. Ich

bin ein Narr, vergesst das nicht. Ich bin äußerst redegewandt!«

Max und Cornelius tauschten besorgte Blicke.

»Wir sind verloren«, brummte Max resigniert. »Wir sind
ganz sicher verloren.«

Sie waren wieder unterwegs, aber Sebastian war ein wenig
durcheinander. Warum hatte Prinzessin Kerin den Komfort
ihrer eigenen Kutsche aufgegeben, um mit ihm auf dem Wagen zu fahren? Und warum hatte sie es nicht lassen können,
so viele dämliche Fragen zu stellen?

Jetzt saß sie neben ihm und plapperte über allen möglichen
Blödsinn wie ein tratschendes Schäfermädchen – überhaupt
nicht hoheitsvoll, wie er sich das bei einer Prinzessin immer
vorgestellt hatte, sondern lärmend und nervtötend. Oh,
hübsch war sie durchaus, vielleicht mehr als nur hübsch. Aber
so verwöhnt! Wenn sie nicht die gewesen wäre, die sie war,
hätte Sebastian sie liebend gerne vom Wagen und in den
Dreck geschubst.

Die Landschaft veränderte sich. Auf den sanft geschwungenen Hügeln wuchsen saftiges Gras und kleine Grüppchen
von schlanken Bäumen. Die höheren Zweige waren dicht be-
hangen mit dunkelroten Früchten und ganze Scharen von
schwarzen Vögeln stritten sich schaurig krächzend um die
besten Stücke.

Sebastian lehnte sich aus seinem Sitz und warf einen Blick
zurück zu Cornelius, der vornübergebeugt auf dem Kutschbock saß und versuchte, die zwei unruhigen Pferde unter
Kontrolle zu halten, während er in Sebastians Wagenspuren
hinterherfuhr. Immer noch behielt der kleine Mann einen
entschlossenen Gesichtsausdruck bei, als wollte er Sebastian
stillschweigend erinnern, auf seine Worte zu achten. Unter-

dessen plapperte Prinzessin Kerin weiterhin munter vor sich hin.

»… also sagte ich zu ihr: Die Farbe eines Kleides mag für dich ohne Bedeutung sein, meine Liebe, aber wenn es um Angelegenheiten des Hofes geht, weiß ich ja wohl, wovon ich spreche. Da war sie aber still, das kann ich dir sagen!«

Sie machte eine Pause und Sebastian drehte sich ruckartig wieder um. »Wie bitte?«, fragte er. »Was meinen Ihre Hoheit?«, fügte er hinzu.

»Ich habe den Eindruck, du hast mir überhaupt nicht zugehört!«, sagte Prinzessin Kerin verärgert.

»Ich … ich hab nur … ich hab gedacht, diese Rösser gehen gleich durch. Bitte redet doch weiter, Prinzessin. Es ist … faszinierend. Ein einfacher Mann wie ich hat nicht alle Tage die Gelegenheit, so viel über einen Königshof zu erfahren.«

Doch die Prinzessin funkelte ihn wütend an wie ein bockiges Kind.

»Im Grunde bist du doch gar kein Mann, oder?«, bemerkte sie patzig. »Nicht im üblichen Sinn des Wortes. Ich schätze, du bist das, was die Leute einen ›Mischling‹ nennen.«

Sebastian fühlte, wie sich sein Gesicht leicht rötete, aber er bemühte sich standhaft, höflich zu bleiben. »Meine Mutter ist elfisch«, erklärte er ihr. »Einige Körpermerkmale habe ich also von ihr. Und andere von meinem Vater, einem Menschen.«

»Ich frage mich, was ihn dazu gebracht hat, eine Elfin zu heiraten«, sagte sie.

»Ich nehme an, er hat sie geliebt«, entgegnete Sebastian etwas frostiger, als er beabsichtigt hatte.

»Hat? Liebt er sie denn nicht mehr?«

»Mein Vater ist tot, Prinzessin. Er ist vor einiger Zeit gestorben.«

Diese Nachricht schien Kerin peinlich zu berühren. Sie starrte für einen Moment geradeaus, wo ein großer Schwarm schwarzer Vögel kreischend im Geäst eines Baumes herumflatterte.

»Es tut mir leid, das zu hören«, sagte sie. »Ich weiß, wie es ist, ein Elternteil zu verlieren. In meinem Fall waren es beide und ich war noch so jung…« Für einen Augenblick erschien ein kummervoller Ausdruck auf ihrem Gesicht, als dächte sie an traurige Zeiten zurück, doch dann schien sie die Gedanken abzuschütteln und zuckte die Achseln. »Was war dein Vater von Beruf?«, fragte sie.

»Er war ein Narr, wie ich. Oder vielmehr: Ich bin wie er. Wenigstens versuche ich das.«

»Und habt *Ihr* jemanden, den Ihr liebt, Mr Dark?«

Er lachte nervös. Jetzt war er an der Reihe, peinlich berührt zu sein. »Nein«, sagte er. »Zumindest noch nicht.« Er lächelte. »Aber eines Tages, da bin ich sicher, werde ich für jemanden empfinden, was mein Vater für meine Mutter empfunden hat.«

»Liebe!« Kerin verdrehte die Augen. »Die Hofdichter reden auch von nichts anderem. Ich frage mich manchmal, ob es so etwas wie Liebe überhaupt gibt. Ich glaube, die Dichter haben sich das nur ausgedacht, damit sie etwas haben, worüber sie schreiben können.« Sie runzelte die Stirn. »Ist sie denn hübsch, deine Mutter?«

»Ich finde schon«, sagte Sebastian. »Aber welcher Junge würde das nicht über seine Mutter sagen?«

»Sie hat dir immerhin ein paar interessante Gesichtszüge vererbt«, bemerkte die Prinzessin. »Du hast ziemlich schöne Augen. Und diese spitzen Ohren gefallen mir auch ganz gut.«

Nun wusste Sebastian gar nicht mehr, was er sagen sollte.

Er spürte, wie er immer mehr errötete, und tat, als wäre er mit den Zügeln beschäftigt, die er in der Hand hielt. Nach einer Weile warf er Kerin einen verstohlenen Blick zu, sah aber sofort wieder weg, als er feststellte, dass sie ihn noch immer mit ihren lebhaften grünen Augen musterte. Er musste sich eingestehen, dass sie außergewöhnlich schön war. Ein Jammer, dass sie so dumm und oberflächlich war.

»So, so…«, sagte sie nach einer angespannten Pause. »Du hoffst also, bei meinem Onkel eine Anstellung zu finden. Als Hofnarr.«

Sebastian nickte. »Ja. Hat er… hat Euer Onkel Sinn für Humor?«

»Ich weiß nicht, ob man das so sagen kann. Er hat einiges für Sarkasmus übrig, aber das zählt wohl nicht. Er ist…« Die Prinzessin schien für einen Moment nach den richtigen Worten zu suchen. »Er ist ein rätselhafter Mann, mein Onkel Septimus. Es ist nicht immer einfach, sich vorzustellen, was in seinem Kopf vorgeht. Er hat mich natürlich sehr gern und will mich immer beschützen. Ich denke, wenn ich ein gutes Wort für dich einlegen würde, könnte ihn das durchaus beeinflussen.«

Sebastian sah sie hoffnungsvoll an. »Und wäret Ihr bereit, das zu tun?«, fragte er sie.

Sie zuckte die Achseln. »Nun ja, ich weiß nicht. Das käme darauf an, ob du komisch bist oder nicht. Bisher hast du dich ja nicht gerade als Stimmungsmacher erwiesen. Warum gibst du mir nicht ein paar Kostproben deiner… äh… Kunst?«

Sebastian sah mit Unbehagen, dass Max einen besorgten Blick über die Schulter warf, doch er beschloss, ihn zu ignorieren.

»Hm«, sagte er. »Lass mich mal sehen…« Er durchsuchte sein Gedächtnis nach einem Witz, der ihr vielleicht gefallen könnte. Schließlich stieß er auf eine Geschichte, die sie möglicherweise zum Lächeln bringen würde. »Kennt Ihr die Geschichte von dem Mann, der die Straße entlanggeht und seinen Hut verliert? Der Wind weht ihm den Hut vom Kopf, und gerade als er ihn wieder aufheben will, kommt dieser andere Typ mit einem Köter vorbei, und der Köter zerrt an der Leine, bis sein Besitzer ihn loslässt, rennt herbei und zerfetzt den Hut. Da geht der Mann auf den Besitzer des Köters zu und sagt: ›Schaut Euch an, was Euer Köter mit meinem Hut gemacht hat!‹ Der andere Typ zuckt die Achseln und sagt: ›Was geht mich das an? Zieh Leine!‹ Der Mann mit dem kaputten Hut packt die Leine, schleift den Köter hinter sich her und ruft seinem Besitzer zu: ›Mit dir will ich wirklich nichts mehr am Hut haben!‹«

Es folgte das gewohnte lange Schweigen, mit dem Sebastians Zuhörer üblicherweise auf seine Geschichten reagierten, und er begann sich schon mit einem weiteren Misserfolg abzufinden, als – plötzlich, unerwartet – etwas ganz und gar Außergewöhnliches passierte. Prinzessin Kerin legte den Kopf in den Nacken und lachte. Und es war kein verhaltenes Glucksen oder ein halbherziges Kichern. Nein, es war ein echtes Lachen, voller Heiterkeit.

»Das ist sehr gut«, sagte sie, als ihr Lachen etwas verebbt war. Und sie schien es auch genau so zu meinen.

Sebastian war so verblüfft, dass er fast vom Kutschbock gefallen wäre. Er sah zu Max hinunter, der sich wieder zu ihm umdrehte, diesmal jedoch mit einem verdutzten Ausdruck auf dem Gesicht.

»Ihr … Ihr fandet das wirklich komisch?«, fragte Sebastian ungläubig.

»Natürlich! ›Leine ziehen‹! ›Am Hut haben‹! Das ist genial. Erzähl mir noch mehr solche Geschichten.«

Sebastian konnte sein Glück kaum fassen und versuchte es mit ein paar weiteren Witzen. Jeder wurde mit einer noch entzückteren Reaktion belohnt und nach dem fünften konnte sich Kerin vor Lachen kaum noch halten und die Tränen liefen ihr über das hübsche Gesicht.

»Hör auf!«, schrie sie. »Ich mach mir noch in die Hosen!«

Das waren so unprinzessinnenhafte Worte, dass Sebastian ganz erschrocken, aber auf seltsame Weise auch erfreut war. Er stellte fest, dass er sich allmählich mehr für Prinzessin Kerin erwärmte, als er es je für möglich gehalten hätte. Er lächelte und gab Max' Hinterteil einen schwungvollen Klaps mit den Zügeln.

»Nun lass uns mal nicht gleich überschnappen«, hörte er den Büffelop sagen – doch Sebastian war zu glücklich, um sich darum zu kümmern.

»Also ... wie merkst du dir all diese Witze?«, fragte Prinzessin Kerin, als sie sich wieder beruhigt hatte.

»Ich lern sie einfach auswendig«, antwortete er.

»Ich selbst kann überhaupt keine Witze erzählen«, sagte sie. »Irgendein Detail bring ich immer durcheinander. Es wird mir gefallen, jemanden am Hof zu haben, der etwas Leben in die Bude bringt. Prinzessinsein kann ganz schön eintönig sein.«

»Bald werdet Ihr ja Königin sein«, erinnerte Sebastian sie.

»Ja.« Ihre gute Laune schien zu verfliegen und plötzlich machte sie ein sehr ernstes Gesicht. »Ich kann nicht gerade sagen, dass ich mich darauf freue. Seit ich ein kleines Mädchen war, wusste ich, dass ich diese Rolle früher oder später übernehmen müsste, aber es schien immer in weiter Ferne. Und nun plötzlich ist das alles sehr viel näher gerückt. Morgen habe ich Geburtstag und dann ist es nur noch ein kurzes Jahr.«

»In einem Jahr kann viel geschehen«, sagte Sebastian.

»Da hast du wohl recht. Trotzdem, das Ganze erscheint mir auf einmal bedrohlich nah. Ich hoffe, ich werde eine gute Königin sein.« Sie sah ihn neugierig von der Seite an. »Was meinst du?«, fragte sie.

Jetzt wurde es brenzlig.

»Ich … ich habe nicht die leiseste Ahnung«, sagte er. »Ich weiß ja gar nicht, was man als Königin so können muss.« Die Tatsache, dass ihr seine Witze gefallen hatten, gab ihm den Mut zu einer ungewöhnlich offenen Bemerkung. »Ich nehme an, es ist nie verkehrt, wenn eine Königin schön ist. Und … und das seid Ihr ganz sicher.«

Sie sah ihn zweifelnd an und schüttelte den Kopf. »Das sagst du doch nur, weil du glaubst, dass du dann die Stelle bekommst«, sagte sie.

»Nein, das meine ich wirklich. Ihr seid … schön.« Sein Gesicht glühte wieder, und es fiel ihm sehr schwer, sie anzusehen.

»Donnerwetter«, sagte sie. »Das hat mir noch niemand gesagt.«

»Das kann ich mir kaum vorstellen«, sagte er.

»Oh, die Leute haben schon gesagt, dass ich würdevoll aussehe und majestätisch und all solchen Quatsch. Aber niemand hat je das Wort ›schön‹ verwendet.« Sie sah ihn nachdenklich an. »Und was ist mit meiner Nase?«, fragte sie ihn.

»Eure … Nase?«

»Ja. Sie ist etwas schief. Siehst du?«

Er war gezwungen, ihr direkt ins Gesicht zu schauen, und bemerkte, dass sie ihn mit den Augen regelrecht durchbohrte. »Ähm … ich … ich kann nichts Falsches daran erkennen. Eure Nase. Sie ist … stolz.«

»Das ist doch nur eine nette Art zu sagen, dass sie zu groß ist!«, protestierte Kerin.

»Nein, sie ist perfekt. In Euer Gesicht würde keine andere Nase so gut passen. Es ist wirklich eine … sehr, sehr hübsche Nase.«

Es folgte eine lange Stille, in der sie nebeneinandersaßen und sich versonnen ansahen – bis der Moment unsanft von Max unterbrochen wurde, als dieser wieder einmal einen lauten Darmwind entweichen ließ.

»'tschuldigung«, sagte er. Doch der Zauber war gebrochen. Sebastian und Prinzessin Kerin wandten sich voneinander ab und richteten ihre Blicke auf den Weg vor ihnen.

»Nun ja, ich bin sicher, es gehört sehr viel mehr dazu, Königin zu sein, als eine stolze Nase zu haben«, sagte sie schließlich. »Ich weiß, dass man bestimmte Eigenschaften braucht.«

»Ehrlichkeit«, sagte Sebastian und bereute es sofort.

»Was meinst du damit?«, fragte sie schroff.

»Äh … na ja, ich denke, das ist wahrscheinlich etwas, was eine Königin braucht, um … um weise zu regieren. Und äh … ich hab daran gedacht …« Seine Stimme verebbte, als ihm bewusst wurde, dass er zu weit gegangen war. »Im Grunde … geht es mich ja wirklich nichts an.«

»Jetzt sag schon, was du sagen wolltest. Ich bestehe darauf.«

Sebastian hatte das Gefühl, immer mehr in seinem Sitz zusammenzusacken, aber jetzt war es zu spät, dem Thema auszuweichen. »Ich hab daran gedacht, wie Ihr Euch verhalten habt, als Ihr erfahren habt, dass Eure Leibgarde getötet wurde. Für einen Moment schient Ihr ehrlich bestürzt zu sein – da waren echte Tränen in Euren Augen – aber dann habt Ihr Euch irgendwie abgeschottet, als wäre Euch das alles egal.«

Prinzessin Kerin sah ihn zornig an. »Woher willst du das wissen?«, protestierte sie.

»Eure Hoheit. Ich meine ja nur … Es ist doch keine Schande, Tränen zu vergießen, wenn jemand gestorben ist. Das hätten wir Euch doch nicht übel genommen.«

»Ich verstehe.« Nun war alle Wärme aus Prinzessin Kerins Stimme gewichen. »Du meinst also, dass ich unehrlich bin. Dass ich der Öffentlichkeit ein falsches Bild vorgebe.«

»Es stand mir nicht zu, so etwas zu sagen«, bemerkte Sebastian verdrießlich.

»In der Tat! Du bist dir sicher im Klaren darüber, dass ich dich sofort hängen lassen könnte, wenn wir in Keladon ankommen.«

»Aber … ich … Prinzessin, wir haben Euch das Leben gerettet!«

»Glaub nur nicht, dass du dir deshalb alles erlauben kannst. Von allen unverschämten –« Ihre Wut schien auf einmal in Boshaftigkeit umzuschlagen. »Wer bist du überhaupt, dass du es wagst, jemanden wie mich zu kritisieren? Irgendein dahergelaufener Narr in einem schlecht sitzenden Kostüm, der mit albernen Geschichten sein Brot verdient.«

»Vorhin schient Ihr sie ganz witzig zu finden«, murmelte Sebastian.

»Das war reines Mitleid. Du hast mir einfach leidgetan!«

»Bitte, Eure Hoheit, ich wollte doch nicht –«

»Es ist mir egal, was du wolltest! Ich werde jedenfalls nicht hier sitzen bleiben und mich weiter beleidigen lassen.« Sie drehte sich zur Seite und sprang vom Wagen.

»Prinzessin, bitte! Wo wollt Ihr denn hin?«

»In meine eigene Kutsche«, knurrte sie und marschierte, die Hände in die Hüften gestemmt, davon.

»Aber das ist gefährlich! Die Rösser …«

Sie beachtete ihn nicht. Sebastian lehnte sich hinaus und beobachtete, wie sie auf Cornelius zuging, der sie verdutzt ansah. Er wollte gerade die Rösser zum Stehen bringen, aber sie machte einfach einen großen Satz, kletterte die schwankenden Stufen der Kutsche hinauf und verschwand hinter dem Vorhang.

Sebastian ließ sich stöhnend in seinen Sitz zurückfallen und vergrub das Gesicht in den Händen.

Es folgte eine lange Stille, während der Wagen weiter über die Hügel fuhr. Dann sagte Max: »Na ja. Das hätte besser laufen können.«

Sebastian sah auf das sich wiegende Hinterteil des Büffelops hinab. »Bitte«, sagte er. »Das ist jetzt nicht der richtige Zeitpunkt ...«

»Ich meine, es lief doch alles so gut! Sie fraß dir ja schon aus der Hand. Und unglaublich, aber wahr, sie hat sogar über deine Witze gelacht! Alles lief perfekt und du hättest ihr nur noch etwas Honig um den Mund schmieren müssen, aber was machst du? Du kritisierst sie! Du sagst ihr ins Gesicht, dass sie keine gute Königin abgeben wird.«

»Ich weiß! Ich kann mir ja auch nicht erklären, was mich da geritten hat. Aber tief drinnen weiß sie wahrscheinlich, dass ich recht habe.«

Max sah über seine Schulter und warf Sebastian einen langen, mitleidigen Blick zu. »Na prima, damit können wir uns dann ja trösten, wenn wir auf dem Marktplatz hingerichtet werden«, sagte er grimmig.

»Oh, so weit wird es nicht kommen«, versicherte ihm Sebastian. »Schließlich haben wir sie gerettet, oder?«

Doch Max antwortete nicht, sondern trottete in eisernem Schweigen weiter.

KAPITEL 9

Tränen am Abend

Noch einmal ging die Sonne unter und über den Baumwipfeln im Westen türmten sich die blutroten Wolken auf. Und noch etwas anderes war zu sehen: die Spitze eines Turmes, die hoch in den Himmel ragte. Wenn es aus dieser Entfernung zu erkennen war, musste es wohl das höchste je errichtete Bauwerk sein.

Sie waren schon verlockend nah und doch, so entschied Cornelius, noch nicht nah genug. Er rief Sebastian zu, dass sie noch eine Nacht hier draußen kampieren und am nächsten Morgen ihre Reise beenden sollten.

Die kleinen Baumgruppen waren im Laufe des Tages immer häufiger geworden und inzwischen führte der Weg schon fast durch dichten Wald. Sie kamen zu einer großen Lichtung und machten eine äußerst erfreuliche Entdeckung: Ein Bach schlängelte sich durch das Gras – das erste Wasser, das sie seit ihrer Reise durch die Prärie gesehen hatten. Sebastian brachte den Wagen zum Stehen und Cornelius hielt neben ihm. Ein vorwurfsvoller Ausdruck erschien auf seinem Kindergesicht.

»Was hast du zu ihr gesagt?«, zischte er ärgerlich, doch Sebastian beachtete ihn nicht. Er sprang vom Wagen und nahm Max das Geschirr ab. Der Büffelop lief schnurstracks auf den Bach zu und begann, in großen Zügen zu trinken.

»Na, wer sagt denn, dass man Berundiern nicht trauen kann?«, fragte Sebastian und gab Max einen spielerischen Klaps auf das Hinterteil.

Max sah kurz auf und das Wasser tropfte von seinem Maul. »Ja, aber wir sind auch schon fast in Keladon«, gab er zurück. »Und jetzt lenk nicht ständig davon ab, dass du selbst Mist gebaut hast.«

»Danke für dein Verständnis«, murmelte Sebastian.

Da tauchte Cornelius hinter der Kutsche auf. Er war gerade dabei, eine Reihe von gelöteten Metallteilen zusammenzustecken, die er aus verschiedenen Lederbeuteln an seinem Gürtel hervorholte. Sebastian beobachtete, wie er daraus eine perfekte Miniatur-Armbrust bastelte.

»Die hat mir ein Handwerksmeister aus Golmira gemacht«, sagte er. »Nicht geeignet für die Jagd auf Jawralats, aber prima für fliegende Beute.« Er deutete auf die ruhelosen schwarzen Gestalten, die in den Bäumen umherflatterten.

»Abendessen«, verkündete er. »Mach du schon mal ein Feuer. Ich hol uns ein paar von diesen Prachtkerlen runter. Sie sehen aus, als könnten sie ganz genießbar sein. Vielleicht sollten wir auch mal welche von diesen Früchten probieren. Das wäre doch mal was anderes als immer nur Fleisch.« Er sah wieder zu Sebastian auf. »Die Prinzessin schien ja ziemlich aufgebracht zu sein«, flüsterte er. »Ich hab unterwegs ein paar Mal zu ihr hineingerufen, aber sie hat sich nicht einmal dazu herabgelassen, mir zu antworten.«

»Hör zu: Vergiss es einfach«, blaffte ihn Sebastian an. »Ich will wirklich nicht darüber sprechen.«

»Wie du meinst.« Cornelius verschwand zwischen den Bäumen, den Blick nach oben in die Zweige gerichtet, die sich gegen den roten Abendhimmel abhoben. Sebastian untersuchte in der Zwischenzeit die Verletzung an Max' Flanke, die zum Glück nicht entzündet aussah.

»Heute Abend musst du kein Heu fressen«, sagte er gezwungen fröhlich. »Das Gras hier sieht doch ziemlich schmackhaft aus.«

Max seufzte. »Ist ja wahrscheinlich auch meine Henkersmahlzeit«, murmelte er und begann, das saftige Gras neben dem Bach abzugrasen.

»Ach, komm schon«, sagte Sebastian. »So schlimm ist unsere Lage doch nun auch wieder nicht.« Er sah nachdenklich zu Prinzessin Kerins Kutsche hinüber, wo ein mattes gelbes Licht unter dem Vorhang hindurchschimmerte.

Oben in den Bäumen war plötzlich ein Rascheln zu hören, als ein schwarzes Etwas von den höchsten Zweigen stürzte und mit einem dumpfen Aufschlag auf den Boden fiel.

»Sieht ganz so aus, als wär dein Abendessen auch geregelt«, bemerkte Max.

Sebastian eilte zu seinem Wagen, um etwas Feuerholz zu holen. Er war wieder hungrig und die großen Vögel würden nicht so schnell gar werden.

* * *

Kurze Zeit später saßen Sebastian und Cornelius an ihrem Lagerfeuer und sahen zu, wie die zwei dicken Vögel sich auf dem Bratspieß drehten und Fett in die Flammen tropfte. Als Vorspeise hatten sie ein paar von den blutroten Früchten probiert, aber sie schmeckten ziemlich sauer und so hatten sie die Idee einer gesunden Alternative zum Fleisch schnell verworfen. Von Prinzessin Kerin war noch immer nichts zu sehen, und Cornelius fing an, sich Sorgen zu machen. Immer wieder sah er nervös zu ihrer Kutsche hinüber, dann warf er Sebastian einen vorwurfsvollen Blick zu.

»Sie muss doch da drinnen schon halb verhungert sein«, sagte er. »Einer von uns sollte wenigstens versuchen, sie zu überreden, zum Abendessen herauszukommen.«

»Tu dir keinen Zwang an«, sagte Sebastian schnell. »Ich hab ihre scharfe Zunge schon zu spüren bekommen. Vielen Dank auch.«

»Ja, aber es ist schließlich deine Schuld, dass sie da drin ist.«

»So? Wie kommst du denn darauf?«

»Du hast ihre Eignung als Königin infrage gestellt.«

Sebastian funkelte ihn wütend an. »Ich… Woher weißt du…?« Er drehte sich zu Max um, der auf einmal sehr damit beschäftigt war, Gras zu mampfen. »Oh, vielen Dank… Groß-maul!«

Max hob den Kopf und sah Sebastian unschuldig an. »Ach du liebe Zeit! Habe ich etwas Unpassendes gesagt?«

»Verräter!« Sebastian starrte verdrossen ins Feuer. »Ich wollte nicht, dass es so weit kommt«, sagte er. »Ich finde, sie hat überreagiert.«

Cornelius schien einen Moment zu überlegen. »Was auch immer du für Gründe hattest, das zu sagen, es ist an dir, die Sache wieder geradezubiegen. Wir haben nur noch heute Abend. Wenn wir in Keladon ankommen und sie immer noch so schlecht gelaunt ist, kann es gut sein, dass es uns allen an den Kragen geht. Also, ich schlage vor, du gehst jetzt zu ihr in die Kutsche und entschuldigst dich.«

Sebastian sah den Freund mürrisch an. »Muss das sein?«, fragte er. »Da verliere ich doch mein Gesicht.«

»Mag sein. Aber immer noch besser, als den Kopf zu verlieren, findest du nicht?«

Sebastian seufzte. »Also gut«, sagte er und stand widerwillig auf. »Wahrscheinlich wird sie doch nur sagen, dass ich verduften soll.«

»Na ja, wenn sie das tut, können wir uns wenigstens nicht vorwerfen, dass du es nicht versucht hast«, argumentierte Cornelius. »Aber sieh zu, dass du dich diesmal besser unter Kontrolle hast ...«

»Und sag nicht noch mal was, das du bereuen könntest«, fügte Max mit vollem Maul hinzu.

»Ja, ja!« Sebastian drehte dem wärmenden Feuer den Rücken zu und marschierte über die Wiese. Es war sehr still und der Mond war voll und hell. Die schwarzen Vögel schliefen auf den Zweigen der Bäume, die lange schräge Schatten über die Lichtung warfen. Irgendwo, gar nicht so weit entfernt, war ein Heulen zu hören – ein tiefer, lang gezogener, trauriger Laut.

Sebastian näherte sich den Stufen der Kutsche, wo noch vor kurzem Cornelius tapfer einer Horde bewaffneter Briganten entgegengetreten war. Er blieb einen Augenblick stehen und lauschte, doch aus der Kutsche war kein Geräusch zu hören. Er stieg die Stufen hinauf und pochte höflich an den Türrahmen.

»Eure Hoheit?«, begann er. »Wir haben uns gefragt, ob Ihr uns nicht zum Abendessen mit Eurer Anwesenheit beehren wollt.«

Es folgte ein langes Schweigen. Dann klang leise ihre Stimme zu ihm nach draußen.

»Bitte geh weg«, sagte sie.

Er war drauf und dran, den Befehl zu befolgen, doch etwas in ihm sträubte sich dagegen. »Nein«, sagte er. »Das werde ich nicht. Prinzessin, Ihr könnt mich für meinen Ungehorsam strafen, aber ich weigere mich zu gehen, bevor wir die Sache wie zwei erwachsene Menschen besprochen haben.«

Stille.

»Hört zu. Ich … ich will mich bei Euch entschuldigen. Ich bin zu weit gegangen. Das weiß ich. Aber … ich stehe noch immer zu dem, was ich gesagt habe. Und überhaupt, was ist denn schlimmer? Über die eigenen Fehler im Unklaren zu bleiben oder darauf aufmerksam gemacht zu werden, damit man etwas ändern kann?«

Wieder Stille. Nein, nicht ganz. Sebastian hielt seinen Kopf dichter an den Vorhang, da er glaubte, von drinnen einen gedämpften Laut gehört zu haben. Einen Moment lang lauschte er angestrengt. Ja, er hatte recht gehabt. Es war ein Weinen.

»Prinzessin?« Er nahm seinen Mut zusammen und stieg die letzte Stufe hoch. Als er durch den Vorhang schlüpfte, hob er instinktiv eine schützende Hand, falls ihr der Sinn nach Rache stünde. Doch dieses Mal wartete sie nicht mit einem Nachttopf auf ihn. Im schwachen Schein einer Öllampe sah er, dass sie im Schneidersitz auf ihrem seidenen Diwan saß. Sie hatte den Kopf gesenkt und ihre Schultern bewegten sich rhythmisch auf und ab. Als sie zu ihm aufblickte, sah er, dass ihr hübsches Gesicht tränennass war.

»Du hast recht«, brachte sie hervor. »Ich bin ein furchtbarer Mensch. Ich bin selbstsüchtig, oberflächlich und rechthaberisch. Und ich werde nie eine gute Königin sein, nie!«

Sebastian stand da und starrte sie erschrocken an. Es war ein furchtbares Gefühl zu wissen, dass *er* diese Reaktion ausgelöst hatte.

»Eure Hoheit«, flüsterte er. »Nein, so etwas dürft Ihr nicht sagen.« Er eilte hinüber zu ihrem Bett, setzte sich kurzerhand neben sie und legte einen Arm um ihre schmalen Schultern. Sie stieß ihn nicht von sich. Stattdessen drehte sie sich zu ihm und vergrub ihr Gesicht in seinem Hemd, bis er ihre heißen Tränen durch den Stoff sickern spürte. Auf einmal brach alles aus ihr heraus. Sie klang nicht wie eine Prinzessin, sondern wie ein verlassenes und verängstigtes kleines Mädchen.

»Du musst das verstehen. Ich bin mein ganzes Leben lang verwöhnt worden. Alles, was ich haben wollte, wurde mir auf dem Silbertablett serviert. Ich musste nur mit den Fingern schnippen! Kein Wunder also, dass ich von klein auf glaubte, etwas Besonderes zu sein. Und dann verlor ich meine Eltern, als ich noch so jung war, und ich musste mich zusammenreißen und durfte meine Gefühle nicht zeigen. Die Leute am Hof beobachteten mich und warteten nur darauf, dass ich zusammenbrechen würde, aber den Gefallen wollte ich ihnen nicht tun. Ich musste mein wahres Ich hinter dem Bild verstecken, das ich der Öffentlichkeit zeige ...«

»Scht«, flüsterte Sebastian und hob eine Hand, um ihr über das Haar zu streichen. »Es ist ja alles gut.« Aber sie schien ihn gar nicht zu hören.

»Ich ... ich weiß, ich sage manchmal Dinge ... dumme egoistische Dinge ... aber es ist, als wäre da eine kleine Stimme in meinem Kopf, die mir sagt, dass ich tun kann, was ich will, dass ich sagen kann, was ich will. Denn bald werde ich *Königin* sein! Und ich *will* Königin sein, aber gleichzeitig will ich es auch nicht, weil man da so furchtbar viel Verantwortung hat, und was ist, wenn ich irgendeinen blöden Fehler mache und zu stolz bin, um zuzugeben, dass ich unrecht hatte?« Dann ging ihre Stimme in heftigem Schluchzen unter, und es war nicht mehr möglich zu verstehen, was sie sagte. So hielt Sebastian sie einfach in seinen Armen, bis ihre Tränen verebbt waren und sie ihre Atmung wieder so weit unter Kontrolle hatte, dass sie sprechen konnte.

»Du hattest recht«, flüsterte sie. »Ich habe noch viel zu lernen.«

»Prinzessin«, sagte er. »Ihr habt ja keine Vorstellung, wie sehr ich wünschte, meinen Mund gehalten zu haben. Ich wollte Euch nicht traurig machen. Das war wirklich das Letzte, was ich im Sinn hatte.«

Sie rückte ein wenig von ihm ab und sah zu ihm auf, während sich die Flamme der Öllampe in ihren schönen Augen spiegelte. Er hatte ein plötzliches Verlangen, sie zu küssen, schaffte es aber, es zu unterdrücken. Dadurch würde alles nur noch komplizierter werden und das konnte er sich nun wirklich nicht leisten.

»Du machst dir Sorgen um deine zukünftige Anstellung«, sagte sie. »Das musst du nicht. Ich werde dir deine Worte nicht zur Last legen.«

»Das ist es nicht«, versicherte er ihr. »Das ist jetzt nicht wichtig. Na ja, es ist schon wichtig ... aber nicht so wichtig wie andere Dinge.« Er sah sie einen Moment an. »Prinzessin Kerin, darf ich offen sprechen?«

Sie lächelte und wischte sich mit dem Ärmel ihres prächtigen Kleides die Tränen aus den Augen. »Ich fürchte, das hast du schon«, sagte sie.

»Nun ja, ich beabsichtige, noch mehr zu sagen«, kündigte er mutig an. Er holte tief Luft. »Ich muss zugeben, als ich Euch zum ersten Mal begegnet bin, mochte ich Euch nicht.«

»Oh.« Die Prinzessin sackte in sich zusammen. »Ich hoffe, dir fällt auch noch irgendetwas Nettes zu mir ein«, sagte sie.

»Das kommt noch. Wisst Ihr, meine Mutter hat mir immer gesagt, Schönheit ... *wahre* Schönheit liegt im Inneren eines Menschen. Es ist nicht das, was man sieht. Es ist das, was man *spürt*. Das Elfenvolk hat die Gabe, so etwas wahrzunehmen. Vielleicht hat meine Mutter mir etwas von dieser Fähigkeit vererbt, aber mein Gespür ist nicht so fein wie ihres. Deshalb brauche ich eine Weile, bis ich mir ein richtiges Bild gemacht habe. Vorhin habe ich gesagt, dass die äußere Prinzessin schön ist. Und das ist sie in der Tat, wie jeder Idiot sehen kann. Aber jetzt habe ich erkannt, dass in der Person, der ich zuerst begegnet bin, noch eine andere steckt. Und ich weiß, dass diese innere Prinzessin alles hat, was eine Königin braucht. Sie hat genug Mitgefühl für zehn. Sie ist sensibel und intelligent und fürsorglich und sie hat viel Liebe zu geben. Sie muss nur lernen, wie sie ihr inneres Ich befreien kann, und dann wird jeder erkennen, was ich schon jetzt weiß. Dass sie wirklich ein ganz besonderer Mensch ist.«

Es folgte ein langes Schweigen. Prinzessin Kerin saß da und sah ihn zweifelnd an. Dann lächelte sie.

»Das war tatsächlich etwas Nettes«, sagte sie. »Und ich sehe, Ihr seid nicht nur ein Narr, sondern auch ein Philosoph, Mr Dark.« Sie nahm seine Hände in die ihren. »Wir werden Freunde sein, du und ich. Ich habe mit dir über Dinge gesprochen, die ich noch nie jemandem erzählt habe.«

»Da freue ich mich«, sagte er. »Ich fühle mich geehrt, sie gehört zu haben.«

Sie lächelte bezaubernd. »Nun«, sagte sie zu ihm, »eine Frage hätte ich da noch.«

»Nur zu«, forderte er sie auf.

»Was gibt's zum Abendbrot? Ich bin schon halb verhungert!«

Er lachte. »Nun, Eure Hoheit, wir können Euch Geflügelbraten anbieten, der bereits über dem Feuer brutzelt. Kein besonders fürstliches Mahl, ich weiß, aber …«

»Geleitet mich zu Tisch«, sagte sie. »Mensch, hab ich einen

Kohldampf!« Sie erhob sich von ihrem Diwan und ging auf den Vorhang zu.

Als sie zusammen hindurchschlüpften, stieg ihnen das köstliche Aroma von gebratenem Fleisch in die Nase. Sie gingen die Stufen hinab und schlenderten Seite an Seite auf das Lagerfeuer zu, wo Cornelius und Max auf sie warteten. Als sie näher kamen und den Ausdruck der Erleichterung auf Cornelius' Gesicht erkennen konnten, hätte Sebastian beinahe laut gelacht.

»Ist alles in Ordnung?«, fragte Cornelius besorgt.

»Aber natürlich. Die Prinzessin hat sich bereit erklärt, mit uns zu Abend zu essen«, verkündete Sebastian, und für einen Augenblick breitete sich auf dem Gesicht des kleinen Kriegers ein erfreutes Grinsen aus. Doch dann plötzlich veränderte sich seine Miene. Er verengte seine Augen zu strengen Schlitzen und presste die Lippen zu einem straffen dünnen Strich zusammen. Mit einem Ausdruck des kalten Hasses starrte er in die Richtung von Sebastian und Prinzessin Kerin.

Sebastian war so verwundert, dass er wie angewurzelt stehen blieb. »Cornelius?«, sagte er leise. »Was ist denn los?«

Der kleine Mann antwortete nicht. Stattdessen sprang er auf und zog mit einer schnellen flüssigen Bewegung ein großes Messer aus dem Gürtel. Er hielt die Spitze der Klinge zwischen Daumen und Zeigefinger und schleuderte das Messer mit ganzer Kraft von sich. Die scharfe Klinge sauste direkt auf Sebastians Kopf zu.

KAPITEL 10

Die Besucher

Sebastian war wie gelähmt. Er konnte nicht fassen, welche Verwandlung plötzlich mit Cornelius vorgegangen war. Warum wollte der Freund ihn umbringen?

Sebastian sah die tödliche Waffe aufblitzen, als sie durch die Luft wirbelte und auf ihn zuschoss. Eine Sekunde später zischte die glänzende Stahlklinge an seinem linken Ohr vorbei und bohrte sich mit einem dumpfen Aufprall in etwas, was sich von hinten näherte. Ein schauriger, gellender Schrei war zu hören und etwas Schweres fiel vor Sebastians Füßen zu Boden und warf ihn beinahe um. Er sah verdutzt auf ein riesiges pelziges Tier hinunter, das tot zu seinen Füßen lag. Aus seiner Brust ragte der Griff des Messers. Das Maul stand offen und eine riesige blaurote Zunge hing zwischen Reihen von gelben, messerscharfen Zähnen heraus.

Sebastian warf einen Blick zu Prinzessin Kerin. Mit offenem Mund und vor Schreck geweiteten Augen starrte sie auf die Bestie hinunter. Es war gar nicht nötig, es auszusprechen, aber Sebastian tat es trotzdem.

»Lupos!«

Er hörte das Heulen hinter sich, wirbelte herum und sah ihre geschmeidigen Schatten leise zwischen den Bäumen umherhuschen. Er zählte sechs oder sieben Tiere, muskulöse graue Wesen, die aufrecht auf ihren kräftigen Hinterbeinen gingen. Auf den dünnen schlaksigen Körpern wirkten ihre Köpfe unverhältnismäßig groß. Die Vorderbeine hatten sie ausgestreckt und zeigten ihre riesigen gekrümmten Krallen, mit denen sie ihrer Beute schlimme Verletzungen zufügen konnten. Und: Aus ihren gewaltigen Mäulern tropfte der Speichel. Der Geruch des gebratenen Geflügels hatte sie auf die Lichtung gelockt, doch jetzt witterten sie größere Beute.

»Zum Feuer!«, brüllte Cornelius und riss Sebastian aus seiner Erstarrung. Er zwang seine Gliedmaßen, sich zu bewegen, aber seine Muskeln zitterten und er war ganz schwach vor Angst. »Das Messer!«, hörte er Cornelius schreien. »Nimm das Messer!«

Sebastian ging instinktiv in die Hocke, packte den Griff des Messers, das noch immer in der Brust des Lupos steckte, und zog einmal kräftig. Die Klinge glitt aus ihrer fleischigen Hülle, und plötzlich, zu Sebastians großem Entsetzen, bewegte sich das Tier, schlug wie verrückt mit seinen Klauen um sich und fletschte wütend die Zähne. Es mussten seine letzten Zuckungen sein, doch noch während Sebastian zur Seite stolperte, spürte er, wie messerscharfe Krallen den Stoff seines Ärmels zerrissen. Er sprang auf und zog Prinzessin Kerin über die Lichtung zum Feuer. Er wusste, dass ihm die nächsten Lupos dicht auf den Fersen waren. Als er das Feuer erreichte, warf ihm Cornelius sein Schwert zu. Sebastian fing es mit einer Hand und warf mit der anderen das Messer vor Cornelius' Füße. Dann drehte er sich um und zog sein Schwert aus der Scheide.

Das Bild, das sich ihm bot, war grauenerregend. Der nächste Lupo sprang geradewegs auf ihn zu, die Krallen ausgefahren, um ihn an Ort und Stelle zu zerfleischen. Sebastian hatte gerade noch Zeit, die Schwertspitze zwischen sich und seinen Angreifer zu bringen. Er fühlte den heftigen Ruck, der durch die Muskeln seines Armes ging, als die gefräßige Bestie die Klinge zu spüren bekam; dann einen noch stärkeren Stoß, als der Körper des Tieres von dem Schwert durchbohrt wurde und es zusammenbrach.

Sebastian wurde zurückgeworfen, als die Bestie mit ihrem ganzen Gewicht auf ihm landete, und der dumpfe Aufschlag seiner Schultern auf dem harten Boden nahm ihm den Atem. Im nächsten Moment lag er auf dem Rücken und starrte hinauf in den Schlund des Lupos, dessen Zähne Zentimeter neben seinem Kopf nach ihm schnappten. Er lag regungslos da und nahm undeutlich wahr, wie das warme Blut des Tieres über seine Hände spritzte, die noch immer den Griff des Schwertes umklammert hielten. Die Zähne des Lupos kamen immer näher und näher und Speichel tropfte auf Sebastians Gesicht. Dann traten die Augen des Tieres ekelhaft hervor und ein Zittern ging durch seinen Körper. Der gewaltige Kiefer klappte zu, als der Tod auf schwarzen Schwingen herbeirauschte, und von einer Sekunde auf die andere erschlafften die Muskeln des Tieres. Jetzt konnte Sebastian es von sich stoßen.

Er kniete sich hin, um das Schwert aus der Brust des Lupos zu ziehen, dann stand er wieder auf und blickte verzweifelt auf ein Bild des Chaos, das von dem flackernden Licht des Lagerfeuers erleuchtet wurde. Cornelius kämpfte gegen zwei der Bestien – das Schwert in der einen Hand, das Messer in der anderen. Die Tiere versuchten, den kleinen Mann vom Feuer abzudrängen, vor dem sie offensichtlich Angst hatten. Doch Cornelius passte auf, dass er immer wieder in die Nähe der Flammen zurückwich, während seine zwei Klingen tödliche Bögen beschrieben.

Nicht weit entfernt, hatte Prinzessin Kerin einen brennenden Zweig aus dem Feuer gezogen und drosch damit auf einen anderen Lupo ein, der versuchte, ihr die Waffe aus der Hand zu schlagen.

Und noch ein Stück weiter konnte Sebastian einen Blick auf Max erhaschen, der sich bockend und tretend gegen den Angriff von zwei weiteren Lupos zur Wehr setzte, die versuchten, ihn zu Boden zu reißen.

Es war keine Zeit, lange zu überlegen. Sebastian eilte an Prinzessin Kerins Seite, denn sie war schließlich die Schutzbedürftigste. Er sprang zwischen sie und den Lupo, ließ das gekrümmte Schwert blitzschnell hinuntersausen und schnitt der Bestie eine Vorderpfote ab. Das Tier warf den Kopf in den Nacken und jaulte vor Schmerz. Einen Moment später brach das Jaulen ab, als Sebastians Klinge durch seine Kehle fuhr. Der Lupo taumelte zur Seite und fiel, zitternd und sich krümmend, zu Boden.

Sebastian stellte sich schützend vor Prinzessin Kerin. »Bleibt in meiner Nähe«, sagte er. Er begann, sich Stück für Stück in Cornelius' Richtung zu bewegen, und sie folgte ihm. Doch im selben Moment tötete der kleine Krieger ein weiteres Tier, ein wahres Monstrum. Tödlich verletzt torkelte der Lupo zur Seite und stieß Sebastian nieder, der wiederum über die Prinzessin hinter ihm stolperte. Alle drei stürzten als ein Knäuel strampelnder Gliedmaßen zu Boden und Sebastian wurde unter dem Gewicht des toten Lupos begraben. Den Arm, der sein Schwert hielt, konnte er nicht bewegen. Verzweifelt versuchte er, das leblose Tier von sich zu stoßen, als ein tiefes Grollen dicht neben seinem Kopf das Blut in seinen Adern gefrieren ließ.

Zu seinem Entsetzen sah er, dass dort ein weiterer Lupo kauerte und zum Sprung ansetzte. Sebastian hatte freien Blick zwischen die speicheltropfenden Spitzen der zackigen Zähne und tief in den dunklen Schlund des Tieres. Es war kein schöner Anblick. Er versuchte noch einmal, sich zu befreien, doch sein Arm klemmte fest und der Lupo spannte schon die Muskeln an, um sich auf ihn zu stürzen –

Da trat Prinzessin Kerin vor Sebastian und stieß den brennenden Zweig direkt in den offenen Rachen des Lupos. Das Tier blieb ruckartig stehen und bäumte sich auf, biss den Zweig entzwei und spuckte brennende Asche. Als es Prinzessin Kerin ansah, loderte in seinen Augen ungezähmte Wut. Sie blieb tapfer stehen und hob den zerbrochenen Zweig, als wäre er noch immer eine nützliche Waffe. Sebastian hatte nie eine mutigere Tat gesehen, doch er war sicher, dass sie Kerin das Leben kosten würde.

»Lauft!«, schrie er, doch sie ignorierte ihn. Gefasst wartete sie auf den Angriff, der ihrem jungen Leben ein Ende setzen würde.

Dann war auf einmal ein Gebrüll zu hören, so laut, dass für einen Augenblick alles stillzustehen schien. Ein seltsames Etwas kam durch die Luft geflogen und machte einen Salto über dem Kopf des Lupos, etwas Kleines, das so schnell umhersauste, dass man es kaum erkennen konnte. Und es machte diesen unheimlichen Lärm. Das Geräusch war so seltsam, dass der Lupo grunzte und seinen Kopf hob, um zu dem merkwürdigen Etwas hinaufzusehen, das da über ihm durch die Luft wirbelte. Ein Etwas, das zwei messerscharfe Stahlspitzen in seinen Fäusten hielt.

Gerade noch saß der Kopf des Lupos fest auf seinem Körper, im nächsten Moment flog er durch die Luft auf Prinzessin Kerin zu, die ein angewidertes Gesicht machte und ihn mit dem zerbrochenen Zweig abwehrte. Der Kopf purzelte weiter zum Lagerfeuer, wo er liegen blieb und mit ausdruckslosen Augen in die Flammen starrte. Das wirbelnde Etwas ließ sich zu Boden fallen und landete auf seinen kurzen Beinen. Erst jetzt begriff Sebastian, dass es Cornelius war.

»Was um Himmels willen ...?«, stammelte er.

Der kleine Krieger verbeugte sich. »Golmirischer Todessprung«, sagte er. »Nur in Extremsituationen anzuwenden.« Er deutete auf den abgetrennten Kopf. »Ich glaube, davon konnte hier durchaus die Rede sein.« Er ging auf Sebastian zu, und er und Prinzessin Kerin halfen, den toten Lupo zur Seite zu hieven. Sebastian befreite sich und rappelte sich auf. Alle drei blickten nun ängstlich zu Max hinüber und sahen erleichtert, dass einer seiner Angreifer zertrampelt im Gras lag, während der andere, heulend vor Schmerz, in den Wald davonhumpelte.

»Und wage es ja nicht zurückzukommen«, rief ihm Max aufgebracht hinterher. »Nicht bevor du gelernt hast, dich zu benehmen.«

In der nun folgenden Stille erschien das Prasseln des Feuers ganz unwirklich. Die vier Überlebenden standen einen Moment da, schauten sich ängstlich um und vergewisserten sich, dass auch wirklich keine Lupos mehr da waren, die sie angreifen könnten. Dann wechselten sie einen Blick, nickten einander zu, grinsten und freuten sich einfach, dass sie noch am Leben waren.

»Wir sind ein richtig gutes Team«, sagte Cornelius schließlich. Er steckte sein Schwert in die Scheide und ging zurück zum Feuer, wo die Vögel schon fast verbrannt waren. Er schnupperte anerkennend.

»Nun, ich weiß ja nicht, wie es euch geht, aber diese kleine Rauferei hat mich ganz schön hungrig gemacht.« Er saß im

Schneidersitz neben dem Feuer und begann, den ersten Vogel vom Bratspieß zu schieben.

Sebastian starrte für einen Moment zu ihm hinunter und deutete dann auf all die toten Lupos, die um sie herumlagen. »Cornelius!«, protestierte er. »Du willst doch nicht allen Ernstes mitten in diesem Blutbad dein Abendessen einnehmen?«

Cornelius sah sich flüchtig um, dann zuckte er mit den Achseln. »Warum nicht?«, fragte er. »Ich habe schon unter schlimmeren Umständen gegessen. Einmal, als ich nach der Schlacht von Gerinosis der Kriegsgefangenschaft entgehen wollte, hab ich zuunterst in einem Haufen toter Soldaten gelegen und ein Vier-Gänge-Menü verzehrt.« Er streckte einen Fuß aus und kickte den Kopf eines Lupos zur Seite. »Solange sie nicht so nah sind, dass sie uns womöglich einen Bissen wegschnappen, habe ich nichts dagegen.«

»Das ist doch barbarisch«, sagte Max. »Ich meine… wir sind gerade dem Tod entronnen.«

Cornelius grinste. »Ein Grund mehr, die Dinge zu genießen, die das Leben lebenswert machen«, sagte er. Er riss sich eine große Keule ab und biss herzhaft in das saftige Fleisch. »Mmm. Wirklich köstlich«, sagte er.

Sebastian und Prinzessin Kerin tauschten fragende Blicke.

»Na ja, gut riechen tut es«, gab Prinzessin Kerin zu.

»Wäre schade, es verkommen zu lassen«, fügte Sebastian hinzu.

Dann zuckten auch sie mit den Achseln und gesellten sich zu dem kleinen Krieger, während Max voller Abscheu zusah.

Alle drei mussten zugeben, dass es die schmackhafteste, ja geradezu köstlichste Mahlzeit war, die sie je gegessen hatten.

KAPITEL 11

Die letzte Etappe

A m folgenden Tag hatte Prinzessin Kerin Geburtstag. Cornelius servierte ihr ein leckeres Frühstück aus gebratenem Geflügel und versprach ihr, dass sie rechtzeitig zur Geburtstagsfeier in Keladon sein würden. Sie waren noch beim Essen, als mehrere Soldaten auf die Lichtung geritten kamen. Sebastian erkannte die bronzenen Brustharnische und roten Umhänge. Es war dieselbe Uniform, die Prinzessin Kerins Leibgarde getragen hatte. Die kleine Truppe wurde von einem großen, ernst dreinblickenden Offizier angeführt, der einen Purpurmantel trug, ein deutliches Zeichen seines hohen Ranges.

Sebastian griff instinktiv nach seinem Schwert, als er die Neuankömmlinge erblickte, doch Cornelius hielt ihn zurück.

»Beruhige dich«, sagte er. »Ich glaube, das sind König Septimus' Männer.«

Der Anführer der Truppe zügelte sein Ross, saß einen Moment regungslos in seinem Sattel und sah streng auf die kleine Versammlung um das Lagerfeuer herab.

»Was habt ihr hier zu suchen?«, fragte er. »Dieses Land gehört König Septimus. Jeder, der hier durchreisen möchte, muss erst eine Steuer von – großer Gott!« Es hatte eine Weile gedauert, bis er Prinzessin Kerin erkannt hatte, doch jetzt war er sichtlich erschrocken. Er sprang von seinem Reittier und fiel vor ihr auf die Knie.

»Eure Hoheit!«, sagte er atemlos. »Was macht Ihr hier draußen mit diesen Raufbolden? Wenn sie Euch in irgendeiner Weise Leid angetan oder Angst eingejagt haben, werden sie es noch bitter bereuen, das schwöre ich!«

Prinzessin Kerin stand auf und bemühte sich, so gut es ging, hoheitsvoll auszusehen – und das war gar nicht so einfach, denn ihr Gesicht war schmutzig und ihr kostbares Kleid blut- und dreckverkrustet.

»Keine Sorge, Hauptmann Tench«, sagte sie. »Diese Männer sind Helden. Sie haben mich gerettet, als wir von Briganten überfallen wurden.«

»Briganten?« Hauptmann Tench sah zu dem Haufen toter Lupos hinüber, den Sebastian und Cornelius am Vorabend auf der anderen Seite der Lichtung aufgetürmt hatten. »Das sind die behaartesten Briganten, die ich je gesehen habe.«

Cornelius lachte. »Oh, die Briganten, das war neulich, in der Prärie.« Er deutete auf die Lupos. »Diese Burschen sind gestern zum Abendessen vorbeigekommen. Aber es war nicht genug für alle da und so mussten wir kurzen Prozess mit ihnen machen.«

Für einen Moment starrte Hauptmann Tench den kleinen Krieger an, als sei ihm sein Anblick ein Dorn im Auge. Doch er verbeugte sich höflich. »Das Königreich Keladon steht eindeutig in Eurer Schuld, Sir«, sagte er. Er stand auf und zeigte auf einen seiner Männer. »Du! Reite, so schnell du kannst, in die Stadt zurück und überbringe König Septimus die freudige

Nachricht! Sprich auf dem Weg mit niemandem. Sag dem König, dass seine Nichte überfallen, aber gerettet wurde.«

»Ja, Sir!« Der Soldat gab seinem Ross die Sporen und galoppierte durch die Bäume davon.

»Wir werden Euch Geleitschutz geben, um Euch sicher in die Stadt zurückzubringen«, verkündete Hauptmann Tench.

»Ausgezeichnet«, sagte Cornelius. »Und, Hauptmann, könntet Ihr wohl einen Mann entbehren, um die Kutsche der Prinzessin zu fahren? Ich habe genug von diesen nervösen brigantischen Rössern und würde gerne neben meinem getreuen Freund Mr Dark reiten.«

Noch einmal verbeugte sich Hauptmann Tench respektvoll. »Wie Ihr wünscht.«

Er wandte sich wieder an Prinzessin Kerin. »Eure Hoheit, wenn Ihr erlaubt, werde ich Euch zu Eurer Kutsche geleiten, wo Ihr Euch für das Wiedersehen mit König Septimus zurechtmachen könnt.«

»Ja, natürlich.« Prinzessin Kerin warf Sebastian einen bedauernden Blick zu, als spürte sie, dass etwas zwischen ihnen vorbei war. »Das war wirklich ein Abenteuer«, sagte sie, und er wusste, was sie damit zum Ausdruck bringen wollte: Es war Zeit für sie, sich wieder wie eine Prinzessin zu verhalten. Sebastian konnte fast spüren, wie sich zwischen ihnen eine unsichtbare Schranke herabsenkte. Er dachte daran, wie er sie im Arm gehalten hatte, als sie geweint hatte, und war traurig, dass sie wahrscheinlich nie wieder eine solche Vertrautheit teilen würden.

»Vielleicht ist das Abenteuer ja noch nicht vorbei«, sagte er hoffnungsvoll; und sie schenkte ihm ein flüchtiges Lächeln.

»Vielleicht.« Sie wandte sich ab und reichte Hauptmann Tench ihren Arm, um sich zu ihrem Wagen geleiten zu lassen.

»Nun denn«, sagte Sebastian und bemühte sich, positiv zu klingen. »Es sieht ja ganz so aus, als hätten unsere Sorgen ein Ende.«

»Oh, das hoffe ich«, murmelte Cornelius und blickte nachdenklich über das Feuer zu Hauptmann Tench, der seinen Soldaten Befehle zurief. »Das hoffe ich.«

Ein paar Stunden später tauchte Sebastians Wagen aus dem Schutze der letzten Bäume auf und sie hatten endlich freien Blick auf Keladon.

Die Stadt lag am Fuße eines Berges und war von einer hohen Mauer umgeben. Zahlreiche weiß getünchte Häuser, Tempel und Villen schienen sich Schutz suchend aneinanderzudrängen, in unregelmäßigen Stufen an den steilen Hang gebaut, der zum Fundament des Königspalastes hinaufführte. Dieses prächtige Bauwerk, aus glänzendem weißen Marmor gehauen, erhob sich starr und ernst über die umgebenden Häuser. Am beeindruckendsten von allem war der Turm, der genau in der Mitte des Gebäudes steil in den Himmel stieß, bis er die Wolken zu berühren schien. An seiner Spitze wehte die königliche Flagge, ein riesiger Seidenwimpel mit den königlichen Insignien, den zwei lauernden Eidechsen.

Die Dimensionen des Ganzen waren überwältigend. Sebastian schluckte. Schon bald würde er versuchen, in Keladon mit dem Erzählen von Witzen seinen Lebensunterhalt zu verdienen. Einen Moment wollte er den Wagen umlenken und zurück nach Hause fahren, aber er wusste, das durfte er nicht tun. Dies war seine letzte Chance, seine und die seiner Mutter.

Er warf einen Blick zu Cornelius und sah, dass der kleine Mann ihn nachdenklich musterte.

»Du wirkst bedrückt«, bemerkte er.

Sebastian nickte. »Es ist eine große Stadt«, sagte er. »Jerabim ist ein verschlafenes kleines Marktstädtchen, gar nicht zu vergleichen. Ich schätze, ich hab einfach Muffensausen.«

»Du hast auch allen Grund, nervös zu sein«, sagte Max trübsinnig, während er langsam weitertrottete. »Ich kenne dein Programm.«

»Oh, danke, das baut mich jetzt wirklich auf«, sagte Sebastian.

Cornelius lachte in sich hinein. »Beachte ihn einfach nicht«, sagte er. »Er malt gerne den Teufel an die Wand.«

»So ganz unrecht hat er aber nicht. Niemand scheint meine Witze zu mögen. Abgesehen von Prinzessin Kerin natürlich.«

»Na ja, das ist doch schon mal ein guter Anfang«, sagte Cornelius. »Wenn du nur einen Fan haben kannst, dann am besten einen, der gute Beziehungen hat. Nimm das doch als Ausgangspunkt und warte ab, was sich daraus entwickelt.«

»Aber was ist, wenn sich gar nichts entwickelt?«

»Wenn du an dich glaubst, wird es das.«

Sebastian runzelte die Stirn. »Aber ... wie macht man das, Cornelius? Du zum Beispiel, du lässt dich nie von irgendetwas unterkriegen. Du bist tapfer und mutig, und dabei bist du doch so ... so ...«

»Klein?«, schlug Cornelius vor.

»Na ja ... das wollte ich nicht unbedingt sagen, aber ... jetzt, wo du's erwähnst ...«

Cornelius lachte. »Selbstvertrauen ist das A und O«, sagte er, »ganz besonders in deinem Beruf. Wenn du selbst nicht glaubst, dass ein Witz komisch ist, wie kannst du dann von jemand anderem erwarten, dass er darüber lacht?«

Sebastian zuckte die Achseln. »Ich weiß auch nicht«, gab er niedergeschlagen zu.

»Aber sieh das Ganze doch mal so: Du hast deine Heimatstadt verlassen und deinen Weg durch Täler und Wälder gefunden. Du hast gegen eine Horde Briganten gekämpft, und auch wenn sie in der Überzahl waren, hast du sie in die Flucht geschlagen. Und erst gestern Abend hast du dich gegen den Angriff eines blutrünstigen Luporudels zur Wehr gesetzt und bist siegreich daraus hervorgegangen…«

»Ja, aber Cornelius, das war doch nur, weil *du* dabei warst!«

Der kleine Krieger schüttelte den Kopf. »Ja, ich war dabei, aber ich habe dich nicht tatenlos herumstehen sehen, Sebastian. Du warst mittendrin. Du hast dein Bestes gegeben.« Cornelius machte eine Pause und sah Sebastian verschmitzt an. »Und ich mag ja ein ganz anständiger Kämpfer sein, aber ich habe nicht das Zeug, das Herz einer Prinzessin zu berühren.«

»Was?« Sebastian starrte ihn an. »Oh nein, das … wir haben nur…«

»Glaub mir, ich hab gesehen, wie sie dich vorhin angeschaut hat. Ich habe nicht viel Erfahrung in diesen Dingen, aber ein verliebtes Mädchen werde ich wohl noch erkennen.«

»Das ist doch lächerlich«, murmelte Sebastian. »Ich … und Prinzessin Kerin? Wohl kaum.« Er lachte, aber Cornelius saß einfach nur da und sah ihn vielsagend an.

»Wir werden ja sehen«, sagte er, und dabei beließ er es.

Schweigend setzten sie ihren Weg fort, jeder in seine eigenen Gedanken versunken, während sie die letzten Meilen bis in die Stadt Keladon zurücklegten.

TEIL 2

KAPITEL 12

Das Los eines Königs

Septimus stand vor dem goldgerahmten Spiegel und studierte seinen Gesichtsausdruck. Er übte einen Ausdruck der tiefen Trauer, aber es gelang ihm einfach nicht. Auf seinem schmalen trübsinnigen Gesicht, das von zwei langen Wellen strähniger schwarzer Haare eingerahmt wurde, wirkte das Ganze eher, als litte er unter akuter Verstopfung.

»Mist!«, keifte er und versuchte es noch einmal, kniff die Augen zusammen und verzog seine dünnen Lippen. Jeden Moment konnte jetzt ein Bote vor den Toren erscheinen und ihm von der schrecklichen Tragödie berichten, die seiner Nichte widerfahren war. Er wusste, dass ihn der ganze Hof beobachten würde, wenn er die Nachricht erhielt, und dann durfte niemand auch nur ahnen, dass die Neuigkeiten keineswegs so überraschend für ihn kamen, wie man hätte denken können.

Das setzte natürlich voraus, dass man sie tatsächlich umgebracht hatte. Septimus befürchtete, dass sie die Prinzessin womöglich als Geisel genommen hatten und nun für ihre sichere Heimkehr ein saftiges Lösegeld verlangen würden. Das würde die Lage wesentlich erschweren. Doch Magda, die den ganzen Plan ausgetüftelt hatte, hatte ihm versichert, dass die Briganten viel zu beschränkt wären, um auf so etwas zu kommen. Sie würden sie bestimmt umbringen, vielleicht sogar kochen und essen, aber um eine Lösegeldforderung zustande zu bringen, müssten sie erst einmal jemanden auftreiben, der schreiben konnte – eine Fähigkeit, die in Brigandia nicht gerade häufig vorkam.

Draußen auf dem Hof ertönten Trompeten und kündigten die Ankunft eines Boten an. Wie aufs Stichwort! Septimus probierte ein letztes Mal einen traurigen Blick im Spiegel. Wenn alle Stricke reißen, dachte er, kann ich immer noch einfach die Hände vors Gesicht schlagen und so tun, als ob ich weine.

Eine hohe Stimme schrillte durch den Korridor. Es war sein Leibdiener, Malthus.

»Eure Majestät! Eine dringende Nachricht von Hauptmann Tench!«

Septimus lächelte triumphierend.

Gut! Er hatte an diesem Morgen mit Tench gesprochen, vor vielen Zeugen, und seine Besorgnis über die Verspätung der Prinzessin geäußert. Ganz offensichtlich hatte Tench etwas entdeckt – hoffentlich den Schauplatz eines Massakers. Septimus wandte dem Spiegel den Rücken zu und rauschte zur Tür seiner Privatgemächer.

»Öffnen«, sagte er gebieterisch, und die zwei Lakaien, die draußen vor der Tür Wache standen, schwangen sie für ihn auf. Dort stand auch schon Malthus, in einem Wams und hellgrünen Strumpfhosen. Er sah blass und besorgt aus.

»Eure Majestät«, säuselte Malthus in seinem nervtötenden, greinenden Tonfall. »Ein Bote von ...«

»Ja, ja, ich hab es schon gehört! Führe ihn zu mir, Malthus. Oh, wenn nur dem lieben Kind nichts zugestoßen ist, gerade heute. Ihr siebzehnter Geburtstag… Ich habe doch dieses besondere Geschenk für sie gekauft. Du hast dich doch darum gekümmert, Malthus?«

»Ja, Eure Majestät. Ich hab ihm gerade noch ein paar frische Nüsse gegeben.« Malthus bog um die Ecke und hastete die große geschwungene Marmortreppe hinunter. Septimus folgte ihm, ohne die uniformierten Männer, die zu beiden Seiten Spalier standen, eines Blickes zu würdigen. Er schritt in den großen Saal hinunter, wo der Bote bereits auf dem Marmorboden kniete, umringt von diversen Lords und Ladys des königlichen Hofes. Alle Augen richteten sich auf den König, der die Treppe herunterkam.

Das war der Nachteil eines Lebens im Schloss. Man war einfach nie für sich, und Septimus wusste, seit dem Tod seines Bruders und dessen Frau hegte so mancher den Verdacht, dass er an diesem Unglücksfall nicht ganz unbeteiligt gewesen war. Nicht dass ihm irgendjemand etwas hätte nachweisen können. Alle Mitverschwörer, die geholfen hatten, die Herrschaft des früheren Königs vorzeitig zu beenden, waren natürlich für immer zum Schweigen gebracht worden.

Septimus zog angestrengt die Augenbrauen zusammen. Es war ganz schön aufreibend, böse zu sein, doch es lohnte sich. Er war äußerst gerne König und hatte nicht die Absicht, das zu ändern, nicht bevor er seinen letzten Atemzug getan hatte. Jetzt hatte er die letzte Treppenstufe erreicht und sah auf den Soldaten hinunter, der mit der schlechten Nachricht betraut worden war. Es war ein großer, gut aussehender Kerl, dessen Name Septimus nicht kannte, doch besonders helle schien er nicht zu sein.

»Sag an«, befahl Septimus, »was bringst du für Neuigkeiten?«

»Eure Majestät, ich bringe eine wichtige Nachricht von Hauptmann Tench.«

»Ja, das weiß ich. Nun rede schon!«

»Er hat mich gemahnt, sofort zu Euch zu eilen und mit niemandem sonst zu sprechen.«

»Na gut, das hast du ja nun getan.«

»Nein, Hoheit, in dieser Hinsicht habe ich versagt.« Der Soldat sah ganz geknickt aus. »Als ich durch das Tor ritt, hat mich ein Händler gefragt, wie spät es sei und, ohne zu überlegen, hab ich ihm geantwortet.«

Septimus funkelte den Mann wütend an. »Ja, aber das spielt doch nun wirklich keine Rolle, du Hornochse! Was hast du denn nun für eine Nachricht?«

»Ach, ja.« Der Soldat räusperte sich. »Eure Majestät, nicht weit von unserem Heerlager bin ich ... das heißt sind wir ... das heißt die Truppe unter dem Kommando von Hauptmann Tench, zu der ich gehöre ...«

»Oh, um Himmels willen! Könntest du jetzt bitte zum Punkt kommen?«

»Natürlich, Eure Majestät. Das habe ich ja gerade versucht.« Er räusperte sich noch einmal. »Nicht weit vom Palast sind wir auf den Schauplatz eines Massakers gestoßen ...«

Ja! Septimus musste sich zusammenreißen, um nicht triumphierend die Faust in die Luft zu recken, aber er schaffte es, einen düsteren Gesichtsausdruck beizubehalten.

»Ein Massaker, meinst du. Oh nein, bitte sag, dass meine geliebte Nichte nicht anwesend war.«

»Sie *war* anwesend, Eure Majestät. Ich habe sie mit eigenen Augen gesehen.«

»Oh, Jammer!«, rief Septimus. Er schlug sich mit der Hand

vor die Stirn und verdrehte die Augen gen Himmel. »Oh, eine so junge und zarte Schönheit und schon vom Tode ereilt!«

»Äh … Eure Majestät, sie war …«

»Nein, sag es nicht! Erspare mir die grausamen Details ihres verfrühten Dahinscheidens.«

»Es war eher das Dahinscheiden der Lupos, Eure Majestät.«

»Lupos?« Septimus starrte den Mann zornig an. »Was für Lupos?«

»Die Lupos, die die Prinzessin und ihre Gefolgsleute angegriffen haben.«

»Sie ist von Lupos angegriffen worden? Aber … was war mit den Briganten?«

»Briganten, Eure Majestät?«

»Ja. Hast du nicht gesagt, dass sie von …« Septimus zuckte erschrocken zusammen und biss sich auf die Zunge. Nein, von Briganten hatte niemand gesprochen. Ein schlechter Schachzug. Er bemerkte, dass die Höflinge ihn aufmerksam ansahen. »Oh, *Lupos*! Ich hätte schwören können, ich hätte Briganten verstanden. Kann ja mal passieren, oder?«

Der Soldat sah ihn verständnislos an. Offensichtlich war er da anderer Auffassung. Septimus redete schnell weiter.

»Also, lass mich das noch mal klarstellen. Du willst sagen, dass Prinzessin Kerin … meine arme geliebte Nichte … von Lupos umgebracht wurde?«

»Nein, Eure Majestät.«

Septimus zuckte zusammen. Er sah wütend auf den Mann hinunter. »Was zum Donnerwetter willst du dann sagen, du Schwachkopf?«

Der Soldat wich zurück. »Eure Majestät, ich habe gesagt, dass Prinzessin Kerin von einem Rudel Lupos *angegriffen* wurde …«

»Ja, ja. Und sie haben sie in Stücke gerissen! Das ist ja furchtbar! Furchtbar!«

»Eure Hoheit, ihr ist nichts passiert. Sie hat überlebt und ist gesund und munter.«

»Oh, was für eine Tragödie, was für … was für …« Septimus schnitt eine Grimasse nach der anderen und versuchte verzweifelt, den angemessenen Gesichtsausdruck für diese Neuigkeiten zu finden. Zuerst setzte er die traurige Miene auf, die er vorm Spiegel einstudiert hatte. Dann merkte er, dass er damit vollkommen falsch lag, und versuchte es mit einem Ausdruck der Erleichterung und Freude, indem er die Zähne bleckte und die Augen hervortreten ließ. Doch was er zustande gebracht hatte, war wohl eher der Ausdruck eines Geisteskranken gewesen, sonst wäre der Soldat nicht noch weiter vor ihm zurückgewichen.

»Sie hat überlebt?«, schrie er. »Überlebt! Ich … ich kann es kaum glauben!«

Er blickte in die Runde der Höflinge und merkte, dass sich seine Augen mit Tränen der Enttäuschung füllten. »Seht mich an!«, rief er. »Ich bin so glücklich, dass ich Freudentränen weine!«

Er wandte sich wieder an den Boten. »Also, wie kann es sein … wie kann es sein, dass meine geliebte Nichte überlebt hat?«

»Sie wurde gerettet, Eure Majestät. Von zwei Reisenden. Selbige Männer, die sie vor den Briganten gerettet haben, von denen Ihr gesprochen habt.«

Septimus hätte dem Mann am liebsten einen Tritt ins Gesicht versetzt, aber das war jetzt wohl kaum angebracht. »Ich habe nichts von Briganten gesagt. Das warst du!«

»Äh … nein, Eure Majestät. Ich habe von Lupos gesprochen, Ihr …«

»Also, wo ist meine Nichte jetzt?«, brüllte Septimus, um das nervtötende Säuseln des Mannes zu übertönen.

»Sie ist auf dem Weg zum Palast, Eure Majestät, mit einer bewaffneten Eskorte. Und ihre Retter bringt sie natürlich mit.«

»Oh, dann muss ich … muss ich mich wohl fertig machen, um …« Er ballte die Fäuste und gab sich alle Mühe, sich zu beherrschen. »Um sie zu empfangen«, zischte er. Er ging an dem Boten vorbei und nahm die Gelegenheit wahr, dabei ganz zufällig auf die Finger des Mannes zu treten und sich an dem Knirschen unter seinem Fuß zu freuen. Dann wandte er sich an seinen Hofstaat. »Bereitet euch auf eine große Feier vor!«, verkündete er. »Meine Nichte, eure zukünftige Königin, wird uns in Kürze unversehrt zurückgebracht werden, und das an diesem ganz besonderen Tag … ihrem Geburtstag. Wir werden sie mit dem gebührenden Zeremoniell im Burghof empfangen. Nun muss ich aber in meine Gemächer eilen, um äh … um mich für den Anlass angemessen zu kleiden!«

Er schritt davon, nicht ohne im Vorbeigehen auch noch auf die andere Hand des Boten zu treten. Er rauschte die Marmortreppe hinauf und bemerkte, dass Malthus ihm wie ein Schatten folgte. Da drehte er sich um und funkelte den Mann wütend an. »Was willst du?«, schnauzte er.

»Ähm … ich komme, um Ihrer Königlichen Hoheit aufzuwarten«, sagte Malthus. »Um Euch beim Ankleiden …«

»Ich bin alt genug, Malthus. Ich komme schon allein zurecht.« Er eilte weiter, doch dann kam ihm noch etwas in den Sinn und er blieb noch einmal stehen. »Der Soldat, der gerade die Nachricht gebracht hat …«

»Ja, Majestät?«

»Ich finde, als Überbringer einer so erfreulichen Botschaft

sollte er belohnt werden, meinst du nicht? Sorge dafür, dass er zum Hauptmann befördert wird. Mit sofortiger Wirkung.«

»Sehr wohl, Majestät.«

»Und schick ihn zu unserem Expeditionskorps in die Sümpfe von Dysenterium.«

»Äh … aber, Eure Majestät, das ist doch kaum …«

»Hm?«

Malthus schluckte schwer. Er wusste gut genug, dass König Septimus nicht jemand war, der seine Entscheidungen gerne infrage stellen ließ.

»Genau genommen passt das ganz gut«, sagte Malthus fröhlich. »Ich habe gehört, dass der letzte Hauptmann dort gerade an einer eitrigen Eingeweideentzündung gestorben ist.« Er drehte sich um, ging die Treppe hinunter und eilte mit der frohen Neuigkeit zu dem Boten, der immer noch dort unten kniete und wimmernd seine zerquetschten und gebrochenen Finger betrachtete.

Septimus hatte es derweil sehr eilig. Als er den obersten Treppenabsatz erreicht hatte, ging er nicht nach rechts zu seinen Gemächern, sondern bog nach links in einen selten genutzten Trakt des Palastes. Er schritt durch einen schwach beleuchteten Korridor und suchte nach Magda.

Er fand sie in ihrer Kammer. Sie stand über einen Tisch gebeugt und war gerade dabei, irgendein stinkendes Gebräu in ein Behältnis aus einem umgedrehten Totenkopf zu gießen. Da sie ganz in ihre Arbeit versunken war und Septimus nicht der Sinn nach Höflichkeiten stand, versetzte er ihr statt einer Begrüßung einen Tritt in den mageren Hintern, wodurch sie vornüber auf die Tischplatte stürzte und sich ihr neuestes Experiment über den ganzen Boden ergoss.

Sie wirbelte herum wie ein in die Enge getriebenes Tier,

das runzlige alte Gesicht wutverzerrt, das eine noch gesunde Auge funkelnd vor Bosheit. Dabei fletschte sie ihre letzten braunen Zahnstummel und hob eine knorrige, fleckige Hand, um ihren Angreifer mit einem Hexenzeichen zu verfluchen. Dann erkannte sie, wer sie da gerade getreten hatte, und im Nu war alle Bosheit aus ihr gewichen. Sie versuchte ein Lächeln, das allerdings nicht sehr überzeugend ausfiel. »Eure Majestät«, krächzte sie. »Das ist aber... eine unerwartete Freude.«

»Die Freude ist ganz auf deiner Seite«, versicherte er ihr, während er sich über den Tisch beugte und sie mit wutentbranntem Blick fixierte. »Du dämliche, stinkende alte Hexe! Ich habe gerade mit einem Boten gesprochen. Prinzessin Kerin lebt!«

»Ah.« Magda konnte ihr Entsetzen nicht verbergen. »Und er ist sicher?«

»Ganz sicher. Wie es aussieht, hat sie einen Angriff von Briganten und später einen von einem Luporudel überlebt, alles dank des Eingreifens zweier Reisender.«

»Reisende?« Magda rümpfte misstrauisch die Nase. »Was für Reisende?«

»Woher soll ich das wissen? Zwei regelrechte Superkrieger, wie es scheint. Zwei Idioten, die sich in alles einmischen.« Er schritt eine Weile in schweigender Erregung auf und ab. »Ich nehme an, bei der Sache mit den Lupos hattest du deine Hand nicht im Spiel?«

»Nein. Wär aber gar keine schlechte Idee gewesen. Zu schade, dass ich darauf nicht gekommen bin.«

»Das hätte auch nichts genützt, dank dieser zwei wichtigtuerischen Tugendbolde, die ich nun zweifellos mit offenen Armen empfangen muss. Allein bei dem Gedanken wird mir schlecht! Oh, was haben wir für Zeit in die Vorbereitung gesteckt! *Vertraut mir*, hast du gesagt. *Es kann gar nicht schiefgehen, Eure Majestät!* Es *ist* aber schiefgegangen, und ich bin meinem Ziel, meinen einzigen Rivalen um den Thron zu beseitigen, keinen Schritt näher gekommen! Ich hätte doch meinem Instinkt folgen und sie hier im Palast umbringen lassen sollen.«

»Aber, Eure Hoheit, das wäre ein furchtbarer Fehler gewesen. Ihr dürft nie vergessen, dass sie die Prinzessin des Volkes ist. Die Menschen lieben sie. Es bräuchte auch nur das geringste Anzeichen dafür zu geben, dass auf dem Schloss etwas Anrüchiges passiert ist, und sie würden sich gegen Euch auflehnen!«

Septimus seufzte. Sie hatte natürlich recht. Eines der wirklich lästigen Dinge an Magda war, dass sie meistens recht hatte. Das war auch der Hauptgrund, warum er sie nicht schon längst den Hunden zum Fraß vorgeworfen hatte. Sie war es gewesen, die ihm klargemacht hatte, dass alles, was Prinzessin Kerin zustoßen würde, weit weg vom Palast geschehen musste, wenn Septimus nicht in der Nähe war und der Verdacht nicht auf ihn fallen konnte.

Sie war es gewesen, die ihn überredet hatte, Kerin zu Königin Helena von Bodengen zu schicken, angeblich weil diese sie mit ihrem Sohn Rolf verheiraten wollte. Magda war es gewesen, die einen ihrer Gehilfen nach Brigandia geschickt hatte, um zu verbreiten, dass bald eine Wagenkolonne durch die Prärie ziehen würde, die für jeden Räuber eine leichte Beute wäre. Und Magda war es gewesen, die dafür gesorgt hatte, dass die Ehrengarde in der abendlichen Weinration einen teuflischen Trunk verabreicht bekam; einen Trunk, der mehr als die Hälfte der Männer außer Gefecht setzen würde, sodass die Reisegesellschaft gezwungen wäre, sich mit einer stark reduzierten Schutztruppe auf den Heimweg zu machen. Und das Lockmittel, das sicherstellen würde, dass die Prinzessin eine schnelle Rückkehr riskieren würde? Die Feier ihres siebzehnten Geburtstags. Ausgeschlossen, dass ein so verwöhntes Gör sich das entgehen lassen würde.

Es hatte Monate gedauert, den ganzen Plan vorzubereiten, und Wochen, um ihn durchzuführen, und jetzt war alles dahin, nur weil zwei unbekannte Krieger dazwischengefunkt hatten. König Septimus hätte am liebsten ausgespien, und das tat er dann auch, direkt in die Ecke von Magdas Zimmer.

»Oh!«, rief er. »Gibt es denn gar nichts, was ich tun kann? Kann mich keiner von diesem verfluchten Kind befreien?«

Magda rieb ihre knorrigen alten Hände aneinander, als wollte sie Schmutz von ihnen wischen. »Vielleicht, Eure Hoheit, wenn Ihr mir noch eine Chance geben könntet...«

»Ich denke, du hattest mehr als genug Chancen, du heimtückische alte Kröte! Erinnerst du dich, was ich gesagt habe, als du diese Aufgabe übernommen hast? Wenn du scheiterst, ist dein armseliges Leben verwirkt.«

In Magdas gesundem Auge spiegelte sich Panik, doch sie war nie um eine Antwort verlegen.

»Daran... daran erinnere ich mich sehr wohl, Eure Majestät. Aber wisst Ihr, ich denke, jetzt wendet sich das Blatt vielleicht endlich zu unseren Gunsten.«

Er sah sie irritiert an. »Soll heißen...?«

»Zwei Fremde, Eure Majestät, auf dem Weg nach Keladon. Fremde können eine nützliche Sache sein.«

»Ich habe keinen blassen Schimmer, wovon du redest«, grummelte er.

Sie warf ihm ein schiefes Lächeln zu. »Fremden kann man gewisse Dinge in die Schuhe schieben. Da keiner sie kennt und für sie bürgen kann, sind die Leute oft bereit, das

Schlimmste von ihnen anzunehmen – wenn du verstehst, was ich meine …?«

»Magda, wenn das ein Versuch ist, Zeit zu gewinnen …«

»Oh nein, Eure Majestät! Aber ich bitte Euch, lasst mich diese zwei großartigen Krieger erst mal unter die Lupe nehmen. Ich denke, ich werde schon bald eine Lösung für unser kleines Problem finden.« Sie war wieder in ihrem Element und begann, unruhig im Zimmer auf und ab zu laufen. »Ihr für Euren Teil müsst sie als siegreiche Helden willkommen heißen. Verwöhnt sie, lasst es ihnen an nichts fehlen, lest ihnen jeden Wunsch von den Augen ab!«

»Und warum genau soll ich das tun?«

»Weil es dann umso schockierender sein wird, wenn sie plötzlich die Hand beißen, die sie füttert!« Sie kicherte, wie nur eine Hexe kichern kann.

»Also gut«, sagte Septimus resigniert. »Wir machen es, wie du sagst. Aber diesmal meine ich es ernst. Das ist deine letzte Chance. Ich schwöre, wenn du dein Versprechen nicht hältst, wirst du die Schneide des Henkerbeils zu spüren bekommen. Und zwar nicht an deinem Daumen.«

Magda plinkerte mit dem Auge und versuchte, sich ihre Erleichterung nicht anmerken zu lassen. »Selbstverständlich, Eure Hoheit. Stets Eure ergebene Dienerin.«

Sie verbeugte sich tief und verharrte in dieser Position, bis es Septimus zu langweilig wurde, dort zu stehen, und er aus dem Raum rauschte. Dann erst richtete sie sich auf und hielt sich den schmerzenden Hintern, auf dem der Stiefel des Königs zweifellos einen großen blauen Fleck hinterlassen hatte.

Sie wusste nur allzu gut, wie gefährlich ihre Lage war. Sie würde diese Angelegenheit ein für alle Mal zum Abschluss bringen müssen, wenn sie am Leben bleiben wollte. König

Septimus hatte ihr schon oft gedroht, aber diesmal, da war sie sicher, meinte er es ernst. Sie fuhr zusammen, als draußen auf dem Burghof eine laute Trompetenfanfare ertönte, und humpelte zum Fenster, um die Ankunft der zwei heldenmütigen Fremden und der geretteten Prinzessin zu beobachten.

Der Wagen war noch nicht durch das Tor gefahren, da hatte ihr heimtückischer Verstand schon begonnen, einen Schlachtplan zu entwerfen ...

KAPITEL 13

In Keladon

Die mächtigen Eisentore der Stadt schwangen lautlos auf, und Max zögerte einen Moment, bis ihn ein Klaps mit den Zügeln weitertrieb.

Der Wagen fuhr langsam hindurch, vorbei an den grimmig dreinblickenden, schwer bewaffneten Kriegern, die die Tore bewachten. Einige von ihnen standen zu ebener Erde, andere hatten sich in kleinen Abständen auf einem Holzsteg aufgereiht, der oben an den umgebenden Mauern entlanglief. Sie alle waren bereit, jeden möglichen Angriff auf die Stadt abzuwehren. An einer Seite befand sich die riesige Holzkonstruktion, die die Tore auf- und zubewegte. Diese wurde von zwei kräftigen Büffelops in Gang gesetzt, die in ein Ledergeschirr gespannt waren. Max schnaubte, als er sie sah, und nickte den beiden Tieren freundlich zu.

»Schöner Tag heute!«, bemerkte er, aber entweder hatten sie ihn nicht gehört oder sie waren nicht zu einer Unterhaltung aufgelegt, also ging er weiter.

Vor ihnen lag eine breite Straße, flankiert von zahlreichen

Händlerbuden, in denen Stoffe, Gewürze, Kochutensilien, Werkzeuge, Waffen verkauft wurden – alles, was man sich nur vorstellen konnte. Menschenmassen schoben sich zwischen den Ständen hindurch. Viele von ihnen warfen Sebastians Wagen argwöhnische Blicke zu, einige schienen sich auf kommende Unterhaltung zu freuen und grüßten ihn scherzend. Wohlhabende Geschäftsleute in reich verzierten Gewändern schlenderten umher und versuchten, möglichst wichtig auszusehen. Frauen in bodenlangen Kleidern, viele von ihnen dezent verschleiert, folgten ihrem Mannsvolk in respektvollem Abstand. Und Kinder – ganze Banden von zerlumpten, schmutzigen Straßenkindern – rannten überall umher und versuchten, von der Bevölkerung ein paar Münzen zu erbetteln.

Dann kam Prinzessin Kerins Kutsche in Sicht und alles schien stillzustehen. Die Menschen hielten in ihrer Tätigkeit inne und neigten in einer wortlosen Geste des Respekts die Köpfe. Viele von ihnen knieten sogar nieder, als die Prinzessin vorbeifuhr. Es war offensichtlich, dass sie hoch geachtet wurde. Als die Kutsche weiterfuhr, folgten die Menschen ihr nach, um zu sehen, was das alles zu bedeuten hatte.

Sebastian hatte noch nie so viele Menschen auf einmal gesehen. Jerabim war ein ansehnliches Marktstädtchen, aber nichts gegen diese große Stadt. Er blickte nach links und rechts und sah, dass hinter den Händlerbuden zahlreiche verschlungene Gässchen zwischen den Reihen der dicht an dicht gebauten Häuser verschwanden. Durch diese Gassen huschten finstere Gestalten, verlotterte, torkelnde Geschöpfe, die sich vor dem grellen Licht der Sonne zu verstecken schienen. Sebastian hatte den Eindruck, dass diese Stadt aus zwei Teilen bestand – die prachtvolle, glänzende Seite, die der Welt präsentiert wurde, und eine dunklere, unheimliche Seite, die sich in den Schatten versteckt hielt und den Unachtsamen auflauerte.

Seltsame, misstönende Musik drang aus einem Café, an dem sie vorbeikamen. Sebastian sah dort mehrere wohlhabende Männer unter einem Rebendach sitzen und riesige Pfeifen rauchen, die mit glänzenden Metallbehältern verbunden waren. Ein kleines Orchester spielte, und auf einer Bühne tanzte eine Frau, deren geschmeidiger, sehniger Körper unter einer schimmernden Ölschicht glänzte. Sie bewegte sich mit einer bizarren, hypnotisierenden Anziehungskraft, und Sebastian bemerkte, dass alle Männer in dem Café wie gebannt die Augen auf sie geheftet hatten.

Der Wagen fuhr weiter, ließ das Café hinter sich und bog um eine lange Kurve. Jetzt bot sich ihnen ein wirklich beeindruckender Anblick: Die Straße stieg langsam an und direkt an ihrem Ende thronte der Marmorpalast von König Septimus. Schon aus dieser Entfernung sah er imposant aus. Seine Marmorsäulen glänzten im Sonnenlicht, seine riesigen geschwungenen Torbögen und goldenen Minarette schienen einem Fiebertraum entsprungen zu sein.

»Das ist ja noch schöner, als ich mir das ausgemalt habe«, murmelte Cornelius. »Stell dir nur vor, wie reich der König sein muss, dass er in solch einem Palast wohnt!«

Sebastian nickte, doch er antwortete nicht. Er fühlte sich gerade sehr klein und unbedeutend. Was hatte er sich eigentlich dabei gedacht, hierherzukommen? Was hatte er schon für eine Chance, die Gunst eines so mächtigen Königs zu gewinnen? Das Beste wäre, er würde hier und jetzt den Wagen umlenken und zurück nach Hause fahren.

Cornelius musste seine Panik gespürt haben. »Kopf hoch«, sagte er. »Du schaffst das schon! Denk nur immer daran: Du musst an dich glauben.«

Sebastian rang sich ein Lächeln ab und nickte, doch in Wahrheit hatte er keinen Funken Vertrauen in seine eigenen Fähigkeiten.

Als sie sich dem Palast näherten, begann irgendwo, eine Glocke zu läuten. Jetzt konnte Sebastian auch den vornehmen grünen Rasen sehen, der das Gebäude umgab, und die riesigen steinernen Springbrunnen, aus denen sich das Wasser ergoss wie aus einer magischen, unerschöpflichen Quelle. So etwas hatte er noch nie gesehen. In Jerabim, wo man Wasser als einen wertvollen Rohstoff betrachtete, wäre das undenkbar gewesen.

Sebastian kam es wie eine Ewigkeit vor, bis ihr Wagen endlich vor einer flachen Steintreppe zum Stehen kam, die zu einem weitläufigen, prunkvollen Vorplatz hinaufführte. Im selben Moment kam eine Gruppe bewaffneter Soldaten in dunkelroten Umhängen durch die Palasttüren marschiert und stellte sich in einer Reihe vor dem Eingang auf. Sie zogen ihre Schwerter und hielten sie quer vor ihre Brustharnische, bereit, sie bei der leisesten Provokation zum Einsatz zu bringen.

»Die Rotmäntel«, flüsterte Cornelius. »Die Leibgarde des Königs.«

Dann drängte eine ganze Schar wichtig aussehender Männer und Frauen durch die Palasttüren, die Lords und Ladys des königlichen Hofes, gekleidet in vornehmen Brokat und weichen, leuchtend bunten Samt. Viele der Männer trugen Turbane und die Frauen Schleier aus feinem, durchsichtigem Stoff. Alle trugen sie Juwelen um den Hals und an den Fingern. Die große Gruppe teilte sich, als hätte sie es hundertmal einstudiert, und stellte sich rechts und links des Eingangs auf, um die Neuankömmlinge mit missbilligendem Blick zu mustern. Sebastian fiel ein, dass sein Narrenkostüm zerrissen, dreckig und blutbefleckt war. Er ärgerte sich, dass er nicht daran gedacht hatte, sich zur Ankunft in der Stadt etwas Gesellschaftsfähigeres anzuziehen.

Jetzt klang eine schrille Fanfare durch die Stille. Sechs bärtige Krieger kamen durch die Türen und bliesen in goldene Trompeten. Auch sie teilten sich in zwei Gruppen und stellten sich rechts und links hinter die Lords und Ladys.

»Was für ein Schauspiel!«, rief Sebastian.

»Still!«, keifte eine Stimme, und als Sebastian aufsah, begegnete er dem feindseligen Blick von Hauptmann Tench, der noch immer auf seinem Ross neben dem Wagen herritt. »Kommt da runter«, fügte er hinzu, und Sebastian und Cornelius kletterten vom Kutschbock. Als Sebastian sich wieder zum Palast umdrehte, sah er, dass dort noch eine weitere Gestalt aus dem geöffneten Tor trat.

Es war ein großer schlanker Mann, gekleidet in ein prächtiges purpurfarbenes Gewand, über dem er trotz der Hitze eine dicke Pelzrobe trug. Sobald sie ihn erblickten, ließen sich die Lords und Ladys ausnahmslos auf ein Knie nieder, und mit der Arroganz eines Mannes, der solche Unterwürfigkeit gewohnt ist, stolzierte er zwischen ihnen hindurch. Er kam vor bis zur obersten Treppenstufe.

Seine Leibgarde teilte sich und trat eilig zur Seite, um ihn durchzulassen. Er stand da, hatte die Hände in die Hüften gestemmt und sah mit einem fragenden Ausdruck auf seinem schmalen, blassen Gesicht zu Sebastian und Cornelius hinunter.

Sebastian spürte sofort eine leise Abneigung. Vielleicht war es nur seine Elfen-Intuition, die mit ihm durchging, aber er fand, König Septimus hatte eines der unaufrichtigsten Gesichter, die er je gesehen hatte.

Cornelius kniete sofort nieder und rammte Sebastian seinen kettenhemdbekleideten Arm ans Bein, damit er es ihm nachtat. Das schien dem König schon besser zu gefallen. Er blickte nach links und rechts, als suchte er nach jemandem.

»Wo ist meine Nichte?«, fragte er.

»Hier, Onkel!« Prinzessin Kerin erschien im Eingang ihrer Kutsche, und Sebastian sah, dass sie die Gelegenheit genutzt hatte, sich umzuziehen. Sie trug ein wunderschönes rotes Samtkleid und eine edle, mit Juwelen besetzte Tiara, die in der Sonne glitzerte. Sie stieg aus der Kutsche und kam herüber, um die Stufen zum Vorplatz emporzusteigen. Als sie an Sebastian vorbeiging, sah sie zu ihm hinunter. Er hätte schwören können, dass sie ihm heimlich verschmitzt zuzwinkerte, doch die Geste war so flüchtig, dass er sie sich genauso gut eingebildet haben konnte. Sie ging auf ihren Onkel zu und machte einen eleganten Knicks.

»Eure Majestät«, sagte sie.

»Meine liebe Nichte! Wie wundervoll, dich an diesem besonderen Tag gesund und munter wiederzusehen.« Der König trat vor und umarmte Prinzessin Kerin, drückte sie für einen Moment an sich und ließ sie dann wieder los. Er wandte sich an die Menge, die sich um die Treppe versammelt hatte, und erhob die Stimme, um zu ihnen zu sprechen.

»Bürger von Keladon«, rief er. »Gelobt sei die göttliche Vorsehung! Unsere geliebte Prinzessin ist uns unversehrt zurückgegeben worden, und das an dem Tag, an dem sie das Alter von siebzehn Lenzen erreicht. Ein Jahr nur noch und sie wird eure Königin sein!«

Diese Ankündigung rief ein gewaltiges Gebrüll der Zustimmung von der wachsenden Menschenmenge hervor. Der König wandte sich wieder an Prinzessin Kerin und dämpfte die Stimme. »Nachdem ich von deinem Unglück gehört hatte, habe ich mir ständig Vorwürfe gemacht. Wie konnte ich nur so dumm sein und zulassen, dass du in so eine gefährliche Situation gerätst? Wirst du mir je verzeihen können?«

»Es war nicht deine Schuld, Onkel«, sagte Prinzessin Kerin.

»Nein, natürlich nicht!«, entfuhr es König Septimus. Dann lachte er – ein ziemlich nervöses Lachen, dachte Sebastian. »Äh … aber das ändert nichts an meinem schlechten Gewissen.« Er sah zum zweiten Mal zu den Soldaten hinüber, die die Prinzessin zurück in die Stadt geleitet hatten, und stutzte. »Wo ist deine Leibgarde?«, fragte er.

»Alle tot, Hoheit«, sagte Cornelius. »Sie haben tapfer bis zum letzten Mann gekämpft, um die Prinzessin zu verteidigen.«

Der König starrte Cornelius an, als könnte er nicht fassen, dass dieser es gewagt hatte, ohne Erlaubnis das Wort zu ergreifen. »Tot?«, schrie er.

»Ja, Eure Hoheit. Sie waren einfach zahlenmäßig unterlegen.«

»Aber … ich habe ihr doch eine Einheit von zwanzig Mann mitgeschickt.«

»Viele von ihnen waren nicht in der Lage, uns zurückzubegleiten«, erklärte Prinzessin Kerin. »Wir hatten nur sechs Mann mit uns, weil …«

»… sie alle krank geworden sind«, sagte Septimus. »Ich weiß.«

Die Prinzessin sah ihn verblüfft an. »Woher weißt du das?«, fragte sie.

»Hä?« Er starrte sie einen Augenblick verständnislos an. »Nun ja, ich bin schließlich der König. Es ist meine Pflicht, so etwas zu wissen.« Er schien einen Moment nachzudenken. »Dieser Bote von Hauptmann Tench, der hat es mir erzählt.«

»Wirklich? Ich wusste gar nicht, dass er diese Information hatte.«

»Natürlich hatte er das! Er hat mir alles erzählt – von den Briganten, den Lupos… alles in allem ist es ein Wunder, dass du noch am Leben bist.«

Prinzessin Kerin nickte. »Das wäre ich auch nicht«, versicherte sie ihm, »wenn meine zwei Helden nicht gewesen wären.«

»Oh natürlich, ich kann es kaum erwarten, sie endlich kennenzulernen!«, sagte König Septimus. »Wo sind sie denn?«

Prinzessin Kerin starrte ihn an. »Na, sie stehen doch direkt vor dir«, sagte sie.

König Septimus blickte zu Sebastian und Cornelius hinunter und sah gleich wieder weg, als erwartete er, noch jemand anderen zu entdecken. Doch da war niemand anders. »Diese zwei?«, fragte er ungläubig. »Das sind deine beiden Helden?«

»Genau genommen sind wir zu *dritt*«, sagte Max. »Ich habe auch mitgeholfen!«

Da fielen dem König vor Erstaunen fast die Augen aus dem Kopf. Er zeigte auf Max. »Es hat gesprochen!«, rief er. »Das große haarige Viech da hat gerade gesprochen!«

Prinzessin Kerin lächelte. »Ja, tut mir leid – natürlich hätte ich *drei* Helden sagen sollen, nicht zwei. Also, Onkel… darf ich vorstellen… Sebastian Dark aus der Stadt Jerabim…«

Sebastian stand auf und machte eine Verbeugung.

»Hauptmann Cornelius Drummel aus Golmira, der großen Stadt des Nordens…«

Cornelius verbeugte sich ebenfalls.

»Und äh… Max, der sprechende Büffelop, ebenfalls aus Jerabim.«

König Septimus hatte offensichtlich Schwierigkeiten zu verarbeiten, was er eben gehört hatte. »Und diese… *Leute* sollen die starken Krieger sein – jene, die eine Armee von Briganten bezwungen haben… und ein Rudel Lupos?«

»Genau die«, versicherte ihm Prinzessin Kerin. »Wenn sie nicht gewesen wären, wäre ich jetzt aller Wahrscheinlichkeit nach tot.«

»Tot«, murmelte König Septimus. Der Tonfall, in dem er das sagte, hatte etwas seltsam Beunruhigendes, fand Sebastian. Er klang fast wehmütig. Dann schien er sich wieder zu fangen. »Nun denn, wie es scheint, stehe ich in der Schuld dieser… äh… Herren.« Er ging auf sie zu. »Ihr müsst mir sagen, werte Herren, wie ich Euch angemessen belohnen kann.«

Für einen kurzen Moment sagte niemand etwas. Dann ergriff Sebastian das Wort.

»Eure Majestät… ich bin in der Absicht nach Keladon gekommen, an Eurem Hof eine Anstellung als Hofnarr zu erbitten.«

»Ein Hofnarr?« König Septimus wirkte verunsichert. »Es ist lange her, dass wir hier so etwas hatten«, murmelte er. »Ich weiß nicht, ob ich…«

»Er ist ein sehr guter«, sagte Prinzessin Kerin. »Auf unserer Fahrt hierher hat mich Mr Dark mit vielen vortrefflichen Witzen und Geschichten unterhalten, und ich kann dafür bürgen, dass er außerordentlich komisch ist.«

König Septimus dachte einen Augenblick nach. Dann lächelte er. »Wenn du an ihm Gefallen findest, dann werde ich es auch. Natürlich werde ich ihn anstellen! Sagen wir… drei Goldkronen im Monat?«

Sebastian hätte vor Freude fast laut aufgejuchzt. Das war mehr Geld, als er sich je erhofft hatte. Doch Prinzessin Kerin ließ noch nicht locker.

»Onkel, ich finde, ein Mann mit seiner Erfahrung ist fünf Kronen wert«, sagte sie. »Das ist auf jeden Fall der Verdienst, den er am Königshof von Jerabim gewohnt war.«

Sebastian starrte sie an. Er war nie auch nur in der Nähe

des Königshofs von Jerabim gewesen und das wusste sie. Aber sie hatte es mit einer solchen Überzeugung gesagt, dass niemand auch nur eine Sekunde an ihren Worten zweifelte.

»Nun, dann müssen wir das überbieten!«, verkündete Septimus. »Wir machen sechs Kronen daraus. Und natürlich werdet Ihr hier im Palast Kost und Logis erhalten. Nun, was sagt Ihr, Mr Dark? Seid Ihr einverstanden?«

»Auf jeden Fall, Eure Majestät.« Sebastian versuchte vergeblich, das Grinsen aus seinem Gesicht zu verdrängen. Er sah zu Cornelius hinunter, der ihn anlächelte, als wenn er sagen wollte: »Siehst du, ich hab doch gesagt, du schaffst das!«

»Und heute Abend nach dem Festmahl zu Prinzessin Kerins Geburtstag könnt Ihr uns die ersten Kostproben Eures Könnens geben«, fügte König Septimus hinzu, woraufhin Sebastian schlagartig das Grinsen verging. Der König wandte sich an Cornelius. »Nun, kleiner Mann, und was kann ich für Euch tun?«, fragte er.

Cornelius verbeugte sich noch einmal. »Eure Majestät, als ich nach Keladon aufbrach, hatte ich nur ein Ziel vor Augen. Den Rotmänteln beizutreten.«

König Septimus starrte Cornelius für einen Moment an. Dann lachte er. »Die Rotmäntel!«, sagte er. »Ihr? Verzeiht mir, Hauptmann, aber ... Ihr seid so ein kleiner Gesell, ich glaube kaum, dass ein solcher Posten für Euch geeignet wäre.«

»Im Gegenteil, Eure Majestät, ich bin überzeugt, er wäre mir wie auf den Leib geschnitten. Ich brauche nur eine Gelegenheit, Euch meine Tauglichkeit zu beweisen.«

König Septimus lächelte, aber in seinen Augen lag keine echte Freundlichkeit. Sebastian, der nun allen Grund hatte, den Mann zu mögen, stellte erneut fest, dass ihn etwas am Verhalten des Königs beunruhigte.

»Nun, Hauptmann Drummel, ich kann Euch mitteilen, dass es jedem Mann im Land zusteht, sich für einen Posten in der Garde der Rotmäntel zu bewerben. Um aufgenommen zu werden, muss er nur eines leisten. Er muss meinen besten Krieger im unbewaffneten Kampf besiegen.«

Cornelius rieb sich die Hände. »Zu einem solchen Wettkampf bin ich liebend gerne bereit«, sagte er.

König Septimus sah ihn ausgesprochen hochmütig an. »Vielleicht solltest du warten, bis du meinen besten Kämpfer gesehen hast«, sagte er. Er hob eine Hand und schnipste mit den Fingern. »Schickt mir Klart«, rief er. Es entstand eine lange Pause, und sie konnten hören, wie irgendwo im Palast eine Reihe von Leuten den Namen des Champions riefen.

»Klart stammt von der Insel Mavelia«, sagte der König, während er seine perfekt manikürten Fingernägel überprüfte. »Ich nehme an, ihr wart beide noch nicht dort?«

Sebastian und Cornelius schüttelten die Köpfe.

Der König lächelte süß. »Ich will es mal so sagen ... sie sind ein recht ruppiges Völkchen«, sagte er. »Und ich habe vollstes Verständnis, wenn Ihr es Euch noch mal anders überlegt.«

Es schien eine Ewigkeit zu dauern, doch dann stakste jemand breitbeinig aus den offenen Palasttüren. Sebastian schnappte nach Luft. Dieser Mann war so groß, dass er sich ducken musste, um seinen struppigen Schopf nicht an dem steinernen Torbogen zu stoßen. Er war ein wahrer Riese, ein großer muskulöser Kerl mit schmutzigem roten Haar, das ihm bis auf die Schultern hing, und einem wilden Bart. Er trug einen Umhang, der verdächtig an die haarige Haut eines Büffelops erinnerte, und als er über den Hof schritt, schien die Erde unter der Wucht seiner schweren Stiefel zu erzittern. Er hob seine kräftigen Arme, um der Menge zuzuwinken, und diese jubelte ihm begeistert zu. Anscheinend war es nicht das erste Mal, dass die Bewohner von Keladon ihn kämpfen sahen.

»Cornelius, das ist wahnwitzig!«, sagte Sebastian. »Mit *dem* kannst du's nicht aufnehmen, das ist ja der reinste Schrank.«

Der kleine Krieger zuckte die Achseln und ließ seine Fingerknöchel knacken. »In Golmira gibt es ein altes Sprichwort«, sagte er. »Eines, das ich seit Jahren beherzige: ›Je größer der Kerl, desto härter der Fall.‹«

König Septimus musste schmunzeln. »Kühn gesprochen, kleiner Mann!«, sagte er. »Nun denn, wenn Ihr immer noch dazu entschlossen seid, kommt hier hoch und versucht Euer Glück. Aber ich übernehme keine Verantwortung für die Folgen. Klart ist nicht gerade zimperlich.«

»Ich auch nicht«, sagte Cornelius ruhig. Er schnallte sein Schwert und sein Messer ab und ließ sie auf den Boden fallen. Dann kletterte er die Stufen zum Burghof hinauf. Der König machte eine Handbewegung in Richtung der anderen Anwesenden, und alle traten zurück, um den zwei Kriegern Platz zum Kämpfen zu geben.

KAPITEL 14

Die Bewährungsprobe

Nun, Jungs«, sagte der König, »ich möchte jetzt einen guten sauberen Kampf sehen. Kein Beißen, kein Mogeln – und Klart, diesmal wird der Gegner auch nicht verspeist.« Er trat zurück, um ihnen mehr Platz zu lassen.

Die beiden Männer starrten sich schweigend an und begannen dann, einander in geduckter Kampfhaltung zu umkreisen. Sebastian wusste nicht, was er von der Sache halten sollte. Mit eigenen Augen hatte er gesehen, wie Cornelius mächtige Feinde bezwungen hatte, aber Klart war so groß und so stark; er schien einfach unbesiegbar zu sein.

Es war Klart, der zum ersten Schlag ausholte und seine rechte Faust nach unten sausen ließ, aber Cornelius wich seinem Hieb einfach aus und tänzelte zurück. Er nahm erneut seine Kampfhaltung ein und begann wieder, um Klart herumzustreichen. Die Menge jubelte anerkennend. Klart versuchte noch mehrmals, seinen kleinen Gegner zu treffen, doch ohne Erfolg. Cornelius war einfach zu flink für ihn. Als Klart es zum dritten Mal versuchte, tänzelte Cornelius schnell auf ihn zu, versetzte dem Riesen einen Schlag gegen das Knie und tänzelte wieder zurück. Klart brüllte vor Wut und versuchte, mit einem Fuß nach ihm zu treten. Zweifellos glaubte er, Cornelius mit einem einzigen Tritt vom Burghof befördern zu können, doch der kleine Mann sprang behände zur Seite und packte die Ferse von Klarts ausgestrecktem Fuß mit den Händen. Er zog sie kräftig nach oben und brachte den Riesen damit mühelos aus dem Gleichgewicht.

Klart fiel nach hinten und traf mit einer solchen Wucht auf den Marmorboden, dass er ein paar Platten zerbrach. Er grunzte verdutzt und wollte gerade wieder aufstehen, als Cornelius unversehens einen Salto machte. Er sprang in die Luft und landete mit seinem ganzen Gewicht auf Klarts Bauch, was dem großen Mann vollends den Atem nahm. Klart krümmte sich stöhnend zusammen, und als Cornelius seinen Kopf vor sich hatte, nahm dieser zwei Finger und rammte sie in Klarts Nasenlöcher, so weit er konnte. Dann begann er, seine Finger zu spreizen.

Klart brüllte vor Schmerz, so laut, dass Sebastian sich die Ohren zuhalten musste, damit ihm nicht das Trommelfell platzte. Der Riese versuchte, sich von Cornelius loszumachen, doch der kleine Krieger hatte seine Finger fest in seiner Nase verhakt und der große Mann konnte seine Hand einfach nicht abschütteln.

»Nun«, sagte Cornelius ruhig, »du musst nur um Gnade bitten und ich lasse dich los.«

Klart sagte tatsächlich etwas, aber es klang mehr wie »Arrrrrrggggggghhhhh!«. Er verstärkte seine Versuche, freizukommen, schlug sogar mit seinen riesigen Fäusten auf Cornelius ein, doch Cornelius ließ nicht locker und spreizte seine Finger nur noch mehr. Die Menge tobte jetzt, schrie und feuerte Cornelius an.

»Auuu!«, brüllte Klart. »Büüüütte, hööör auffff!«

»Erst musst du um Gnade bitten«, verlangte Cornelius.

Eine ganze Weile sträubte sich der große Mann, irgendetwas zu sagen, doch da stieß Cornelius seine Finger noch weiter in seine Nase hinein. Schließlich konnte Klart den Schmerz nicht mehr ertragen und musste sich ergeben.

»Gnaade!«, brüllte er. »Gnaade!«

Cornelius löste seinen Griff, wischte sich an Klarts Gewand die Finger ab und hüpfte von seinem Brustkorb. Er schlenderte zurück zu einem verdutzten König Septimus und verbeugte sich förmlich, während die Menge in wilden Jubel ausbrach.

»Eure Majestät«, sagte er, »es wird mir eine Ehre sein, Euch zu dienen.«

Der König machte ein Gesicht wie ein Schlafwandler, der gerade aus einem Traum erwacht und sich nackt auf einem überfüllten Marktplatz wiederfindet. Er starrte auf die jubelnde, applaudierende Menge und dann hinunter in das lächelnde Gesicht von Cornelius. Er zuckte die Schultern.

»Also gut«, sagte er. »Es sieht wohl so aus, als ob Ihr jetzt Mitglied der Rotmäntel seid.« Er warf einen angewiderten Blick auf Klart, der wieder auf die Beine gekommen war und sich die schmerzende Nase rieb. »Und was dich betrifft, du großer Trampel, geh mir aus den Augen!«

Klart stand da wie ein begossener Pudel. Er drehte sich um und trottete deprimiert davon, um hinter irgendeiner dunklen Ecke zu verschwinden, aus der er gekommen war. Sebastian hatte Mitleid mit ihm. Er war nicht der erste Krieger, der am eigenen Leib erfahren musste, was für ein begnadeter Kämpfer Cornelius war. Als er sich davonschlich, folgten ihm das Gejohle und die Buhrufe derselben Zuschauer, die ihn mit Applaus willkommen geheißen hatten. Es machte Sebastian bewusst, wie wankelmütig ein Publikum sein konnte.

»Und nun«, sagte König Septimus, »lasst uns reingehen und...«

»Ähem!«, sagte Max. »Entschuldigt, Eure Majestät...«

Der König blieb stehen und sah sich überrascht um.

»Ich hoffe doch, Ihr habt mich nicht vergessen«, sagte Max. »Schließlich habe ich bei der Rettungsaktion eine sehr wichtige Rolle gespielt.«

»Ein Büffelop?«, fragte König Septimus ungläubig. »Ein Lasttier?«

»Diese Bezeichnung hat er nicht so gern«, sagte Sebastian eilig. »Er sieht sich eher als mein...«

»Partner«, kam ihm Max zuvor.

»Nun ja, er hat es tatsächlich mit den Briganten aufgenommen«, gab Cornelius zu.

»Und mit zwei riesigen Lupos«, ergänzte Prinzessin Kerin.

Der König sah von einem zum anderen, als könnte er kaum glauben, in was für eine Situation er da geraten war. Sein Gesicht verfärbte sich blaurot, und für einen Moment schien es, als würde er gleich anfangen, sie alle anzuschreien. Doch dann gelang es ihm, sich unter Kontrolle zu bringen. Er seufzte, hob die Hände und gab sich geschlagen.

»Ach ... also gut«, sagte er. »Wie wäre es, wenn ich ihn bei meinen edelsten Rössern in den königlichen Stallungen unterbringe? Die bekommen das beste Futter und werden nach Strich und Faden verwöhnt. Ich glaube, eine angemessenere Belohnung könnte es kaum geben für ... für einen Büffelop.«

»Das klingt höchst annehmbar«, sagte Max nach einiger Überlegung. »Und wenn Ihre Majestät es möglich machen könnten, mir zum Abendessen ein paar frische Pommer bringen zu lassen, wäre das ein wunderbarer Bonus!«

Sebastian warf Max einen wütenden Blick zu. »Treib es nicht zu weit!«, warnte er ihn.

Für einen Augenblick schien König Septimus etwas aus der Fassung gebracht zu sein. Doch dann sah er zu seiner Nichte und ließ den Blick über die Menge der Schaulustigen gleiten, die förmlich an seinen Lippen hingen, und er schaffte es, sich ein Lächeln abzuringen. »Natürlich«, sagte er. »Für die Retter unserer Prinzessin Kerin ist keine Mühe zu groß.« Er winkte jemanden aus der Menge zu sich und ein untersetzter, grobschlächtiger Kerl mit einer Lederjacke trat vor. »Stallknecht, bring dieses … dieses edle Tier in die königlichen Stallungen. Sorge dafür, dass es alles hat, um sich wohlzufühlen. Und bitte versichere dich, dass der Wagen von Mr Dark sicher verstaut wird, bis er wieder Verwendung dafür hat.«

Der Stallknecht starrte Max einen Moment lang vollkommen perplex an. Es war mit Sicherheit das erste Mal, dass ein Büffelop in den Genuss des luxuriösen Lebens in den königlichen Stallungen kommen sollte. Doch er war nicht so dumm, die Anordnung des Königs infrage zu stellen. »Ganz wie Ihr befehlt, Eure Hoheit«, sagte er und verneigte sich. Er griff nach Max' Halfter und begann, den Büffelop und den Wagen über den Platz zu führen. Die Leute traten eilig zur Seite, um ihn durchzulassen.

»Wir sehen uns später«, rief Max über seine Schulter. »Nachdem ich geruht habe.«

Sebastian und Cornelius tauschten amüsierte Blicke aus.

»Der arme Stallknecht tut mir leid«, murmelte Sebastian. »Ich würde mich nicht wundern, wenn seine Geduld gleich auf eine harte Probe gestellt wird.«

Jetzt wandte sich König Septimus an Hauptmann Tench.
»Hauptmann, ich habe eine Aufgabe für Euch.«

»Selbstverständlich, Majestät.« Hauptmann Tench stieg von seinem Ross und drückte einem seiner Männer die Zügel in die Hand. Eilig ging er zur Treppe hinüber und kniete nieder. »Womit kann ich dienen, Eure Majestät?«

»Sorgt dafür, dass Hauptmann Drummel in den Quartieren der Rotmäntel untergebracht wird. Er soll mit demselben Respekt behandelt werden, der allen Mitgliedern meiner persönlichen Leibgarde gebührt. Habe ich mich klar ausgedrückt?«

»Jawohl, Majestät.« Tench richtete sich auf und sah zu dem kleinen Krieger hinunter; dann bedeutete er ihm, ihm zu folgen. Auch wenn Hauptmann Tench seine Befehle, ohne zu zögern, ausführte, ließ sein Gesichtsausdruck erkennen, dass er sich lieber in eine Jauchegrube gestürzt hätte, als Cornelius so zu hofieren.

Der kleine Krieger sah grinsend zu Sebastian hinauf. »Wir sehen uns sicher später beim Festessen«, sagte er. Und damit folgte er Hauptmann Tench über den Hof zum Palasteingang.

Der König drehte sich um und sah Sebastian an.

»Nun, Mr Dark, Ihr müsst natürlich auch noch versorgt werden. Mal sehen – wer wäre denn da geeignet? Ah, ja. Malthus!«

Der kleine, hagere Leibdiener sprang herbei, als hätte man ihn mit einem heißen Messer in den Hintern gepikst. »Ja, Eure Majestät?«

»Bring Mr Dark in unser prächtigstes Gästezimmer und sorge dafür, dass es ihm an nichts fehlt. Du wirst dich persönlich um jeden seiner Wünsche kümmern.«

»Gewiss, Eure Majestät.« Malthus wandte sich an Sebastian und verneigte sich ehrerbietig. »Wenn Ihr mir bitte folgen wollt, Mr Dark?«

Sebastian war selig. Wenn nur seine Mutter ihn hätte sehen können, wie er durch diesen märchenhaften Palast ging und hofiert wurde wie ein Lord.

Er warf einen Blick zu Prinzessin Kerin und sah, dass sie ihn wieder anlächelte.

»Und wie gefällt dir Keladon bis jetzt?«, fragte sie verschmitzt.

»Eure königliche Hoheit, es übertrifft meine kühnsten Träume!«, sagte er. »Ich hätte nie erwartet, so zuvorkommend behandelt zu werden.«

»Das hast du auch verdient«, versicherte sie ihm. »Jetzt richte dich erst mal in deinen Gemächern ein und dann freue ich mich auf deinen Auftritt heute Abend.«

»Ähm ... ja, heute Abend.« Sebastian hatte sein bevorstehendes Debüt vorübergehend ganz vergessen und die Worte der Prinzessin ließen einen ganzen Schwarm von Schmetterlingen durch seinen Bauch flattern. Er verbeugte sich noch einmal vor König Septimus, und dabei bemerkte er, dass die Augen des Königs auf seiner Nichte ruhten. Sein Gesicht war ganz ausdruckslos – und doch schien sich Sebastians elfischer sechster Sinn erneut zu rühren. Er war nun vollkommen überzeugt, dass König Septimus zwar so tat, als ob er sich um Prinzessin Kerin sorgte, sie im Grunde aber verachtete.

»Nun, Prinzessin«, hörte er ihn sagen, »Ihr wollt doch sicher das besondere Geburtstagsgeschenk sehen, das ich für Euch habe ...«

Doch Sebastian hatte keine Zeit, seinen Gedanken nachzuhängen. Malthus ging voraus durch die prunkvollen offenen Tore des Palastes und Sebastian musste ihm folgen. Er würde später hoffentlich noch die Gelegenheit haben, mit Prinzessin Kerin zu sprechen.

Die riesige Menschenmenge hinter ihm jubelte begeistert, und als er Malthus folgte, spürte Sebastian plötzlich ein ungestümes Verlangen, wie ein glückliches Kind zu hüpfen. Nur mit großer Mühe gelang es ihm, sich zu bremsen.

KAPITEL 15

Palast der Träume

So etwas hatte Sebastian noch nie gesehen. Angefangen von den kühlen marmorgekachelten Böden bis zu den hohen, goldverzierten Decken war dies ein Reichtum von einem solchen Ausmaß, dass er am liebsten die ganze Zeit mit offenem Mund herumgewandelt wäre. Die Wände waren mit klotzigen Bildern und aufwendig bestickten Stoffen dekoriert. Riesige Steinsäulen ragten vom Boden bis an die Decke und in jede von ihnen waren eine Vielzahl von Gesichtern, Figuren und fantastischen Kreaturen gemeißelt. Jede Oberfläche war mit Ornamenten aus Gold und Silber überzogen und mit wertvollen Edelsteinen verziert. Und jede Tür wurde von bewaffneten Soldaten in voller Montur flankiert, die stets ihre Schwerter oder Speere gezückt hielten.

Sebastian wurde allmählich klar, dass die Geschichten über König Septimus' Reichtum nicht übertrieben waren. Er musste wirklich der reichste Mann auf der ganzen Welt sein. Wen würde es da wundern, wenn er nicht gerade erpicht darauf war, diesen Reichtum jemand anderem zu überlassen?

Malthus führte Sebastian eine riesige geschwungene Treppe hinauf, die aus purem weißen Marmor gehauen war. An den Wänden entlang der Treppe hingen in kleinen Abständen lebensgroße Gemälde von verkniffen aussehenden Männern und Frauen, die finster auf jeden Vorbeigehenden herabblickten.

»Die Könige und Königinnen von Keladon«, verkündete Malthus und deutete mit einer flüchtigen Handbewegung auf die Porträts, als hätte er das schon so oft gemacht, dass er nicht einmal mehr darüber nachdenken musste. »Von der Antike bis zur Gegenwart. Der königliche Stammbaum reicht bis in früheste Zeiten zurück.«

Sebastian fand, dass es ganz schön strenge und furchteinflößende Gesellen waren, nicht gerade die Sorte Typen, denen man gerne im Dunkeln begegnen möchte. Doch Malthus, der ganz in seiner Rolle als Fremdenführer aufzugehen schien, spulte mit geübter Leichtigkeit zu jedem von ihnen ein, zwei Sätze ab.

»Das ist Balthasar der Bösartige«, sagte er und zeigte auf einen grimmig dreinblickenden Mann mit einem spitzen grauen Bart. »Er war der König, der den Brauch eingeführt hat, dass die Bevölkerung die Hälfte ihrer Einkünfte für die Instandhaltung des Palastes spendet, eine Gepflogenheit, die noch heute aufrechterhalten wird.« Er machte eine ausholende Handbewegung und deutete auf die Pracht um sie herum. »Wie Ihr seht, haben wir gute Verwendung dafür.«

Jetzt zeigte er auf das Porträt einer kleinen Frau in gebeugter Haltung. Sie hatte einen fürchterlichen Silberblick und machte ein Gesicht, als hielte ihr jemand einen Kelch saurer Milch unter die Nase.

»Königin Wendolin die Wehmütige. Ihr Mann starb drei Tage nach der Hochzeit und sie verbrachte die ganzen fünfzehn Jahre ihrer Herrschaft in einem Strom von Tränen. Sie musste sich ständig neue Kleider anfertigen lassen, weil die alten immer einliefen. Daher also der Spitzname.«

Sie erklommen ein paar weitere Stufen und Malthus deutete auf das Bildnis eines kleinen, ziemlich dicken Mannes mit hochrotem Kopf.

»König Ferdinand der Flatulente, ein guter und edelmütiger Regent, dessen kurze Herrschaft durch eine unselige Gewohnheit etwas getrübt wurde. Ihr werdet Euch denken können, was für eine Gewohnheit das war.«

»Ähm … Flatulenz. Das sind Blähungen, oder?«

»Hm. Man erzählt sich, an einem guten Abend konnte er die Kerzen ausblasen, ohne aus dem Bett zu steigen – wenn Ihr versteht, was ich meine.«

»Aha.«

»Unglücklicherweise entzündete sich das Gas eines Abends und sein Schlafgemach ging in Flammen auf. Ein grausames Ende seiner Herrschaft.«

Sebastian versuchte, ein ernstes Gesicht zu machen, doch er spürte ein unwiderstehliches Verlangen zu lachen. »Sie … sie haben anscheinend alle einen Spitznamen, oder? Warum hat König Septimus denn keinen?«

Malthus sah sich hektisch um und senkte seine Stimme, um zu antworten. »Er hat ja einen«, raunte er. »Aber niemand würde es je wagen, ihn in seiner Gegenwart zu verwenden.« Er sah sich noch einmal um und nun war seine Stimme kaum mehr als ein Flüstern. »Er lautet Septimus der Spiegelkopf.«

Sebastian runzelte die Stirn. »Warum Spiegelkopf?«, fragte er.

»Pssst! Ihr müsst leise reden!« Malthus beugte sich zu ihm. »Weil er ganz und gar glatzköpfig ist.«

»Glatzköpfig? Aber …«

»Psst! Er hatte als Kind ein Nervenleiden und da sind ihm innerhalb von ein paar Tagen alle Haare ausgefallen. Sie sind nie wieder nachgewachsen. Das ist eine Perücke, die er da trägt, und niemand darf ihn je ohne zu Gesicht bekommen.«

»Wie kommt es dann …«

Malthus war jetzt so nah, dass er Sebastian buchstäblich ins Ohr flüsterte. »Ich bin einmal aus Versehen ins Zimmer gekommen, als er sie nicht aufhatte.« Malthus stand das blanke Entsetzen noch ins Gesicht geschrieben, als er sich daran erinnerte. »Zum Glück habe ich ihn in einem Spiegel erblickt, bevor er mich sehen konnte, und ich habe es gerade noch geschafft, unbemerkt wieder aus dem Zimmer zu schlüpfen.« Malthus verdrehte die Augen. »Glaubt mir, wenn er das mitbekommen hätte, hätte ich Bekanntschaft mit dem Beil des Henkers gemacht.«

»Das kann ich mir nicht vorstellen!«

»Doch, das meine ich ernst. Er kann wirklich gnadenlos sein, wenn er sich etwas in den Kopf gesetzt hat. Ich denke manchmal, Septimus der Strenge wäre der passendere Name für ihn. Ich habe gehört, dass er vor Jahren einen Perückenmacher beauftragt hat, ihm Hunderte von Perücken anzufertigen, genug für drei Leben – und dann ließ er den Mann umbringen, damit er es niemandem verraten konnte.« Malthus dachte einen Augenblick nach. »Hört zu«, schärfte er Sebastian ein, »von mir habt Ihr nichts erfahren. Wenn Ihr ausplaudert, dass ich Euch das erzählt habe, werde ich alles abstreiten, und ich kann Euch versichern, dass man mir glauben wird und nicht irgendeinem dahergelaufenen Fremden aus Jerabim.«

»Oh, keine Sorge, ich werde bestimmt kein Sterbenswörtchen sagen.« Sebastian konnte nicht umhin zu denken, dass ein Klatschmaul wie Malthus nicht gerade der geeignetste

Leibdiener für einen König war. Sie waren jetzt auf dem Treppenabsatz im ersten Stock angekommen. Malthus wandte sich nach rechts und führte Sebastian durch einen Korridor, von dem in größeren Abständen Zimmer abgingen.

»Kleiner Ratschlag«, sagte Malthus. »Ich würde noch mal durch Euer Repertoire an Witzen gehen und vorsorglich alles herausnehmen, was irgendeinen Bezug zum Thema Haare hat. Nur für alle Fälle. Ihr wollt ja schließlich nicht enden wie Hengist der Haarige, oder?«

»Wer ist Hengist ...?«

»Der Haarige. Er war ein Edelmann aus Berundia. Ziemlich haariger Typ. Haare überall. Kopf, Schultern, Arme, Zähne ...«

»Behaarte Zähne?«

»Na ja, vielleicht nicht die Zähne, aber Ihr wisst schon, was ich meine. Septimus konnte ihn von Anfang an nicht leiden. Ich will es mal so sagen ...«

Noch einmal sah Malthus sich verstohlen um. »Die beiden sind zusammen auf Jawralat-Jagd gegangen und nur einer von ihnen ist zurückgekommen.« Er sah Sebastian mit hochgezogenen Augenbrauen an. »Den Rest könnt Ihr Euch selbst zusammenreimen.«

Sebastian lächelte, aber im Hinterkopf hatte er bereits begonnen, sein Repertoire nach irgendwelchen Scherzen zu durchsuchen, die problematisch sein könnten. Ihm fiel kein Witz ein, in dem Haare oder Perücken erwähnt wurden.

»Nun«, sagte Malthus heiter, »ich habe etwas ganz Besonderes für Euch ausgesucht. Wir nennen sie die Schlachten-Suite ...«

»Wie bitte?«

»Oh, keine Angst, es ist hübscher, als es sich anhört«, versicherte ihm Malthus. »Das mit den Schlachten bezieht sich nur auf das Wandgemälde.« Er öffnete eine schwere Holztür, und Sebastian blickte in ein großes, luxuriös ausgestattetes Gemach, das wirklich reizend hätte sein können, wäre da nicht das Gemälde eines außerordentlich blutigen Gemetzels gewesen, das die gesamte hintere Wand einnahm. Es zeigte eine Truppe Fußsoldaten, die von einem Bataillon keladonischer Kavalleristen auf boshaft aussehenden, gepanzerten Rössern in den Dreck getrampelt wurden. Malthus führte Sebastian in den Raum.

»Das Gemälde erinnert an König Septimus' großartigen Sieg über die Streitkräfte von König Rabnat von Delaton. Über dreitausend Mann auf einen Schlag niedergemetzelt!«

»Entzückend«, sagte Sebastian matt. Er versuchte, nicht mehr an das Gemälde zu denken, und ging stattdessen auf das prunkvolle Himmelbett zu, das in der Mitte des Zimmers stand. Er setzte sich auf die Matratze, hüpfte ein paar Mal auf und ab und musste zugeben, dass es ein unglaublich bequemes Bett war; doch als er sich umdrehte, fiel sein Blick auf ein anderes Gemälde an der gegenüberliegenden Wand, das anscheinend eine Reihe von schrecklichen Folterungen darstellte. Bemitleidenswerte Geschöpfe waren an Stühle gefesselt und mussten es über sich ergehen lassen, dass man ihnen die Fingernägel herausriss, die Kniescheiben mit Hämmern zertrümmerte und die Zungen mit glühenden Eisennägeln durchstach. »Ach du liebe Güte«, sagte er.

Malthus zuckte die Achseln. »Nun ja, ich gebe zu, das Dekor lässt etwas zu wünschen übrig. Aber ich hatte die Wahl zwischen diesem und den Zimmern, die an die Nagetierplage und an die Beulenpest erinnern.«

»Ich bin sicher, es wird sehr … gemütlich sein«, sagte Sebastian und dachte bei sich, dass er die furchtbaren Bilder ja immer noch mit ein paar Bettlaken verhängen konnte. Er wollte nicht undankbar erscheinen und nach wochenlangem Nächtigen auf dem harten Erdboden konnte es ja nur besser werden.

Malthus zog ein paar schwere Samtvorhänge zur Seite, hinter denen ein großes Flügelfenster zum Vorschein kam. »Ihr habt einen herrlichen Blick auf den Schlosspark«, sagte er aufmunternd. »Und nebenan befindet sich Euer höchstpersönliches Plumpsklo.«

»Das ist … wirklich reizend«, sagte Sebastian und versuchte, begeistert zu klingen.

Malthus zeigte auf eine verzierte Kordel, die von der Decke baumelte. »Wenn Ihr irgendetwas braucht, zieht einfach hier dran, und ein Diener wird sich um Euch kümmern.« Er ließ zufrieden den Blick durch das Zimmer schweifen. »Ich bin sicher, Ihr werdet Euch hier sehr wohlfühlen, Mr Dark.«

»Das denke ich auch.«

»Kann ich noch irgendetwas für Euch tun, bevor ich mich entferne?«

»Nun ja, *eine* Sache wäre da … aber ich bin sicher, das wird nicht möglich sein.«

»Oh bitte, sprecht es nur aus.«

»Es geht um meine Mutter zu Hause in Jerabim.«

Malthus runzelte die Stirn. »Ihr wollt Eure Mama?«, fragte er.

»Nein! Nicht direkt. Aber ich würde ihr gerne mitteilen, dass ich gut hier angekommen bin und dass König Septimus mich angestellt hat.«

»Kein Problem!« Malthus wies auf ein Schreibpult mit einem Federkiel und ein paar Blättern Pergamentpapier. »Schreibt ihr einfach schnell eine Nachricht und ich werde sie von einem unserer Eilboten überbringen lassen. Hmm … Jerabim …« Er überlegte einen Augenblick. »Wenn wir ihm die Nachricht heute Abend mitgeben und er schnell reitet, könnte sie in … fünf oder sechs Tagen dort sein.«

»So bald? Unglaublich!« Sebastian ging hinüber zum Schreibtisch und setzte sich hin.

»Läutet einfach, wenn Ihr fertig seid«, schloss Malthus. »Der Diener bringt die Nachricht dann gleich runter in den Postraum. Wir sehen uns später«, fügte er hinzu. »Bei der Aufführung.«

»Oh, ja. Später …«

Sebastian versuchte, nicht an die Aufführung zu denken. Er tauchte den Federkiel in das Tintenfass, überlegte einen Moment und schrieb dann eine kurze Nachricht.

Liebe Mutter,

bin gut in Keladon angekommen. Alle hier sind sehr freundlich und König Septimus will meine Dienste in Anspruch nehmen, für sechs Goldkronen im Monat! Mein erster Auftritt ist heute Abend bei einem großen Bankett.

Auf dem Weg hierher haben Max und ich einen sehr netten Gefährten namens Cornelius getroffen. Er ist ein Hauptmann aus Golmira – nur ein kleiner Kerl, aber er hat das Herz eines Riesen. Außerdem haben wir eine Prinzessin vor einem Brigantenangriff gerettet. Wie sich herausgestellt hat, ist sie die Nichte von König Septimus und wird eines Tages Königin von Keladon sein. Sie ist wirklich nett und wir sind gute Freunde. Ich glaube, sie würde Dir auch gefallen.

Wir hatten unterwegs ein paar Probleme mit Lupos, aber ich bin froh, Dir mitteilen zu können, dass wir jetzt hier sind und alles nach Plan läuft. Ich werde so bald wie möglich das erste Geld schicken.

Ich hoffe, Dir geht es gut und Du bist nicht zu einsam.
Max lässt Dich grüßen – er ist in den königlichen Stallungen
untergebracht, wo er bestimmt nach Strich und Faden ver-
wöhnt wird!

> *Dein Dich liebender Sohn,*
> *Sebastian*

Als er die Nachricht noch einmal durchlas, konnte er nicht umhin zu denken, dass sich seine Worte anhörten wie das Geschwafel eines geistesgestörten Idioten. Er fürchtete, seine Mutter würde denken, dass er sich das Ganze nur ausgedacht hatte oder, schlimmer noch, dass er vollkommen verrückt geworden war. Er rollte das Pergament zusammen und band ein Stück Schnur darum. Er wollte gerade läuten, um den Diener zu rufen, als es an seiner Tür klopfte.

»Herein«, sagte er und rechnete mit Malthus, der ihm vielleicht noch mehr Klatsch und Tratsch mitteilen wollte. Aber es war Prinzessin Kerin.

KAPITEL 16

Die Lage spitzt sich zu

Die Prinzessin trat in den Raum.

»Hallo!«, sagte Sebastian. Er stand so schnell auf, dass er mit seinen knochigen Knien unter dem Schreibtisch hängen blieb und ihn beinahe umgerissen hätte. Er gewann das Gleichgewicht wieder und versuchte unbeholfen, sich zu verbeugen, aber sie machte eine wegwerfende Handbewegung, als wollte sie sagen, dass solche Förmlichkeiten nicht nötig seien.

»Ich dachte mir, ich komm mal vorbei und schau, ob du dich schon eingelebt hast«, sagte sie zu ihm. Jetzt bemerkte er, dass auf ihrer Schulter ein kleines pelziges Tier saß.

»Was in aller Welt ist denn das?«, fragte Sebastian.

»Das ist ein Boobah. Sie leben in den Urwäldern weit im Süden. Er ist mein Geburtstagsgeschenk von Onkel Septimus. Ich dachte, vielleicht würdest du ihn dir gerne angucken.« Währenddessen sprang das Tier von ihrer Schulter, kletterte an einem der Bettpfosten hinauf, kauerte sich auf das Dach des Himmelbetts und gab seltsame schnatternde Laute von sich. »Ich werde ihn Knirps nennen«, sagte sie.

»Na ja, er sieht ja auch aus wie ein winziges Männchen«, bemerkte Sebastian. Er lächelte verschmitzt. »Vielleicht hättet Ihr ihn Cornelius nennen sollen.«

»Das würde ich *ihn* aber nicht hören lassen«, sagte sie. Dann machte sie ein trauriges Gesicht. »Du hattest natürlich recht. Er ist ein reizendes Geschenk, aber das Leben meiner königlichen Leibwächter hätte mir mehr wert sein müssen. Nächstes Mal überlege ich, bevor ich handle, das verspreche ich.« Sie ging auf ihn zu, dann blieb sie wie angewurzelt stehen und starrte auf das Wandgemälde hinter ihm. »Ach, du meine Güte«, sagte sie. »Dieses abscheuliche Bild hatte ich ja ganz vergessen!«

Er lächelte. »Man gewöhnt sich dran. Es ist nicht so schlimm wie das hinter Euch.« Er deutete auf die Folterszenen und sie drehte sich um und zuckte zusammen.

»Also ehrlich«, sagte sie, »Onkels Kunstgeschmack lässt wirklich zu wünschen übrig. Das Erste, was ich machen werde, wenn ich Königin bin, ist, die Gästezimmer neu zu tapezieren. Ich meine, irgendetwas Dezenteres. Ein schöner zarter Magnolien-Ton vielleicht.« Sie drehte sich wieder zu ihm um. »Und? Bist du bereit für deinen Auftritt heute Abend?«

Er zuckte die Achseln. »Ich denke schon. Ich muss mich nur noch etwas zurechtmachen – und ich sollte besser noch ein frisches Kostüm aus dem Wagen holen, bevor ich auftrete. An diesem hier klebt noch das Lupo-Blut.«

Sie lachte. »Das war vielleicht ein Abenteuer«, sagte sie. Sie ging zu seinem Bett hinüber und setzte sich an das Fußende. »Na ja, das scheint ja wenigstens recht bequem zu sein«, bemerkte sie, während sie auf der Matratze auf und ab hüpfte.

Sie klopfte mit einer Hand auf die Bettdecke. »Komm und setz dich zu mir«, schlug sie vor.

Er folgte ihrer Aufforderung und ließ sich ziemlich verlegen auf das Bett nieder. Er war sich absolut nicht sicher, ob es richtig war, neben einer jungen Frau auf einem Bett zu sitzen, die bald Königin sein würde.

»Du wirkst nervös«, bemerkte sie.

»Nein!«, antwortete er etwas zu eifrig. »Nein – nicht die Spur. Ich bin völlig entspannt.«

Sie schien nicht ganz überzeugt zu sein. »Vielleicht machst du dir Sorgen wegen heute Abend«, sagte sie.

»Na ja, Ihr wisst ja, wie das ist. Neue Bühne, neues Publikum. Man weiß nie so recht, was einen erwartet.«

»Ich nehme an, du bist schon an vielen großartigen Orten aufgetreten.«

»Och … ein paar waren es schon«, bestätigte er und hoffte, sie würde ihn nicht auffordern, ein Beispiel zu nennen.

»Sind alle Narren so wie du?«

»Ich weiß nicht. Ich bin nie einem begegnet. Abgesehen von meinem Vater natürlich. Und der war ein Mensch.« Für einen Moment saßen sie in betretenem Schweigen da und starrten auf ein Gemälde an der hinteren Wand, das eine Gruppe jubelnder Soldaten darzustellen schien, die einen Tempel in Brand setzten, während im Hintergrund eine Reihe von Priestern zu ihrer Hinrichtung antreten mussten. Prinzessin Kerin schien auf etwas zu warten, und noch einmal verspürte Sebastian ein irrationales Verlangen, sie zu küssen; doch er sagte sich, dass es ihm kaum zustand, eine Prinzessin zu küssen. Er drehte sich zu ihr und sah sie an.

»Prinzessin, darf ich Euch etwas fragen?«

»Natürlich.«

»Versprecht Ihr auch, dass Ihr nicht böse werdet?«

»Das kann ich wohl kaum sagen, bevor ich die Frage gehört habe, oder?«

»Nein …« Sebastian schaute eine Weile auf seine Füße und bemerkte, wie abgenutzt und verschlissen seine Stiefel waren. Dann holte er tief Luft. »Euer Onkel … König Septimus. Habt Ihr … nun ja, habt Ihr Vertrauen zu ihm?«

»Natürlich habe ich das!« Sie starrte ihn an. »Warum fragst du das?«

»Na ja, es ist nur … manche Leute würden vielleicht sagen, dass er Gefallen daran findet, König von Keladon zu sein und … dass er die Macht vielleicht nicht an jemand anders übergeben will. Nicht einmal an seine eigene Nichte.«

Sie zog die Augenbrauen zusammen. »Ja, aber Onkel Septimus hat immer gewusst, dass er nur für eine bestimmte Zeit regieren würde, nur bis ich alt genug sein würde. Das stand nie außer Frage. Und nachdem meine Eltern gestorben waren, war er so nett zu mir, so fürsorglich …«

»Ähm … ja. Das ist die andere Sache. Ich hoffe, Ihr nehmt mir die Frage nicht übel, aber wie sind Eure Eltern gestorben?«

Die Prinzessin starrte ihn für einen Moment an, als sei sie schockiert von seiner Frage. Vielleicht hatte es noch nie jemand gewagt, dieses Thema anzuschneiden. Sebastian wurde bewusst, dass er wieder Gefahr lief, sie zu verärgern, aber jetzt war es zu spät, die Frage zurückzunehmen. Prinzessin Kerin schien lange nachzudenken, bevor sie eine Antwort gab.

»Sie wurden umgebracht«, sagte sie leise. »Sie haben vergifteten Wein getrunken.«

»Und es ist Euch nie in den Sinn gekommen, dass vielleicht Euer Onkel …«

»Es ist ja gar nicht hier passiert«, unterbrach sie ihn. »Sondern in Bodengen. Sie waren bei König Valshak zu Gast, der damals dort regierte. Sie wollten ein Bündnis zwischen unseren beiden Ländern besiegeln. Beim Festessen hat ihnen jemand vergifteten Wein eingeschenkt und sie waren innerhalb kürzester Zeit tot. Onkel Septimus war gar nicht bei ihnen – er war hier im Palast geblieben und hat zur selben Zeit von ihrem Tod erfahren wie ich.«

»Ach so.« Sebastian kam sich jetzt ganz niederträchtig vor, weil er seinen Verdacht geäußert hatte.

»Meine Eltern sind in zwei Särgen zurückgekommen. Ich war damals dreizehn Jahre alt. Wir haben um sie getrauert und sie beerdigt. Onkel Septimus wurde zum König ernannt und soll es auch bleiben, bis ich volljährig bin. Seine erste Tat als Monarch war es, Bodengen den Krieg zu erklären; ein Krieg, der erst vor Kurzem endete, als Königin Helena den Thron bestieg. Jetzt ist Onkel Septimus daran interessiert, das Bündnis wiederzubeleben, das schon damals geplant war. Und deshalb wird es *meine* erste Tat als Monarchin sein, Königin Helenas Sohn Rolf zu heiraten.«

Sebastian starrte sie an. »Was?«, sagte er. »Rolf? Rolf mit den fehlenden Zähnen und der fliehenden Stirn?«

Sie nickte, ohne ihm in die Augen zu sehen. »Ja«, sagte sie. »*Der* Rolf.«

»Aber … das werdet Ihr doch nicht wirklich machen, oder? Ich meine, Ihr habt doch selbst gesagt, dass Ihr ihn gar nicht mögt.«

»Und was tut das zur Sache?«, fragte sie ihn verärgert. »Meinst du etwa, ich habe dabei auch nur irgendein Wörtchen mitzureden? Ihn zu heiraten, wird meine Pflicht sein, erfüllt zum Wohle meines Landes.«

»Aber das ist ja furchtbar!« Sebastian stand vom Bett auf und ging aufgeregt im Zimmer auf und ab. Er konnte nicht glauben, was sie da gerade gesagt hatte. »Meine Mutter sagt immer, es gibt nur einen Grund, jemanden zu heiraten, und das ist, weil man ihn liebt.«

Prinzessin Kerin seufzte. »Für gewöhnliche Leute mag das ja alles schön und gut sein«, sagte sie. »Aber für meinesgleichen ist alles etwas komplizierter. Außerdem hab ich dir doch neulich erklärt, dass ich nicht an Liebe *glaube*. Die einzigen Menschen, die mir je wichtig waren, wurden mir genommen, als ich noch ein Kind war. Und sonst gibt es da niemanden.«

Sebastian runzelte die Stirn. »Vielleicht habt Ihr Euch nur noch nicht richtig umgeguckt«, sagte er.

Sie saß lange schweigend da und sah ihn mit diesen tiefgrünen Augen an. Dann stand sie vom Bett auf, kam zu ihm herüber und küsste ihn sanft auf die Wange. »Das soll dir Glück bringen«, sagte sie.

Sie standen sich in stillschweigender Verbundenheit gegenüber und sahen einander versunken an.

In diesem Moment wusste Sebastian, dass sie durchaus etwas für ihn empfand, aber dass daraus aller Wahrscheinlichkeit nach nie etwas werden würde.

»Ich geh jetzt wohl besser«, sagte sie. »Komm, Knirps, sei ein braver Junge!« Der Boobah kletterte folgsam den Bettpfosten herunter und sprang auf ihre Schulter. Sie ging auf die Tür zu, dann zögerte sie einen Moment und sah sich noch einmal zu ihm um.

»Weißt du«, fügte sie hinzu, »ich hab es lieber, wenn du deine Witze und Geschichten erzählst. Es ist so viel unkomplizierter.« Sie lächelte traurig. »Bis heute Abend.« Sie ging aus dem Zimmer und schloss die Tür hinter sich. Sebastian blieb noch einen Moment stehen, starrte auf die Tür, hoffte … ja erwartete vielleicht sogar, dass sie noch einmal zurückkommen würde.

Doch die Minuten vergingen und sie kam nicht zurück. Also ging er hinüber zum Schreibpult, wo noch die Nachricht an seine Mutter lag. Er griff nach der Zugschnur und läutete, um einen Diener herbeizurufen.

Magda spähte noch immer aus ihrem Kammerfenster, als der König hereinstürmte und ihr zum zweiten Mal an diesem Tag einen Tritt in den Hintern versetzte. Sie wirbelte mit einem Aufschrei herum und sah entsetzt, dass der Zorn, den er zuvor an den Tag gelegt hatte, nur der Anfang gewesen war. Jetzt war er wirklich außer sich vor Wut.

»Das ganze Gesicht tut mir weh!«, fauchte er und funkelte sie erbost an.

»Was meinen Eure Majestät? Ich fürchte, ich verstehe nicht ganz…«

Der König hob zwei Finger und tippte auf seine Mundwinkel. »Da, das tut alles weh, weil ich die ganze Zeit wie ein Schwachsinniger gegrinst habe«, sagte er. »Zu diesem Prinzessinnenbalg auch noch nett sein. Ihr ein teures Geschenk machen, das ich eigentlich selbst behalten wollte; und schlimmer noch, diese drei… dreckigen Landstreicher da unten willkommen heißen. Einer von ihnen ist auch noch ein Narr. Du weißt doch, dass ich auf Narren nicht gut zu sprechen bin, Magda. Aber nein, ich musste ihn mit offenen Armen empfangen!« Er begann, auf und ab zu gehen, das Gesicht zu einem Ausdruck tiefsten Widerwillens verzerrt.

»Eure Majestät, ich glaube, ich…«

»Und als wenn das alles nicht schon schlimm genug wäre, musste ich mit ansehen, wie mein bester Kämpfer von einem zwergenhaften Krieger k.o. geschlagen wurde, der so klein ist, dass er eigentlich noch am Rockzipfel seiner Mutter hängen müsste!«

»Wenn Ihr nur einmal …«

»Und zum Schluss … zum Schluss …« Der König war so erzürnt, dass Magda sich nicht gewundert hätte, wenn ihm Dampf aus den Ohren gekommen wäre. »Zum Schluss stehe ich da wie der letzte Trottel und muss mir von einem … einem« – er brachte das Wort kaum über die Lippen – »einem *Büffelop* Forderungen stellen lassen! Einem stinkenden, dreckigen Flohfänger von einem Tier, das glaubt, mich wie eine Art Diener behandeln zu können. Ich meine, wo kommen wir denn da hin? Bin ich denn völlig übergeschnappt?«

Jetzt beugte er sich über Magda, das Gesicht purpurrot, die Zähne gebleckt und die Augen hervorgequollen. Er hatte noch nie so wütend und furchterregend ausgesehen. Sie traute sich fast nicht, etwas zu sagen, doch noch mehr Angst hatte sie vor dem, was passieren würde, wenn er ihr nicht glaubte, dass sie die Situation noch retten konnte.

»Eure Majestät, wenn Ihr mir erlauben würdet, etwas zu sagen …«, begann sie vorsichtig.

Er verschränkte die Arme vor der Brust und wartete.

»Nämlich?«, fragte er.

»Ich … ich sehe ein, wie viel Überwindung es Euch gekostet haben muss, liebenswürdig zu diesen Leuten zu sein. Aber Ihr habt Eure Sache sehr gut gemacht. Und jetzt hat jeder an Eurem Hof mit eigenen Augen gesehen, wie herzlich Ihr sie willkommen geheißen habt.« Sie hob einen knochigen Finger und fuchtelte damit in der Luft herum. »Die Grundlage für unser kleines Täuschungsmanöver ist also geschaffen.« Sie machte ein paar Schritte rückwärts auf die Tür zu. »Und ich muss jetzt nur noch die Schwachstelle finden; das Schlupfloch, das wir ausnutzen müssen, um die Leute glauben zu machen, dass Fremde schlechte Menschen sind.«

König Septimus sah sie finster an. »Und wie genau willst du das erreichen?«, fragte er sie.

»Äh … nun ja … im Augenblick, Eure Majestät, bin ich noch nicht ganz sicher, wie dieser letzte Baustein unseres Plans aussehen wird.«

»Du bist was?«

Wieder schien der König vor Wut überzuschäumen, und Magda war so klug, schnell Reißaus zu nehmen. »Aber ich *werde* sicher sein, sobald ich mit dem Narren gesprochen habe.« Sie war jetzt schon in der Tür. Für jemanden, der so uralt war, bewegte sie sich erstaunlich schnell. Der König sah sich flüchtig um und entdeckte auf einem Tisch neben sich einen schweren bronzenen Trinkkelch. Mit einer schnellen Bewegung griff er nach dem Becher und warf ihn durch die offene Tür hinter ihr her. Er wurde mit einem dumpfen Klacken und einem erstickten Schmerzenslaut belohnt. Der Kelch fiel scheppernd auf den Steinboden, doch nach einer kurzen Pause hörte man die alte Frau die Treppe hinunterhumpeln.

Septimus verzog mürrisch die Augenbrauen und pirschte zum Fenster, um einen Blick nach draußen zu werfen. Die Leute standen jetzt nicht mehr bei den Palasttreppen, sondern strömten zurück zum Marktplatz. Mit Genugtuung sah er, dass der Bote, der ihm die Nachricht von Prinzessin Kerins Rettung gebracht hatte, auf den Stufen saß und den Kopf in den verletzten Händen vergraben hatte. Bestimmt hatte er gerade die Nachricht von seiner »Beförderung« erhalten. König Septimus konnte nicht sicher sein, aber von hier oben sah es ganz so aus, als weinte der Mann wie ein Kind.

Es war nicht viel, aber es hellte die Stimmung des Königs doch beträchtlich auf …

KAPITEL 17

Die königlichen Stallungen

Nachdem das Dienstmädchen seinen Brief abgeholt
hatte, kam Sebastian nicht mehr zur Ruhe und wurde
immer nervöser wegen seines abendlichen Auftritts. Also ging
er nach unten und fragte einen der Wächter nach dem Weg
zu den königlichen Stallungen.

Sie lagen hinter dem Palast, inmitten eines wunderschönen
üppigen Gartens, wo noch mehr von diesen faszinierenden
Fontänen ihre Wasservorräte in steinerne Bassins spritzten.

Die Stalltüren standen offen und Sebastian ging hinein. Zu
beiden Seiten eines breiten, mit Heu ausgelegten Gangs be-
herbergten Reihen von geräumigen Boxen einige der präch-
tigsten Rösser, die er je gesehen hatte: stolze, temperament-
volle Tiere mit edel geschwungenen Hälsen und geblähten
Nüstern. Er dachte gerade, welch ungewohnte Stallgefährten
das für Max waren, als er die vertraute klagende Stimme aus
einer Box am Ende des Gebäudes durch den ganzen Stall
dröhnen hörte. Er musste nur dem Geräusch folgen, das immer lauter wurde, je näher er kam.

»… da stellte ich mich also zwei riesigen Lupos entgegen, denen schon der Speichel aus den Mäulern tropfte. Beide waren drauf und dran, mich in Stücke zu reißen. Aber sie hatten nicht mit meiner angeborenen Courage und Entschlossenheit gerechnet. Ein Schwenk mit meinen Hörnern und ein Tritt mit meinen Hinterbeinen und schon rannten sie wimmernd in den Wald, vernichtend geschlagen.«

Sebastian lugte um die Ecke der letzten Box und sah Max, der sich genüsslich auf einem Bett von dichtem, sauberem Stroh ausgestreckt hatte. Seine Worte waren an ein kleines und ziemlich dickes Maultier gerichtet, das einfach nur dastand und ihn verständnislos ansah.

»Ich prahle nicht gerne«, fuhr Max fort, »aber wir Büffelops sind bekannt für unsere Hartnäckigkeit, und meine Familie ganz besonders. Es heißt, dass ich sogar schon in jungen Jahren imstande war …«

Max brach ab, als er hinter sich ein höfliches Räuspern vernahm. »Ah, da ist ja mein junger Herr!«, sagte er. »Osbert, darf ich dir Sebastian Dark, Prinz der Schelme und König der Narren, vorstellen?«

Das Maultier sah zu Sebastian hinüber und bleckte die Zähne zu einem dümmlichen Grinsen. »Hallo!«, sagte es. »Osbert sehr erfreut, dass Narrenmann kennenlernen.«

Max warf Sebastian einen vielsagenden Blick zu. »Osbert ist nicht gerade der gebildetste Gefährte, aber er ist der Einzige hier, der sich dazu herabgelassen hat, mit mir zu reden.« Er deutete mit seinem gehörnten Kopf auf die anderen Boxen entlang des Gangs. »Dieses Pack ist viel zu hochnäsig, um sich mit mir abzugeben.« Er schnaubte verächtlich. »Selbst schuld«, fügte er hinzu.

»Selbst schuld«, wiederholte Osbert. »Eingebildete Kerle.«

Sebastian lächelte Max an. »Dann hast du dich also gut eingelebt?«, fragte er. »Ich nehme an, das Abendessen hat deine Erwartungen erfüllt?«

»Kann mich nicht beklagen«, gab Max zu, und es klang fast, als sei er enttäuscht darüber. »Sie servieren hier sehr guten Haferbrei mit süßem Bienengold und jede Menge frisches Obst. Nach dieser Reise habe ich allerdings auch eine Stärkung verdient.« Er warf einen Blick zu seinem Gefährten. »Osbert hat mir gezeigt, wie es hier so läuft. Offenbar ist er das Maskottchen der Armee.«

»Meine Armee ihr Glückbringer«, sagte Osbert mit offenkundigem Stolz. »Wenn Soldaten marschieren, geht Osbert mit. Bringt Unglück, wenn Osbert was passiert. Osbert deshalb gut gepflegt.« So viel zu sagen, schien ihn für einen Moment vollkommen erschöpft zu haben. »Ich geh mich hinlegen«, schloss er und trottete aus der Box.

Max sah ihm einen Augenblick nach, dann senkte er die Stimme. »Wirklich ein netter Kerl, aber nicht viel Grips in der alten Birne. Und nicht sehr gesprächig.«

»Ganz im Gegensatz zu dir«, bemerkte Sebastian. »Wenn mich nicht alles täuscht, habe ich dich eben lautstark herumprahlen hören.«

»Na ja, man muss hier einfach selbst für seine Unterhaltung sorgen. Ganz ohne Konversation würde einem die Zeit ganz schön lang werden.«

»Möglicherweise.« Sebastian ließ den Blick durch die Stallungen schweifen. »Ganz schön vornehm hier, das muss ich sagen. Besser ausgestattet als unser Haus in Jerabim. Ich nehme an, du weißt nicht, wo sie den Wagen untergebracht haben, oder? Ich brauche ein paar frische Kleider für den Auftritt heute Abend.«

»Er ist da drüben.« Max rappelte sich auf. »Ich geh schnell mit.«

»Oh, lass dich nicht stören«, sagte Sebastian spöttisch. »Ich möchte nicht, dass du dich überanstrengst.«

»Du entwickelst eine sarkastische Ader«, sagte Max verächtlich. »Das ziemt sich nicht in deinem zarten Alter.« Er ging voran und Sebastian folgte ihm aus der Box. »Mir scheint, wir sind heute recht selbstsicher, was?«, sagte Max. »Es ist nur, ich bin eigentlich ganz gerne hier – wäre schade, wenn etwas passieren würde, was das ändern würde…«

»Ich werde schon klarkommen«, sagte Sebastian grimmig. »Aber vielen Dank für dein Vertrauensbekenntnis.«

»Nun nimm doch nicht gleich alles so persönlich. Ich habe lediglich gesagt…«

Sie hatten einen großen Lagerraum am Ende der Stallungen erreicht und dort stand Sebastians Wagen.

»Hier ist er, völlig unversehrt«, verkündete Max. »Es ist ein Glück, dass ich in der Nähe untergebracht bin. So konnte ich ihn im Auge behalten.«

»Hmm.« Sebastian war nicht überzeugt. Ihm fiel auf, dass die hölzerne Laderampe unten war. Er war sicher, das war sie nicht gewesen, als er den Wagen verlassen hatte. Und tatsächlich, als er näher kam, hörte er, dass drinnen etwas rumorte, und seine Hand griff instinktiv nach dem Schaft seines Schwerts. Er trat auf die Laderampe und spähte in das Wageninnere, wo ein heilloses Durcheinander herrschte. Eine kleine, in einen Mantel gehüllte Gestalt beugte sich über eine Kiste mit Requisiten und durchsuchte mit zwei knorrigen Händen den Inhalt.

»Wer bist du?«, fragte Sebastian wütend. »Was machst du in meinem Wagen?«

Die Gestalt fuhr herum und zeigte ihr uraltes, runzeliges Gesicht, das eine Auge nicht mehr als eine blinde weiße Kugel. Während Sebastian das Gesicht anstarrte, verzog es sich zu einer grässlichen, schiefen Grimasse, die vermutlich ein Lächeln darstellen sollte, im Dunkeln des Wagens jedoch absolut furchterregend aussah. Max schnaubte erschrocken und wich von der Treppe zurück. Sebastian begann, sein Schwert aus der Scheide zu ziehen, doch dann hielt er inne, als die Gestalt zu ihm sprach.

»Habt keine Angst, junger Herr, ich bin es nur, Magda, Beraterin von König Septimus.«

»Was wollt Ihr hier?«, fragte Sebastian.

»Der König hat mich gebeten runterzugehen und … äh … mich zu vergewissern, dass Ihr alles habt, was Ihr für den Auftritt heute Abend braucht.«

Sebastian überzeugte das nicht. »Wenn das so ist, hättet Ihr mich dann nicht besser in meinen Gemächern aufsuchen sollen?«, sagte er.

»Äh, na ja, ich habe mir gedacht, Ihr seid bestimmt hier unten und … bereitet Euren Auftritt vor.« Magdas spindeldürre Finger zeigten auf die vielen Requisiten und Kostüme, die in dem überfüllten Wagen hingen. »Ich muss sagen, Ihr habt einen beeindruckenden Fundus. Besonders dieses hier ist mir aufgefallen.« Ihre Fingerspritzen streiften eine große, aufrecht stehende Holzkiste, die an einer der Wände befestigt war.

»Ach, das Illusionskabinett«, sagte Sebastian gleichgültig. »Ja, mein Vater hat damit während seiner Auftritte Leute verschwinden lassen, aber ich …«

»Ihr seid ein *Zauberer*?« Magda schien ganz begeistert von dieser Neuigkeit.

»Das würde ich kaum sagen. Aber manchmal baue ich den einen oder anderen Zaubertrick in meinen Auftritt ein.«

»Das sind ja großartige Neuigkeiten!« Magda klatschte sichtlich entzückt in die Hände. »Seine Majestät liebt Zaubertricks, ganz besonders solche, bei denen Leute verschwinden. Er wird begeistert sein! Und Prinzessin Kerin auch!«

Sebastian kam die Stufen in den Wagen hinauf. »Ich hatte eigentlich nicht vor, diese Illusion in meiner heutigen Aufführung zu verwenden.«

»Och, warum denn nicht?« Magda sah ihn enttäuscht an. »Wollt Ihr denn nicht, dass Seiner Majestät Eure Vorführung gefällt?«

»Äh … natürlich will ich das! Es ist nur … der Trick ist nicht Bestandteil meines üblichen Programms. Für gewöhnlich erzähle ich einfach Witze.«

»Witze. Hmm.« Magda sah ausgesprochen besorgt aus. Eine Weile ging sie unruhig im beengten Wagen auf und ab. »Nun, das bleibt natürlich ganz Euch überlassen, aber …«

»Was?«

»Das hat unser *letzter* Hofnarr auch gesagt. *Ich erzähle einfach Witze.*«

Das waren beunruhigende Neuigkeiten für Sebastian. Er hatte nicht gewusst, dass schon jemand vor ihm da gewesen war. »Es gab hier schon einmal einen Hofnarren?«, fragte er.

»Oh ja. Parzival hieß er. Eine wahre Frohnatur. Was haben wir über seine Possen gelacht!« Sie seufzte, schüttelte den Kopf. »Ein Jammer, was mit ihm passiert ist.«

»Was soll das heißen: *was mit ihm passiert ist*?«

»Nun ja … Seine Majestät wurde der Witze und Rätsel schnell überdrüssig und verlangte etwas … äh … etwas Neues. Aber ach, dem armen Parzival fiel nichts anderes ein, um den König zu unterhalten, und da ging es ihm an den Kragen.«

»Er verlor seinen Job?«, fragte Sebastian hoffnungsvoll.

»Er verlor seinen *Kopf*. Seht Ihr, König Septimus hat nicht viel Geduld mit Narren. Wer es nicht schafft, ihn auf die eine Weise zu unterhalten, wird gezwungen, es auf eine andere Weise zu tun. Durch ein Rendezvous mit seinem Henker.«

»Oh.« Sebastian ließ sich schwerfällig auf eine Korbtruhe nieder. Er hätte wissen sollen, dass nicht alles so einfach sein würde, wie er sich das vorgestellt hatte. Ja, er war jetzt als königlicher Hofnarr angestellt, genau wie er gehofft hatte – doch wenn der König ihn nicht *komisch* fand, würde es womöglich das kürzeste Angestelltenverhältnis der Geschichte werden.

Magda kam und setzte sich neben ihn auf die Truhe. »Und deshalb, Master Dark, denke ich, dass Ihr ein paar Zaubertricks dazunehmen solltet. Wenn der arme Parzival in der Lage gewesen wäre, solche Abwechslung zu bieten, wäre er jetzt wahrscheinlich noch unter uns.«

Sebastian fuhr sich nervös mit der Zunge über die Lippen. »Vielleicht habt Ihr recht«, gab er zu. »Es kann ja nicht schaden, ihn bei Laune zu halten.« Er sah zu dem alten Weib auf. »Es ist sehr nett von Euch, dass Ihr mir helft.«

Magda verneigte sich leicht. »Ist mir ein Vergnügen«, versicherte sie ihm. »Schließlich wollen wir doch beide das Gleiche, oder nicht? Ein glücklicher König bedeutet ein friedliches Leben … und wenn er erst den Zaubertrick mit dem Verschwinden sieht …«

»Oh, ich glaube wirklich nicht, dass ich den machen kann.«

Magda sah ausgesprochen verärgert aus. »Warum nicht?«, fragte sie.

»Na ja, weil man dazu einen Assistenten braucht. Und ich habe keinen.«

»Einen Assistenten? Was meint Ihr damit, einen Assistenten?«

»Na ja, jemand, der dann verschwindet, natürlich.«

Magda schien angestrengt nachzudenken. »Könntet Ihr nicht jemanden aus dem Publikum nach vorn bitten?«

Sebastian schüttelte den Kopf. »Das geht nicht. Sie würden doch sehen, wie der Trick funktioniert. Es muss jemand sein, bei dem ich mich darauf verlassen kann, dass er niemandem erzählt, wie es gemacht wurde.«

Magda sah ihn verschmitzt an. »Wollt Ihr damit etwa sagen, dass der Zauber gar nicht echt ist?«

»Nein, es gibt da eine zweite Wand hinten an ...« Er begriff, dass sie ihn auf den Arm nehmen wollte. »Oh, sehr witzig! Aber versteht Ihr, solange ich keinen Gehilfen habe, kann ich nicht ...«

Plötzlich schnipste die alte Frau mit ihren knochigen Fingern, als sei ihr gerade eine großartige Idee gekommen. »Prinzessin Kerin!«, krächzte sie. »Was für eine wunderbare Idee – und was für ein fabelhaftes Geburtstagsvergnügen für sie! Überlasst das nur mir, junger Herr. Ich werde sie mal beiseitenehmen und ihr erklären, dass ihre Hilfe gebraucht wird. Ich bin sicher, nach allem, was Ihr für sie getan habt, wird sie Euch nicht hängen lassen.«

Sebastian runzelte die Stirn. »Aber nein, also wirklich – die Prinzessin? Ich glaube nicht, dass der König es gutheißen würde, wenn ich sie da mit hineinziehe.«

»Er wird begeistert sein. Vertraut mir.« Sie lehnte sich zu ihm herüber und plinkerte mit ihrem einen gesunden Auge wie ein junges Dienstmädchen, ein wirklich irritierender Anblick. »Ich geh jetzt gleich und sprech mit ihr. Das wird eine wunderbare Illusion. Stellt Euch vor, Prinzessin Kerin – unsere *liebe* Prinzessin Kerin – verschwindet vor aller Augen!«

»Und taucht wieder auf«, erinnerte sie Sebastian.

»Ja, ja. Seine Majestät wird entzückt sein!« Sie humpelte

auf den Ausstieg zu und wäre in ihrer Eile beinahe über ein paar herumliegende Requisiten gestolpert. »Ich werde dafür sorgen, dass das Kabinett in den Festsaal gebracht wird«, krähte sie. »Bis heute Abend!« Und dann war sie verschwunden. Er hörte noch, wie sie durch die Stallungen davoneilte.

Er erhob sich von seiner Truhe, öffnete sie und begann, durch die Lagen von bunten Kostümen zu wühlen, um sich die sauberste, schickste Garderobe herauszusuchen. Als er das nächste Mal den Kopf hob, sah er Max besorgt in den Wagen spähen.

»Na, Gott sei Dank, dass die weg ist«, sagte der Büffelop. »Hast du je so eine furchterregende Gestalt gesehen?«

Sebastian warf ihm einen strengen Blick zu. »Wie oft habe ich dir schon gesagt, dass du die Leute nicht nach dem Äußeren beurteilen sollst«, sagte er. »Sie war nämlich wirklich hilfsbereit.«

Max schnaubte verächtlich. »Eine alte Hexe wie die tut doch niemandem einen Gefallen, es sei denn, sie will ihn irgendwie hereinlegen«, murmelte er.

»Jetzt geht das schon wieder los!«, rief Sebastian. »Hat dir nie jemand gesagt, dass es auf die inneren Werte ankommt?«

»Falls dieses Weib überhaupt welche hat«, sagte Max. »Mal ehrlich, ich würde ihr nicht weiter über den Weg trauen, als ich sie mit einem Huftritt durch die Luft befördern könnte. Sie ist eine *Hexe*, das sieht doch ein Blinder mit Krückstock!«

Sebastian wurde allmählich wütend. Seine Nerven waren schon zum Zerreißen gespannt und Max erleichterte ihm die Situation nicht gerade. »Sie ist keine Hexe!«, schrie er. »Sie ist einfach eine alte Dame, die nett sein möchte. Also, wenn du wieder nur herummosern willst, sei so gut und mach dich davon, damit ich mich in Ruhe vorbereiten kann.«

»Was ist nur mit deiner berühmten Elfen-Intuition los? Du müsstest doch mit einem Blick sehen, dass sie …«

Doch Max beendete den Satz nicht. Sebastian hatte einen Jonglierball aufgehoben und warf ihn dem Büffelop an den Kopf. Der Ball prallte an einem seiner Ohren ab und löste mehr Schreck als Schmerz aus. Doch seinem verletzten Blick nach zu urteilen hätte es genauso gut ein Messer sein können.

»Oh, alles klar«, murmelte er. »Wenn du das so siehst …« Er drehte sich um und ging mit erhobenem Kopf davon.

»Max, das hab ich nicht gewollt«, rief Sebastian; doch der Büffelop blieb verschwunden, auch wenn Sebastian ein paar Minuten wartete und damit rechnete, dass er zurückkommen würde. Sebastian schüttelte den Kopf und widmete sich wieder der Aufgabe, ein passendes Kostüm auszusuchen. Er hatte genug Sorgen und konnte sich nicht auch noch um einen schmollenden Büffelop kümmern.

Später, als er an der Box vorbeikam, sah er Max auf seinem Strohhaufen liegen, den Kopf demonstrativ abgewandt. Sebastian stand für einen Moment da und hoffte, Max würde sich umdrehen und ihn ansehen. Aber er schien grimmig und konzentriert geradeaus zu starren. Schließlich gab Sebastian sich einen Ruck und sprach ihn an.

»Willst du mir nicht Glück wünschen?«, fragte er.

Es folgte ein langes, kaltes Schweigen, bevor Max antwortete.

»Ich bin sicher, du wirst meine Hilfe nicht brauchen«, sagte er. »Was kann ich schon wissen? Ich bin ja nur ein dummer Büffelop, der von allen nur das Schlechteste denkt.«

Sebastian stand für einen langen, stillen Augenblick da und

wünschte, sein Temperament wäre nicht mit ihm durchgegangen. Doch die Zeit schritt voran und er musste sich noch vorbereiten. »Tut mir leid, dass du so denkst«, sagte er.

Dann drehte er sich um und ging eilig in Richtung Palast davon.

KAPITEL 18

Ein Gläschen in Ehren

Sebastian eilte durch den Park, das saubere Kostüm über der Schulter. Da sah er eine Gestalt auf sich zuschlendern und blieb wie angewurzelt stehen.

Es war Cornelius, bekleidet mit dem bronzenen Brustharnisch und dem prunkvollen dunkelroten Mantel, die zu seinem neuen Posten gehörten. Unter einem kettenhemdgeschützten Arm trug er einen Helm mit Federbusch. Neben sich führte er ein winziges, grau gesprenkeltes Pony am Halfter. Das Pony war mit edlem Sattel und Zaumzeug aus Leder ausgestattet und sah aus wie die perfekte Miniaturausgabe eines keladonischen Kriegspferdes.

Als er näher kam, hob Cornelius den Blick und sah Sebastian auf sich zukommen. Er grinste mit sichtlichem Stolz und vollführte eine kurze Drehung, damit sein Freund seine neue Uniform besser bewundern konnte.

»Du siehst großartig aus!«, sagte Sebastian. »Diese Uniform könnte glatt für dich gemacht sein.«

Cornelius lachte glücklich in sich hinein. »Eigentlich wurde sie für den siebenjährigen Neffen eines der Offiziere angefertigt«, sagte er. »Der Junge ist inzwischen herausgewachsen, aber der Offizier dachte, sie müsste mir passen, und das tut sie auch! Es ist eine perfekte Nachbildung, bis ins kleinste Detail.«

»Und wer ist dein neuer Freund hier?«

Cornelius drehte sich um und strubbelte dem Pony liebevoll durch die zottige Mähne. »Das ist Phantom«, sagte er. »Er war das Reittier des Jungen, eine Zwergrasse aus der Prärie von Neruvia. Hat ziemlich lange in einer Box in den königlichen Stallungen dahinvegetiert und brennt geradezu darauf, mal wieder ein Abenteuer zu erleben. Ich habe ihn ein paar Mal um die Koppel geritten, und ich glaube, ich werde gut mit ihm zurechtkommen. Er ist robust, klug und folgsam. Alles, was ein Krieger sich wünschen könnte.«

Sebastian sah grinsend zu seinem Freund hinunter. »Es sieht ganz so aus, als hätten wir beide das große Los gezogen«, sagte er.

Doch Cornelius zog die Stirn kraus. »Vielleicht… aber …«

»Was?« Sebastian war verwirrt. »Bist du nicht zufrieden, wie die Dinge sich entwickelt haben?«

Cornelius seufzte. »Vielleicht habe ich einen Hang zum Misstrauen«, sagte er, »aber ich habe fast das Gefühl, dass alles etwas zu einfach gewesen ist.«

»Ich weiß, was du meinst. Ich würde mich am liebsten ständig kneifen, um mich zu vergewissern, dass ich nicht träume. König Septimus hat uns so herzlich empfangen …«

»Fast schon *zu* herzlich?«, wagte Cornelius zu sagen.

Sebastian nickte. »Mir ist der Gedanke gekommen, dass … na ja, es erscheint undankbar nach allem, was er getan hat, aber ich kann mich nicht dazu durchringen, ihm ganz und gar zu vertrauen.«

Cornelius nickte. »Er ist ein Mann, der nur mit dem Mund lächelt. Seine gute Laune kommt nie in den Augen an.« Er machte eine wegwerfende Handbewegung, als ärgerte er sich über seine eigenen Gedanken. »Wie ich schon sagte, vielleicht bin ich einfach zu misstrauisch. Es kann durchaus sein, dass unsere Glückssträhne tatsächlich anhält.« Er deutete mit einem Kopfnicken auf das Kostüm, das Sebastian sich über die Schulter geworfen hatte. »Für dein Debüt heute Abend?«

»Ja. Ich kann nicht gerade sagen, dass ich mich darauf freue. Ich rechne fest damit, dass wenigstens du lauthals über jeden meiner Witze lachst.«

Cornelius schüttelte den Kopf. »Ich werde leider nicht da sein, um sie zu hören.«

Sebastian war enttäuscht über diese Neuigkeit, versuchte aber, es sich nicht anmerken zu lassen. »Du … hast etwas anderes vor?«

»Ich habe meinen ersten Einsatz. Ich werde nach Brigandia reisen, um ein sehr wichtiges Paket zu überbringen.« Er tippte auf eine große Wölbung in einer der Satteltaschen, die über Phantoms Rücken hingen.

»Brigandia? Das ist doch ganz schön gefährlich, sich dort hinzuwagen.«

Cornelius zuckte die Achseln. »Als Mitglied der Rotmäntel muss ich damit rechnen, dass meine Aufträge riskant sind. Ich habe mich ja nicht gemeldet, um herumzusitzen und Däumchen zu drehen.«

»Ja, aber Cornelius, es ist dein erster Tag! Hätten sie dir da nicht erlauben können, es erst mal etwas ruhiger angehen zu lassen?«

Darüber musste Cornelius laut lachen. »Ein Leibgardist befolgt seine Befehle, ohne zu zögern«, sagte er. »So einfach ist das.«

»Und was ist in diesem geheimnisvollen Paket?«

»Das weiß ich nicht. Es ist mir nicht gestattet nachzusehen.«

»Aber du musst doch neugierig sein.«

»Zu viel Neugier kann eine gefährliche Sache sein, Sebastian. Und Unwissen kann manchmal ein Segen sein.« Cornelius machte eine Pause und warf einen Blick hinauf in den Himmel, wo die Sonne sich schon dem Horizont näherte. »Ich kann nicht länger hier herumstehen und quatschen«, sagte er. »Ich muss noch viele Meilen zurücklegen, bevor die Nacht hereinbricht.« Er griff nach dem Sattelknauf und schwang sich behände auf Phantoms Rücken. Das kleine Pony bäumte sich auf, schüttelte den Kopf und freute sich, dass es endlich losging. »Viel Glück heute Abend«, fügte er hinzu. »Aber ich bin sicher, das brauchst du gar nicht.«

Und damit drückte er Phantom seine Knie in die Flanken und das Pony galoppierte durch den Schlosspark auf das Haupttor zu. Sebastian stand da und sah zu, wie der Mann und sein Reittier um die Ecke eines Gebäudes verschwanden.

Er fühlte sich nervöser als je zuvor. Irgendwie hatte er sich eingebildet, dass Cornelius ja da wäre, um ihn zu beschützen, wenn alles schiefgehen würde. Doch nein, er konnte von niemandem auch nur das kleinste bisschen Hilfe erwarten. Er war jetzt ganz auf sich allein gestellt.

Er drehte sich um und eilte weiter in Richtung Palast.

Zurück in seinem Zimmer, wusch er sich und zog sein sauberes Kostüm an, ein recht eindrucksvolles Gewand, das über und über mit schwarzen und gelben Glitzersteinen bestickt war, und eine brandneue Mütze mit drei Zipfeln. Missmutig betrachtete er sich in einem großen Spiegel und bemerkte, dass dieses Kostüm noch schlabberiger an ihm herunterhing als das vorige. Er machte ein paar alberne Verrenkungen und schnitt seinem Spiegelbild mehrere idiotische Grimassen. Noch nie in seinem Leben war er so nervös gewesen, und er wünschte, dass Cornelius – und ja, sogar Max – da sein könnten, um seine Vorführung zu sehen. Doch Cornelius war längst auf dem Weg nach Brigandia, und es gab nicht die geringste Chance, dass man einem Büffelop erlauben würde, den großen Festsaal des Palastes zu betreten.

Er ging zum Fenster und spähte ängstlich hinaus. Die Dunkelheit war schon hereingebrochen und die aufgetürmten Wolken ließen keine Sterne erkennen. Sebastian wandte sich ab und betrachtete noch einmal sein Spiegelbild. Er versuchte, sich selbst einen Witz zu erzählen, aber sogar ohne Publikum schien er einfach nicht die richtigen Worte herauszubringen.

»Zwei Händler stehen zum Markt … ich meine, zwei Händler gehen zum Markt. Nein, das ist ökologisch! Händler würden nie gehen, wenn sie rennen können – ich meine, reiten. Also reiten sie zum Markt. Und einer von ihnen klagt – einer von ihnen sagt: ›Wie weit sind wir gekreist? Äh … gereist!‹ Und der andere nagt … äh … plagt … äh – oh, verflixt und zugenäht!«

Er überlegte, ob er es schaffen könnte, ungesehen aus der Stadt zu kommen und nach Jerabim zurückzufahren. Doch er war sicher, Max wäre davon ganz und gar nicht begeistert. Was, das luxuriöse Leben in den königlichen Stallungen zurücklassen, und das nach nur einem Tag des Müßiggangs? Nein, es gab kein Entkommen. Er musste da jetzt runtergehen und sich seinen Ängsten stellen …

Ein plötzliches Klopfen an der Tür ließ ihn zusammenschrecken. »Ja?«, sagte er atemlos.

Die Tür öffnete sich knarrend und das hässliche Gesicht von Magda spähte zu ihm herein.

»Ist der junge Herr bereit?«, fragte sie in diesem einschmeichelnden, krächzenden Tonfall, der ihm allmählich zuwider war.

»Bereiter werde ich wohl nicht«, murmelte er.

»Ich habe mit Prinzessin Kerin gesprochen. Es wird ihr ein Vergnügen sein, Euch bei Eurem Illusionstrick zu helfen. Ich habe Eure Zauberapparatur im Festsaal aufstellen lassen. Das wird ein tolles Finale!«

»Wenn ich so weit komme«, flüsterte Sebastian.

Magda humpelte ins Zimmer und musterte ihn besorgt. »Ihr seid nervös?«, fragte sie.

»Nervös ist nicht das richtige Wort«, sagte er. »Ich habe furchtbare Angst. Ich bin noch nie an einem Königshof aufgetreten. Was, wenn sie mich nicht komisch finden?«

»Oh, da müsst Ihr Euch keine Sorgen machen, junger Herr. Der königliche Hof ist ein sehr dankbares Publikum.«

»Ja, ja. Das hat man Parzival vor seinem letzten Auftritt wahrscheinlich auch gesagt!«

Magda legte die Stirn in Falten. »Ich hätte Euren Vorgänger nicht erwähnen sollen.«

»Ich bin froh, dass Ihr das getan habt! Es zahlt sich immer aus zu wissen, wo man steht. Mit einem Fuß auf der Bananenschale und mit dem Kopf auf dem Henkersblock!«

Magda ging schwerfällig zu einem kleinen Tisch hinüber, wo ein Krug mit Wein und ein Kelch standen. »Ein Becher Wein wird dich beruhigen«, sagte sie und schenkte ihm ein.

»Oh, ich glaube nicht, dass ich vor dem Auftritt trinken sollte!«, protestierte er. »Ich muss einen klaren Kopf bewahren.«

»Unsinn. Ein guter, kräftiger Trunk wird Euer Selbstvertrauen stärken.« Sie hatte sich über den Tisch gebeugt, und Sebastian bemerkte nicht, dass sie ein kleines Fläschchen mit grüner Flüssigkeit aus ihrem Ärmel zog und über dem Kelch ausgoss. »Hier«, sagte sie, während sie den Kelch hob, ihn noch einmal kräftig schwenkte, bevor sie ihn Sebastian reichte. »Der keladonische Wein ist bekannt für seine besonderen Qualitäten. Schon ein Schluck davon gibt einem Mann den Mut und das Selbstvertrauen, es mit allem aufzunehmen. Versucht es mal.«

Sebastian nahm den Kelch und starrte skeptisch auf den schweren dunkelroten Wein. »Na ja, ein Schluck kann sicher nicht schaden«, sagte er. Er hob den Kelch an seine Lippen und füllte den Mund mit der warmen Flüssigkeit. Es war unglaublich, aber er spürte wirklich, wie ihn etwas durchströmte – eine Woge von Lebenskraft, ein Schwall von Selbstbewusstsein. Er starrte Magda fassungslos an. »Ich glaub, es funktioniert tatsächlich«, sagte er verblüfft.

Sie nickte. »Natürlich tut es das«, raunte sie. »Hört auf Magda. Nehmt noch etwas. Ihr werdet unbesiegbar sein!«

Er tat, was man ihm sagte, und spürte sofort, wie ihm die Hitze ins Gesicht stieg. Etwas in seinem Kopf flackerte und flimmerte. Ganz plötzlich schien all seine Befangenheit verflogen zu sein. Er stellte fest, dass er sich auf einmal traute auszusprechen, was ihm gerade in den Kopf kam – Dinge, die der Wahrheit gefährlich nahekamen. Er zeigte auf Magda.

»Ich will ja nicht sagen, dass du hässlich bist, aber als die Gesichter verteilt wurden, musst du irgendwo hinten in der Schlange gestanden haben! Ich meine, nimm es mir nicht übel, aber ich habe Pestkranke gesehen, die gegen dich wie das blühende Leben aussahen! Ich würde zu gerne ein Bildnis von dir anfertigen lassen. Das könnte ich dann auf den Kaminsims stellen, um die Kinder vom Feuer fernzuhalten!«

Magdas Gesicht verzog sich zu einem hässlichen schiefen Grinsen. »Oh ja«, sagte sie. »Sehr gut. Ich glaube, Ihr werdet Eure Sache gut machen.« Sie nahm ihn behutsam am Arm. »Kommt, ich glaube, es ist Zeit, dass wir in den Saal runtergehen, denkt Ihr nicht?«

»Wie du meinst – Puh! Was ist denn das für ein Gestank? Entweder du hast dich lang nicht gewaschen oder die Abflussrohre sind verstopft!« Er ließ zu, dass sie ihn aus dem Zimmer führte, aber irgendwie konnte er nicht aufhören zu reden. »Hör mal, ich weiß ja nicht, wo du diesen Mantel herhast, aber vielleicht will die Vogelscheuche ihn zurück!«

Er brabbelte weiter vor sich hin, während sie ihn durch den Korridor und die Marmortreppe hinunter in den Festsaal führte, wo das königliche Publikum bereits auf ihn wartete.

Cornelius kam es vor, als wäre er schon stundenlang unterwegs. Das Mondlicht drang kaum durch die Wolken und er konnte die Strecke vor sich nicht gut erkennen, aber er hatte sein Bestes getan, die Wegbeschreibung zu befolgen, die man ihm mitgegeben hatte. Er war sicher, dass er sich nicht verirrt hatte.

Die Stille wurde nur durch das Zirpen unbekannter Insekten unterbrochen und, irgendwo weit entfernt im Norden, von dem schaurigen Heulen eines Lupos. Phantom wieherte nervös und tänzelte unruhig. Cornelius streckte eine Hand aus und tätschelte seinen gescheckten Hals.

»Ruhig, mein Guter«, sagte er. »Der ist weit weg.« Aber er musste an ihren Kampf mit den Lupos denken, und als er die Hand zurückzog, ließ er sie auf dem Knauf seines Schwertes ruhen. Er richtete den Blick auf den Weg vor ihm.

Für eine Weile ritt er schweigend weiter und wurde mit einem plötzlichen Schwall von Mondlicht belohnt, das durch eine Lücke in der Wolkendecke flutete. Das silbrige Licht fiel auf ein dunkles Etwas am Horizont. Inmitten der Prärie stand eine einsame Holzscheune. Dort sollte er sein Paket abliefern.

Er zügelte sein Pony, ritt langsam näher und nahm sein Reiseziel genau in Augenschein. Die Scheune war uralt, fast schon baufällig. Es war seltsam, dass draußen vor der Scheune keine Rösser standen. Türen und Fenster waren fest verschlossen, wie um die Nacht auszusperren. Als er noch näher kam, konnte Cornelius den schwachen Lichtschein einer Lampe erkennen, der unter der Tür hindurchschimmerte.

»Aha, scheint jemand zu Hause zu sein«, murmelte er nachdenklich, und Phantom schnaubte leise durch die Nüstern, als wollte er ihm antworten.

Jetzt waren sie fast da. Cornelius brachte Phantom zum Stehen, doch er stieg noch nicht ab. Er saß da und lauschte angestrengt; hoffte, vielleicht Stimmen von drinnen zu hören. Doch da war nur das leise Rauschen des nächtlichen Windes, der über die Prärie wehte und das lange Gras wogen ließ.

Es gab keine andere Möglichkeit, als abzusteigen. Das tat Cornelius dann auch, aber er ließ sich Zeit dabei. Er band Phantom an einen Busch und das kleine Pony stampfte unruhig mit dem Hinterhuf und begann, lustlos zu grasen. Cornelius stellte sich auf die Zehenspitzen und schnallte die ledernen Satteltaschen ab. Er griff hinein und holte das Päckchen heraus – eine kleine quadratische Schachtel, die in Stoff eingewickelt war.

»Warte hier«, sagte er zu Phantom, was ihm sogleich etwas albern vorkam. Natürlich würde das Pony hier warten, schließlich war es festgebunden. Er schüttelte den Kopf, klemmte sich das Päckchen unter den Arm und ging langsam auf die Tür der Scheune zu. Dann blieb er noch einmal stehen und lauschte, doch von drinnen war kein Geräusch zu hören.

Er hob eine Hand und pochte mit den Fingerknöcheln an das Holz. Das Geräusch schien laut genug, um Stoßwellen durch die Prärie zu schicken, doch die Tür war nicht verschlossen. Der leichte Druck seiner Knöchel genügte und sie schwang sanft und lautlos auf. Cornelius hatte sofort das Gefühl, dass hier etwas faul war. Eine uralte, verlassene Scheune wie diese und doch hatte erst kürzlich jemand die Scharniere dieser Tür geölt. Er hatte den Geruch des Öls in der Nase, als er die Scheune betrat.

Er sah sich unentschlossen um, die freie Hand immer noch um den Griff seines Schwerts geballt. Blitzschnell ließ er den Blick durch den Innenraum der Scheune schweifen; sah die uralten Heuballen, die sich zu beiden Seite auftürmten; den langen Holztisch in der Mitte des Raumes; die Gestalt eines Mannes, der am hinteren Ende des Tisches saß, einen bronzenen Trinkkrug vor sich. Der Mann schaute Cornelius erwartungsvoll an.

»Willkommen«, sagte er. »Ich nehme an, Ihr habt etwas für mich.«

Cornelius nickte, doch er machte keine Anstalten, auf ihn zuzugehen.

»Dann kommt«, sagte der Mann ungeduldig und winkte ihn heran. Es war ein alter Kerl mit grauem Bart und schütterem Haar. »Bringt es mir.«

Cornelius runzelte die Stirn und dachte an die vielen Schlupfwinkel, die diese Scheune bereithielt. Aber er hatte seine Befehle und musste sie gewissenhaft ausführen. Er ging über den mit Heu übersäten Scheunenboden, bis er neben dem Tisch stand. Er legte das Päckchen vor dem Mann auf die

Tischplatte und dieser grinste ihn freudlos an. Selbst im Sitzen war er einen Kopf größer als Cornelius.

»Du hast wohl einen langen Ritt hinter dir«, bemerkte er. Es war keine Frage, sondern eine Feststellung. Er griff mit seinen großen, dreckigen Händen nach dem Päckchen und begann, es auszuwickeln. Cornelius sah ihm interessiert zu und fragte sich, was wohl so Wichtiges darin sein konnte. Die Finger des Mannes trennten die Lederriemen auf, mit denen das Päckchen zusammengebunden war, und die Verpackung öffnete sich. Was zum Vorschein kam, war Geld – ein Haufen goldener Münzen, eine beträchtliche Summe. Cornelius konnte seine Enttäuschung nicht verbergen. Er hatte etwas Interessanteres erwartet als bloß Geld. Doch der bärtige Mann schien zufrieden zu sein. Sein Grinsen wurde noch breiter und er sah wieder zu Cornelius.

»Ein kleines Vermögen«, sagte er. »Willst du nicht wissen, wofür das Geld ist?«

Cornelius zuckte die Achseln. Es interessierte ihn nicht besonders.

»Es ist der Preis, den ein König zahlt«, sagte der bärtige Mann, »um sich von einem lästigen Schädling zu befreien.« Und damit stand er auf und zog ein Schwert aus seinem Gürtel. »Männer!«, rief er. »Ergreift ihn!«

Cornelius blieb für einen Augenblick stehen, um sein eigenes Schwert aus der Scheide zu ziehen. Überall um sich herum nahm er Bewegungen wahr; Heuballen wurden zur Seite geschoben, als Männer aus ihren Verstecken hervorkamen – zerlumpte, bewaffnete Männer mit dem unverwechselbaren Aussehen von Briganten. Es war ein Hinterhalt und Cornelius war direkt hineingelaufen. Er blickte sich um. Es waren fünfzehn, vielleicht zwanzig Männer und sie kamen mit grimmiger Entschlossenheit in den Augen auf ihn zu.

Er grinste und zog sein Schwert vollständig aus der Hülle. »Meine Herren«, sagte er. »Wie ich sehe, seid Ihr vollzählig zum Unterricht erschienen, um den bewaffneten Kampf zu erlernen. Dann wollen wir mal anfangen, oder?«

KAPITEL 19

Die Show beginnt

Sebastian ging unruhig hinter dem Vorhang auf und ab und konnte einfach nicht stillstehen. Es war nicht Lampenfieber, sondern Ungeduld. Er konnte es nicht erwarten, endlich auf die Bühne zu treten und es ihnen zu zeigen. Ein Teil von ihm wusste, dass es nicht natürlich war, so zu empfinden, dass es an dem Wein liegen musste, den ihm die alte Frau gegeben hatte. Aber das war ihm jetzt egal. Er platzte geradezu vor Selbstbewusstsein und war davon überzeugt, dass er der lustigste Mann aller Zeiten war. Und jetzt hatte er die Gelegenheit, das zu beweisen.

Hinter dem Vorhang konnte er das Gemurmel der Höflinge hören, die ihre Plätze einnahmen. Oben auf der Empore am Ende des Saals spielten ein paar Musiker seltsame, disharmonische Tanzlieder. Dann plötzlich brach die Musik ab und wurde von einer blechernen Trompetenfanfare abgelöst. Sebastian zog den Vorhang etwas zur Seite und spähte hindurch. König Septimus hatte mit Prinzessin Kerin den Raum betreten. Sie schritten durch einen Gang zwischen den Reihen von knienden Lords und Ladys und ließen sich auf zwei prunkvolle Thronsessel am oberen Ende des Saals nieder. König Septimus machte eine Handbewegung und die anderen nahmen wieder ihre Plätze ein. Sie blickten alle in Richtung Bühne. Dann stieg Malthus auf das Podium, auf dem Sebastian seine Vorstellung geben sollte. Er verbeugte sich tief, bevor er sprach.

»Eure Majestät… Eure königliche Hoheit… an diesem ganz besonderen Tag ist der Palast von Keladon stolz, Euch zu Eurer Ergötzung eine erstklassige, an den Königshöfen der Welt gefeierte Show zu präsentieren – der Lord des Lachens, der Fürst des Frohsinns, der Kaiser der Komik! Darf ich vorstellen – der einzigartige Sebastian Dark, König der Narren!«

Malthus verließ die Bühne, als der Vorhang aufging, und Sebastian stürzte fast hinaus ins Licht, die ersten Worte seines sorgfältig geplanten Programms schon auf den Lippen. Doch sobald er auf der Bühne stand, schienen die Worte wie heiße Luft zu verdampfen; und auch wenn er wusste, dass es falsch war, dass es vollkommen verrückt war, konnte er sich nicht zurückhalten: Er begann zu improvisieren.

Für einen Moment ließ er den Blick über die verdrießlich dreinblickenden Zuschauer schweifen, die Hände in die Hüften gestemmt. »Was ist?«, fragte er. »Ist jemand gestorben?«

Schweigen.

»*Ich* wäre beinahe gestorben. Ich hab nämlich mal für eine Sommersaison in Brigandia gespielt. Ich will ja nicht sagen, dass das Publikum zurückhaltend war, aber bei jedem Gläserrücken hätte ich mehr Reaktion erwarten können. Schließlich hat ein Kerl angefangen, Suppe zu essen, und dann sind alle aufgestanden, um zu tanzen!«

Wieder Schweigen… und dann plötzlich ein glucksendes

Lachen. Prinzessin Kerin. Für einen Moment drehten sich sämtliche Köpfe zu ihr, und dann entschlossen sich alle, dem Beispiel der zukünftigen Monarchin zu folgen. Das heißt, alle außer König Septimus. Sein Gesichtsausdruck veränderte sich nicht im Geringsten. Doch ein höfliches Gelächter ging durch die Menge und spornte Sebastian an weiterzumachen.

»Hey, es ist wirklich großartig, endlich auf dieser Bühne zu stehen! Allerdings hab ich gehört, dass der letzte Bursche, der hier aufgetreten ist, nicht besonders gut angekommen ist. Hat während der Aufführung einen klaren Kopf bewahrt, ihn aber gleich danach verloren. Der Henker hat es ihm schonend beigebracht. Er sagte: ›Parzival, du solltest zehn Pfund von deinem hässlichen Fett abnehmen – und ich weiß auch schon, wie ich dir dabei helfen kann!‹«

Noch ein Lachen, dieses Mal lauter.

»Da kniet nun der arme Parzival, den Kopf auf dem Henkersblock. Ein Bote kommt angerannt und sagt, er habe einen wichtigen Brief für ihn. Parzival sagt: ›Wirf ihn in den Korb, ich les ihn später!‹«

Wieder ein Lachen von Prinzessin Kerin, in das die anderen Mitglieder des Hofes nach einer kurzen Pause einstimmten.

»Der König hat auf einmal Mitleid mit Parzival und beschließt, ihn noch einmal davonkommen zu lassen. Also sagt er: ›Erhebe dich, Parzival.‹ Nichts passiert. Der König sagt es noch einmal, etwas lauter dieses Mal. ›Erhebe dich, Parzival!‹ Doch er rührt sich noch immer nicht. ›Was ist denn los mit dem Mann?‹, fragt der König. Jemand aus der Menge ruft ihm zu: ›Sagt ihm einfach, er soll gefälligst den Hintern hochkriegen, Eure Majestät. Er ist ein Narr, er ist es nicht gewohnt, dass man höflich mit ihm spricht!‹«

Das Lachen wurde lauter, auch wenn König Septimus ein finsteres Gesicht machte. Einen Witz, der darauf anspielte, dass er seine Untertanen geringschätzig behandelte, hörte er wohl nicht so gerne. Wenn Sebastian einen klaren Kopf gehabt hätte, wäre ihm das vielleicht aufgefallen, doch er hatte mittlerweile vollkommen die Kontrolle verloren.

»Hey, haben wir heute vielleicht den einen oder anderen Händler unter uns?« Ein paar Hände gingen nach oben. »Ich *liebe* Händler! Aber ich könnte nicht einen ganzen auf einmal essen! Jetzt mal im Ernst, habt ihr von dem Händler gehört, der von Briganten überfallen wurde? Sie schlugen ihn zusammen und klauten sein Geld. Aber das war noch nicht das Beste! Er saß nun Meilen von zu Hause in der Einöde fest und es wurde allmählich dunkel. Da sah er einen Farmer an seinem Gatter stehen, warf sich ihm zu Füßen und flehte ihn an, die Nacht auf seinem Hof verbringen zu dürfen. Der Farmer hatte Mitleid mit ihm und bot dem Händler an, in seinem Schweinestall zu schlafen. Der Händler war entsetzt. ›Aber was ist mit dem furchtbaren Gestank?‹, fragte er. ›Keine Sorge‹, sagte der Farmer, ›daran werden sich die Tiere schnell gewöhnen!‹«

Es folgte herzliches Gelächter von der Mehrzahl der Zuschauer, aber bemerkenswerterweise keines von den Männern, die sich zuvor gemeldet hatten. Doch Sebastian redete unbeirrt weiter.

»Was sagt man, wenn ein Händler die Klippe hinunterstürzt? Ein vielversprechender Start! Wie rettet man einen Händler vor dem Ertrinken? Man nimmt einfach den Fuß von seinem Kopf! Woran erkennt man das Haus eines Händlers? An der Wäscheleine hängt Toilettenpapier!«

»Das ist jetzt aber genug zum Thema Händler!«, rief eine verärgerte Stimme aus dem Publikum.

»Oh, die Herren sind wohl empfindlich. Na, lasst mich mal sehen, wen haben wir denn noch?« Seine Augen wanderten langsam über die Menge, dann ließ er den Blick auf dem ernsten Gesicht des Königs ruhen. »Natürlich«, sagte er. »Seine Majestät König Septimus.« Er machte eine kurze Pause und sah hinunter zu den Reihen von entsetzten Gesichtern, die ihn fassungslos anstarrten. Er wusste, dass es Wahnsinn war, Witze über den König zu machen, der ihn gerade angestellt hatte, aber er war wie ein wild gewordenes Tier, das besinnungslos auf eine Klippe zustürmte. »Ich würde gerne damit beginnen zu sagen, dass der König ein gütiger, großzügiger und intelligenter Herrscher ist. Ich *würde* es gerne sagen, aber ich habe erst kürzlich geschworen, immer die Wahrheit zu sagen!«

Prinzessin Kerin begann zu lachen, verstummte jedoch schlagartig, als ihr bewusst wurde, was Sebastian da eigentlich gesagt hatte. Es war plötzlich sehr still im Saal, und Sebastians Worte schienen an den Wänden widerzuhallen, als er weitersprach.

»Ihr wisst, Seine Majestät ist unglaublich reich, aber man muss sich doch fragen, wie er zu so viel Reichtum gekommen ist. Es ist ganz einfach – er hat dieses besondere Arrangement, wonach er alles, was er braucht, von den Menschen um sich herum bekommt. Das einzige andere Wesen, das nach einem ähnlichen Grundsatz lebt, ist der Vampir. König Septimus sagt immer: ›Was mein ist ist mein und was dein ist mein.‹ Es heißt, deshalb hat er auch nie geheiratet. Es ist nicht so, dass er die Damen nicht mag; er will nur niemanden so nah an sich heranlassen, dass eine Hand in seine Tasche langen könnte!«

Wieder folgte ein quälendes Schweigen auf seine Worte.

»Hab ich was Falsches gesagt?«, fragte er und setzte ein

unschuldiges Gesicht auf. »Oh, kommt schon, ich spreche doch nur aus, was ihr alle denkt! Da er keine Frau hat, ist Septimus selbstverständlich auch haarlos!« Das Publikum schnappte erschrocken nach Luft. »Ich meine natürlich kinderlos«, sagte Sebastian. »Er hat keine Erben, keine Nachkommen, keine Sprösslinge. Ich hab neulich überlegt, dass die meisten Könige schmeichelnde Spitznamen haben. Ihr wisst schon, Gregor der Gerechte, August der Aufrichtige, Harald der Herrliche – aber der arme alte Septimus hat keinen.« Sebastian zögerte, dann schnipste er mit den Fingern. »Oh wartet, das stimmt nicht ganz. Ich erinnere mich wieder. In manchen Kreisen kennt man ihn als … Septimus den Spiegelkopf.«

In der grauenhaften Stille, die nun folgte, hätte man eine Feder zu Boden fallen hören können.

Der bärtige Mann und Cornelius standen im Dämmerlicht der Scheune und starrten einander an. Cornelius sprach mit fester Stimme.

»Als Erstes«, sagte er, »werden wir lernen, wie man mit einem eindeutigen Angriff umgeht.«

Der bärtige Mann machte einen Satz nach vorn, das Schwert zum Schlag erhoben; doch Cornelius wehrte den Hieb mit seiner eigenen Klinge ab und vollführte dann einen Salto auf die Tischplatte, ein Manöver, das ihn auf dieselbe Höhe brachte wie sein Gegner. Während er mit den Füßen dumpf auf das robuste Holz auftraf, fing er einen zweiten Schlag ab und durchbohrte den bärtigen Mann mit seinem Schwert, alles in einer einzigen fließenden Bewegung.

»Im Kampf mit einem Feind darf man nie vergessen, mit dem Unerwarteten zu rechnen«, sagte Cornelius.

Und noch bevor der bärtige Mann zusammengebrochen

war, ahnte Cornelius hinter sich eine Bewegung und schlug mit seinem Schwert über die linke Schulter. Er wurde mit einem dumpfen Geräusch und einem Schmerzensgebrüll belohnt, als die Klinge auf einen Helm traf, doch er schaute nicht nach hinten, um seinen Gegner fallen zu sehen. Stattdessen stellte er sich in die Mitte des Tisches. Er wusste, so würden sich die Briganten vorbeugen müssen, um nach ihm zu schlagen, und vielleicht das Gleichgewicht verlieren. Er wusste aber auch, dass er vollkommen umzingelt war und sich nicht die Hoffnung machen konnte, all diesen Schwertern auf die Dauer ausweichen zu können.

»Wenn eine Position gefährlich wird, sollte man immer versuchen, eine bessere zu finden«, verkündete er in den Raum hinein. Ein Speer kam auf ihn zugeflogen, und Cornelius lehnte sich zur Seite, streckte den linken Arm aus und spürte, wie der Holzschaft an seinem Knochen abprallte. Die Lanze kam vom Kurs ab und bohrte sich zwischen die Rippen eines angreifenden Briganten, der einen überraschten Schrei ausstieß und plump zu Boden sackte.

»Manchmal kommt einem der Zufall zu Hilfe!«, sagte Cornelius.

Sein Blick ging durch den Kreis von zerlumpten Gestalten und blitzendem Stahl, der immer näher rückte, und wanderte dann zu den Dachbalken über seinem Kopf. Er peilte eine Stelle an, wo ein Querbalken eine senkrechte Strebe traf. Dann nahm er alle Kraft zusammen, die er sich für seinen golimirischen Todessprung antrainiert hatte, und schnellte nach oben. Messerscharfe Klingen durchschnitten wenige Millimeter unter seinen Füßen die Luft, doch dann griff er mit der linken Hand nach dem senkrechten Pfosten und schwang sich auf den Querbalken hinauf. Dort stand er, sah auf die Krieger hinunter und lachte über ihre verblüfften Gesichter. Jetzt konnten sie ihn nur noch einzeln oder zu zweit angreifen und genau das hatte er erreichen wollen.

»Sobald man seine neue Position eingenommen hat«, lachte er vergnügt, »beurteilt man die Situation und wartet auf den Angriff des Feindes.«

Ein Speer bohrte sich Zentimeter neben seinem Kopf in den senkrechten Balken, und der hölzerne Schaft vibrierte heftig. Cornelius begann, den Speer herauszuziehen, doch dann überlegte er es sich noch einmal anders. »Unvorhergesehene Requisiten können sich zu einem späteren Zeitpunkt als nützlich erweisen«, kommentierte er.

Er warf erneut einen Blick nach unten und sah, dass dort ein wildes Gedrängel stattfand. Die Briganten rannten nach links und rechts und begannen, die Heuballen hinaufzukraxeln, die sich zu beiden Seiten der Scheune auftürmten. Während Cornelius ruhig zusah, begann ein Mann, langsam den Querbalken entlangzubalancieren, und einen Augenblick später tat ein zweiter Mann dasselbe aus der anderen Richtung. Langsam näherten sie sich Cornelius, die Schwerter vor sich her tragend. Es waren schwere, unbeholfene Männer, die Schwierigkeiten hatten, das Gleichgewicht zu halten.

»Sobald sich der Feind in ungewohnter Umgebung befindet, ist man klar im Vorteil«, sagte Cornelius. Der erste Mann war jetzt nah genug, um sein Schwert zu benutzen, und schlug wild nach dem Kopf des kleinen Kriegers. Cornelius duckte sich, während das riesige Schwert des Briganten aus dem senkrechten Balken über seinem Kopf einen großen Keil herausschlug. Seine eigene Klinge fuhr über die Beine des Briganten. Der Mann verlor das Gleichgewicht, stürzte seitwärts vom Balken und fiel mit einem dumpfen Aufschlag auf den Tisch unter ihm. Nun versuchte der zweite Mann, sich um den Längsbalken zu beugen und zum Schlag auszuholen, doch Cornelius drehte sich blitzschnell um und stieß dem Angreifer die Schwertspitze zwischen die Rippen. Auch er stürzte vom Balken und landete neben seinem Vorgänger auf dem Tisch.

»Was man auch nie unterschätzen sollte, ist das Überraschungsmoment«, sagte Cornelius.

Jetzt kamen von beiden Enden des Querbalkens weitere Männer auf ihn zu – zwei lange Reihen von Briganten, die einer nach dem anderen entschlossen voranrückten. Cornelius blickte nach links und dann nach rechts, bevor er seine Entscheidung traf.

»Es ist immer gut, mehrere Feinde auf einen Schlag zu erledigen«, empfahl er.

Er griff mit der linken Hand nach oben und hielt sich an dem Schaft des Speers fest, der noch immer in dem senkrechten Balken steckte. Dann hieb er mit seinem Schwert in den Querbalken zu seinen Füßen. Der erste Schlag trennte den Holzbalken halb durch, und die Briganten schrien entsetzt auf, als sie begriffen, was Cornelius vorhatte. Einige von ihnen begannen verzweifelt, in die Richtung zurückzuweichen, aus der sie gekommen waren, doch da schlug Cornelius ein zweites Mal zu, und jetzt durchschnitt seine Klinge das Holz. Die eine Hälfte des Balkens neigte sich, und die fünf Männer, die darauf gestanden hatten, purzelten auf Cornelius zu, fuchtelten mit den Armen und versuchten vergeblich, das Gleichgewicht zu halten. Mit einer Hand an dem Speer hängend, schlug Cornelius auf sie ein, als sie unter seinen Füßen den Balken hinunterrutschten. Mit Leichtigkeit durchschnitt seine Klinge die Kettenhemden und Lederbekleidung der Briganten. Alle fünf krachten tot oder verwundet auf den Tisch, der das zusätzliche Gewicht nicht aushielt und umkippte, sodass alle Männer auf dem Boden landeten.

»Denkt immer daran«, sagte Cornelius, »eine günstige Gelegenheit kann nicht ewig währen. Man sollte sie also voll ausschöpfen!«

Jetzt schwang er sich an dem Speerschaft herum, und seine Füße trafen den am nächsten stehenden Krieger auf der anderen Seite des Längsbalkens, sodass dieser rückwärts gegen die Männer hinter ihm stolperte. Er fiel, ein zweiter Mann stürzte vom Balken; ein dritter klammerte sich verbissen an der Strebe fest und hing in der Luft, als Cornelius mit einem Fuß fest auf seine Finger trat und er mit einem Schmerzensschrei loslassen musste. Cornelius richtete sich gerade zu einer Kampfhaltung auf, als er plötzlich einen Stoß und den stechenden Schmerz von kaltem Metall spürte, das in seine Schulter schnitt. Er schaute verdutzt an sich herunter und sah den Griff eines Wurfmessers aus seinem Kettenhemd ragen. Er grunzte überrascht und verärgert und hob den Blick, um den Mann anzustarren, der das Messer geworfen hatte – ein großer, schlaksiger Kerl, der unsicher auf dem Balken stand und sein vermeintliches Opfer mit einem Ausdruck der Furcht auf dem schmutzigen Gesicht ansah.

»Wut kann etwas sehr Nützliches sein«, knurrte Cornelius, »aber nur wenn man sie unter Kontrolle hat.« Er rannte mit ohrenbetäubendem Gebrüll den Balken entlang, genau auf die drei Männer zu, die noch darauf standen. Der Messerwerfer geriet in Panik und versuchte zurückzuweichen, aber die anderen Männer drängten immer noch nach vorn, sodass sie alle gegeneinanderprallten. Cornelius fuhr mit dem Schwert dazwischen und schlug nach ihren Beinen. Die Briganten fielen vom Balken und vergrößerten den Haufen stöhnender Männer auf dem Boden.

Cornelius hielt einen Moment inne, steckte sein Schwert in

die Scheide und hob die rechte Hand, um das Wurfmesser aus seiner Schulter zu ziehen. Er musste vor Schmerz die Zähne zusammenbeißen, als das Blut aus der Wunde spritzte und an seinem Brustharnisch herunterlief. Er warf einen Blick hinunter auf den Boden und sah die letzten paar Krieger dort stehen und unsicher zu ihm hinaufschauen.

»Wenn ihr ein Wurfmesser verwendet«, sagte er zu ihnen, »denkt daran, dass es nur wirkungsvoll ist, wenn es auch die richtige Stelle trifft.« Er hob den Arm und ließ ihn wieder herunterschnellen, um das Messer auf den am nächsten stehenden Briganten zu schleudern. Der Mann sah das Wurfgeschoss kommen, war aber zu langsam, um auch nur den Versuch zu machen, ihm auszuweichen. Die Klinge traf ihn mit einem dumpfen Geräusch in der Brust und er fiel rückwärts zu Boden, tot. Cornelius lächelte zu den drei Männern hinab, die jetzt noch standen, und ließ sein Schwert wieder aus der Scheide gleiten.

»Und schließlich«, sagte er, »wenn man den jämmerlichen Überbleibseln eines feigen Hinterhalts gegenübersteht, sollte man darauf achten, dass man keinerlei Gnade zeigt.«

Er machte Anstalten hinunterzuklettern, aber das war gar nicht nötig. Die drei verbleibenden Briganten drehten sich um und rannten aus der Scheunentür. Cornelius konnte ihre lauten Schritte draußen auf dem Prärieboden hören. Er sprang hinunter und biss erneut die Zähne zusammen, als er mit den Füßen hart auf dem Boden aufkam und der Schmerz durch seine Schulter schoss. Er warf einen Blick auf den Haufen toter und verwundeter Männer und vergewisserte sich, dass nun keiner von ihnen mehr Probleme machen würde. Er hatte das Attentat überlebt, aber er wusste, dass damit noch längst nicht alles ausgestanden war.

König Septimus hatte ihn in den Tod geschickt. Offensichtlich hatte er ihn aus irgendeinem Grund aus dem Weg räumen wollen…

»Beim Barte des Shadlog!«, knurrte er. »Sebastian!« Er wusste nicht, was in diesem Moment im Palast mit dem Jungen geschah, aber was auch immer es war, Sebastian konnte bestimmt Hilfe gebrauchen. Cornelius eilte nach draußen. Er bemerkte, dass seine verletzte Schulter und der Arm darunter steif wurden, aber es war jetzt keine Zeit, darüber nachzudenken. Er musste, so schnell er konnte, zurückreiten, und es war ein langer Weg. Phantom stand noch angebunden neben dem Busch und sah ihn ängstlich an. Cornelius band seine Zügel los und schwang sich in den Sattel.

»Los, Junge«, flüsterte er ihm ins Ohr. »Zurück zum Palast, so schnell du kannst. Jemand braucht unsere Hilfe.«

Er drückte seine Fersen in die gescheckten Flanken des Ponys, und es fiel in einen Galopp und rannte, so schnell es seine kurzen Beine trugen. Cornelius hoffte, dass es nicht schon zu spät war.

KAPITEL 20

Eine schöne Bescherung

Sebastian blickte in das krebsrote Gesicht des Königs und begriff, dass er etwas absolut Undenkbares gesagt hatte. *Septimus der Spiegelkopf?* War das wirklich von ihm gekommen? Irgendjemand *hatte* es gesagt, und es schien niemand anders im Saal zu sein, der dumm genug gewesen wäre, diese Worte auszusprechen. Es *musste* er selbst gewesen sein, entschied Sebastian. Aber welcher Teufel hatte ihn da geritten? Hatte Malthus ihm nicht erzählt, dass niemand es je wagen würde, diese Worte in Gegenwart des Königs in den Mund zu nehmen?

Der König saß kauernd auf seinem Thron, die Augen lodernd vor Wut, die Zähne gebleckt wie ein knurrender Hund. Prinzessin Kerins Gesichtszüge neben ihm waren zu einem Ausdruck des Entsetzens erstarrt und ihr Unterkiefer hing kraftlos herunter. Malthus wiederum sah aus, als hätte man ihm soeben einen Schlag in die Magengrube versetzt, die Augen zusammengekniffen, der kleine Mund zu einem ungläubigen *Oh* geformt.

Und nichts durchbrach die tiefe, furchtbare Stille.

»H-hab ich was Falsches gesagt?«, fragte Sebastian nervös. Er bemerkte, dass seine bisherige Selbstsicherheit dahinzuschmelzen begann wie Eis in der Hitze der Sonne. Die Wirkung des seltsamen Mittels schien nachzulassen, aber es kam ein paar Minuten zu spät, um ihm noch zu helfen. »Eure Majestät, ich ... ich wollte nicht ...«

Da bemerkte er eine Bewegung am hinteren Ende des Saals und hob den Blick. Er entdeckte das alte Weib, Magda, die wie wild mit den Händen fuchtelte, um seine Aufmerksamkeit auf sich zu lenken. Er ignorierte sie und sagte sich, dass sie für diesen Abend schon genug Schaden angerichtet hatte. In seiner Verzweiflung beschloss er, einen letzten Versuch zu machen, um die Stimmung des Königs aufzuhellen.

»Wenn Eure Majestät erlauben, probiere ich es mit einem Lungenräucher ... äh, ich meine, einem Jungenstecher ... äh ... Zungenbrecher ...«

Er brach seinen unbeholfenen Versuch einer Ankündigung ab und ging zum Reim selbst über:

Hottentottentanz

hätten hottentotten tüten
täten sie mit tuten töten
würden löwen tragen brillen
würden sie mit würde brüllen
schaffen am schafott die schlächter
schlafen schlaffe schafe schlechter
rangen fangen schlanke schlangen
bang mit langen stangenzangen
schall des falles eines balles:
allenfalles ballt sich alles

grantig tanzen elefanten
mit verbannten anverwandten
angebrannte elefanten
tanzen mit verkannten tanten
kleine eimer fein zu leimen
scheint sich beinah rein zu reimen!

Sebastian lächelte und breitete die Arme aus, als wollte er signalisieren, dass dies seine Schlussworte sein sollten. Er konnte kaum glauben, dass er sich nicht ein einziges Mal verhaspelt hatte, doch König Septimus schien nicht einmal zugehört zu haben. Seine Augen fixierten Sebastian mit unverhohlenem Hass. Hätte Sebastian einen Spaten dabeigehabt, hätte er jetzt gerne ein Loch gegraben, um darin zu verschwinden.

»Oh, kommt schon«, protestierte er. »Ich gebe hier oben mein Bestes! Wenigstens etwas Beifall könntet ihr mir geben!«

Da fielen ihm wieder Magdas hektische Handbewegungen auf. Er sah jetzt, dass sie auf das Illusionskabinett hinten auf der Bühne zeigte, als glaubte sie, dass diese Apparatur die Situation irgendwie noch retten könnte. Sebastian sagte sich, dass er es genauso gut versuchen konnte. Was hatte er schon zu verlieren?

Er verbeugte sich tief. »Und jetzt, Eure Majestät, möchte ich Euch ein ganz besonderes Vergnügen präsentieren, an dem Ihr sicher Euren Spaß haben werdet.«

»Du wirst dich umbringen?«, fragte König Septimus erwartungsvoll.

»Äh … nein, Hoheit. Nein, ich werde Euch ein Wunder der Zauberkunst vorführen! Etwas, was Ihr noch nie gesehen habt. Aber für dieses Ereignis brauche ich die Hilfe eines Zuschauers!« Sebastian ließ seinen Zeigefinger von einem Höfling zum Nächsten wandern und konnte nicht umhin zu bemerken, dass jedem Einzelnen von ihnen das Entsetzen noch ins Gesicht geschrieben stand. »Es ... äh ... es ist ein wunderbarer Trick«, fuhr er fort. »Einer, der die gekrönten Häupter der Welt verblüfft hat ...«

»Na, dann mach schon!«, schnauzte König Septimus.

»Ähm ... ja, wenn ich nur einen Assistenten haben könnte. Ich frage mich, ob vielleicht die Prinzessin gewillt wäre ...«

Prinzessin Kerin begann, sich unsicher von ihrem Thron zu erheben, und ihr Onkel gab ihr einen unsanften Schubs, der sie in Richtung Bühne stolpern ließ und fast zu Fall brachte.

»Ah ja, Prinzessin! Was für eine Ehre«, murmelte Sebastian. Er nahm ihre Hand und führte sie zu dem Kabinett.

»Was ist mit dir los?«, flüsterte sie, als sie dem Publikum den Rücken zugewandt hatte. »Was hat dich dazu gebracht, so etwas zu sagen?«

»Ich weiß auch nicht«, wisperte er zurück. »Ich glaub, es war irgendwas in meinem Wein.«

»Du bist betrunken?«, fragte sie ihn.

»Nein, nicht direkt.« Er drehte sich wieder zum Publikum und verbeugte sich noch einmal. »Eure Majestät, Lords und Ladys: das magische Kabinett von Aliminthera!« Er streckte den Arm aus und schwang die hölzerne Tür auf. »Ihr seht, es sieht aus wie ein ganz gewöhnliches leeres Kabinett.« Er wedelte mit der Hand durch den Innenraum, um zu beweisen, dass der Anblick auch nicht täuschte. »Wenn ich jetzt die Prinzessin bitten dürfte hineinzusteigen.« Sie tat, was ihr gesagt wurde, und stellte sich mit dem Rücken gegen die Wand in das Kabinett. Sebastian drehte sich zu ihr um und tat, als würde er noch einmal alles überprüfen. »Ihr wisst, was Ihr zu tun habt?«, flüsterte er.

Sie nickte, doch ihr Gesicht war finster. »Ich hab das dumme Gefühl, dass eigentlich du es sein solltest, der hier verschwindet«, murmelte sie.

Darauf fiel ihm keine Antwort ein. Er schloss das Kabinett und betätigte im selben Moment den Mechanismus an der Seite der Tür, der die Rückwand des Zauberschranks lautlos rotieren ließ.

»Und jetzt spreche ich die magischen Worte …«

»… *alika karamah silika kai*!«

Sebastians Stimme drang gedämpft durch das Holz der Rückwand zu Prinzessin Kerin. Der Mechanismus hatte sie auf gut geölten Rädern herumgedreht und jetzt musste sie einfach durch den Vorhang hinter die Bühne schlüpfen und dort, verborgen vor dem Publikum, warten, damit Sebastian das ganze Kabinett herumdrehen konnte, um den Zuschauern zu zeigen, dass niemand dahinterstand.

Nach einigem Geschwafel würde er das Kabinett in seine ursprüngliche Position zurückschieben und verkünden, dass es an der Zeit sei, die Prinzessin zurückzuholen. Und das war ihr Stichwort, um genau zum richtigen Fleck zurückzukehren, sodass der Mechanismus sich noch einmal herumdrehen und sie diesmal *in* das Kabinett befördern konnte.

Ein unglaublich simpler Trick – und im Grunde durchschaubar, wenn man darüber nachdachte, aber es sah wirklich eindrucksvoll aus, auch wenn Onkel Septimus sich in dieser Stimmung wohl kaum davon imponieren lassen würde. Sie würde all ihre Überzeugungskünste brauchen, um Sebastian vor einer Strafe zu bewahren. Was war nur in ihn gefahren, dass er so leichtsinnig geworden war?

Sie schlüpfte durch den Vorhang in die Dunkelheit. Gerade in dem Moment, als sie sich umdrehte und durch einen schmalen Spalt spähte, riss Sebastian draußen die Tür des Kabinetts auf und das Publikum schnappte überrascht nach Luft.

»Ja, was ist denn das, Eure Majestät?«, hörte sie ihn sagen. »Es sieht ja ganz so aus, als sei Prinzessin Kerin verschwunden!« Das Publikum belohnte den Trick mit einem halbherzigen Applaus, und sie dachte gerade, dass vielleicht doch noch alles gut werden würde, als sie ein starker Arm um die Taille packte und eine riesige Hand fest auf ihren Mund und ihre Nase gepresst wurde; eine Hand, die ein Tuch hielt – ein feuchtes Tuch, das einen überwältigenden Geruch ausströmte. Die Prinzessin versuchte, sich zu befreien, doch die Hände waren zu stark, und die Dämpfe aus dem Taschentuch schienen durch ihre Nase zu fluten und sich auszubreiten, bis sie ihren ganzen Kopf ausfüllten. Plötzlich wich alle Kraft aus ihren Muskeln, und sie hatte das Gefühl, in einen tiefen, dunklen Abgrund zu fallen.

Während sie ohnmächtig wurde, nahm sie nur undeutlich wahr, wie irgendwelche Arme sie hochhoben und davontrugen, in die stillen Schatten am Rande der Bühne.

»Also, Eure Majestät, wie Ihr sehen könnt, ist niemand hinter dem Kabinett!«, verkündete Sebastian, während er die Holzkiste einmal rundherum drehte, sodass die Zuschauer sie von allen Seiten betrachten konnten. »Die Kobolde von Aliminthera haben Ihre königliche Hoheit weggezaubert. Doch habt keine Angst, denn ich kann sie zurückholen!«

»Na prima«, sagte der König trocken.

»Ich spreche einfach die magischen Worte« – Sebastian zögerte, denn er wollte sichergehen, dass Prinzessin Kerin genug Zeit hatte, ihren Platz wieder einzunehmen – »die heiligsten und geheimsten Worte, die nur den Hohepriestern von Alimenthera bekannt sind. Worte, die natürlich in der richtigen Reihenfolge gesprochen werden müssen ...«

Sebastian drückte auf den geheimen Knopf und spürte das leichte Vibrieren, als sich der Mechanismus in Bewegung setzte. »... *alika karamah silika kai!*«, rief er und griff nach dem Türknauf. »Und wie Ihr sehen könnt, Eure Majestät, ist die Prinzessin« – er riss die Tür auf – »nicht da«, beendete er den Satz matt.

Durch das Publikum ging ein enttäuschtes Raunen, das Sebastian durch ein unbekümmertes Lachen zu entschärfen versuchte.

»Haha! Das war doch nur ein Test! Für ... für einen Moment hab ich euch jetzt aber an der Nase herumgeführt, was? Er machte die Tür wieder zu. »*Diesmal* wird sie natürlich wieder auftauchen.« Er wartete, länger als es wahrscheinlich nötig war. »Ja, ich spüre, dass die Geister sie freigeben. Sie geben sie frei und ... und schicken sie zurück ... zurück ... zurück in das geheimnisvolle Kabinett von Aliminthera. Nun, Eure Majestät, macht Euch auf etwas ganz und gar Erstaunliches gefasst!«

Er riss zum zweiten Mal die Tür auf. Um erneut ein leeres Kabinett zu präsentieren.

Diesmal konnte man hören, wie das Publikum erschrocken nach Luft rang und aufgebracht zu tuscheln begann.

»Wo ist meine Nichte?«, fragte König Septimus.

»Oh, beruhigt Euch, sie wird wohl einfach ... noch mit den Geistern kommunizieren.« Sebastian schloss die Tür noch einmal, dann schnipste er mit den Fingern. »Vielleicht würde es helfen, wenn wir sie alle rufen würden. Ja, sie kann mich wahrscheinlich nur nicht hören durch den Vor ... ich meine, durch den Schleier der Betörung.« Er bedeutete dem Publikum mit einzustimmen. »Prinzessin Kerin!«, schrie er. »Prinzessin Kerin? Wir sind so weit, Ihr könnt jetzt zurückkommen. Nehmt einfach Euren Platz ein und ... *Tätärätä*!« Er öffnete die Tür zum dritten Mal. Immer noch gähnende Leere. Sebastian warf einen Blick hinter das Kabinett, doch keine Spur von Prinzessin Kerin.

Das aufgeregte Stimmengewirr der besorgten Zuschauer wurde lauter und König Septimus hatte sich sogar von seinem Stuhl erhoben.

»Wo ist Prinzessin Kerin?«, fragte er.

Sebastian seufzte. Es half alles nichts. Er würde es zugeben müssen. »Sie ist hinter dem Vorhang«, sagte er. Er ging hin und zog den Stoff zur Seite. Doch die Rückseite der Bühne war vollkommen menschenleer. Bestürzt starrte er in die Dunkelheit und wollte nicht glauben, dass sein einfacher Trick so furchtbar misslungen war. *Wo konnte sie nur sein?*

»Sie ... sie sollte eigentlich hier warten«, brachte er hervor.

»Wovon redest du da?«, knurrte König Septimus. »Du hast doch gesagt, du schickst sie in das Reich von Aliminthera!«

»Nun ja, das habe ich zwar gesagt«, gab Sebastian zu. »Aber Ihr glaubt doch nicht wirklich ...«

»Hexenwerk!«, schrie jemand aus dem Publikum. »Er hat die Prinzessin weggezaubert!«

»Äh ... nein, das ist doch lächerlich. Es ist doch bloß ein Trick. Wie sollte ich denn ...«

»Wachen!«, rief König Septimus. »Haltet ihn!«

Bevor Sebastian sich rühren konnte, waren zwei bullige Soldaten auf die Bühne gestürzt und hatten ihn an den Armen gepackt. Er wand sich hilflos in ihrem Griff.

»Eure Majestät«, sagte er atemlos. »Ich kann das alles erklären!«

»Ich glaube nicht, dass es da irgendetwas zu erklären gibt«, knurrte König Septimus. »Du hast mir vor all diesen Zeugen erzählt, dass du die Prinzessin in irgendeine Zauberwelt schicken wirst, und es sieht ganz so aus, als ob du genau das getan hast. Ich verlange, dass du sie jetzt sofort zurückholst.«

»Das ... das kann ich nicht«, jammerte Sebastian. »Ich weiß doch auch nicht, wo sie ist!«

Da ging ein Aufschrei durch den Saal. Die Zuschauer waren von ihren Stühlen aufgesprungen und kreischten durcheinander. Zwischen all den Rufen konnte Sebastian einige Stimmen ausmachen, die lauthals »Hexerei« und »Scheiterhaufen« riefen. Jemand musste bemerkt haben, dass die Hexe Magda in die Sache verwickelt war, dachte Sebastian und blickte sich hoffnungsvoll im Saal um, bis er begriff, dass er selbst gemeint war.

»Aber ... ich bin keine Hexe!«, protestierte er. »Das ist ja lächerlich. Lasst mich doch erklären ...«

»Bringt ihn in den Kerker!«, brüllte König Septimus. »Wir werden ja sehen, ob unsere Folterknechte die Wahrheit herausfinden können.«

Sebastian versuchte, sich zu wehren, aber die zwei bulligen Soldaten begannen, ihn durch die Menge zu zerren. Als er durch den Saal gezogen wurde, traten die Leute vor, um den hilflosen Gefangenen zu bespucken oder ihm Schläge zu versetzen. Beklommen erkannte Sebastian, dass das sein Ende war. Innerhalb weniger Stunden war er vom Helden zu einer absoluten Null geworden. Und was noch schlimmer war, es war niemand da, um ihm zu helfen. Cornelius war bei seinem ersten Einsatz und Max war in den königlichen Stallungen eingesperrt.

Kurz bevor die Soldaten ihn durch die Tür schleiften, fiel Sebastians Blick noch einmal auf Magda, die ihm mit einem zufriedenen Lächeln auf ihrem hässlichen Gesicht nachsah. Er öffnete den Mund, um sie anzuschreien, doch da traf ihn eine riesige Faust an der Stirn und er verlor für einen Moment das Bewusstsein. Als er wieder zu sich kam, zerrten ihn die Soldaten schon die Treppe hinunter in die Finsternis des Kerkers.

KAPITEL 21

Die schreckliche Wahrheit

Phantom galoppierte unter dem Sternenhimmel dahin. Seine Hufe wirbelten eine Staubwolke auf. Cornelius saß vornübergebeugt im Sattel, die Zähne vor Schmerz zusammengepresst. Seine Schulter brannte und er hatte noch eine weite Strecke zurückzulegen. Was hätte er nicht alles gegeben, um Rast zu machen und sich eine Weile auszuruhen.

Doch er war sich jetzt sicher, dass etwas Schlimmes passiert sein musste, und fest entschlossen, nicht eher anzuhalten, als bis er zurück in Keladon war. Er gab dem Pony einen Klaps mit den Zügeln und trieb es zu neuer Höchstleistung an, damit seine flinken Hufe die Entfernung zwischen ihnen und Sebastian so schnell wie möglich überwinden würden.

Prinzessin Kerin hatte das Gefühl, langsam aus einem tiefen, warmen Wasser aufzutauchen. Ihr Kopf stieß durch die Wasseroberfläche und sie öffnete die Augen, aber zunächst sah sie alles verschwommen. Dann nahm ihre Umgebung langsam scharfe Konturen an, und sie erkannte, dass sie auf einem Stuhl in einem menschenleeren Kellerraum saß.

Nein – nicht menschenleer. Ein Stück von ihr entfernt, saß jemand, ein schmutziger, brutal aussehender Mann mit einem stoppeligen Kinn und einer Mähne von fettigem schwarzen Haar. Da erkannte sie ihn. Es war Golon, der Kerkermeister des Königs. Erst als sie aufstehen wollte, wurde ihr bewusst, dass sie gefesselt war. Mit einem tiefen Seufzer sank sie auf den Stuhl zurück. Sie schüttelte den Kopf, um ihre Benommenheit zu verscheuchen, und versuchte, sich von den dicken Stricken zu befreien, mit denen sie an den Stuhl gebunden war. Golon bemerkte es und sah mit einem schiefen, schleimigen Grinsen zu ihr herüber.

»Beruhige dich, Prinzesschen«, sagte er. »Hat gar keinen Zweck, sich so aufzuregen. Du bleibst jetzt einfach schön ruhig da sitzen und wartest.«

»Was … was geht hier vor?«, fragte sie ihn. »Warum bin ich gefesselt?«

»Ich befolg nur meine Befehle, Hoheit. Is nix Persönliches.«

Jetzt bemerkte sie erst, dass sie ein dreckiges, schäbiges Kleid trug, einen Lumpen, wie ihn eine Dienstmagd tragen mochte.

Das ganze Ausmaß der Erniedrigung, die man ihr angetan hatte, traf sie wie ein Faustschlag. »Wie kannst du es nur wagen!«, schrie sie. »Lass mich sofort frei! Wenn mein Onkel von diesem Frevel erfährt, wird er …«

»Eure Hoheit, es war Ihr Onkel, der die Befehle gegeben hat«, sagte Golon freiheraus. »Und er hat mir die Erlaubnis erteilt, dich mit allen Mitteln ruhigzustellen.« Er beugte sich drohend zu ihr herüber, das Gesicht grimmig, die großen Fäuste geballt. »Wenn ich du wäre, würde ich also schön den

Mund halten. Es sei denn, du ziehst es vor, einen Knebel zwischen den Zähnen zu haben.«

Prinzessin Kerin öffnete den Mund, um zu antworten, doch nach kurzem Zögern schloss sie ihn wieder. Ihre Augen füllten sich mit Tränen der Empörung. Im Moment konnte sie nichts anderes tun, als dazusitzen und zuzusehen, wie Golon durch die Zelle marschierte und seine Macht auskostete. Mit dumpfem Entsetzen begriff sie, dass Sebastian recht gehabt hatte, die Motive ihres Onkels infrage zu stellen.

Nach einer halben Ewigkeit öffnete sich die Tür und zwei Gestalten betraten den Raum. Onkel Septimus stolzierte als Erster herein, ein hämisches Grinsen auf dem Gesicht. Hinter ihm ging ein riesiger, kaltblütig aussehender Mann mit einem rasierten Schädel und einem langen, herabhängenden Schnauzbart. Er trug den Fellmantel und die typischen Tierhaut-Hosen eines Briganten und sah mit einem gehässigen Grinsen zu Prinzessin Kerin herab.

»Onkel Septimus!«, rief die Prinzessin, die sich immer noch einredete, dass es sich um irgendein furchtbares Missverständnis handeln musste. »Was geht hier vor? Golon sagt, das hier sei auf deine Anordnung geschehen.«

»Das ist korrekt«, sagte König Septimus kalt.

»Aber ... warum?«

»Warum?« König Septimus warf den Kopf zurück und stieß ein spöttisches Lachen aus. »Ich hätte gedacht, das ist nun wirklich offensichtlich, sogar für so ein begriffsstutziges Ding wie dich. Hast du tatsächlich gedacht, dass ich die Schlüssel für das Königreich einem Gör wie dir übergeben würde? Dass ich bereitwillig die Macht und den Einfluss eines Monarchen aufgeben würde, um wieder dein offizielles Kindermädchen zu spielen?«

»Aber... du hast doch immer gewusst... dass ich eines Tages Königin werden würde.«

»Gewusst... aber nicht akzeptiert. Es war immer meine Berufung, Keladon zu regieren. Und ich werde nicht zulassen, dass mir irgendetwas oder irgendjemand in die Quere kommt.«

»Aber... ich bin deine Nichte! Du wirst doch einem Mitglied deiner eigenen Familie nichts antun?«

König Septimus sah sie mit einem heuchlerischen Lächeln an. »Warum nicht? Das hat mich bisher ja auch nicht davon abgehalten, oder?«

Prinzessin Kerins Augen weiteten sich vor Schreck, als sie begriff, worauf ihr Onkel anspielen musste. »Meine Eltern!«, brachte sie hervor. »Du steckst hinter ihrem Tod!«

König Septimus verneigte sich spöttisch. »Na, endlich ist der Groschen gefallen!«, sagte er. »Du armes dummes Ding. Du musst der einzige Mensch im Königreich gewesen sein, der mich nicht verdächtigt hat. Ja, ich habe dafür gesorgt, dass sie... beseitigt wurden.«

»Aber warum nur? Dein eigener Bruder und seine Frau...«

»Weil er ein Schwächling war!«, schnauzte König Septimus. »Er stand so sehr unter dem Einfluss deiner Mutter, dass er vergaß, wie ein König zu denken und zu handeln. Er hatte nicht die leiseste Ahnung, was es bedeutet, ein Monarch zu sein, und er hätte Keladon ins Verderben gestürzt. Hast du gewusst, dass er mit dem Gedanken spielte, das System abzuschaffen, nach dem jeder eine Abgabe zur Instandhaltung des Palastes entrichten muss? Ein paar Jahre solcher Nachlässigkeit, und wir würden hier alle in Armut leben. Also habe ich Maßnahmen ergriffen, um ihn zu beseitigen; und da deine Mutter ohne ihn furchtbar unglücklich gewesen wäre, habe ich dafür gesorgt, dass sie ihn auf seiner Reise ins Jenseits begleitete.«

Prinzessin Kerin spürte eine heiße Woge des Zorns in sich aufsteigen, die ihr fast den Atem nahm. »Du... du hast dein Königreich in einen Krieg gestürzt... der Jahre dauerte!«, kreischte sie. »Tausende von Menschen... mussten deinetwegen sterben!«

König Septimus zuckte die Achseln. »Was gehen mich die Menschen an?«, knurrte er. »Ich wollte König werden. Alles andere war mir egal. Und ich habe auch vor, König zu bleiben, und zwar um jeden Preis.«

Prinzessin Kerin hatte das Gefühl, als habe ihr jemand nach Jahren der Blindheit die Augen geöffnet. »Sebastian hat versucht, mich vor dir zu warnen«, sagte sie bitter. »Und ich habe seine Ahnungen nicht ernst genommen. Ich war verblendet, doch er hat deine Lügen durchschaut.«

»Ach wirklich? Dann trifft es sich ja gut, dass der Elfling bei Morgengrauen hingerichtet wird, nicht wahr?«

Prinzessin Kerin schüttelte den Kopf. »Nein! Du darfst ihm nichts antun! Was hat er denn getan, dass er ein solches Schicksal verdient?«

»Was er getan hat?« König Septimus schritt eine Weile in der Zelle auf und ab, als müsste er über die Frage nachgrübeln. »Ich werde dir sagen, was er getan hat. Er hat einen sorgsam ausgetüftelten Plan durchkreuzt, dich von Briganten überfallen zu lassen, das hat er getan. Er hat dich sicher in den Palast zurückgebracht, während ich sehnsüchtig auf die Nachricht deines Todes wartete!«

Frische Tränen liefen über Prinzessin Kerins Gesicht. »Du musst mich wirklich hassen«, brachte sie hervor.

»Du glaubst ja gar nicht wie sehr, Prinzesschen«, sagte König Septimus. »All diese Jahre, in denen ich den liebenden

Onkel spielen musste – immer lächeln, Geschenke machen, Gefälligkeiten gewähren. Und das, obwohl ich dich am liebsten erdrosselt hätte.«

»Aber was habe ich dir denn getan?«

Der König breitete die Arme aus, als wollte er signalisieren, dass er gar keine andere Wahl hätte. »Du wurdest geboren«, sagte er. »Und damit warst du ein weiteres Hindernis auf meinem Weg zur Macht. Aber jetzt bist du mir vollkommen ausgeliefert. Dieser gottlose Narr hat dich mithilfe irgendwelcher dunklen Zauberkraft in ein anderes Reich verbannt, eine Welt, aus der du nie entkommen wirst. Niemand wird dich je wiedersehen, Prinzesschen. Zumindest niemand in Keladon.«

»Du … wirst mich umbringen?«

Der König schüttelte den Kopf. »So leicht will ich es dir nicht machen«, sagte er. »Ein kurzer Moment des Schmerzes und alles wäre vorbei. Du musst verstehen, Prinzesschen, mein Hass auf dich ist so ungeheuer groß, dass ich dich leiden sehen will. Ich will, dass du noch viele Jahre lebst, damit dir jeden Morgen aufs Neue bewusst wird, was du alles verloren hast. Ich will, dass du den Schmerz und die Schmach eines Lebens in der Gosse erfährst, eine Welt, aus der dein einziger Ausweg tatsächlich der Tod sein wird. Die richtige Kleidung für diesen Anlass trägst du ja schon, wie du vielleicht bemerkt haben wirst. Und jetzt erlaub mir, dir jemanden vorzustellen.« Er deutete auf den großen, glatzköpfigen Mann, der mit einem boshaften Grinsen vortrat. »Das ist Kasim, ein Sklavenhändler aus Brigandia. Er hat sich darauf spezialisiert, auf Auktionen menschliche Ware zu verkaufen. Ich habe ihn im Voraus bezahlt und ihm erklärt, dass dir keine Sonderbehandlung zuteilwerden soll. Er wird dich auf die Auktionsbühne stellen, und zwar als ein Mädchen von niedriger Geburt. Das sollte sicherstellen, dass dein Käufer die äußerste Arbeitskraft aus dir herausholen wird, zu der dein verweichlichter Körper fähig ist. Da kannst du dann waschen, putzen, schrubben, bis deine vornehmen Hände ganz wund sind. Vielleicht hältst du ja ein paar Jährchen durch.«

Kasim nickte. »Sie scheint mir ganz robust zu sein«, bemerkte er. »Und sie sieht nicht schlecht aus. Ich denke, es werden sich einige Bieter für sie finden.«

Prinzessin Kerin schüttelte den Kopf. »Ich… ich werde dem, der mich kauft, einfach erzählen, wer ich wirklich bin«, sagte sie trotzig. »Ich werde ihm eine Belohnung versprechen, wenn er mich nach Keladon zurückbringt.«

»Ja, erzähl das ruhig«, sagte der König voller Schadenfreude. »Versprich, was du willst! Glaubst du wirklich, irgendjemand in Brigandia wird dir glauben? Zumal Kasim den Käufer gewarnt haben wird, dass du eine einfältige Person bist, die sich gerne seltsamen Fantasien und Ideen hingibt.«

»Du… du gemeiner Kerl!«, schrie Prinzessin Kerin. »Damit wirst du nicht durchkommen. Das Volk liebt mich – die Bürger von Keladon werden nicht zulassen, dass so etwas passiert!«

König Septimus winkte Golon zu sich. »Sie beginnt, mich zu langweilen«, sagte er. »Schick sie doch noch einmal ins Reich der Träume und mach sie für die Reise nach Brigandia zurecht.« Dann schien ihm noch etwas einzufallen. »Ach, eines noch.« Er beugte sich zu ihr und grinste sie spöttisch an. »Herzlichen Glückwunsch zum Geburtstag«, säuselte er. Dann wandte er sich lachend ab.

»Nein, warte…«, rief die Prinzessin atemlos. »Bitte, ich…«

Doch dann schlossen sich Golons muskulöse Arme um ihre Schultern und eine Hand presste ihr das übel riechende Tuch auf Mund und Nase. Sie hielt die Luft an, solange sie konnte, doch schließlich hatte sie keine andere Wahl und musste die furchtbaren Dämpfe einatmen. Wieder füllte diese seltsame, beängstigende Leere ihren Kopf und zum zweiten Mal an diesem Abend sank sie in die Tiefe.

In der dunkelsten Zelle des Kerkers saß Sebastian, in sich zusammengesunken, auf einer Holzbank und dachte niedergeschlagen über sein Schicksal nach. Ihm fiel ein, dass der glückliche Brief, den er seiner Mutter geschickt hatte, noch nicht einmal ein Drittel seiner Reise zurückgelegt haben würde und schon hoffnungslos veraltet war.

Seine Erwerbstätigkeit als Hofnarr von König Septimus war von beklagenswert kurzer Dauer gewesen. Dank der Heimtücke dieser hässlichen alten Hexe Magda hatte er nicht einmal eine einzige Vorstellung überstanden. Wenn er je ihren dürren Hals zwischen seine Hände bekäme, würde er dafür sorgen, dass sie nie wieder ein Opfer so hereinlegen würde wie ihn. Er dachte daran, wie Max versucht hatte, ihn vor ihr zu warnen, und wie er die Kommentare des Büffelops als boshaftes Geschwätz abgetan hatte. Dabei hatte Max vollkommen recht gehabt, ihr zu misstrauen.

Und jetzt war auch glasklar, was König Septimus im Schilde führte. Fragte man die Lords und Ladys des Hofes, so hatte er, Sebastian Dark, Prinzessin Kerin mittels Hexerei verschwinden lassen. Es hätte gar keinen Zweck, seine Unschuld zu beteuern und herauszuschreien, dass in Wahrheit König Septimus seine eigene Nichte entführt hatte. Niemand würde ihm auch nur für einen Augenblick glauben; und man musste kein Genie sein, um zu begreifen, dass ihm auch nicht mehr viel Zeit zum Protestieren bleiben würde. Der königliche Henker wetzte wahrscheinlich schon sein Beil.

Sebastian schluckte. Was sollte er nur tun? Es war jetzt klar, dass Cornelius nur auf seine »geheime Mission« geschickt worden war, damit er aus dem Weg war. Wer konnte wissen, welches Schicksal ihn ereilt hatte? Und drüben, in den luxuriösen königlichen Stallungen, konnte Max nicht ahnen, was seinem jungen Herrn zugestoßen war.

Sebastian blieb nichts anderes übrig, als in der Zelle zu sitzen und sein Schicksal abzuwarten. Ihm war zum Weinen zumute, und vermutlich hätte er auch genau das getan, hätte ihn nicht der metallische Knall einer Eisentür irgendwo in der Ferne aufgeschreckt. Er hörte das Poltern von Schritten, als jemand die Steintreppe in den Kerker herunterkam, und als er den Blick hob, sah er Golon, den bulligen Kerkermeister, der die hagere Gestalt des königlichen Leibdieners durch den Gang führte. Die zwei Männer wechselten ein paar Worte, und der Kerkermeister kehrte um, während Malthus an das Gitter trat. Er stand da und sah mit einem verdrießlichen Gesichtsausdruck zu Sebastian in die Zelle.

»Nun«, sagte er schließlich, »das war wirklich ein unvergessliches Debüt.«

Sebastian breitete hilflos die Arme aus. »Was soll ich dazu sagen?«, meinte er. »Wenn schon ein Abschied, dann ein Abgang mit Pauken und Trompeten.«

»Aber was du alles gesagt hast! Du musst wirklich lebensmüde gewesen sein.«

»Na ja, das lag daran, dass ich den Wein getrunken hab, den diese Magda mir gegeben hat. Sie muss da irgendwas reingetan haben.«

Malthus verzog das Gesicht. »Ich würde nie etwas anrühren, was sie auch nur angeguckt hat«, bemerkte er. »Dieses Weib ist durch und durch böse.«

»Zu schade, dass du mir das nicht vorher gesagt hast.«

Malthus trat näher an das Gitter heran und senkte die

Stimme. »Also … was hast du mit der Prinzessin gemacht?«, fragte er.

»Ich hab gar nichts mit ihr gemacht! König Septimus hat sie offensichtlich entführen lassen. Er muss jemanden beauftragt haben, ihr hinter dem Vorhang aufzulauern.«

Malthus nickte. »Nun ja, ich hab auch nicht wirklich geglaubt, dass du sie weggezaubert hast«, sagte er. »Und es ist ja auch nicht schwer zu erraten, warum er sie aus dem Weg haben will, nicht wahr? Machen wir uns doch nichts vor: Wenn man der allmächtige Herrscher über eine Stadt wie Keladon ist, tritt man diese Macht doch nicht so einfach an ein junges Mädel ab.«

Sebastian starrte ihn verblüfft an. »Dann … dann glaubst du mir?«, stieß er hervor. »Das hätte ich nicht gedacht!«

»Natürlich tue ich das. Ich habe lange genug für König Septimus gearbeitet, um zu wissen, dass er ein böser und skrupelloser Mann ist, der vor nichts zurückschrecken würde, um seinen Willen durchzusetzen.«

»Dann … dann wirst du mir helfen?«, fragte Sebastian hoffnungsvoll.

Malthus warf ihm einen frostigen Blick zu. »Ganz bestimmt nicht. Ich habe nicht die Absicht, dich morgen früh zu begleiten.«

»Morgen früh?« Sebastian spürte, wie sich ihm der Magen umdrehte. »Was ist denn morgen früh?«

»Ich fürchte, da wirst du deine letzte Vorstellung geben. Ein gemeinsamer Auftritt mit Luther, dem königlichen Henker. Die Leute hier nennen es ›Parzivals letzter Schliff‹.«

»Verstehe«, sagte Sebastian bekümmert. Er schluckte schwer. »Na ja, ich kann nicht behaupten, dass mich das überrascht.«

»Der König wird deinen Kopf vor den Schlosstoren aufspießen, als Warnung für jeden, der es wagen sollte, sich ihm zu widersetzen.«

»Ja, nun, danke für die ...«

»Ich hasse es, wenn er das macht. Die Vögel kommen dann immer gleich angeflattert und picken an den Augäpfeln herum ...«

»Ja, ja, so genau will ich es gar nicht wissen!« Sebastian sah Malthus durchdringend an. »Ich kann nicht glauben, dass du mich hier einfach meinem Schicksal überlassen willst. Ich meine, du weißt, dass ich unschuldig bin ...«

»Ja, und ich bin auch unschuldig. Das bedeutet aber nicht, dass mich der König nicht bei lebendigem Leibe verbrennen würde, wenn ich ihn in irgendeiner Form verärgern würde. Du musst verstehen, Sebastian, ich bin ein ... na, wie sagt man noch mal?« Er dachte einen Augenblick nach. »Ja, das ist es. Ein Feigling. Und ich habe vor, noch eine Weile länger zu leben.«

»Das nennst du leben? Einem Herrn zu dienen, den du nicht respektierst? Jemandem, von dem du weißt, dass er ein böser Mensch ist?«

Malthus zuckte mit den Achseln. »Klingt nicht gerade nach einem Traumberuf, das geb ich zu«, sagte er. »Aber immer noch besser, als meinen Kopf auf einen Pfahl spießen zu lassen. Tut mir leid, Mr Dark, aber so ist das nun mal.« Er wandte sich zum Gehen.

»Warte!«, rief Sebastian. Er stand von der Bank auf und ging zum Gitter hinüber. »Tue mir wenigstens einen Gefallen. Bring eine Nachricht zu meinem Büffelop, Max, in den königlichen Stallungen. Erzähl ihm, was mir zugestoßen ist.«

»Das wird er noch früh genug erfahren«, sagte Malthus. »Der König plant einen kostenlosen Festschmaus für jeden, der morgen zur Hinrichtung kommt. Büffelopbraten ist immer sehr beliebt bei solchen Anlässen.«

Sebastian starrte Malthus an. »Oh nein!«, rief er. »Nicht Max. Er hat doch nichts Falsches getan. Warum sollte irgendjemand einem armen, arglosen Tier wie ihm etwas zuleide tun?«

»Von wegen arglos«, sagte Malthus, der bereits durch den Gang zurücklief. »Er ist immerhin ein Tier, das sprechen kann, und wer weiß, mit wem er alles reden könnte? Glaubst du wirklich, der König wird riskieren, dass er irgendetwas ausplaudert?« Er ging auf die Steintreppe zu. »Wächter! Lasst mich bitte raus!«

»Malthus, warte! Komm zurück, bitte!«

Doch Malthus lief die Stufen hinauf zu der schweren Holztür, ohne sich noch einmal umzusehen. Die Tür öffnete sich und schlug hinter ihm ins Schloss. Sebastian ging zurück zu seiner Bank und sackte erneut unglücklich zusammen, den Kopf in den Händen vergraben. Die Sache mit Max machte ihm mehr zu schaffen als alles andere. Er würde sicher furchtbare Angst haben, wenn man ihn zur Schlachtbank führte. Er war ein mutiger und ehrenhafter Gefährte. Nun gut, er jammerte ganz gerne, aber dennoch …

Und dann dachte Sebastian an seine Mutter und überlegte, wie lange es wohl dauern würde, bis sie die Nachricht erhielt, dass ihr einziger Sohn tot war. Vielleicht würde sie nie von seinem Schicksal erfahren, sondern würde all die langen, einsamen Jahre auf seine Rückkehr warten, bis das Alter sie dahinraffte.

Es nützte alles nichts. Er konnte die Tränen nicht länger zurückhalten, und er war nur froh, dass niemand in der Nähe war, um ihn weinen zu sehen.

KAPITEL 22

Ein Hoffnungsschimmer

Noch einmal schien Prinzessin Kerin in einer tiefen, warmen Lagune zu schwimmen. Träge ließ sie sich dahintreiben und machte nur hin und wieder eine kurze Bewegung mit dem Fuß. Über sich konnte sie die gekräuselte Wasseroberfläche sehen und wusste, sie bräuchte nur einen Arm auszustrecken und könnte das Nass durchbrechen. Doch sie fühlte sich so warm, so schläfrig, dass sie keine Kraft hatte, sich aus der Tiefe aufzuschwingen.

Dann drang ein Geräusch zu ihr – eine Stimme, seltsam vertraut, doch durch das Wasser in ihren Ohren aufgelöst in eine Abfolge von unverständlichen Lauten. Sie nahm alle Kraft zusammen und schnellte nach oben. Ihr Kopf stieß durch die Wasseroberfläche und für einen Moment lag sie ganz still da, blinzelte und sah sich unsicher um.

Eine Lagune war nirgends zu sehen. Sie schien auf Stroh zu liegen, eingeschlossen von groben Holzwänden in einer Art Wagen. Sie versuchte, sich aufzusetzen, aber sie hatte keinerlei Kraft in ihren Armen und Beinen. Stattdessen schaffte sie es nur, den Kopf zur Seite zu drehen, und spürte einen sanften Lufthauch auf ihrer Wange. Ein paar Zentimeter neben ihr befand sich ein kleines Astloch im Holz, und durch das Loch drang diese vertraute Stimme, die jetzt leichter zu verstehen war, nachdem Prinzessin Kerin vorübergehend ihre Bewusstlosigkeit abgeschüttelt hatte.

»… ich meine ja nur, Osbert, das zeigt mal wieder, wie wenig ihm an mir liegt. Stell dir vor, er hat tatsächlich mit dem Ding nach mir geworfen, mich direkt am Kopf getroffen! Na gut, es hat nicht wirklich wehgetan, aber es ist nicht schön, so behandelt zu werden.«

»Max?« Prinzessin Kerin versuchte schwankend, mit einem Auge durch das Loch in der Holzwand zu spähen. In der Dunkelheit dahinter konnte sie einen großen gehörnten Kopf sehen, der nickend weitersprach.

»Was würdest du sagen, Osbert, wenn einer deiner Soldaten hier hereinmarschiert käme und dir etwas gegen den Kopf schleudern würde, das …«

»Max!« Prinzessin Kerin fand die Kraft, ihrer Stimme mehr Eindringlichkeit zu verleihen. Sie sah den Büffelop zusammenzucken und den Kopf in Richtung Wagen drehen.

»Wer ist da?«, fragte er.

»Es ist ein Geist!«, schrie eine andere Stimme. »Osbert mag keine Geister! Osbert geht!« Draußen auf dem Fußboden war das Trappeln kleiner Hufe zu hören.

»Osbert!«, sagte Max vorwurfsvoll. »Jetzt sei nicht albern, das ist doch nur …« Er brach verwirrt ab und kam dichter an den Wagen heran. Einen Augenblick später schnupperte seine warme, feuchte Nase an dem Astloch. »Wer *ist* da?«, fragte er misstrauisch.

»Ich … ich bin es … Prinzessin Kerin …«

»Prinzessin? Was um Himmels willen macht Ihr in …«

»Keine Zeit!«, brachte Prinzessin Kerin hervor. »Kann nicht ... wach bleiben ... bin betäubt worden.«

»Betäubt? Das ist ja unerhört! Wer kann denn so etwas ...«

»Max! Bitte hör zu! Sie haben mich entführt. Sie bringen mich nach ... nach Brigandia. Sie wollen mich als ... als Sklavin verkaufen.« Prinzessin Kerin spürte, wie eine neue Welle der Bewusstlosigkeit auf sie zukam und sie mitzureißen drohte. »Du musst ... Sebastian Bescheid sagen«, wisperte sie. »Und Corn ... Corn ... neli ...«

Und dann schlug die warme Welle über ihr zusammen, und sie spürte wieder, wie sie sank, weit unter die Wasseroberfläche der Lagune, in einen Schlaf, aus dem sie sich nicht befreien konnte.

»Prinzessin? Prinzessin, sagt doch was! Wer hat Euch entführt?«

Max stand da und starrte bestürzt auf den Viehwagen. Er fragte sich, ob er die Kraft haben würde, die Holzwände zu zertrümmern. Aber was würde das nützen, wenn die Prinzessin betäubt war? Sie würde sich ja gar nicht helfen können. Nein, er musste Sebastian finden, doch auch das war keine leichte Aufgabe. Zunächst einmal waren die Stalltüren zur Nacht verschlossen worden; und selbst wenn er hier herauskommen würde, ein Büffelop konnte ja wohl schlecht durch den Palast spazieren, um seinen Herrn zu suchen.

Er grübelte gerade über dieses Dilemma nach, als sich das Haupttor am anderen Ende der Stallungen quietschend öffnete. Zwei Männer traten ein und kamen den Mittelgang entlang auf den Wagen zu. Einer war klein und buckelig, mit dreckigem Haar und ungepflegtem Bart. Der zweite war ein riesiger, brutal aussehender Kerl mit rasiertem Schädel und langem, herabhängendem Schnauzbart. Er deutete in eine der Boxen.

»Spann diese Rösser an«, sagte er. »Aber beeil dich. Ich will so schnell wie möglich aufbrechen.« Dann bemerkte er Max, der immer noch neben dem Wagen stand, und beäugte ihn misstrauisch. »Was macht denn dieses hässliche Vieh hier?«

Max öffnete das Maul, um zu entgegnen »Das musst du gerade sagen!«. Doch etwas hielt ihn davon ab. Der Mann sah unnachgiebig und gefährlich aus, zu allem fähig. Also stand Max einfach nur da und erwiderte ausdruckslos seinen Blick. Der Begleiter des Mannes kam aus der Box und führte zwei kräftige Rösser am Halfter.

»Och, das ist nur ein alter Büffelop, Master Kasim. Über den würde ich mir keine Gedanken machen.«

Doch Kasim ließ sich nicht so einfach überzeugen. »Da bin ich mir nicht so sicher. Einige von denen können sprechen, weißt du.«

Der kleine Mann winkte lachend ab. »Ich hab ein paar getroffen, die das eine oder andere Wort aufgeschnappt hatten, aber wirklich nicht der Rede wert.«

Kasim schüttelte den Kopf. Er griff nach der bogenförmigen Scheide an seiner Seite und zog mit einem metallischen Fauchen sein eisernes Schwert heraus. »Besser kein Risiko eingehen«, sagte er. »Gib mir zwei Minuten und er spricht garantiert nie wieder.«

Max schluckte schwer, aber er bemühte sich, seinen einfältigen Gesichtsausdruck beizubehalten. Wenn dieser Mann auch nur für eine Sekunde ahnte, dass er jedes Wort verstehen konnte, war er verloren.

»Also, ich weiß nicht, ob wir ihn umbringen sollten«, wandte der kleine Mann ein. »Das hier sind immerhin die königlichen Stallungen. Vielleicht ist er ein Lieblingstier des Königs.«

»Was, dieses stinkende alte Vieh?« Kasim musterte das Gesicht des Büffelops, als suchte er nach irgendeinem Zeichen von Intelligenz. »Was soll der König mit einem Büffelop?«

Der kleine Mann zuckte die Achseln. »Er steht in diesem Stall, oder etwa nicht? Dafür muss es doch einen Grund geben. Das gewöhnliche Vieh wird draußen auf der Koppel gehalten.«

»Hmm.« Kasim streckte seinen Arm aus, bis seine Schwertspitze fast den Hals des Büffelops berührte. »Na«, raunte er mit einer leisen, einschmeichelnden Stimme, »was sagst du dazu, Büffelop? Kannst du sprechen?«

Es folgte eine lange Stille, während Max sich mühsam zu dem durchrang, was er jetzt tun musste. Er brachte es fast nicht über sich, aber es war unvermeidbar, wenn er am Leben bleiben und der Prinzessin helfen wollte. Er öffnete das Maul und stieß einen langen, stumpfsinnigen Laut aus.

»Muuuuuuuuuuuh!«, sagte er.

Die beiden Männer starrten ihn einen Moment an, dann brachen sie in lautes Gelächter aus.

»Oh ja, ein wahrer Intellektueller«, gluckste Kasim. »Ich glaub, über den brauchen wir uns wirklich keine Gedanken zu machen.« Er gab Max mit der flachen Seite seines Schwerts einen Klaps auf den Hintern. Der Büffelop senkte den Kopf und trottete in die andere Richtung des Stalls davon, wo die Männer das Tor angelehnt gelassen hatten. Er warf einen Blick zurück und sah, dass sie jetzt damit beschäftigt waren, die Rösser vor den Wagen zu spannen. Langsam bewegte er sich auf das Tor zu und spähte hinaus auf die gepflegten Rasenflächen hinter dem Palast. Das war die Gelegenheit, sagte er sich.

Und dann trat er hinaus in die Nacht.

Als Cornelius sich den mächtigen Holztoren der Stadt näherte, klang die Stimme eines Wächters auf der Mauer zu ihm herunter.

»Wer da? Freund oder Feind?«

»Freund!«, rief Cornelius, zügelte sein Pony und sah zur Brüstung hinauf. »Hauptmann Cornelius Drummel von den Rotmänteln.«

Es folgte ein langes Schweigen, und Cornelius fragte sich, ob es wirklich klug gewesen war, so einfach auf die Stadttore zuzureiten. Angenommen der König hätte Befehl erteilt, ihn auf der Stelle zu töten. Nein, überlegte er, es war wahrscheinlicher, dass der Hinterhalt heimlich geplant worden war. König Septimus würde sicher nicht wollen, dass sich herumspräche, er habe seinen neuesten Rekruten verraten.

Einen Moment später rief die Stimme zurück: »Tritt ein, Freund«, und die Türen öffneten sich knarrend. Cornelius drückte Phantom sanft die Fersen in die Flanken und das Pony trug ihn durch das Tor.

Ein stämmiger, rotgesichtiger Offizier stand am Eingang und lächelte ihn an. »Du warst spät unterwegs«, bemerkte er. »Alles in Ordnung?«

Cornelius nickte und deutete auf seine blutende Schulter. »Hatte eine kleine Keilerei mit ein paar Briganten«, sagte er. »Einer von ihnen wollte sich eine Scheibe von meiner Schulter abschneiden. Da kannte ich kein Pardon.«

Der Offizier grinste. »Hast wohl kurzen Prozess mit ihnen gemacht, was?« Er kicherte, dann machte er ein bestürztes Gesicht. »Oh, entschuldige, das sollte wirklich keine Anspielung sein.«

»Schon gut«, sagte Cornelius. Er wollte gerade noch etwas sagen, da unterbrach ihn das Geräusch eines quietschenden

Viehwagens, der, von zwei kräftigen Rössern gezogen, aus der Dunkelheit auftauchte. Auf dem Kutschbock saßen zwei schurkenhaft aussehende Männer. Als der Wagen näher kam, wedelte einer von ihnen, ein glatzköpfiger Grobian, mit einem Blatt Papier, auf dem das königliche Siegel prangte. Der Offizier nickte und winkte den Wagen durch, doch er starrte ihm mit verachtendem Blick hinterher.

»Heutzutage darf anscheinend jeder nach Keladon einreisen«, brummte er. »Das waren zwei Briganten, wenn ich mich nicht täusche.« Er gab den Männern, die sich um die Büffelops kümmerten, ein Zeichen. Die Männer drehten die Tiere, durch deren Zugkraft die Tore bewegt wurden, herum und ließen sie in die andere Richtung laufen. Die Tore schwangen wieder zu, und Cornelius konnte nur noch einen letzten Blick auf den Viehwagen erhaschen, der zügig in die Nacht hinausrumpelte.

»Wo wollen die bloß um diese Zeit noch hin?«, murmelte er.

»Was weiß ich«, sagte der Offizier. »Aber wir werden alle besser schlafen können, wenn sie weg sind.« Er deutete mit einem Kopfnicken auf Cornelius' blutende Schulter. »Du solltest besser ins Lazarettzelt gehen und dir deine Schulter verbinden lassen. Sieht böse aus.«

»Später«, sagte Cornelius. »Erst mal muss ich zu meinem Freund, Sebastian Dark.«

»Der Hofnarr?« Der Offizier verzog das Gesicht. »Der ist ein Freund von dir? Das würde ich aber an deiner Stelle niemandem auf die Nase binden.«

»Aber warum denn nicht?«

»Ach ja, du kannst das ja nicht wissen. Du bist ja weg gewesen.« Der Offizier kam näher heran und senkte die Stimme, als wollte er ihm ein Geheimnis anvertrauen. »Er hat doch

Prinzessin Kerin weggezaubert. Sie hat sich einfach in Luft aufgelöst! Niemand weiß, was aus ihr geworden ist.«

Cornelius funkelte den Mann wütend an. »Was faselst du da?«, fragte er unwirsch.

»Der Narr. Er ist eine Art dunkler Magier. Der König hat ihn in den Kerker werfen lassen. Er soll morgen früh hingerichtet werden.«

»Beim Barte des Shadlog! Ich hoffe, du willst mich nur zum Narren halten!«

»Nein, über so etwas würde ich keine Witze machen. Ich hab schon versucht, meine Schicht zu ändern. Hab seit Ewigkeiten keine gute Hinrichtung mehr gesehen.«

»Wo ist der Kerker?«, fragte Cornelius fordernd.

»Ich bringe Euch hin«, kam eine Stimme aus der Dunkelheit. Der Offizier stand augenblicklich stramm und salutierte. Cornelius drehte den Kopf und erkannte Hauptmann Tench, der mit ausdruckslosem Gesicht auf ihn zuritt. »Ich weiß, dass Ihr mit dem Narren befreundet seid, und nehme an, dass Ihr noch einmal mit ihm sprechen wollt, bevor wir uns morgen mit ihm … befassen.«

Cornelius musterte das hagere Gesicht des Mannes und glaubte keine Sekunde an seine Aufrichtigkeit. Doch er beschloss, das Spiel mitzuspielen. »Das ist sehr freundlich von Euch, Hauptmann«, sagte er.

»Keine Ursache. Ich wollte ohnehin gerade in die Richtung.« Er ritt weiter die Straße entlang, und Cornelius trieb Phantom sanft an, um ihn einzuholen. Eine Weile ritten die beiden Männer schweigend nebeneinanderher.

»Ihr seht aus, als hättet Ihr einige Kämpfe ausgefochten«, sagte Hauptmann Tench schließlich und sah von seinem Ross herab.

»Nichts, was nicht zu meistern gewesen wäre«, antwortete

Cornelius ruhig. »Nur eine Horde Feiglinge, die mir in einem Hinterhalt aufgelauert haben. Es sieht ganz so aus, als wollte mich jemand aus dem Weg räumen.«

»Tatsächlich?« Tench zog die Augenbrauen hoch. »Ich kann mir gar nicht vorstellen, warum.«

»Vielleicht ist hier ja eine Art Verrat im Gange«, schlug Cornelius vor.

»Verrat?«, murmelte Tench, als hätte er das Wort noch nie gehört. »Was meint Ihr damit?«

»Ich meine, vielleicht wollte irgendeine miese Ratte heimlich etwas erledigen. Und ich sollte ihm nicht in die Quere kommen.«

Tench gab keine Antwort, und so ritten sie schweigend weiter, bis sie den Schlosshof erreichten. Tench saß ab und band sein Ross an einem Geländer fest. Cornelius tat es ihm nach und strich Phantom zärtlich über die Nüstern.

»Ich bin gleich zurück«, flüsterte er. Dann wandte er sich zu Hauptmann Tench, der ihn über den gepflasterten Platz zum Haupteingang des Palastes führte. Zwei bewaffnete Wächter salutierten und öffneten das Tor. Cornelius und Tench traten ein und ihre Stiefel klackten auf dem glatten weißen Marmorboden.

»Ich habe den Eindruck, Ihr überschätzt Eure Fähigkeiten«, sagte Tench schließlich. »Wem könnte ein kleiner Kerl wie Ihr schon in die Quere kommen?« Er ging voran durch einen Torbogen und eine lange Treppe hinunter.

Cornelius ließ die Bemerkung an sich abprallen. »Vielleicht hat jemand gedacht, ich könnte versuchen, Sebastian zu helfen«, schlug er vor.

»Ihm helfen? Die Prinzessin verschwinden zu lassen, oder was?«

Cornelius lachte und schüttelte den Kopf. »Ich will Euch

eins sagen. Ich kenne Sebastian recht gut. Er hätte sicher keinen blassen Schimmer, wie man jemanden verschwinden lässt. Zumindest nicht durch Magie oder Hexerei.«

»Aber wir haben es doch alle gesehen!«, protestierte Tench. »Der ganze Hofstaat war dabei. Er hat sie in so ein Zauberkabinett gesperrt und dann hat sie sich in Luft aufgelöst. Und er hat es nicht geschafft, sie zurückzuholen.«

»Wenn das wirklich so gewesen ist, dann muss noch jemand anders seine Finger im Spiel gehabt haben«, sagte Cornelius. »Sebastian vergöttert die Prinzessin; er würde nie zulassen, dass ihr ein Unrecht geschieht.«

Sie waren inzwischen in einem langen Gang mit niedriger Decke angekommen. Tench ließ Cornelius vorgehen und deutete auf eine massive Holztür am Ende des Gangs.

»Das ist der Eingang zum Kerker«, sagte er. »Golon!«, brüllte er dann. »Öffne die Tür. Der Narr hat Besuch.«

Auf der anderen Seite der Tür waren schlurfende Schritte auf einer Steintreppe zu hören. Dann wurde ein riesiger Riegel zurückgeschoben und die Tür öffnete sich knarrend. Ein hässliches unrasiertes Gesicht starrte Cornelius an.

»Ist es nicht ein bisschen spät für Besucher?«, grummelte Golon ungehalten. Sein verschwommener Blick deutete darauf hin, dass er gerade aus dem Schlaf geholt worden war. Cornelius bemerkte einen säuerlichen Weingeruch in seinem Atem.

»Durchaus nicht«, sagte Hauptmann Tench, der noch immer hinter Cornelius stand. »Es ist nie zu spät für neue Gäste.« Und plötzlich zog er mit einem klirrenden Geräusch das Schwert aus der Scheide. Cornelius drehte sich gelassen um. Er war keineswegs überrascht von dieser Wende der Ereignisse. Er hatte sogar damit gerechnet. »Der Zwerg wird den Narren nicht besuchen, sondern seine Zelle mit ihm teilen«, sagte Tench. »Und morgen wird es eine Doppelhinrichtung geben.« Er musterte Cornelius für einen Moment. »Vielleicht müssen wir noch eine kleinere Axt organisieren.«

Cornelius starrte Tench voller Abscheu an. »Hab ich es mir doch gedacht«, sagte er. »Ihr habt von dem Hinterhalt gewusst. Wahrscheinlich habt Ihr ihn sogar selbst geplant.«

Tench zuckte die Achseln. »Ich habe nur getan, was mein König befohlen hat«, sagte er. »Also, würdest du nun brav diese Treppe hinuntergehen oder soll ich dir mit meinem Schwert auf die Sprünge helfen?«

Cornelius machte ein nachdenkliches Gesicht. »Lass mich mal sehen. Was wäre da wohl vorzuziehen?« Er überlegte einen Moment, dann weiteten sich seine Augen, als sei ihm gerade ein Gedanke gekommen. »Warte«, sagte er. »Ich habe noch eine bessere Idee.« Er zeigte auf Golon und dann auf Tench. »Wie wäre es, wenn wir die Treppe zusammen hinuntergehen? Alle drei.«

»Zusammen?«, knurrte Tench. »Wie stellst du dir das denn vor?«

»So«, sagte Cornelius. Und machte eine blitzschnelle Bewegung.

KAPITEL 23

Der Ausbruch

Sebastian war gerade dabei, in einen unruhigen Schlaf zu sinken, als ihn plötzlich ein furchterregendes Gepolter, vermischt mit erschrockenem Kreischen, aus seinem Dämmerzustand riss. Sofort sprang er von seiner Holzbank auf, um durch die Gitterstäbe der Zelle zu spähen. Auf das Gepolter folgte ein Rumpeln, Grunzen und Brüllen, als drei Männer die Steintreppe in den Kerker hinuntergepurzelt kamen. Sebastian erkannte Golon und zwei uniformierte Soldaten, von denen einer sehr klein war.

»Cornelius!«, rief er aus.

Doch der kleine Krieger war jetzt nicht in der Lage zu antworten. Er umklammerte das rechte Handgelenk des anderen Soldaten und versuchte, sich das Schwert vom Leib zu halten, das der Mann in seiner riesigen Faust hielt. Währenddessen kugelten die drei Gestalten in einem Knäuel von seltsam verrenkten Gliedmaßen die Treppe hinunter. Schließlich landeten sie mit einem dumpfen Aufprall auf dem harten Kerkerboden. Golon kam als Erster unten an, kopfüber, und stieß einen letzten gequälten Grunzer aus, als der große Soldat auf ihm landete und Cornelius schließlich auf beiden hocken blieb. Jetzt konnte Sebastian erkennen, dass der andere Soldat Hauptmann Tench war und dieser nichts anderes im Sinn hatte, als Cornelius zu töten.

Doch der Kampf währte nicht lange. Cornelius holte aus und versetzte Hauptmann Tench einen kräftigen Kinnhaken. Der Körper des Mannes wurde schlaff und sackte zurück auf den bewusstlosen Kerkermeister. Cornelius beugte sich hinunter, schnappte sich die Schlüssel von Golons Gürtel und eilte zu Sebastians Zelle hinüber.

»Also ehrlich«, sagte er. »Da lässt man dich einen Abend allein und schon passiert so was.«

»Die Prinzessin«, begann Sebastian. »Sie hat mir bei diesem Zaubertrick geholfen und ...«

»Weiß ich doch schon alles«, unterbrach ihn Cornelius. »Einer der Männer am Stadttor hat es mir erzählt.« Er nahm den Schlüsselbund und probierte einen Schlüssel nach dem anderen im Schloss der Zellentür. Er musste sich auf die Zehenspitzen stellen. »Sieht ganz so aus, als hätten wir mit unseren Bedenken über König Septimus recht gehabt«, sagte er.

»Du bist ja verletzt«, bemerkte Sebastian und starrte auf die blutverkrustete Schulter des kleinen Kriegers.

Cornelius nickte. »Der König hat einen kleinen Hinterhalt für mich organisiert«, sagte er. »Zwanzig Briganten gegen einen Golmirer.«

Sebastian lächelte. »Gleiche Chancen für alle also«, sagte er.

Cornelius nickte zufrieden. Er probierte einen weiteren Schlüssel und dieser ließ sich mit einem befriedigenden Klicken ins Schloss schieben. Cornelius drehte den Schlüssel herum und die gut geölte Tür schwang leise auf.

»Komm«, sagte er. »Wir müssen sehen, dass wir hier rauskommen, bevor jemand mitkriegt, was hier unten passiert
ist.«

»Und was ist mit Max? Sie wollen morgen einen Braten aus
ihm machen.«

»Wirklich?« Für einen Moment schien Cornelius recht angetan von der Idee. Dann schüttelte er sich. »Dann sollten wir
ihn wohl besser abholen. Wir gehen schnell bei den königlichen Stallungen vorbei und gucken mal, ob wir ihn finden
können.« Sie gingen auf die Treppe zu. Cornelius bückte sich,
nahm dem bewusstlosen Hauptmann Tench das Schwert aus
der Hand und reichte es Sebastian.

»Was ist mit der Prinzessin?«, fragte Sebastian düster.

»Was soll mit ihr sein?« Cornelius sah mit ausdruckslosem
Gesicht zu ihm auf.

»Na ja, sie ist entführt worden, oder etwa nicht? Wir müssen ihr helfen.«

Cornelius schüttelte den Kopf. »Ich würde sagen, im Moment sollten wir uns darauf konzentrieren, unsere eigene
Haut zu retten. Sie könnte überall sein.« Er fixierte Sebastian
mit einem ernsten Blick. »Sie könnte auch tot sein.«

Sebastian starrte ihn entsetzt an. Dieser Gedanken war ihm
noch gar nicht gekommen. Er wollte noch etwas erwidern,
doch Cornelius lief schon die Stufen hinauf, und Sebastian
blieb nichts anderes übrig, als ihm zu folgen. Als sie die offene
Tür am Ende der Treppe erreichten, kam plötzlich ein Soldat
mit einem Tablett um die Ecke. Wahrscheinlich brachte er
Golon das Abendessen. Er sah die beiden Männer auf sich
zukommen und blieb wie angewurzelt stehen. Doch Cornelius zögerte keine Sekunde. Er rannte los und warf sich gegen
die Beine des Soldaten, sodass dieser das Gleichgewicht verlor. Sebastian, der Cornelius dicht gefolgt war, packte den

Mann bei den Schultern und riss ihn zu Boden, während er selbst zwischen seinen Beinen hindurchschlüpfte. Der Mann, der immer noch das Tablett mit dem Abendessen hielt, fiel über Sebastians Rücken und purzelte die Stufen hinunter, um sich zu den zwei bewusstlosen Männern auf dem Kerkerboden zu gesellen. In einem Regen von zerbrochenem Geschirr landete er auf den Steinplatten und rührte sich nicht mehr.

Cornelius eilte voran, aus dem Kerker und durch den Gang in den Palast. Er hatte sein Schwert gezückt, falls sich ihnen irgendjemand in den Weg stellen würde. Aber es war schon spät und es schien niemand in der Nähe zu sein. Erst als sie schon den Eingangssaal des Palastes erreicht hatten, fielen Cornelius die schwer bewaffneten Wachsoldaten ein, die auf der anderen Seite des Hauptportals standen.

»Dort draußen stehen zwei Soldaten«, warnte er Sebastian. »Knöpf du dir den Mann auf der linken Seite vor, ich nehm den auf der rechten.«

Sie gingen auf die Tür zu. Sebastian legte eine Hand auf die Klinke und wollte gerade die Tür aufreißen, da ließ ihn eine vertraute Stimme innehalten. Er warf Cornelius einen überraschten Blick zu.

»Das klingt wie Max«, flüsterte er.

Sie lauschten angestrengt. Die Worte drangen gedämpft durch das massive Holz.

»… wenn ich es Euch doch sage, Ihr müsst mich reinlassen. Es geht um eine äußerst wichtige Angelegenheit.«

»Einen Büffelop in den Palast lassen?«, rief einer der Wachsoldaten. »Der König würde Hackfleisch aus uns machen.«

»Nicht wenn er hört, was ich ihm zu sagen habe. Es geht um die Prinzessin.«

»Los, hau ab, bevor ich dir einen Speer zwischen die Rippen jage!«, knurrte der zweite Wachsoldat. »Wir lassen uns doch von einem dreckigen Lasttier nicht herumkommandieren.«

»Ihr braucht mich gar nicht so anzupflaumen. Ich lasse mich nicht abwimmeln!«

Sebastian und Cornelius sahen sich an. Cornelius nickte und begann zu zählen.

»Eins … zwei … *drei*!«

Sebastian riss die Tür auf, und beide stürmten so schnell heraus, dass sie die Wächter überrumpelten und zu Boden schlugen, bevor diese auch nur eine Chance hatten zu reagieren. Max stand mit offenem Maul da und starrte verblüfft auf die zwei bewusstlosen Männer.

»Also wirklich!«, beschwerte er sich. »Okay, sie waren ziemlich unhöflich, aber habt ihr da nicht ein bisschen überreagiert?«

»Vergiss es einfach«, sagte Cornelius. »Hier, Sebastian, schnapp dir ihre Waffen. Wir werden vielleicht mehr brauchen als ein Schwert pro Mann.«

Sebastian ging in die Hocke und nahm sich Schwert und Scheide des einen Soldaten. »Was war denn das für eine wichtige Nachricht, die du überbringen wolltest?«, fragte er Max, während er sich den Gürtel umschnallte.

»Prinzessin Kerin«, sagte Max. »Sie ist entführt worden.«

»Das hätte ich dir auch sagen können«, gab Sebastian zurück.

»Ja, aber ich habe gerade noch mit ihr gesprochen.«

»Was?« Sebastian sah Max ungläubig an.

»Es ist wahr, ich schwöre es! Ich habe mit ihr gesprochen. Sie war in einem Viehwagen eingesperrt.«

»Max, bist du da sicher?«

»Natürlich bin ich sicher. Sie soll nach Brigandia gebracht und als Sklavin verkauft werden.«

Da erinnerte sich Cornelius an etwas. »Bei Shadlogs Zähnen!«, sagte er. »So ein Wagen ist mir entgegengekommen, als ich durchs Stadttor ritt! Die zwei Männer auf dem Kutschbock sahen aus wie Briganten – das hat der Wachposten auch gesagt. Aber sie hatten einen Passierschein mit königlichem Siegel.«

»Ein Beweis mehr, dass es sich um Verrat handelt«, rief Sebastian. »Cornelius, wir müssen ihnen folgen.«

Cornelius sah Sebastian nachdenklich an, als müsste er sich das erst einmal durch den Kopf gehen lassen. Dann zuckte er die Achseln. »Da hast du wohl recht«, gab er zu. »Auch wenn ich das Gefühl nicht loswerde, dass wir besser daran täten, uns einfach aus dem Staub zu machen.« Er seufzte. »Sie haben einen kleinen Vorsprung, aber es sollte nicht allzu schwer sein, sie in der Prärie einzuholen und mit ihnen fertig zu werden. Er überlegte einen Augenblick, dann schien er eine Entscheidung getroffen zu haben. »Na, dann kommt, wir sollten uns ranhalten.« Er lief zum Rande des Schlosshofs hinüber, wo Phantom auf ihn wartete, und schwang sich in den Sattel. Er deutete auf das Ross des Hauptmanns.

»Ich nehme an, du kannst reiten?«, fragte er Sebastian.

»Kein Problem.« Sebastian ging auf das Reittier des Hauptmanns zu. Er war seit Ewigkeiten nicht mehr geritten, aber er würde schon zurechtkommen. Er zog seinen schlaksigen Körper in den Sattel und klopfte dem Ross aufmunternd den Hals. »Wir sollten trotzdem noch mal in den Stallungen vorbeischauen. Wir müssen noch etwas Wasser mitnehmen – und da sind noch ein paar andere Sachen, die ich aus meinem Wagen holen muss.«

»Na gut, aber wir sollten uns beeilen«, warnte ihn Cornelius. »Es wird nicht mehr lange dauern, bis jemand Alarm schlägt.«

»Wie wollen wir eigentlich an den Wachen am Stadttor vorbeikommen?«, fragte Sebastian.

»Gute Frage. Das habe ich auch noch nicht ganz raus. Reinzukommen war kein Problem, aber sobald sie dich sehen, werden wir uns den Weg durch das Tor wohl erkämpfen müssen.«

Max schüttelte den Kopf. »Es sind zu viele Wachen«, sagte er. »Da hättet ihr keine Chance. Nein, geht ihr mal in den Stall und holt den Proviant. Das Stadttor überlasst nur mir. Gebt mir einfach ein paar Minuten mit den Büffelops, die diesen Mechanismus bedienen. Aber wenn ihr dann kommt, kommt schnell.«

Sebastian und Cornelius sahen sich zweifelnd an, aber Max trottete bereits die Straße zum Stadttor hinunter.

»He, was hast du denn vor?«, zischte Sebastian, aber Max dachte nicht daran, stehen zu bleiben, und wenige Augenblicke später war er außer Hörweite.

»Was soll man davon halten?«, fragte Sebastian.

»Ich weiß auch nicht«, gab Cornelius zu. Er hob ein Schwert und schwang es ein paar Mal über seinem Kopf, sodass die messerscharfe Klinge fauchend durch die Luft fuhr. »Was auch immer passieren wird, wir sollten uns auf das Schlimmste gefasst machen«, sagte er. »Komm!«

Und die beiden galoppierten in Richtung der königlichen Stallungen davon.

Max bog um die Kurve am Ende der Straße und sah die wuchtigen Holztore vor sich. Zu beiden Seiten waren Wachen postiert, aber Max bemerkte erleichtert, dass sie alle zu schlafen schienen.

Er sah die zwei kräftigen Büffelops an ihrem Platz stehen, eingeschirrt in der großen Holzapparatur, mit der die Tore bewegt wurden. Eine Woge des Mitleids überkam ihn. Die beiden kannten vermutlich gar nichts anderes, als hier festgekettet zu sein. Als er zum ersten Mal durch dieses Tor gekommen war, hatte Max sie in der Menschensprache angesprochen, und sie hatten ihn vollkommen ignoriert. Erst später war ihm in den Sinn gekommen, dass sie vielleicht reagiert hätten, wenn er Büffelop gesprochen hätte. Schließlich waren es Arbeitssklaven und wahrscheinlich nicht gerade die hellsten Köpfe. Es war Jahre her, dass Max etwas in der Büffelopsprache gesagt hatte, aber er würde sich schon verständlich machen können. Das hoffte er zumindest. Denn er hatte einen Plan …

Er fiel in einen langsamen Schritt. Während er sich vorsichtig den beiden Büffelops näherte, bemerkte er aus den Augenwinkeln, dass ihr Wärter ein paar Meter entfernt auf einer Decke lag und schlief. Die Büffelops dösten im Stehen, aber sie öffneten beide die Augen, als Max auf sie zukam.

Max begann die Unterhaltung mit einem schnaubenden Grunzen, was in der Büffelopsprache so viel bedeutete wie *Seid gegrüßt, Brüder.*

»Hallo«, sagte der erste widerwillig, während sein Kamerad nur ein Grunzen von sich gab.

»Ich bringe euch frohe Kunde«, sagte Max.

»Oh ja«, sagte der erste Büffelop. »Sag bloß, wir bekommen einen Tag frei und müssen mal nicht diese verdammten Tore bedienen?«

»Ähm … nein, das ist es nicht. Ich bringe euch eine Botschaft vom großen Gott Colin.«

Da leuchteten ihre Augen auf. Nun hatte er ihre volle Aufmerksamkeit. Er hatte alles auf eine Karte gesetzt und gehofft, dass die beiden Anhänger des Büffelopgottes sein würden, und es hatte sich tatsächlich ausgezahlt.

»Was sagt Colin?«, fragte der zweite Büffelop gespannt.

»Er will, dass alle seine Anhänger sich gegen die Menschheit auflehnen«, sagte Max.

»Was?«

Der erste Büffelop machte ein verblüfftes Gesicht. »Und wie genau sollen wir das zustande bringen?«

»Indem ihr immer genau das Gegenteil von dem macht, was man euch befiehlt«, sagte Max.

Die zwei Büffelops tauschten verwirrte Blicke.

»Und warum will er, dass wir das tun?«, fragte der erste Büffelop.

»Es ist eine Prüfung. Er will eure Entschlossenheit testen. Er sagt, dass nur Büffelops, die ihm bedingungslos gehorchen, zu ihm ins Büffelopparadies kommen werden – in die Ewigen Weidegründe.«

»Und du bist sicher, dass diese Botschaft von Colin stammt?«

»Absolut. Er ist mir in einer Vision erschienen, und er hat gesagt: ›Max, du sollst mein Wort in die Welt tragen.‹ Und hier bin ich.«

»Wie sieht er aus?«, fragte der zweite Büffelop.

»Oh, wirklich ziemlich hoheitsvoll. Große, geschwungene Hörner. Sehr schöne Gesichtszüge. Man sieht, dass er von tadelloser Abstammung ist.« Max warf einen nervösen Blick über die Schulter, aber von seinen Freunden war noch nichts zu sehen. »Und überall um ihn herum schimmerte dieses seltsame Licht. Und in seiner Nase ...«

»... hing ein Eisenring, unsere Welt.« Der erste Büffelop seufzte. »Potz Blitz, ich wünschte, ich hätte ihn auch sehen können.«

»Oh, das wirst du! Sobald die Menschheit gestürzt ist, wird er sich uns allen offenbaren.«

»Wirklich?« Der zweite Büffelop war ganz aufgeregt. »Ich kann es kaum erwarten.«

»Ja, nun, wie wäre es mit einer kleinen Übung?«, schlug Max vor.

»Ähm … okay«, sagte der zweite Büffelop.

»Gut, stellt euch vor, ich bin euer Wärter. Ich erteile euch einen Befehl und …«

»… wir tun genau das Gegenteil«, sagte der zweite Büffelop. »Ja, ich glaube, das kriegen wir hin.«

Max blickte noch einmal über seine Schulter und sah mit Schrecken, dass am oberen Ende der Straße soeben zwei Reiter aufgetaucht waren.

»Okay, zunächst einmal sollt ihr euch vergewissern, dass die Tore ordentlich geschlossen sind«, sagte er.

»Was bedeutet …«, begann der erste Büffelop.

»… dass sie offen sein sollen!«, beendete sein Kamerad den Satz.

Pflichtbewusst begannen die beiden Büffelops, linksherum zu gehen, womit sie die riesigen hölzernen Zahnräder in Bewegung setzten. Die Tore begannen, sich quietschend zu öffnen.

Das Geräusch schreckte den Tierwärter aus dem Schlaf. Für einen Moment starrte er die beiden Büffelops verdutzt an, dann warf er Max einen misstrauischen Blick zu. Er hob den Kopf, sah zu den Toren hinüber und wurde schlagartig hellwach.

»Hört sofort auf damit!«, schrie er die Büffelops an. Doch diese wechselten nur einen Blick und ließen sich nicht beirren. Die Tore schwangen weiter auf.

»Ihr dämlichen Viecher«, knurrte der Wärter. Er stand auf, zog die lederne Peitsche aus seinem Gürtel und begann, den Büffelops damit über den Rücken zu schlagen. Die Tiere zuckten zusammen, doch sie blieben nicht stehen und öffneten die Tore immer weiter. »Hört sofort auf!«, brüllte der Wärter. »Macht die Tore zu!«

Max verzog das Gesicht. Er hatte ein furchtbar schlechtes Gewissen, die Büffelops leiden zu sehen, aber dies war nun mal eine Ausnahmesituation. Er senkte den Kopf und scharrte mit den Hufen. Der Wärter hielt inne und musterte Max misstrauisch.

»Was machst du denn da?«, fuhr er ihn an.

»Ich bereite mich darauf vor, einen alten Tyrannen auf die Hörner zu nehmen!«, sagte Max in der Menschensprache. Und damit preschte er vor und tauchte mit einem Horn zwischen den Beinen des Mannes hindurch. Dann hob er ruckartig den Kopf und der erschrockene Tierwärter flog mit lautem Gebrüll durch die Luft. Er landete hart auf einem Stapel von Fässern, brach durch eines hindurch und blieb bewusstlos in den Trümmern liegen. Der Lärm des Aufpralls hatte einige der anderen Wachsoldaten geweckt. Schnell rappelten sie sich auf und starrten ungläubig auf die sich immer weiter öffnenden Stadttore.

»Was zum …? Schließt die Tore!«, brüllte der rotgesichtige Offizier, der Cornelius zuvor hereingelassen hatte. Doch die Büffelops verdoppelten ihre Anstrengungen und die Tore schwangen noch weiter auf. Der Offizier wollte noch etwas brüllen, doch da bemerkte er plötzlich lautes Hufgetrappel hinter sich. Als er sich umdrehte, sah er zwei Rösser auf sich zugaloppieren, das eine groß und majestätisch, das andere winzig, aber schnell wie der Blitz. Der Offizier tastete nach seinem Schwert, doch da waren sie schon an ihm vorbeigeritten, in Windeseile in die Nacht hinaus.

»Wachen!«, schrie er. »Holt die Rösser aus dem Stall! Wir müssen diesen Männern folgen.«

»Jetzt will Colin, dass ihr die Tore schließt«, sagte Max zu den Büffelops, und dann galoppierte er seinen Freunden hinterher.

Die beiden Büffelops blieben gehorsam stehen, drehten sich in ihrem Geschirr herum und begannen, die Apparatur in die entgegengesetzte Richtung zu bewegen. Die Tore schlossen sich wieder. Max schaffte es gerade noch, durch den schmaler werdenden Spalt zwischen den beiden Türen zu schlüpfen.

»Nein!«, brüllte der Offizier. »Öffnet die Tore! Wir müssen ihnen folgen! Öffnet diese verfluchten Tore!«

Doch die Büffelops erhöhten ihre Geschwindigkeit nur noch. Der Offizier rannte herbei und versuchte verzweifelt, die Tiere zum Stehen zu bringen, doch ohne Erfolg. »Helft mir«, brüllte er. Die anderen Soldaten eilten herbei, um ihn zu unterstützen, doch gegen die Kraft zweier ausgewachsener Büffelops konnten sie nichts ausrichten. Mit einem gewaltigen Rums schlugen die Tore zu und sie waren alle in den Stadtmauern gefangen.

Sebastian, Cornelius und Max galoppierten durch die Prärie und folgten den Wagenspuren in Richtung Brigandia. Cornelius drehte sich noch einmal in seinem Sattel um und blickte zurück zum Palast.

»Es scheint uns niemand zu folgen!«, rief er. »Es sieht sogar so aus, als hätten sie die Stadttore wieder geschlossen.«

Sebastian warf einen Blick zu Max, der mit einem selbstzufriedenen Grinsen auf dem Gesicht neben ihm lief. »Wie hast du das denn geschafft?«, fragte er beeindruckt.

Max sah zu ihm auf. »Man sollte nie die Macht der Religion unterschätzen«, bemerkte er geheimnisvoll. Und das war alles, was er dazu sagen wollte.

TEIL 3

KAPITEL 24

In Gefangenschaft

Die drei Freunde standen im Licht der aufgehenden Morgensonne auf einem Bergrücken und blickten niedergeschlagen ins Tal hinunter. Dort in der staubigen Ebene lag die weitläufige Metropole Brigandia, die aus der Ferne wie eine kleine Modellstadt aussah. Dieser gesetzlose Ort war von keiner Mauer umgeben, denn nur die Kühnsten und Verwegensten würden sich in dieses Labyrinth von engen Gassen wagen. Während sie dort standen und auf die Stadt hinunterblickten, raste ein winziger Viehwagen mit einer großen Staubwolke durch den steinernen Torbogen, der das Hauptportal der Stadt darstellte.

»Ich glaub es einfach nicht«, sagte Cornelius ärgerlich. »Sie hatten doch nur einen kleinen Vorsprung. Eigentlich hätten wir sie noch vor Tagesanbruch einholen müssen.«

»Das ist alles meine Schuld«, sagte Max trübsinnig. »Ich bin nicht mehr so jung, wie ich einmal war. Ich konnte dieses Tempo nicht die ganze Nacht durchhalten. Ich hab euch doch gesagt, ihr sollt ohne mich weiterreiten!«

238

»Es ist genauso unsere Schuld«, sagte Sebastian. »Zu dumm, dass wir keine Karte von dieser Gegend haben.«

»Wer braucht schon eine Karte?«, grummelte Cornelius. »Für so etwas hatte ich noch nie Verwendung. Ich folge einfach meinem Instinkt.«

»Na gut, aber du musst zugeben, dass wir uns vorhin ganz schön verirrt haben. Ich bin immer noch der Meinung, wir hätten bei diesem Baumstumpf links abbiegen müssen. Aber du hast ja darauf bestanden, dass wir den rechten Weg nehmen …«

Cornelius seufzte und schüttelte den Kopf. »Ist doch jetzt egal, wie es dazu gekommen ist. Jedenfalls wird die ganze Rettungsaktion nun um einiges schwieriger«, sagte er. »Ein paar Briganten irgendwo in der Walachei zu bekämpfen, ist eine Sache. In ihre Stadt zu spazieren und es mit der gesamten Bevölkerung aufzunehmen aber, ist etwas ganz anderes.«

»Wir werden Prinzessin Kerin nicht im Stich lassen«, warnte ihn Sebastian.

»Das habe ich auch nicht gesagt! Aber es wird einiger Planung bedürfen, so viel ist sicher.« Cornelius wandte sich ab und setzte sich auf einen Fels in der Nähe. »Ich nehme an, du hast nicht daran gedacht, etwas Proviant mitzunehmen, bevor wir die königlichen Stallungen verließen?«, fragte er. »Ich hab einen Bärenhunger!«

Sebastian ging zu Hauptmann Tenchs Ross hinüber und band einen großen Wassersack vom Sattel. »Nur Wasser«, sagte er. »Tut mir leid.« Er ging zu Cornelius hinüber und reichte ihm den Wassersack.

»Und was hast du dann noch da drin?«, fragte Cornelius und deutete auf die prall gefüllten Satteltaschen. »Du hast ja lang genug in deinem Wagen herumgekramt, bevor wir gingen. Ich hab gedacht, du packst Proviant zusammen.«

»Ich hab noch ein paar Dinge mitgenommen, die sich vielleicht als nützlich erweisen könnten«, sagte Sebastian geheimnisvoll. »Dinge, die meinem Vater gehörten.«

»Was für Dinge?«, fragte Max misstrauisch.

»Donnerstäbe.«

Max sah ihn beunruhigt an. »Oh nein, nicht die Donnerstäbe«, sagte er. »Mir war ja schon nicht wohl dabei, als du sie im Wagen mitgenommen hast, und jetzt steckst du sie auch noch in die Satteltaschen.«

»Was in Shadlogs Namen sind Donnerstäbe?«, wollte Cornelius wissen.

»Das sind diese Dinger, die mein Vater von seiner Reise ins Kanderban-Gebirge mitgebracht hat«, erklärte Sebastian. »Man zündet sie mit einer Zunderbüchse an einem Ende an und nach ein paar Sekunden gehen sie mit einem lauten Knall in die Luft! Die Eingeborenen von Kanderban benutzen sie bei ihren Festen. Mein Vater hatte eigentlich vor, sie in seine Vorstellung einzubauen, aber als er einen ausprobierte, war die Explosion viel zu gewaltig …«

»Hat mitten auf dem Feld einen riesigen Krater in den Boden gerissen«, sagte Max. »Ich hab meinem jungen Herrn geraten, diese gefährlichen Dinger zu beseitigen, bevor noch ein furchtbarer Unfall passiert. Aber auf mich hört ja nie jemand.«

Cornelius zog die Stirn in Falten. »Ich könnte mir denken, dass sie uns tatsächlich noch nützlich werden könnten«, gab er zu. »Vielleicht eignen sie sich für ein Ablenkungsmanöver. Aber vielleicht kommt es ja auch gar nicht so weit. So wie ich die Lage einschätze, hält uns eigentlich nichts davon ab, geradewegs in die Stadt zu reiten. Und warum sollten wir nicht zu dieser Auktion gehen und für die Prinzessin bieten – es ist sicher eine öffentliche Veranstaltung.«

»Du meinst also«, murmelte Sebastian, »wir können sie einfach zurückersteigern?«

»Nun ja, wir können zumindest mitbieten. Ich weiß ja nicht, wie es mit dir ist, aber ich habe nur ein paar Kronen in der Tasche.« Er schüttelte betrübt den Kopf. »Es ist zum Verrücktwerden! In der Scheune, in der ich überfallen wurde, lag ein ganzer Stoß Goldmünzen. Wenn ich bloß daran gedacht hätte, sie nach dem Kampf mitgehen zu lassen, dann hätten wir jetzt wahrscheinlich genug Geld, um die Prinzessin zu kaufen.«

»Tja, ich habe auch nichts«, sagte Sebastian. »Zu dumm, dass König Septimus mich nicht im Voraus bezahlt hat.«

Dann sahen sie beide zu Max hinüber.

»Na, ich hab natürlich auch nichts!«, sagte dieser. »Ich bin ein Büffelop.«

»Dann müssen wir also einen anderen Weg finden«, sagte Cornelius. »Es sollte kein Problem sein, die Prinzessin zu befreien, aber unversehrt wieder aus der Stadt zu kommen – das dürfte schon schwieriger sein. Wir würden wahrscheinlich ganz Brigandia auf den Fersen haben.« Die Vorstellung schien ihm fast zu gefallen. Er hob den Wassersack an den Mund, nahm einen großen Schluck und reichte ihn an Sebastian weiter. »Ich schlage vor, wir gehen mal runter und sehen uns ein bisschen um«, sagte er. »Wir müssen erst mal die Lage peilen. Ich nehme an, die Briganten halten nicht jeden Tag Sklavenauktionen ab. Wir müssen herausfinden, wann und wo sie stattfinden.«

Sebastian nickte. Er nahm ebenfalls einen großen Schluck Wasser. »Hoffentlich geht es ihr gut«, sagte er.

»Och, ich habe gesehen, wie sie Lupos in die Flucht geschlagen hat«, erinnerte ihn Cornelius. »Sie wird schon zurechtkommen, bis wir da sind. Komm, wir sollten uns jetzt wirklich auf die Socken machen.«

Sie gingen zurück zu ihren Rössern und schwangen sich in die Sättel. Dann folgten sie dem Weg nach Brigandia. Max blieb noch einen Augenblick auf der Bergkuppe stehen und sah trübsinnig auf die Stadt hinunter, deren schlechten Ruf er nur allzu gut kannte.

»Brigandia«, murmelte er. »Stadt der Diebe.« Er seufzte. »Und dabei lief doch alles so *gut*!«

Er zuckte mit den kräftigen Schultern, wandte sich ab und folgte den zwei Rössern den Hang hinunter.

Prinzessin Kerin spähte durch das Astloch. Während der Wagen durch die engen Straßen ratterte, sah sie eine schnelle Abfolge von Bildern vorbeiziehen. Sie sah Gruppen von verlotterten, zerlumpten Menschen, die dem Wagen misstrauisch hinterherblickten und sich in der Nähe von Straßenbuden herumtrieben, die Speisen und selbst gemachte Weine verkauften. Sie sah hohe, weiß getünchte Häuser, aus deren Fenstern Decken und Teppiche hingen; und seltsame Tiere mit einem Höcker und langem Hals, die Kornsäcke schleppten.

Hier saß ein Straßenzauberer, der ein kleines Kind auf ein Seil schickte, das endlos in den Himmel zu führen schien. Dort drüben kauerten Bettler in den Hauseingängen und streckten die Hände aus, um ein paar Münzen zu erbitten. Da waren bewaffnete Krieger, die betrunken durch die Straßen torkelten, und große Banden von Kindern, die rufend und kreischend einem Ball hinterherrannten. Sie sah Diener, die einen prunkvollen Samtstuhl trugen, auf dem ein reicher Händler und seine Frau thronten; und ein riesiges graues Tier mit großen Flatterohren und einer seltsamen lang gezogenen Schnauze. Und schließlich fiel ihr noch ein Schild auf, nicht mehr als ein altes Holzbrett, auf das in un-

gelenken Buchstaben die Worte ZU DEN AUKTIONEN
gemalt waren.

Prinzessin Kerin wandte sich ab und bemerkte, dass der
Wagen langsamer wurde. Als er zum Stehen kam, hörte sie
draußen die johlenden Stimmen mehrerer Männer. Dann
wurde rasselnd eine Kette losgebunden, und die Wagentüren
sprangen auf, sodass blendendes Sonnenlicht hereinflutete.
Der Mann, der Kasim hieß, grinste sie an. Hinter ihm stand
ein kleiner drahtiger Mann mit ungepflegtem Bart.

»Wir haben unser Reiseziel erreicht, Eure Hoheit«, sagte
Kasim mit einer spöttischen Verbeugung. »Und jetzt beweg
deinen königlichen Hintern und komm raus.«

»Das werde ich nicht tun«, erklärte Prinzessin Kerin.

»Dann erlaubt mir, Euch zu helfen«, sagte Kasim. Er sprang
auf sie zu, packte ein Büschel ihrer Haare, zog die schreiende
und um sich schlagende Prinzessin aus dem Wagen und ließ
sie in den Dreck fallen. Sie saß da und starrte ihn sprachlos
an.

»Vergiss dein privilegiertes Leben«, sagte er zu ihr. »Hier
hast du keine Sonderrechte. Entweder du tust, was man dir
sagt, oder du bekommst einen Tritt in den Hintern.« Er wech-
selte einen Blick mit dem drahtigen Mann. »Bring sie in den
Wartestall«, sagte er. »Und pass auf, dass du sie nicht zu übel
zurichtest. Ich will nicht, dass sie morgen bei der Auktion lauter blaue Flecke hat.«

»Ja, Master Kasim.« Der kleine Mann packte sie am Arm
und zerrte sie auf die Füße. Kasim wandte sich ab und brüllte
ein paar anderen Männern Befehle zu.

Prinzessin Kerin sah sich schnell um. Sie waren auf einem
weitläufigen, offenen Marktplatz, dessen eine Seite von einer
hohen Holztribüne beherrscht wurde, zu der ein paar Stufen
hinaufführten. Vor ihnen befand sich ein niedriges Steinge-

bäude mit einer Eisentür. Als sie näher kamen, rief der drahtige Mann etwas, und die Tür wurde von drinnen entriegelt. Ein brutal aussehender Wächter in einem Kettenhemd trat zur Seite, um sie eine steile Treppe hinuntersteigen zu lassen. Dann stieß er die schwere Tür hinter ihnen zu und schob den Riegel vor.

Prinzessin Kerin wurde in einen dunklen, stickigen Kellerraum geführt, der nur von ein paar Öllampen erleuchtet wurde. Im schwachen Schein dieser Lampen konnte sie zwei große Metallkäfige erkennen, in denen Menschen eingesperrt waren. In dem einen Käfig saßen Männer, in dem anderen Frauen, doch alle Gefangenen sahen gleichermaßen zerlumpt, niedergeschlagen und verängstigt aus.

Der Wärter ging hinüber zum Frauenkäfig, holte einen Schlüsselbund hervor und schloss die Tür auf. In seiner freien Hand hielt er einen schweren Knüppel, bereit, auf jeden einzuschlagen, der versuchen sollte zu fliehen. Doch niemand wagte es. Stattdessen wichen sie zurück, als wären sie es schon gewohnt, geschlagen zu werden.

»Ich hab eine neue Zellengenossin für euch«, verkündete der drahtige Mann. »Sie ist ganz in Ordnung, aber vollkommen verrückt.«

»Hört nicht auf ihn!«, rief Prinzessin Kerin. »Ich bin Prinzessin Kerin von Keladon, die Nichte von König Septimus. Man hat mich gegen meinen Willen entführt. Ich befehle euch allen, euch aufzulehnen und mir zu helfen.«

»Na, seht ihr, was ich meine?«, sagte der drahtige Mann. »Vollkommen durchgeknallt.« Er gab der Prinzessin einen unsanften Schub in den Rücken und stieß sie mit solcher Wucht in die Zelle, dass sie stolperte und kopfüber hinfiel. Die anderen Gefangenen lachten. »Einen schönen Abend noch, *Eure Majestät*«, sagte der drahtige Mann und neigte seinen hageren Körper in einer spöttischen Verbeugung. »Ich bin sicher, die Unterkunft wird Eure Zustimmung finden.«

»Wie kannst du es wagen!«, kreischte die Prinzessin. Sie rappelte sich auf und rüttelte an den Gitterstäben. »Du Schuft, dafür wirst du büßen! Niemand tut mir Gewalt an und kommt ungestraft davon!« Doch der Wärter ließ den Mann bereits durch die Tür und schloss sie hinter ihm. »Komm zurück!«, schrie sie. »Du kannst mich nicht hier drinnen lassen!« Sie drehte sich zu den anderen Frauen um, die so viel Abstand von ihr hielten, wie es in dem kleinen Käfig möglich war. »Ich... ich weiß, es hört sich an, als wäre ich verrückt«, sagte sie zu ihnen, »aber es ist die Wahrheit. Ich bin wirklich eine Prinzessin!«

»Ja, Süße«, sagte eine Frau mittleren Alters mit strähnigem grauem Haar. »Und ich bin in Wirklichkeit eine Schauspielerin – ich habe nur gerade Pause!«

Diese Bemerkung löste erneut Gelächter unter den Gefangenen aus.

»Ihr müsst mir glauben«, flehte Prinzessin Kerin. »Irgendjemand von euch war doch sicher schon mal in Keladon. Vielleicht hat er mich da in der Nähe des königlichen Palasts gesehen.«

»Ich war in Keladon«, sagte eine zerlumpt aussehende kleine Frau, »und ich habe die Prinzessin dort schon ein paar Mal gesehen.«

»Ja? Und...?«

»Sie sah kein bisschen so aus wie du. Es war ein hübsches Mädchen in einem roten Samtkleid, das wunderschönen Schmuck trug.«

»Aber, das... Du musst dir mich nur in diesen Kleidern vorstellen und dann...« Die Prinzessin verstummte. Alle sahen sie an, und das Einzige, was sie in ihren Augen erkennen konnte, war Mitleid – nicht etwa, weil sie eine Prinzessin war, die man um ihr Geburtsrecht betrogen hatte, sondern weil sie ganz eindeutig verrückt geworden war und ihr nicht mehr zu helfen war. Sie wandte sie ab, ging in eine Ecke des Käfigs und sank auf die Knie. Dann vergrub sie ihr Gesicht in den Händen und begann zu weinen.

KAPITEL 25

In Brigandia

Als Sebastian, Cornelius und Max langsam durch die Stra-ßen von Brigandia zogen, merkten sie bald, dass sie aus jedem Fenster und jedem Hauseingang Augen anstarrten.

Es war ein zutiefst beunruhigendes Gefühl, da keiner der Bewohner ein freundliches Verhalten an den Tag legte. Die Briganten sahen die Besucher mit unverhohlenem Misstrauen an, weil sie Fremde waren. In dieser Stadt musste man ein bekanntes Gesicht haben oder man wurde sofort als potenzieller Feind eingestuft. Und es waren nicht nur ein paar Leute. Alle starrten sie an, von den verlotterten Barbaren, die durch die Gegend streiften, bis zu den Frauen, die in dem öffentlichen Wassertrog ihre Kleider wuschen, und den Banden von verwahrlosten Kindern, die in den Gassen Fangen spielten.

Sebastian hatte sich noch nie in seinem Leben so verletzlich gefühlt. Er warf einen Blick zu Cornelius hinunter, der auf Phantom neben ihm ritt. »Also, ich könnte mir einen freundlicheren Empfang vorstellen«, brachte er zwischen zusammengebissenen Zähnen hervor.

»Beachte sie einfach nicht«, riet ihm Cornelius. Guck einfach immer geradeaus. Schau dich nie um, sonst denken sie, du hast Angst vor ihnen.«

»Wir *haben* ja auch Angst vor ihnen«, sagte Max. »Einige von denen sehen aus, als würden sie dich am liebsten gleich zerstückeln und einfach zum Spaß über dem Feuer brutzeln lassen.«

Cornelius schnaubte verächtlich. »Vergiss nicht, das sind nur Briganten und wir sind Gentlemen. Wir sind ihnen standesmäßig haushoch überlegen.«

»Prima, daran werde ich denken, wenn sie versuchen, mir ein Schwert zwischen die Rippen zu jagen«, sagte Sebastian mürrisch. Aber er konnte sich wohl kaum erlauben zu klagen. Schließlich war er derjenige gewesen, der darauf bestanden hatte, diese Rettungsaktion zu starten. Er hoffte nur, dass es nicht schon zu spät war. Wenn die Sklavenauktionen schon an diesem Morgen stattgefunden hatten, könnte Prinzessin Kerin bereits auf dem Weg zu ihrem Arbeitsplatz sein, und es würde nahezu unmöglich werden, sie je zu finden.

Die drei Freunde bogen um eine Ecke und fanden sich auf einem großen, offenen Platz wieder. An einem Ende dieses Platzes befand sich eine erhöhte Holztribüne, zu der ein paar Stufen hinaufführten.

»Das muss der Sklavenmarkt sein«, sagte Cornelius. »Aber im Moment ist hier offensichtlich nichts los.« Er lenkte Phantom über den Platz zu einem Geländer, kletterte aus dem Sattel und band das Pony fest. Sebastian tat es ihm nach, doch Max stand da und schnupperte misstrauisch.

»Dieser Ort gefällt mir nicht«, murmelte er. »Er riecht nach Verzweiflung.«

Cornelius sah sich nachdenklich um. »Wonach es auch immer riecht, hierher werden sie die Prinzessin zur Auktion bringen. Und hier werden wir unsere Rettungsaktion durchführen müssen.« Er deutete auf ein heruntergekommenes Gebäude vor ihnen. Rauch und Lärm drangen durch die offene Tür, und auf dem bemalten Schild über dem Eingang war ein bis an die Zähne bewaffneter Krieger zu sehen, der einen wütenden Schlachtschrei ausstieß. ZUM DURSTIGEN BRIGANTEN stand dort in großen Buchstaben. »Am besten wir gehen mal in diese Taverne und stellen dem Wirt ein paar Fragen«, sagte Cornelius.

Wie zur Warnung war plötzlich ein lautes Krachen zu hören und durch das Fenster kam kopfüber ein Mann geflogen. Mit einem dumpfen Aufprall landete er auf der Schotterstraße, überschlug sich ein paar Mal und blieb schließlich auf dem Rücken liegen. Er machte einen halbherzigen Versuch, sich aufzurichten, doch dann ächzte er nur betrunken und sank bewusstlos zurück.

»Scheint ja ein freundliches Haus zu sein«, bemerkte Max. »Ihr hattet nicht wirklich vor, da reinzugehen, oder?«

»Eine Taverne ist immer die beste Anlaufstelle, um Informationen zu erhalten«, erklärte ihm Cornelius. »Das weiß doch jedes Kind. Komm, Sebastian, wagen wir uns in die Höhle des Löwen.«

Die beiden Männer begannen, auf den Eingang zuzugehen, doch als sie merkten, dass Max ihnen folgte, blieben sie stehen.

»Wo willst du denn hin?«, fragte Sebastian ihn.

»In die Taverne natürlich.«

»Du kannst da nicht mit reingehen!«, protestierte Cornelius. »Die Leute starren uns so schon an. Was meinst du, was die sagen würden, wenn wir dich mitnehmen würden?«

»Ich will aber auch nicht allein hier draußen bleiben«, jammerte Max. »Das ist mir zu gefährlich.«

»Dir wird schon nichts passieren«, beruhigte ihn Cornelius. »Außerdem brauchen wir dich, um unsere Rösser im Auge zu behalten. Lass niemanden in ihre Nähe.«

»Ach, und wie bitte schön soll ich das verhindern?«, fragte Max. »Soll ich etwa sagen: ›Entschuldigt, Herr Brigant, würde es Euch sehr viel ausmachen, diese Rösser in Ruhe zu lassen?‹ Na, das wird ihn bestimmt überzeugen!«

»Dir fällt schon was ein«, sagte Sebastian aufmunternd. Er streckte die Hand aus und tätschelte Max den Kopf. »Wenn du gar nicht mehr weiterweißt, senk einfach den Kopf und stürm los. Das wirkt in den meisten Fällen. Und mach dir keine Sorgen, wir sind in ein paar Minuten zurück.«

Während er dies sagte, kam ein Mann aus der Tür geflogen und stürzte kopfüber in den Dreck. Aus der Taverne war grölendes Gelächter zu hören. Sebastian schluckte und warf einen Blick zu Cornelius.

»Vielleicht sollten wir Max doch mitnehmen«, sagte er.

»Jetzt sei nicht albern! Komm.«

Cornelius marschierte los und Sebastian folgte ihm widerstrebend. Sie traten durch die offene Tür in einen Nebel von Pfeifenqualm und Alkoholdunst. Einen Augenblick lang standen sie da und sahen sich um. In der Taverne drängten sich schmutzige, zerlumpte Männer. Alle waren sie mehr oder weniger betrunken, und alle redeten, lachten und scherzten sie laut durcheinander. Doch als die beiden Fremden hereinkamen, herrschte urplötzlich eine erschreckende Stille, und alle Augen in dem Raum richteten sich auf die Neuankömmlinge.

Es war ein furchtbarer Moment. Sebastian hätte am liebsten auf dem Absatz kehrtgemacht, aber er wusste, er konnte jetzt nicht davonlaufen. Cornelius sah sich gelassen um und erwiderte den Blick eines jeden im Raum, um ihnen zu zeigen, dass er sich nicht einschüchtern ließ. Dann nickte er Sebastian zu und ging zur Theke hinüber. Es war so still, dass ihre Schritte unnatürlich laut auf dem nackten Holzfußboden widerhallten und sie eine Ewigkeit zu brauchen schienen, bis sie den Raum durchquert hatten. Doch dann standen sie an der Theke, über die ein fetter, rotgesichtiger Wirt in einem Lederwams waltete. Er war gerade dabei, einen Bierkrug zu polieren – mit einem Tuch, das aussah, als wäre es zuvor dafür verwendet worden, die Latrine zu scheuern. Er sah Sebastian durchdringend an.

»Du bist ein mutiger Bursche, dass du hier ganz allein hereinspazierst«, bemerkte er.

Sebastian war für einen Augenblick verwirrt, doch dann wurde ihm bewusst, dass der Mann Cornelius hinter der hohen Theke nicht sehen konnte.

»Er ist nicht allein«, sagte Cornelius. Er zog einen freien Stuhl zu sich heran und kletterte hinauf, sodass sein Kopf und seine Schultern über die Theke ragten.

Der Wirt nickte. »Ein Liliputaner, was? Hat sich lange keiner mehr von euch hier blicken lassen. Der letzte, der hier war, hat sich über die Qualität seines Drinks beschwert.«

Sebastian machte sich auf Ärger gefasst, doch Cornelius lächelte nur.

»Liliputaner sind manchmal ganz schön pingelig«, gab er zu.

»Ja, und wir Briganten lassen uns nicht gerne kritisieren. Deshalb haben wir ihn aus dem Fenster befördert. Ist bis in den Viehtrog auf der anderen Straßenseite geflogen.«

Cornelius erlaubte sich ein ironisches Lächeln. »Glücklicherweise bin ich kein Liliputaner, sondern ein Golmirer«, sagte er. »Allerdings können Golmirer auch ziemlich pingelig sein, also sollte ich wohl besser aufpassen, was ich sage.« Er sah sich noch einmal im Raum um und die anderen Gäste wichen seinem Blick aus und setzten ihre Unterhaltungen fort. Das Stimmengewirr erreichte seine vorherige Lautstärke. »Ich bin Cornelius Drummel, vormals Hauptmann in der Golmirischen Armee«, erzählte er dem Wirt. »Und das ist mein guter Freund Sebastian Dark, Hofnarr und Abenteurer.«

Sebastian warf Cornelius einen überraschten Blick zu und fragte sich, wann er in den Rang eines »Abenteurers« erhoben worden war.

Der Wirt nickte. »Und ich bin Gerd Straffgürtel, Wirt des Durstigen Briganten. Also, was kann ich Euch vornehmen Herren bringen?«

»Wir brauchen Informationen«, sagte Cornelius.

Straffgürtel schüttelte den Kopf. »Falls Ihr es noch nicht bemerkt habt«, sagte er, »dies ist eine Schankwirtschaft. Ich gebe keine Informationen an Leute, die nichts trinken.«

Cornelius und Sebastian tauschten einen Blick.

»Wenn das so ist«, sagte Cornelius, griff in seine Tasche und knallte ein paar Münzen auf den Tresen, »dann nehmen wir beide einen Krug von Eurem besten Bier.«

Straffgürtel grinste und zeigte seine Zahnlücken. »Das hört sich doch schon besser an«, sagte er. »Habt … äh … habt ihr denn schon mal brigandisches Bier probiert?«

Die beiden schüttelten die Köpfe.

Straffgürtel schöpfte ein dunkles Gebräu aus einem großen offenen Fass, das neben ihm auf dem Boden stand, und machte sich daran, zwei Krüge zu füllen.

»Ich frage nur, weil es wirklich was für Kenner ist«, sagte er. »Die Leute hier nennen es Sumpffieber. Es wird nach einem uralten Rezept gebraut, das schon seit Generationen vom Vater zum Sohn weitergegeben wird. Es hat etwas mehr ›Pfiff‹ als die meisten anderen Biere.«

Er stellte die Krüge auf die Theke, und Sebastian betrachtete skeptisch den schmutzigen grauen Schaum, der über den Rand quoll. Während er in den Krug starrte, ploppte etwas an die Oberfläche – etwas Rundes und Glänzendes. Es war der Augapfel eines Tieres. Zumindest hoffte er, dass es ein Tierauge war. Sebastian spürte, wie sich ihm der Magen umdrehte.

»Hey, du bist aber ein Glückspilz!«, sagte Straffgürtel und schlug ihm auf die Schulter. »Es sind nicht viele davon in einem Fass!« Er beugte sich über die Theke. »Sag das bloß nicht den anderen«, flüsterte er. »Dann wollen sie alle einen.«

»Also, wie ist das nun mit den Informationen…«, begann Cornelius.

»Nein, nein, Kameraden, zuerst müsst ihr was trinken! Auf euer Wohl.«

Straffgürtel füllte einen dritten Krug aus demselben Fass, hob ihn zum Mund und bedeutete den beiden Fremden, es ihm nachzumachen.

Mit einem ausgesprochen mulmigen Gefühl hob Sebastian seinen eigenen Krug, griff hinein und fischte den Augapfel heraus. Er legte ihn auf die Theke. »Ich glaub, den heb ich mir für später auf«, sagte er matt.

»Ja, so ist's richtig!«, grölte Straffgürtel. »Und nun trinkt aus!«

Sebastian führte den Krug an seine Lippen, holte tief Luft und würgte einen Schluck des Gebräus hinunter. Zuerst war er angenehm überrascht von dem Geschmack, der gar nicht so schlecht war – süß und seltsam wohltuend –, doch dann spürte er einen Ruck in seinem Magen, als wäre er gerade von einem Büffelop getreten worden, und seine Beine wären ihm beinahe weggesackt. Er ächzte verblüfft und musste sich mit der freien Hand auf der Theke abstützen, um nicht das Gleichgewicht zu verlieren. Dann warf er einen Blick zu Cornelius und sah, dass sein Freund fast vom Stuhl gefallen war.

»Köstlich, was?«, grinste Straffgürtel und schleckte sich einen Schaumrest von den Lippen. »Und sehr gesund. Ich trinke jeden Tag zehn davon!«

»Zehn?«, wiederholte Cornelius ungläubig. Und dann fügte er mit tieferer Stimme hinzu: »Ja, das … äh … das ist bestimmt richtig.« Vorsichtig setzte er seinen Krug ab, als fürchte er, ihn fallen zu lassen. »Also, wegen der Sklavenauktionen …«

»Ach, Ihr seid wegen der Auktionen hier? Nun, da seid Ihr bei mir genau richtig! Dafür gibt es in ganz Brigandia keinen geeigneteren Ort als meine Schenke. Morgen in aller Frühe geht es los. Haben die Herren denn schon eine Unterkunft für die Nacht?«

»Äh… nein«, sagte Sebastian. »Lönnt lihr luns letwas lempfehlen?« Er schüttelte den Kopf und fragte sich, wie es angehen konnte, dass er sich schon nach einem Schluck Bier betrunken fühlte. »Ich meine, könnt Ihr uns etwas empfehlen?«

»Tja, normalerweise würde ich sagen, bleibt doch gleich hier, aber ich hab mein letztes Zimmer gerade an den Herrn da drüben vermietet.« Er deutete zu einem Tisch auf der anderen Seite der überfüllten Wirtsstube, wo ein riesiger, muskelbepackter Mann einen schäbig aussehenden Briganten zum Armdrücken herausforderte. Beide grunzten verbissen, als sie versuchten, die Hand des Gegners auf die Tischplatte zu zwingen. Schließlich setzte sich der große Mann durch und stieß ein Triumphgebrüll aus. »Ist wirklich ein schönes Zimmer«, fuhr Straffgürtel fort. »Mit Blick auf die Auktionstribüne. Ihr hättet Eure Gebote direkt vom Fenster aus abgeben können.«

»Ist das wahr?« Cornelius schien einen Augenblick nachzudenken. Dann begann er, von seinem Stuhl zu klettern.

»Wo willst du denn hin?«, fragte ihn Sebastian.

»Ich hab mir überlegt, ich könnte mich doch auch mal im
Armdrücken versuchen«, sagte Cornelius mit einem Augen-
zwinkern. »Bleib du nur sitzen und lass dir dein Bierchen
schmecken.«

»Hmm … in Ordnung.« Sebastian hob seinen Krug und
führte ihn noch einmal vorsichtig an die Lippen, doch diesmal hielt er sich von vornherein an der Theke fest. Als wieder dieser seltsame Ruck durch seinen Körper ging, fiel er
keineswegs sanfter aus, aber diesmal traf er ihn nicht unvor-
bereitet.

»Das meint er doch nicht im Ernst, oder?«, fragte Straffgürtel. »Ein kleiner Kerl wie er. Dieser riesige Grobian wird
ihn doch umbringen.«

»Oh, Ihr kennt ja Corneliusch … Corneliosch … Ich meine,
Ihr kennt ihn nicht«, sagte Sebastian lahm. Er warf einen
Blick zu dem Tisch hinüber und sah, dass der kleine Krieger auf die Bank gegenüber dem großen Mann geklettert
war. Er stützte seinen Ellbogen auf einen umgekehrten
Bierkrug, damit er sich auf selber Höhe befand wie der seines Gegners, und sah den Mann herausfordernd an. »Das
müsst Ihr Euch anschauen«, sagte Sebastian. »Ihr werdet
staunen.«

Doch es war Sebastian, der staunte, denn Cornelius schien
nur halbherzig Widerstand zu geben, bevor der große Mann
seine winzige Hand in die Waagerechte drückte. Sebastian
runzelte die Stirn und Straffgürtel brach in Gelächter aus.

»Nun, genau das hatte ich erwartet«, sagte er. »Das ist wirklich keine große Überraschung.«

Sebastian öffnete den Mund, um seinen Freund zu verteidigen, doch dann hörte er, wie Cornelius mit dem großen Mann sprach.

»Nun ja«, sagte er, »sind nicht aller guten Dinge drei? Und lass uns doch den Wetteinsatz etwas interessanter machen. Du musst wissen, mein Freund und ich haben noch keine Bleibe für heute Nacht…«

Sebastian lächelte. Jetzt verstand er, was der kleine Krieger im Sinn hatte. Ein uralter Trick. Lass deinen Gegner glauben, dass du keine Chance gegen ihn hast, und er wird bereit sein, so gut wie alles zu verwetten.

»Also«, fuhr Cornelius fort, »ich hab gehört, dass du hier in dieser Taverne ein Zimmer bezogen hast. Wäre das nicht ein Wetteinsatz?«

»Was?«, grölte der große Mann. »Gegen ein paar lumpige Kronen? Wohl kaum.«

»Nun, dann verrate ich dir mal was. Draußen vor der Taverne habe ich zwei edle Rösser stehen, komplett mit Sattel, Zaumzeug und einer Menge Vorräte. Und einen braven, kräftigen Büffelop. Was würdest du sagen, wenn ich das alles gegen dein Zimmer biete?«

Der große Mann sah sich um, als könnte er sein Glück nicht fassen. »Im Ernst?« Er lachte. »Abgemacht, Kleiner!«

Sebastian zuckte zusammen. Das war sicher keine gute Idee gewesen, Cornelius so zu nennen. Er sah zu, wie der kleine Krieger einen Ärmel hochkrempelte und den großen Mann selbstbewusst angrinste.

Sebastian beugte sich über die Theke, hob seinen Krug und zwinkerte Straffgürtel zu. »Prost«, sagte er. »Zum Wohl! Und… äh… noch etwas. Um wie viel Uhr gibt es hier Frühstück?«

KAPITEL 26

Eine Verbündete

D ie Prinzessin weinte herzzerreißend. Doch im nächsten Moment verstummte sie überrascht, als eine Hand über ihr Haar strich.

»Ganz ruhig, Liebes, es wird alles gut. Nimm es dir nicht so zu Herzen.«

Prinzessin Kerin wischte sich die Tränen aus den Augen und sah auf. Das waren die ersten freundlichen Worte, die sie seit Langem gehört hatte, und sie taten unbeschreiblich gut. Als sie den Kopf hob, blickte sie in das rundliche, sommersprossige Gesicht einer jungen Frau mit rotblonden Zöpfen und liebenswürdigen blauen Augen. Gekleidet in formloses Sackleinen, kniete sie neben der Prinzessin und lächelte sie beruhigend an. Sie roch ziemlich schlecht, wie alle hier im Käfig. Prinzessin Kerin musterte sie argwöhnisch.

»Was willst du?«, fragte sie misstrauisch.

»Gar nichts will ich«, sagte die Frau. »Nur ein wenig reden, das ist alles.«

»Wenn du gekommen bist, um dich über mich lustig zu machen ...«

»Nein, das würde ich nicht tun, Miss. Gibt nicht viel zu lachen hier drin, für keinen von uns, würd ich denken.«

Prinzessin Kerins Stimme wurde weicher. »Ich weiß, du glaubst wahrscheinlich auch, dass ich verrückt bin«, sagte sie.

»Nein, das glaub ich nicht«, antwortete die Frau. »Zumindest nicht verrückter als wir anderen auch. Wenn du sagst, dass du eine Prinzessin bist, wie käme ich dazu, das Gegenteil zu behaupten? Ich hab schon lang genug gelebt, um zu wissen, dass auf dieser Welt so ziemlich alles möglich ist. Mein alter Vater zum Beispiel hatte mal ein Schwein auf der Farm, als ich noch klein war, und dem hat er das Singen beigebracht. Wirklich wahr!«

Prinzessin Kerin fühlte sich, als sei ihr eine Last genommen worden. Sie lächelte zurück und blinzelte die letzten Tränen aus ihren Augen. »Wie heißt du?«, fragte sie.

»Ich bin Peg«, sagte das Mädchen. »Peg von den Hügeln nennen sie mich. Ich bin eine Schäferin aus den Bergen von Torin. Oder zumindest war ich das, bevor Kasim und seine Sklaventreiber durch unser Dorf kamen.« Sie seufzte. »Ich hab dort auch 'ne Familie. Einen guten Mann und zwei wunderbare Kinder. Sie waren gerade im Nachbardorf und haben seine Mutter besucht, als die Sklavenhändler kamen – Gott sei Dank, denn sonst wäre er jetzt wohl tot, und meine Kinder würden morgen genau wie ich als Sklaven verkauft werden.«

Prinzessin Kerin schluckte nervös. »Wir werden morgen verkauft?«

»So ist es, Miss. Ist ein großes Ereignis. Die Leute kommen aus dem ganzen Land zu den Auktionen. Wenigstens musst du nicht so lange warten. Ich sitze schon seit Tagen in diesem stinkenden Loch.«

»Das ist doch widerlich!«, sagte Prinzessin Kerin. »Wie können Menschen andere Menschen verkaufen, als wären es Tiere?«

Peg sah sie nachdenklich an. »Habt ihr denn keine Sklaven in Keladon, Miss? Da kommst du doch her, oder?«

Prinzessin Kerin wurde ganz elend zumute. Ja, natürlich gab es in ihrer Stadt Sklaven, Tausende sogar. Der prachtvolle Palast war durch den Schweiß und die Tränen solcher Leute errichtet worden, sie hatte nur nie einen Gedanken daran verschwendet.

»Eines sage ich dir, Peg. Wenn ich je dahin zurückkomme und meinen rechtmäßigen Platz auf dem Thron einnehme, werde ich dafür sorgen, dass die Sklaverei abgeschafft wird. Dann müssen die reichen Händler anfangen, die Menschen für ihre Arbeit zu bezahlen. Niemand hat das Recht, eine andere Person zu besitzen.«

»Schön gesagt, Miss. Aber das wird uns nicht viel helfen.« Peg drehte sich zur Seite und setzte sich neben die Prinzessin auf den mit Stroh ausgelegten Boden. »Du hast bestimmt einen Mann, oder?«, fragte sie.

»Nein. Aber ich sollte eigentlich bald heiraten. Prinz Rolf von Bodengen. Hast du von ihm gehört?«

Peg kicherte. »Das will ich meinen! Er soll ziemlich gut aussehen, nicht wahr?«

»Hmm. Na ja, nicht so gut wie auf den Gemälden. Um ehrlich zu sein, sein Anblick lässt mein Herz nicht gerade schneller schlagen...«

Peg sah sie verschmitzt an.

»Aha, aber es gibt da jemanden, bei dem das so ist, hab ich recht, Miss? Ich seh das an diesem Funkeln in deinen Augen.«

»Hmm. Ja, es *gab* jemanden. Offen gestanden, ich hab ihn

nur ein paar Tage gekannt und doch hatte er so etwas an sich. Etwas... Besonderes.«

»Du redest von ihm, als wär er nicht mehr unter uns.«

Prinzessin Kerin nickte und versuchte, ihre Gefühle unter Kontrolle zu behalten. »Ich glaube, er ist tot, Peg. Ermordet durch das Beil eines Henkers. Und... es ist alles meine Schuld.« Sie war nahe daran, erneut in Tränen auszubrechen, aber Peg nahm ihre Hand und drückte sie.

»Erzähl mir von ihm«, sagte sie.

»Er... war ein Elfling... aus der Stadt Jerabim.«

»Ah! Es heißt ja auch, dass Elflinge besondere Kräfte haben, die Sterbliche nicht haben. Eine Art sechsten Sinn. Man sagt, sie können mit einem Blick das wahre Wesen eines Menschen erkennen.«

»Wirklich?« Die Worte gaben Prinzessin Kerin einen Stich. »Dann ist es also kein Wunder, dass er meinen Onkel und seine Lügen durchschaut hat.«

»Dein Onkel? Das wäre...?«

»König Septimus von Keladon«, sagte Prinzessin Kerin verbittert. »Der Onkel, dem ich jahrelang vertraut habe. Der Mann, der mich in die Sklaverei geschickt hat, damit er auf meinem Thron bleiben konnte.«

»Oh, Miss, das ist ja furchtbar!«

Die Prinzessin sah Peg mit verschwommenem Blick an. »Dann... dann glaubst du mir wirklich?«

»Ja, das tue ich. Ich weiß, wann ich eine verrückte Person vor mir hab – und glaub mir, ich hab in meinem Leben schon einige getroffen. Aber du gehörst nicht zu ihnen – darauf würde ich wetten. Die Sache ist nur, was nützt es dir, wenn jemand wie ich dir glaubt?« Sie deutete auf die anderen Gefangenen, die, in sich zusammengesunken, auf dem Käfigboden saßen. »Diese Bande werden wir nie überzeugen; und ich glaube auch nicht, dass einer von den Wächtern sich deine Geschichte anhören wird.«

»Dann kann ich nur noch hoffen«, sagte Prinzessin Kerin leise.

»Hoffen, Miss?«

»Dass jemand weiß, wo ich bin.«

Max kam es vor, als wartete er schon seit Ewigkeiten vor der Taverne. Er hatte mehrere ziemlich brenzlige Situationen überstehen müssen, als einige Horden von Raufbolden vorbeigezogen waren und mehr als ein beiläufiges Interesse an dem Inhalt von Sebastians Satteltaschen gezeigt hatten. Er war gezwungen gewesen, die betreffenden Männer anzusprechen, und in allen Fällen waren sie so erschrocken gewesen, dass sie, ohne viel Ärger zu machen, weitergegangen waren. Trotzdem begann sich Max zu fragen, ob er nicht besser beraten wäre, in die Taverne zu marschieren und nach seinem Herrn zu sehen.

Doch dann, wie aufs Stichwort, kamen Sebastian und Cornelius heraus. Sie hatten knallrote Gesichter und bliesen ihm giftige Dünste entgegen.

»Ihr habt ja getrunken!«, bemerkte Max entsetzt.

»Ja«, gab Sebastian zu und grinste zufrieden. »Es ließ lich nicht vermeilen.«

»Na, das ist ja großartig! Die arme Prinzessin Kerin wird irgendwo in dieser Stadt gefangen gehalten und ihr zwei verschwindet in der Taverne und kippt euch einen hinter die Binde. Eine schöne Rettungsmannschaft seid ihr mir!«

»So war es nicht«, sagte Cornelius. »Außerdem ist nur Sebastian betrunken. Ich habe nur so *getan*, als ob ich das Bier trinken würde.«

Sebastian sah ihn verblüfft an. »Du ... last nur lo gelan?«

»Natürlich. Glaubst du etwa, ich wäre so dumm, diese Brühe zu trinken?«

Sebastian runzelte die Stirn. »Äh … na ja, ledenfalls list letzt alles klar, denn Corneliusch hat ein bisschen Armdrücken lemacht und lewonnen. Und leshalb müssen lir dich und die leiden Rösser licht an jemand landers geben.«

»Was faselst du da?«, fragte Max. »Was ist mit der Prinzessin?«

»Wir lüssen letzt einen Schlachtplan lentwickeln«, sagte Sebastian. Er hatte es geschafft, zu seinem Reittier zu torkeln, und versuchte nun mit einiger Mühe, die Satteltaschen abzuschnallen. »Wir lehen letzt in lunser Zimmer und lüberlegen, was zu lun ist.«

»Euer Zimmer?« Jetzt war Max wirklich empört. »Ihr wollt mich doch nicht etwa wieder hier alleinlassen, oder?«

»Scht«, machte Cornelius und hielt einen Finger an die Lippen. »Wir müssen. Wir können ja wohl kaum einen Büffelop mit in ein Fremdenzimmer nehmen, oder?«

»Na, wunderbar. Also werde ich die ganze Nacht hier draußen stehen, während ihr zwei in einem komfortablen Bett schlaft.«

»Wir werden nicht schlafen«, versicherte ihm Cornelius, während er seine eigenen Satteltaschen losband. »Wir werden Pläne schmieden. Und Max, du wirst eine sehr wichtige Rolle übernehmen müssen. Wir brauchen dich, um den Platz im Auge zu behalten, denn die Auktion beginnt morgen in aller Frühe.«

»Lund wir brauchen lich, um die Lösser zu belachen«, erinnerte Sebastian ihn, »denn ohne die lönnen wir licht fliehen.« Er warf sich die Satteltaschen über die Schulter und wankte unsicher zurück zur Tür. »Lute Nacht, lalter Fleund«, rief er.

»Ja«, sagte Cornelius und begann, ihm zu folgen. Doch dann blieb er noch einmal stehen und drehte sich zu Max um. »Stell dir vor«, sagte er, »du bist gerade beim Armdrücken Teil meines Wetteinsatzes gewesen. Und für einen kurzen Moment… nur für einen kurzen Moment… hab ich ernsthaft überlegt, ob ich nicht verlieren sollte.« Er lächelte und schüttelte den Kopf. »Aber dann hat doch der gesunde Menschenverstand gesiegt. Gute Nacht, Max!« Und damit ging er Sebastian hinterher.

Max stand da und sah den beiden ungläubig nach. Dann schlug die Tür hinter ihnen zu. Max warf einen Blick zu Phantom und schüttelte den Kopf.

»Das ist doch mal wieder typisch, oder?«, beschwerte er sich. »Da verschwinden sie im schönen warmen Gasthaus. Wahrscheinlich werden sie jetzt noch ein opulentes Abendessen und einen schönen Kelch Wein genießen. Wir dagegen haben den ganzen Tag noch nichts zu fressen bekommen, nicht einmal eine Handvoll Heu. In Augenblicken wie diesem wird einem bewusst, wo man steht in der Welt. Hast du zwei Beine, dann hast du gut lachen. Hast du aber vier, dann hast du kaum Grund zu einem Kichern. Es ist wirklich frustrierend.«

Er sah noch einmal zu Phantom hinüber, doch das Pony schnaubte nur und scharrte mit einem Huf.

Max seufzte. »Manchmal hat man es doch nicht einfach als gebildetes Tier«, sagte er. »Wahrlich nicht.«

Als sie sich in ihr Zimmer zurückgezogen hatten, öffnete Cornelius das Fenster. Sie sahen hinaus auf den menschenleeren Platz, der nur vom Mondlicht erhellt wurde. Tatsächlich, dort auf der rechten Seite standen Max und die zwei Rösser, die am Geländer festgebunden waren, und geradeaus befand sich die breite Holztribüne.

»Dorthin werden morgen bestimmt die Gefangenen geführt«, bemerkte Cornelius nachdenklich.

»Und lo sind sie letzt?«, fragte Sebastian.

»Ich vermute mal, da drin.« Cornelius bewegte seinen Zeigefinger nach links und deutete auf die Rückseite der Tribüne und eine verriegelte Eisentür, die anscheinend in einen unterirdischen Raum führte. »Das wird die Wartezelle sein. Wie du siehst, gibt es da kein einziges Fenster.«

»Vielleischt schollten wir da einfach leinbrechen«, überlegte Sebastian. »Warum warten, bisch morgen die Menschenmassen anlücken?«

Cornelius schüttelte den Kopf. »Es gibt nur einen Eingang«, bemerkte er. »Und sie werden bestimmt niemandem die Tür aufmachen, den sie nicht kennen. Außerdem bist du im Moment nicht in der besten Verfassung, irgendetwas zu unternehmen.« Er runzelte die Stirn. »Wir werden also bis morgen warten müssen, fürchte ich. Wie du schon sagst, es werden viele Menschen da sein. Also werden wir alles auf das Überraschungsmoment setzen müssen.«

Er begann, aus den Lederbeuteln an seinem Gürtel die verschiedenen Teile seiner Miniatur-Armbrust herauszuziehen, und setzte sie geschwind zusammen. Dann holte er einen kurzen Holzpfeil mit einer schweren, dreizackigen Metallspitze hervor. Und schließlich zog er aus seiner Satteltasche eine große Spule mit feinem Seidengarn. Er befestigte das Ende des Fadens an dem Pfeil und spannte ihn in die Armbrust. Dann ging er zum Fenster hinüber und spähte nachdenklich über den Platz.

»Las machst du la?«, fragte ihn Sebastian.

»Pst! So kann ich doch nicht zielen. Hier, halt das mal fest.« Cornelius reichte Sebastian das freie Ende des Fadens. Er sah sich flink um und vergewisserte sich, dass der Platz noch immer verlassen war, dann hob er die Armbrust auf Augenhöhe und zielte lange und genau. Sebastian lugte über die Schulter des kleinen Kriegers und sah, dass er auf ein etwas niedrigeres Gebäude auf der anderen Seite des Platzes zielte, dessen Dach mit zahlreichen Zinnen verziert zu sein schien. Schließlich betätigte er den Abzug. Der Pfeil schoss aus dem Fenster und zog die Schnur hinter sich her. Das Geschoss beschrieb einen eleganten Bogen und landete genau zwischen zwei Scharten auf dem Dach des gegenüberliegenden Gebäudes. »Perfekt«, sagte Cornelius. »Jetzt zieh den Faden zurück... vorsichtig.«

Sebastian tat, was man ihm sagte, und einen Moment später hatte sich die hakenförmige Spitze des Pfeils im Mauerwerk der Dachkante verkeilt. Cornelius kam herbei, um zu überprüfen, dass der Pfeil auch wirklich fest saß. Er zog den Faden straff und wies Sebastian an, auf einen Stuhl zu klettern und die Schnur an einem der Querbalken der niedrigen Zimmerdecke festzuzurren.

»Na bitte!«, sagte er schließlich und zupfte an dem Faden wie an der Saite eines fein gestimmten Instruments. »Geschafft!« Er zog Sebastian zurück zum Fenster und zeigte ihm die gut befestigte Schnur, die jetzt in einem sanften Gefälle etwa vier Meter über der Tribüne hinwegführte.

»Und lozu loll das lut sein?«, fragte Sebastian verwirrt.

»Wozu das gut sein soll? Na, es ist der schnellste Weg hinunter auf die Tribüne! Wenn der Zeitpunkt gekommen ist, schlingst du einfach ein kurzes Seil über die Schnur, springst aus dem Fenster und schießt über den Platz. Wenn du in der Mitte angekommen bist, lässt du los und landest genau auf der Tribüne!«

Sebastian sah Cornelius misstrauisch an. »Mir fällt auf, dasch du immer von ›du‹ schprichst. Ich hoffe, du erwartest nicht, dasch ich mich da lunterschwinge.«

»Warum nicht? Du schaffst das schon.«

»Corneliusch, ich habe niescht deine Kampferfahrung.«

»Och, bisher hast du dich doch gar nicht so schlecht geschlagen. Außerdem kannst nur du diesen Part übernehmen. Ich werde zu sehr damit beschäftigt sein, das Ablenkungsmanöver vorzubereiten.« Er deutete auf ein paar kleine Hohlräume unter der hölzernen Tribüne. »Ich bin der Einzige, der klein genug ist, um da drunterzuschlüpfen.«

»Ja, aber lieser Faden sieht nicht schtark genug aus, lum mein Gewischt zu halten!«

»Unsinn. Er ist aus dem Netz einer Golmirischen Tunnelspinne gefertigt. Das ist so ziemlich das stärkste Material, was es gibt. Und keine Angst, du wirst dich ohnehin nur ein paar Sekunden daran festhalten müssen. Also, jetzt zeig mir mal, wie diese Donnerstäbe funktionieren…«

Einen Augenblick später hatte Cornelius die gefährlichen Feuerwerkskörper auf dem Bett ausgebreitet. Er befestigte kürzere Lunten daran und versuchte abzuschätzen, wie lange er brauchen würde, um sie zu zünden und wegzurennen, bevor sie explodierten. Während er so vor sich hin bastelte, leuchteten seine Augen vor Begeisterung, wie bei einem kleinen Jungen, der seinem Lieblingsspiel entgegenfiebert. Nie, dachte Sebastian, schien es ihm in den Sinn zu kommen, dass er verletzt, ja vielleicht sogar getötet werden könnte.

Sebastian seufzte. Er drehte sich um und schaute noch einmal auf den menschenleeren Platz. Durch die vergitterte Tür von Prinzessin Kerins Gefängnis drang etwas Licht. Er wünschte, er könnte ihr schon jetzt erzählen, was sie morgen vorhatten. Sie musste doch ganz ohne Hoffnung sein. Wie sehr er sich wünschte, mit ihr zu sprechen, ihr über das weiche, glänzende Haar zu streichen…

Plötzlich überkam ihn ein Gefühl der Panik, als ihm zum

ersten Mal bewusst wurde, wie viel er wirklich für sie empfand. Es war ganz und gar verrückt, sagte er sich. Er war ein
Bürgerlicher, und sie war dazu bestimmt, Königin zu werden.
Und außerdem hatte sie ihm doch schon erzählt, dass es ihre
Pflicht sein würde, Prinz Rolf von Bodengen zu heiraten. Und
dennoch war sie es gewesen, für die er diese Reise in die ge-
fährlichste Stadt der Welt gewagt hatte; und für sie würde er
morgen früh sein Leben riskieren.

Aber im Augenblick konnte er nichts anderes tun, als dazusitzen und zuzusehen, wie Cornelius seine Vorbereitungen
traf. Allem Anschein nach würde es ein ganz schönes Spekta-
kel geben ...

KAPITEL 27

Die große Auktion

P rinzessin Kerin wurde von einer Berührung geweckt. Eine Hand schüttelte sie sanft und riss sie aus einem Traum.

»Sebastian«, flüsterte sie. »Noch nicht. Noch ein paar… Minuten…«

Doch dann war sie plötzlich hellwach und merkte, dass sie ganz kalt und schmutzig war und auf nichts als dünnem Stroh lag. Sie hob den Kopf und sah, dass das lächelnde Gesicht über ihr nicht Sebastian gehörte, sondern Peg.

»Das ist also sein Name, nicht wahr?«, sagte sie gutmütig. »Sebastian.«

»Ich habe geträumt«, sagte Prinzessin Kerin. Sie setzte sich auf und sah sich im Käfig um. Irgendetwas hatte ihre Mitgefangenen in Unruhe versetzt. »Was ist los?«, fragte sie.

»Es ist Morgen. Gleich kommen sie mit dem Essen.«

»Essen.« Prinzessin Kerin fiel ein, dass sie seit ihrer Entführung aus Keladon nichts gegessen hatte. »Gott sei Dank«, sagte sie. »Ich bin schon am Verhungern! Was servieren sie denn hier? Ich hätte nichts gegen ein paar Eier…«

»Ich würde nicht zu viel erwarten, Miss«, mahnte Peg. »Es gibt nur ein paar alte Brotkanten.«

»Oh.« Sie versuchte, sich ihre Enttäuschung nicht anmerken zu lassen. »Na ja, ich … mag Brot eigentlich ganz gerne.«

»Du bekommst nur was ab, wenn du darum kämpfst«, warnte sie Peg.

»Kämpfen?« Die Prinzessin war entsetzt. »Ich kämpfe doch nicht ums Essen. Ich kann mir kaum etwas Demütigenderes vorstellen.«

»Tja, Miss, so läuft das hier nun mal. Sie werfen die Brotkanten rein und alle stürzen sich drauf. Denk dran, das ist das Letzte, was wir zu essen kriegen, bevor wir verkauft und von unseren neuen Herren mitgenommen werden.«

Prinzessin Kerin nickte benommen. Sie hatte das Gefühl, zu erwachen und sich in einem Albtraum wiederzufinden. Irgendwie hatte der Schlaf sie vergessen lassen, was mit ihr geschehen würde.

Die Eisentür öffnete sich quietschend und für einen Moment flutete blendendes Sonnenlicht in die Dunkelheit. Ein großer, brutal aussehender Soldat mit zwei Metalleimern kam herein. »Morgen, meine kleinen Schweinchen!«, grölte er. »Zeit für ein paar Leckerbissen!«

Als Erstes ging er auf den Männerkäfig zu, hob einen der Eimer und warf die Brotstücke durch die Gitterstäbe. Sofort brach im Käfig ein Tumult aus, als jeder, ob Jung oder Alt, sich nach vorn stürzte, um einen Bissen zu ergattern. Schläge wurden ausgetauscht, und einige der älteren Männer wurden von ihren jüngeren, stärkeren Zellengenossen rücksichtslos zur Seite gestoßen, als diese sich den Löwenanteil der kläglichen Ration schnappten. Sobald die Männer ein Stück ergattert hatten, kauerten sie sich in unterschiedliche Ecken der Zelle und stopften sich das Brot in den Mund wie Tiere.

Jetzt nahm der grinsende Soldat den anderen Eimer und ging auf den Frauenkäfig zu. »Hallo, Ladys!«, kicherte er. »Habt mich bestimmt schon vermisst, was?«

»Halte dich bereit«, mahnte Peg die Prinzessin.

Der Soldat stand eine ganze Weile mit erhobenem Eimer da und wusste nur zu gut, wie sehr er die hungrigen Frauen im Käfig damit quälte. Dann endlich warf er die Brotstücke durch die Gitterstäbe und beobachtete die Szene mit einem zufriedenen Lächeln auf dem Gesicht. Prinzessin Kerin lief los, doch sie wurde sogleich von den anderen Gefangenen zur Seite gestoßen, die hinter ihr zum Gitter drängten. Der Haufen Brotkanten war sofort umringt von einem Pulk Frauen, die sich gegenseitig stießen und schubsten, um sich ein Stück zu sichern. Die Prinzessin erinnerte sich an die üppigen Bankette in Keladon und an die mit opulenten Speisen überladenen Teller, die sie oft nach ein paar Bissen von sich geschoben hatte. Der Gedanke daran trieb ihr jetzt Tränen der Scham in die Augen. Sie wandte sich angewidert ab und kauerte sich wieder in eine Ecke.

Doch einen Moment später kam Peg mit zwei Kanten Brot in der Hand zurück. Sie hockte sich neben die Prinzessin und reichte ihr eines der beiden Brotstücke.

»Nein.« Prinzessin Kerin schüttelte den Kopf. »Die sollst du essen, Peg. Ich habe es nicht verdient.«

»Natürlich hast du das.« Peg drückte ihr den Brotkanten in die Hand. »Du musst essen, Miss, bei Kräften bleiben. Du kannst nie wissen, wann du wieder die Gelegenheit bekommst. Nun mach schon.« Sie ließ nicht locker, bis Prinzessin Kerin schließlich nachgab. Sie hob das Brot an den Mund und nahm einen Bissen. Es war alt und hart, aber es war die einzige Nahrung, die sie seit Langem bekommen hatte, und so aß sie gierig, verschlang jeden kleinen Krümel und kostete den Geschmack auf ihrer Zunge aus. Und während sie aß, schwor sie sich, dass sie nie wieder die Augen vor der Armut verschließen würde, solange sie lebte.

Sie kaute gerade an ihrem letzten Bissen Brot, als die Kerkertür erneut aufschwang und eine bekannte Gestalt selbstherrlich in den Kellerraum marschiert kam. Seine schweren Stiefel wirbelten kleine Staubwolken auf, die in den hereinfallenden Sonnenstrahlen zu tanzen schienen. Es war Kasim, ein schmieriges Grinsen und einen zufriedenen Ausdruck auf dem Gesicht. Er schritt die Stufen hinunter, blieb in der Mitte des Raumes stehen und musterte die Gefangenen in den beiden Käfigen. Die eine Hand hatte er in die Hüfte gestemmt, mit der anderen hielt er eine geflochtene Lederpeitsche.

»Sklaven«, sagte er, »der Augenblick, auf den ihr gewartet habt, ist gekommen. Es ist Zeit herauszufinden, was euer armseliges Leben wert ist.« Er heftete seinen Blick auf Prinzessin Kerin und seine kalten Augen funkelten spöttisch. »Einige von euch werden einen guten Preis erzielen«, sagte er. »Andere werden nicht mehr wert sein als ein paar läppische Kronen. Aber für mich ist es immer ein gutes Geschäft.« Auf seinem Gesicht breitete sich ein hämisches Grinsen aus. »Bringt sie hoch«, sagte er, machte auf dem Absatz kehrt und marschierte zurück zur offenen Tür.

Prinzessin Kerin warf einen Blick zu Peg, die sie aufmunternd anlächelte.

»Komm, Miss«, sagte sie und nahm die Hand der Prinzessin. »Wo auch immer wir landen werden, es wird besser sein als dieses dreckige Loch.«

Prinzessin Kerin nickte. Sie war dankbar, dass sie eine Verbündete hatte, auch wenn es nur für kurze Zeit war. Und so folgte sie Peg und den anderen Gefangenen aus dem Käfig nach draußen.

Ein Trompetenstoß brachte Sebastian zum Bewusstsein, dass draußen gerade etwas Wichtiges passieren musste. Er starrte aus dem offenen Fenster des Gasthauszimmers auf die ungeheuren Menschenmassen, die sich um die Auktionstribüne versammelten. Er wusste, dass Cornelius irgendwo da unten war, aber er hatte ihn schon längst aus den Augen verloren und keine Ahnung, wie er zurechtkam. Inmitten der Menschenmenge konnte er Max und die zwei Rösser erkennen, die nicht weit von der Tribüne standen. Er nahm an, dass Cornelius ganz in ihrer Nähe unter der Tribüne war und seine Sprengladung installierte. Sebastian hoffte, dass er die Lunten lang genug gemacht hatte, sonst würden die Donnerstäbe womöglich explodieren, wenn er noch danebenstand, und das würde nicht einmal Cornelius so ohne Weiteres überleben …

Jetzt konnte Sebastian einen großen, glatzköpfigen Mann die Stufen auf der Rückseite der Tribüne heraufkommen sehen. Er stieg auf das hölzerne Podium und winkte ein paar Bekannten in der Menge zu. Hinter ihm folgte eine lange Reihe zerlumpter Frauen, die von mehreren uniformierten Soldaten mit Speeren in Schach gehalten wurden. Sebastian hielt verzweifelt nach Prinzessin Kerin Ausschau und wurde immer unruhiger, als er sie nicht entdecken konnte. Er überlegte schon, ob sie vielleicht gar nicht dabei war, als er sie plötzlich doch noch entdeckte – zerbrechlich und verängstigt, Hand in Hand mit einer anderen Frau, die mit ihr zu sprechen schien.

Sebastian nahm das kurze Seil, mit dem er hinunter auf die Tribüne gelangen sollte. Er band es in einer großen Schlaufe um den langen Faden, der aus dem Fenster führte, aber noch rührte er sich nicht. Cornelius hatte ihm eingeschärft zu warten, bis Prinzessin Kerin auf den Auktionsblock hinaufsteigen würde, ein kleines Podest, das ein Stück höher stand als die

Haupttribüne. Die Menge wurde unruhig, als die verschiedenen Bieter wild die Vorzüge der zum Verkauf stehenden Frauen diskutierten, und schließlich musste Kasim die Hände heben, um für Ruhe zu sorgen.

»Seid gegrüßt, Bürger von Brigandia«, brüllte er. »Willkommen zu unserer monatlichen Sklavenauktion!« Die Menge schrie begeistert zurück. Kasim drehte sich zu den Frauen um, die jetzt alle in Reih und Glied hinter ihm standen. Er wandte sich wieder an die Menge und hob noch einmal die Hände, um sich Ruhe zu verschaffen. »Ihr kennt mich ja«, rief er, »der aufrichtige Kasim. Meine Sklaven kommen aus der ganzen Welt und auf jedes Exemplar gebe ich meine persönliche Zufriedenheitsgarantie. Wenn ein bei mir erworbener Sklave nicht mindestens ein Jahr funktionstüchtig bleibt, ersetze ich ihn kostenlos durch ein ähnliches Modell!« Sein Angebot wurde mit zustimmendem Gebrüll begrüßt. »Und wenn ein Sklave keine angemessenen Dienste leistet, komme ich persönlich vorbei und kümmere mich vor Ort um die Wartung!« Er ließ seine Peitsche knallen, zwinkerte der Menge zu und erntete schallendes Gelächter. »Ich habe Sklaven aller Art«, versprach er ihnen. »Klein, groß, kurz, lang, dick, dünn, jung, alt – was auch immer ihr sucht, hier werdet ihr es finden! Und lasst euch nicht das Sonderangebot der Woche entgehen. Kauft zwei Sklaven und ich geb euch einen dritten zum halben Preis!« Wieder begeistertes Gebrüll. Es war offensichtlich, dass Kasim hier in Brigandia ein beliebter Mann war.

Sebastian sah zu Prinzessin Kerin, die dort hilflos auf der Tribüne stand. Am liebsten wäre er gleich hinuntergestürmt, um Kasim zu zeigen, dass nicht alle mit seinem Tun einverstanden waren. Doch er wusste, dass er auf den richtigen Moment warten musste, wenn sie überhaupt eine Chance haben wollten, lebend hier herauszukommen. Er fragte sich, wie Cornelius wohl unter der Tribüne zurechtkam…

Irgendwo unter der Holzkonstruktion der Tribüne war Cornelius eifrig dabei, den letzten Packen Donnerstäbe an einem der tragenden Balken zu befestigen. Er hatte alle Lunten zusammengebunden, sodass sie gleichzeitig gezündet werden konnten. Sobald sie brannten, würde er nur ein paar Sekunden haben, um sich in Sicherheit zu bringen, das wusste Cornelius. Er sah hinauf zu einem kleinen Spalt in den Brettern über ihm, durch den er hin und wieder einen Blick auf das Geschehen auf der Tribüne erhaschen konnte.

Es würde unmöglich sein, den genauen Zeitpunkt mitzubekommen, wenn Prinzessin Kerin auf den Auktionsblock stieg, aber er hatte Max angewiesen, im richtigen Moment ein lautes Muhen auszustoßen, und das würde sein Signal sein, die Lunten zu zünden. Sobald der Sprengstoff explodiert war, würde sich alles andere schon finden. Cornelius musste zugeben, dass er keine genaue Vorstellung hatte, wie es dann weitergehen sollte. Mit ein bisschen Glück würde die Explosion die Leute so durcheinanderbringen, dass er und seine Freunde genug Zeit hätten, aus der Menge zu verschwinden. Doch Cornelius hatte nicht damit gerechnet, dass der Platz so überfüllt sein würde.

Er befestigte die letzte Lunte, griff in seine Tasche und zog seine Zunderbüchse und eine kleine Kerze aus dem Gasthaus heraus. Dann ging er in die Hocke, suchte etwas Stroh zusammen und schlug den Zündstein ein paar Mal gegen die Büchse, bis ein Funken entstand, der das Stroh zum Glimmen brachte. Cornelius pustete vorsichtig und entfachte schließlich eine winzige Flamme, mit der er den Kerzendocht anzündete. So kauerte er unter der Tribüne und hielt sich bereit, die Lunten zu zünden, sobald das vereinbarte Alarmsignal ertönen würde. Über ihm hörte er die tiefe Stimme des Sklavenhändlers, der zu seinem Publikum sprach…

Von seinem Standort in der Nähe der Tribüne hatte Max einen perfekten Blick auf das Geschehen. Gerade breitete Kasim in einer theatralischen Geste die Hände aus.

»Also, Freunde«, brüllte er. »Wir sind bereit. Lasst uns die Auktion beginnen. Bringt mir das erste Objekt!«

Ein Soldat trat zwischen die Gefangenen und zerrte eine magere Frau mit verfilzten Haaren aus der Reihe. Er schubste sie zu Kasim, der ihr mit seiner Peitsche bedeutete, auf das erhöhte Holzpodest zu steigen, damit die Menge sie besser sehen konnte. Vollkommen verschreckt tat die Frau, was man ihr befahl. Sie stand auf dem Auktionsblock und sah sich ängstlich um.

»Na, da haben wir ja gleich eine besondere Schönheit«, brüllte Kasim höhnisch, und die Menge lachte. »Gut, sie hat nicht besonders viel Fleisch auf den Knochen, aber sie kann bestimmt hart arbeiten. Würde sich gut eignen, um Fußböden zu schrubben und Latrinen zu putzen, und ich bezweifle nicht, dass sie kochen und nähen kann. Fangen wir doch mal mit einer Krone an. Wer bietet mehr?«

Irgendwo in der Menge wurde eine Hand gehoben und die Auktion war im Gange.

Max konnte sehen, dass der Frau Tränen der Scham in die Augen schossen. Es musste furchtbar sein, so behandelt zu werden, dachte er. Nicht dass er und seine Artgenossen nicht auch solche Dinge gewohnt wären. Die meisten Büffelops wurden irgendwann in ihrem Leben verkauft, und es waren immer Menschen, die die Gebote abgaben. Aber die eigenen

Artgenossen zu versteigern! Wie entwürdigend. Kein Büffelop würde je so tief sinken.

»Ich wünschte, dieses dicke haarige Vieh würde mal zur Seite gehen«, sagte eine Stimme unmittelbar zu seiner Rechten. Max drehte überrascht den Kopf. Ein Stück von ihm entfernt, bemühten sich vier Sklaven, eine prunkvolle Sänfte hochzustemmen, damit die Insassen einen freien Blick auf die Auktionstribüne haben konnten. Auf prächtigem Samt und Brokatkissen thronten ein dicker Händler und seine ebenso dicke Frau. Sie sahen interessiert zur Tribüne hinüber, doch die Frau hielt sich ein seidenes Taschentuch vor die Nase, als fühlte sie sich durch einen Geruch gestört. Sie zeigte mit ihrem klotzig beringten Wurstfinger auf Max. »Kannst du nicht dafür sorgen, dass der hier verschwindet, Archibald?«, fragte sie ihren Mann. »Du weißt doch, was für eine empfindliche Nase ich habe.«

»Ich fürchte, er kann sich ebenso wenig vom Fleck rühren wie wir«, antwortete der Händler. »Es ist einfach zu voll. Allerdings frage ich mich, wie jemand überhaupt so blöd sein konnte, das Tier hier stehen zu lassen.« Er hob eine Hand, um ein Gebot abzugeben. »Drei Kronen!«, brüllte er.

»Du bietest doch nicht etwa für diese sauertöpfische alte Schachtel?«, protestierte die Frau. »Was willst du denn mit der?«

»Die Frau, die unsere Latrinen putzt, wird zu alt für die Arbeit«, sagte Archibald. »Sie kann ja kaum noch stehen. Da bezahl ich gern ein paar Kronen für jemanden mit etwas mehr Energie.«

Von der Tribüne aus musterte Kasim die Zuschauer. »Drei Kronen höre ich. Wer bietet mehr?« Er ließ den Blick über die Menge schweifen. »Irgendjemand? Na gut, drei Kronen zum Ersten, zum Zweiten ...«

»Vier Kronen«, sagte Max so laut wie möglich, während er gleichzeitig den Kopf gesenkt hielt.

»Vier Kronen sind geboten!« Kasim deutete in die ungefähre Richtung, aus der die Stimme gekommen war. »Bietet jemand fünf?«

Es folgte eine lange Pause, bevor Archibald sagte: »Fünf Kronen.«

Seine Frau lugte über ihr Seidentüchlein und warf ihm einen missbilligenden Blick zu. »Geh auf keinen Fall höher«, riet sie ihm. »Das wäre sie nicht wert.«

Archibald lächelte. »Keine Sorge, niemand wird mehr bieten als ...«

»Sechs Kronen!«, sagte Max.

»Sechs Kronen sind geboten«, sagte Kasim. »Wer bietet mehr?«

Der dicke Händler blickte sich in der Menge um und versuchte vergeblich auszumachen, wer da eigentlich gegen ihn bot. »Wer war das?«, fragte er seine Frau. »Jemand sehr Gebildetes, wie es sich anhörte. Ich wette, es war dieser aufgeblasene kleine Ölverkäufer, Antonius. Er versucht immer, mich zu übertrumpfen«

»Vergiss es«, riet sie ihm. »Es ist kein großer Verlust. Du kannst doch eine andere ersteigern. Eine jüngere, kräftigere ...«

Doch der Händler ignorierte den Rat seiner Frau. »Sieben Kronen!«, brüllte er trotzig. Dies war ganz offensichtlich ein Mann, der es gewohnt war, seinen Willen durchzusetzen. »Wollen wir doch mal sehen, ob Antonius das überbieten kann«, sagte er mit einem überheblichen Lächeln.

»Zwanzig Kronen!«, sagte Max. Die Menge johlte. Kasim konnte sein Glück kaum fassen.

»Habe ich richtig gehört? Zwanzig Kronen?«, schrie er.

»Das ist fantastisch.« Er ließ den Blick über die Menge wandern und versuchte zu erkennen, wer der Bieter gewesen sein konnte. »Der erste Verkauf des Tages und schon greifen die Leute tief in die Taschen. Also, bietet jemand mehr als zwanzig?«

Der Händler bekam den Mund gar nicht mehr zu und sah sich ungläubig um. Seine Frau indessen zeigte auf Max. »Es war dieses Tier!«, schrie sie. »Ich hab gesehen, wie sich sein Maul bewegt hat!«

»Was?« Ihr Mann starrte sie entgeistert an. »Sei nicht albern, Schatz. Es war Antonius. Ich kenn doch seine schleimige Stimme. Aber er wird mich nicht ausstechen!«

Der Händler wollte offenbar ein weiteres Gebot abgeben, aber seine Frau packte seine Arme und hielt sie fest, bis Kasim die Versteigerung für abgeschlossen erklärte.

»Zum Ersten… zum Zweiten… zum Dritten! Versteigert für zwanzig Kronen!« Kasim zerrte die Frau vom Auktionsblock und stieß sie in Richtung des Geheges, wo die siegreichen Bieter ihre Sklaven abholen konnten. Dann machte er seinen Soldaten ein Zeichen, die nächste Frau herauszusuchen.

Max warf einen zufriedenen Seitenblick zur Sänfte, wo der vor Wut krebsrote Händler lautstark mit seiner Frau stritt.

»Wenn ich es dir doch sage, es war der Büffelop! Ich hab gesehen, wie sich sein Maul bewegt hat«, beteuerte sie.

»Willst du mich für dumm verkaufen, Frau? Antonius hat mich auf dem Kieker, seit wir unseren Laden neben seinem aufgemacht haben.«

»Es war nicht Antonius! Weißt du denn nicht, dass diese Tiere sprechen lernen können?«

»Also wirklich – als ob ein großes zotteliges Vieh wie dieses genug Intelligenz besitzen würde, bei einer Sklavenauktion mitzubieten! Und jetzt sei still, die Nächste sieht interessant aus.«

»Ich weiß nicht, ob ich das gutheißen kann. Etwas zu hübsch für meinen Geschmack.«

Max drehte den Kopf wieder zur Tribüne und seine Augen weiteten sich vor Erstaunen. Er hatte damit gerechnet, Ewigkeiten warten zu müssen, bevor die Prinzessin an die Reihe käme, doch nein, da war sie schon. Ein Soldat schubste sie mit vorgehaltenem Speer nach vorn, während ein anderer die mollige Frau zurückhielt, neben der sie gestanden hatte. Jetzt kletterte sie widerstrebend auf das Podest. Max warf einen Blick zum Gasthaus und sah Sebastian absprungbereit auf dem Fensterbrett kauern. Doch er wartete noch auf das Signal. Für einen furchtbaren Moment konnte Max sich partout nicht erinnern, was das vereinbarte Zeichen war. Er geriet in Panik, doch dann fiel es ihm ein: Es war kein Wort oder irgendetwas Kompliziertes. Es war wieder dieser entwürdigende Laut. Aber diesmal, so tröstete er sich, war es wenigstens für einen guten Zweck.

Er hob den Kopf, holte tief Luft und brüllte aus Leibeskräften: »*Muuuuuuuuuuh!*«

KAPITEL 28

Die Rettungsaktion

Unter dem hölzernen Podium ließ der plötzliche, ohren-
betäubende Lärm Cornelius zusammenschrecken, als
wäre er gewaltsam aus einem Traum gerissen worden. Er griff
nach der Kerze, aber erwischte sie so unglücklich mit einer
Fingerspitze, dass sie umfiel und sofort erlosch.

»Nein!«, keuchte er und kramte hektisch nach seiner Zunderbüchse. Er wusste, dass er jetzt den ganzen Zirkus mit
dem Anzünden der Kerze noch einmal machen musste, während Sebastian auf das Signal hin sicher schon losgesprungen
war. Endlich bekam er die Zunderbüchse zu fassen, nahm den
Feuerstein und begann fieberhaft, Funken zu schlagen ...

Sebastian hielt sich an beiden Enden des kurzen Seils fest,
holte tief Luft und sprang aus dem Fenster.

Zuerst fiel er einfach und hatte das furchtbare Gefühl, er
würde immer weiter fallen, bis er auf das Kopfsteinpflaster
unter ihm stürzte; doch dann erreichte er den Punkt, wo ihn
die tragende Schnur wieder hinaufschnellen ließ. Jetzt be-

wegte er sich auf die Tribüne zu, langsam zunächst, doch mit zunehmendem Schwung. Unter sich sah er das breite Holzpodium und Prinzessin Kerin, die ängstlich auf die versammelte Menschenmenge starrte. Als er zu ihr hinunterblickte, wurde ihm bewusst, wie mühelos sein Seil über den langen Seidenfaden glitt. Seine Geschwindigkeit beschleunigte sich dramatisch. Er blickte zum anderen Ende der Schnur hinüber, und in dem Moment sah er, wie die hakenförmige Spitze des Pfeils einen großen Brocken aus dem Mauerwerk des gegenüberliegenden Daches brach.

Das Seil vor ihm wurde plötzlich furchtbar schlaff und er flog hilflos durch die Luft, vorwärts und abwärts, getrieben von seiner eigenen Schwungkraft. Er öffnete den Mund, um einen Schrei auszustoßen, doch dann schien die Tribüne blitzschnell auf ihn zuzusausen. Sebastian vergaß das Schreien und konzentrierte sich stattdessen darauf, heil zu landen.

Wieder und wieder schlug Cornelius den Zündstein und die Funken fielen auf den Strohhaufen, knisterten und verglühten. Er versuchte es unermüdlich, doch immer wieder glitt er mit seinen schweißnassen Händen ab. Als er schon fast aufgeben wollte, sprang ein Funke auf das Heu, glühte rot und entfachte eine winzige orangefarbene Flamme. Cornelius griff nach der Kerze, hielt den Docht so vorsichtig wie irgend möglich über die Flamme und schaffte es endlich, das Licht zu entzünden.

»Jaaa!«, zischte er und hätte die Kerze beinahe wieder ausgeblasen.

Schützend hielt er die Hand um die Flamme, falls er noch einmal zu heftig ausatmen sollte. Jetzt führte er die Kerze zu dem Gewirr von zusammengebundenen Lunten an dem Hauptbalken und sofort loderte zischend eine helle Flamme auf. Cornelius hockte für einen Moment da und starrte auf die schnell kürzer werdenden Lunten; bis er sich erschrocken erinnerte, dass er ja nicht viel Zeit hatte. Er drehte sich um und begann hektisch, auf allen vieren davonzukriechen, zurück zur Öffnung auf der Vorderseite der Tribüne. Doch in diesem Moment blieb sein Kettenhemd an einem Nagel hängen und hielt ihn fest, während die Lunten immer weiter abbrannten und sich unaufhaltsam ihren Sprengladungen näherten …

Max sah entsetzt zu, wie Sebastians schlaksiger Körper durch die Luft fiel. Er war ziemlich sicher, dass diese letzte Entwicklung nicht beabsichtigt war, und da Sebastian völlig unkontrolliert zu Boden zu trudeln schien, war es schwer zu sagen, wo genau auf der Tribüne er landen würde und ob er mit den Füßen oder dem Kopf zuerst aufkommen würde. Aber es war keine Zeit, darüber nachzusinnen: Max musste seinen Teil des Plans erfüllen. Er nickte den beiden Rössern zu, die ein Stück vor ihm standen, näher an der Tribüne.

»Okay«, sagte er. »Auf meinen Befehl. Eins … zwei … *drei*!«

Und damit drehten Max und die zwei Rösser sich blitzschnell um, sodass die Tribüne hinter ihnen lag. Max' Hauptaufgabe war es, sobald Sebastian, Cornelius und die Prinzessin im Sattel saßen, einen Weg für die Flucht zu bahnen. Mit Genugtuung entdeckte er direkt vor sich den dicken Händler und seine Frau. Er sah ihre verdutzten Gesichter und konnte es sich nicht verkneifen, sie anzusprechen.

»Herrlicher Tag für eine Auktion, nicht wahr?«, sagte er.

Sebastian machte sich auf einen harten Aufprall seines knochigen Körpers auf der Holztribüne gefasst, doch im letzten Moment kam etwas Weicheres dazwischen: Kasim. Für den

Bruchteil einer Sekunde sah Sebastian noch das verblüffte Gesicht des Sklavenhändlers vor sich, dann sauste er mit voller Wucht auf ihn herab. Er hörte den Mann überrascht grunzen, als der Zusammenprall ihm die Luft nahm, und dann verloren sie beide das Gleichgewicht. Kasims Schultern schlugen auf den Holzboden und Sekunden später landete Sebastian auf seinem Bauch. Kasims Augen weiteten sich vor Schmerz. Er öffnete den Mund, um zu schreien, aber er brachte keinen Laut heraus. Sebastian rollte auf seinen Rücken und blickte in das überraschte Gesicht von Prinzessin Kerin.

»Du!«, stieß sie hervor. »Wo kommst du denn her?«

Sebastian machte eine vage Handbewegung in Richtung des Gasthausfensters, aber er bekam nicht genug Luft, um zu antworten.

Während er aufstand und sein Schwert zog, sah er, dass ihn die Soldaten alle erstaunt anstarrten. Noch waren sie zu verdutzt, um zu reagieren, aber Sebastian wusste, dass sich das bald ändern würde. Er trat auf Prinzessin Kerin zu und fasste sie um die Taille. Während er begann, sie zum Rand der Tribüne zu ziehen, fragte er sich, was wohl aus der Explosion geworden war. Was, wenn die Feuerwerkskörper nicht gezündet hatten? Da hörte er ein Stöhnen neben sich und sah, dass Kasim sich mit wutverzerrtem Gesicht aufrappelte. In einer seiner riesigen Hände hielt er noch immer die Peitsche.

»Und was passiert jetzt?«, fragte Prinzessin Kerin.

Das war eine sehr gute Frage.

Cornelius versuchte verzweifelt, sein Kettenhemd freizubekommen, doch der Nagelkopf hatte sich in einem Kettenglied verhakt und wollte sich nicht von der Stelle bewegen. Er warf einen Blick zurück zu den Donnerstäben und sah, dass die

Lunten mit beängstigender Geschwindigkeit herunterbrannten und die Flamme nur noch einen Fingerbreit von den Sprengsätzen entfernt war.

»Beim Barte des Shadlog!«, grummelte er. Er nahm all seine Kraft zusammen, zog – und wurde mit einem reißenden Geräusch belohnt. Plötzlich war er frei und krabbelte blitzschnell auf die Öffnung am Rande der Tribüne zu ...

»Ich weiß zwar nicht, wie du hierherkommst, Elfenmann«, knurrte Kasim und kam mit erhobener Peitsche auf Sebastian zu. »Aber wenn ich mit dir fertig bin, wirst du dir wünschen, du wärst in Keladon geblieben, um dich dem Henkersbeil zu stellen.«

Hinter ihm rückten jetzt auch die anderen Soldaten näher, ihre Schwerter und Speere erhoben. Sebastian stellte sich vor Prinzessin Kerin und hob herausfordernd sein eigenes Schwert, als Kasim immer weiter auf ihn zukam. Er erinnerte sich an etwas, das er Cornelius einmal hatte sagen hören, und versuchte, seinem Beispiel zu folgen.

»Komm nur, wenn du genug Mumm in den Knochen hast«, sagte er, so gelassen er konnte. »Dann kann ich dir diesen großen hässlichen Kopf von den Schultern nehmen.«

Kasim grinste widerlich und zeigte die zahlreichen Goldzähne, die zwischen seinen Lippen hervorblitzten. »Ganz schön mutig«, bemerkte er. »Aber auch äußerst leichtsinnig.« Er machte eine fast beiläufige Handbewegung, und etwas schwirrte durch die Luft, wickelte sich um Sebastians Schwert und riss es ihm blitzschnell aus der Hand. Scheppernd schlitterte es über die hölzerne Tribüne. Sebastian starrte ihm erschrocken hinterher. »Na, immer noch so selbstbewusst?«, fragte Kasim. Er drehte noch einmal sein Handgelenk, und diesmal fuhr die Peitsche Sebastian über die Wange, ein heftiger Hieb, der ihn beinahe zu Fall gebracht hätte. »Nun«, schnarrte Kasim, »ergibst du dich freiwillig oder muss ich erst…«

Der Rest des Satzes verlor sich in einem großen Getöse von Rauch und Flammen, das in der Mitte des Podiums hervorbrach und unzählige Holzsplitter in alle Richtungen schleuderte. Ein paar Soldaten, die in der Nähe der Explosion standen, flogen kopfüber durch die Luft und zappelten mit den Armen und Beinen wie wilde Marionetten. Einer von ihnen stieß mit Kasim zusammen und warf ihn zum zweiten Mal zu Boden, doch da hatte Sebastian schon Prinzessin Kerin gepackt und war mit ihr von der Tribüne gesprungen, mitten hinein in das Durcheinander der panischen Menschen. Als seine Füße auf dem Boden aufkamen, erblickte Sebastian eine winzige Gestalt, die am Fuße der Tribüne kauerte und ihm zuwinkte. Cornelius deutete auf die zwei Rösser, die, nur ein paar Schritte entfernt, auf ihre Reiter warteten. Sein Gesicht war schwarz vor Ruß und er grinste wie ein Irrer.

»Was für eine Explosion!«, brüllte er. »Hast du das gesehen? Fantastisch!«

Eine große Rauchwolke hüllte sie ein, während Sebastian zu seinem Ross lief und in den Sattel kletterte. Dann reichte er Prinzessin Kerin die Hand und zog sie zu sich hinauf. Selbst in der Hitze und Aufregung des Moments registrierte er, wie gut es sich anfühlte, als sie ihre Arme um seine Taille schlang. Er warf einen Blick hinunter zu Cornelius und sah, dass dieser sich gerade auf Phantoms Rücken geschwungen hatte. Doch vor ihnen lag nun ein undurchdringbares Gewühl von kreischenden, drängelnden Menschen. Wie sollten sie bloß jemals hier rauskommen?

»Max!«, schrie Cornelius. »Jetzt hängt alles von dir ab.«

Max senkte den Kopf und scharrte ein paar Mal mit den Hufen, während er seine massigen Schultern straffte und alle Kraft zusammennahm. Er hob noch einmal kurz den Blick und sah den dicken Händler und seine Frau, die auf ihrer Sänfte saßen und ihn kreidebleich anstarrten.

»Soso«, sagte Max ruhig, »Euch passt also mein Geruch nicht?«

Und er senkte erneut den Kopf und preschte los. Er spürte, wie er mit den Hörnern gegen die hölzerne Sänfte stieß. Dann bewegte er ruckartig den Kopf zur Seite und das ganze Ding flog durch die Luft und schleuderte den kreischenden Händler und seine Frau mitten in die Menschenmenge. Max blieb keine Sekunde stehen. Er stürmte weiter und trieb alles und jeden vor ihnen aus dem Weg, ein wildes Durcheinander von schreienden Menschen, brüllenden Tieren und klappernden Fahrzeugen – es war ihm alles egal. Während er rannte, schloss er die Augen und konzentrierte sich darauf, jedes bisschen Kraft auszuschöpfen, das ihm zur Verfügung stand. Er bemerkte nur, dass er immer wieder mit dem Kopf gegen Dinge stieß, die zerbrachen, zur Seite geschleudert wurden oder über seine kräftigen Schultern flogen, und die ganze Zeit redete er sich zu, dass er jetzt nicht stehen bleiben durfte, um gar keinen Preis …

Prinzessin Kerin drängte sich dicht an Sebastian. Sie konnte kaum glauben, dass er noch am Leben war, dass er so weit für sie gereist war und so viel riskiert hatte, um ihr zu helfen. Sie blickte zur Seite und sah Cornelius, der geduckt im Sattel eines winzigen Rosses saß und neben ihnen galoppierte. Und nicht weit hinter ihm entdeckte sie überrascht eine weitere bekannte Gestalt auf einem Ross. Es war Peg. Sie trieb ihr Reittier an, als ginge es um ihr Leben. Bei dem Gedanken daran, dass ihre neue Freundin entkommen und zurück zu ihrer Familie gelangen würde, machte Prinzessin Kerins Herz einen Freudensprung. Ihre Blicke trafen sich, und Peg rief etwas, aber die Prinzessin konnte ihre Worte in all dem Tumult der kreischenden Menschen nicht verstehen.

Sie öffnete den Mund, um etwas zurückzurufen, doch die Worte blieben ihr im Halse stecken, als der Kopf eines weiteren Rosses in ihrem Blickfeld auftauchte und sie den Reiter erkannte. Es war niemand anders als Kasim. Vornübergebeugt saß er im Sattel und gab seinem Ross die Sporen, während er immer weiter aufholte und schon einen seiner riesigen, tätowierten Arme nach der Prinzessin ausstreckte. Sie konnte sich nicht erklären, wie er so schnell ein Reittier gefunden hatte, aber er war es, zweifellos. Er war noch nicht am Ende, und er war ganz eindeutig entschlossen, ihre Flucht zu verhindern.

»Sebastian!«, schrie sie. Doch selbst wenn er sie gehört hatte, er war zu konzentriert auf den Weg vor ihnen, um von irgendetwas anderem Notiz zu nehmen. Schon spürte Prinzessin Kerin, wie die Finger des Sklavenhändlers ihren Arm streiften, nach Halt suchten und sie aus dem Sattel zerren wollten. Sein Mund verzog sich zu einem zufriedenen Grinsen, so sicher war er sich seines Sieges…

Prinzessin Kerin drehte sich wieder um und wollte noch einmal versuchen, Sebastian etwas ins Ohr zu schreien, doch da kam ein großer Obstkarren durch die Luft geflogen, den Max auf die Hörner genommen und rücksichtslos nach hinten geschleudert hatte. Sebastian sah ihn, duckte sich und drückte die Prinzessin mit einem Arm in den Sattel. Auch Peg sah das Flugobjekt kommen und duckte sich; Cornelius war schon so weit unten, dass er sich nicht ducken musste, doch Kasim sah den Karren nicht – bis das Gefährt ihn mit voller Wucht traf und ihn mit einem Schreckens- und Schmerzensschrei rück-wärts vom Ross purzeln ließ. Dann war er nicht mehr zu sehen, verschwunden in der Menschenmenge, durch die Max nun fast hindurchgeprescht war.

Von einer Minute auf die andere waren sie frei, ließen das Gedränge hinter sich und galoppierten die Hauptstraße ent-lang, die zum Stadttor und hinaus in die Prärie führte.

KAPITEL 29

Nutze den Tag

Gegen Mittag kamen sie zu einem flachen Tal, durch das sich ein kleiner Bach schlängelte. Dort wagten sie es endlich, eine kurze Pause zu machen. Cornelius stand eine ganze Weile oben auf dem Bergkamm und suchte die Prärie hinter ihnen mit seinem Teleskop ab, um sich zu vergewissern, dass ihnen auch niemand folgte. Erst dann erlaubte er allen, ins Tal hinunterzureiten.

»Endlich!«, stöhnte Max. »Ich hätte keinen Schritt mehr machen können, ohne etwas zu trinken.« Er watete geradewegs ins seichte Wasser und begann, mit gierigen Schlucken zu trinken. Sebastian konnte sehen, dass seine mächtigen Hörner nach den vielen gewaltsamen Zusammenstößen in Brigandia ganz ramponiert waren. Er half Prinzessin Kerin aus dem Sattel und sie eilte sofort zu Peg hinüber. Die beiden Frauen trafen sich am Bach und umarmten sich glücklich.

»Peg, ich bin ja so froh, dass du entkommen bist«, sagte die Prinzessin. »Es ging alles so schnell, ich hatte nicht einmal Zeit, mich nach dir umzusehen.«

Peg lächelte. »Als du von der Tribüne gesprungen bist, war ich nur drei Schritte hinter dir. Da war dieser Edelmann, der ein Stück entfernt auf seinem Ross saß. Ich hab ihn überredet, sich von seinem Tier zu trennen.« Peg sah reumütig auf ihre aufgeschürften Fingerknöchel herab. »Ich musste allerdings etwas Überzeugungsarbeit leisten«, fügte sie hinzu.

Prinzessin Kerin lachte herzlich. »Was wirst du jetzt machen?«, fragte sie.

»Ich? Oh, ich werde mich auf den Rückweg nach Torin machen. Ein paar stramme Tagesritte und ich müsste wieder bei meiner Familie sein. Ich kann nur hoffen, dass es ihnen gut geht … und dass sie mich in den letzten Wochen nicht vergessen haben.«

»Das haben sie bestimmt nicht«, versicherte ihr die Prinzessin.

»Aber was viel wichtiger ist, was werdet Ihr tun, Miss?«

»Ja«, sagte Cornelius, der soeben mit Sebastian am Ufer des Baches angekommen war. »Eine sehr gute Frage. Was werdet Ihr tun, Eure Hoheit?«

Prinzessin Kerin runzelte die Stirn und sah hinunter in das klare Wasser, das ihre Füße umspülte, als suchte sie in dem glitzernden Nass eine Antwort. »Ich weiß es wirklich nicht«, gestand sie. »Ich glaube nicht, dass ich je nach Keladon zurückkehren kann.«

»Warum nicht?«, fragte Sebastian. »Von Rechts wegen gehört die Stadt Euch.«

Sie lachte auf. »Oh ja! Und glaubst du, mein lieber Onkel Septimus wird mir je wieder erlauben, einen Fuß in den Palast zu setzen? Er würde mich sofort hinrichten lassen.« Sie zuckte die Schultern. »Andererseits, wohin soll ich sonst gehen? Seit meiner Geburt war Keladon mein Zuhause. Ich kenne nichts anderes.«

Cornelius nahm seinen Helm ab und setzte sich in den Sand am Ufer des Baches. Für ein paar Minuten ließ er seine kleine Hand durch den Strom gleiten, ganz in Gedanken versunken. Dann schöpfte er etwas Wasser und spritzte es über die noch offene Wunde in seiner Schulter. Er biss vor Schmerz die Zähne zusammen, dann schüttelte er den Kopf.

»Ich weiß, was *ich* machen würde«, sagte er schließlich.

Prinzessin Kerin sah zu ihm hinunter. »Sag es mir«, bat sie.

»Ich würde zurückgehen und einfordern, was mir gehört.«

»Das ist leichter gesagt als getan«, entgegnete sie. »Onkel Septimus verfügt über eine mächtige Armee. Er würde jeden Widerstand, den wir auf die Beine stellen könnten, ohne mit der Wimper zu zucken, zerschlagen.«

»Er wird keinen Widerstand erwarten. Soweit er weiß, seid Ihr in Brigandia als Sklavin verkauft worden.«

»Aber es wird nicht länger als einen Tag dauern, bis ihn die Nachricht von unserer Flucht erreicht«, sagte Sebastian. »Spätestens … morgen Nachmittag wird er davon wissen.«

»Weshalb wir unbedingt vorher zur Tat schreiten müssen. Morgen in aller Frühe muss unsere Armee zum Angriff bereit sein.«

»Armee?« Prinzessin Kerin starrte ihn an. »Was für eine Armee? Ich *habe* keine Armee!«

»Prinzessin, Ihr habt die Herzen jedes Mannes, jeder Frau und jedes Kindes in Keladon«, sagte Cornelius. »Ich habe gesehen, wie sehr sie Euch verehren. Wenn sie von dem Verrat Eures Onkels erführen, wären sie sicher alle bereit, dafür zu kämpfen, dass Ihr dahin zurückkehren könnt, wo Ihr hingehört.«

»Das stimmt«, sagte auch Sebastian. »Sie wissen alle, dass Ihr die rechtmäßige Königin seid. Und egal wie mächtig eine

Armee ist, sie kann sich nicht gegen die ganze Stadtbevölkerung stellen. Außerdem glaube ich, dass viele dieser Truppen ganz schnell die Seiten wechseln würden, wenn sie wüssten, was geschehen ist. Ihr dürft nicht vergessen, sie gehen davon aus, dass ich Euch weggezaubert habe. Ihr müsst nur durch das Stadttor spazieren und ihnen erzählen, was wirklich passiert ist.«

Doch die Prinzessin war noch nicht überzeugt. »Ich weiß nicht«, sagte sie. »Was, wenn wir es versuchen und scheitern?«

»Besser das, als im Untergrund zu leben, während ein Lügner und Feigling über Euer Königreich herrscht«, sagte Cornelius. »Aber ich habe nur meine Meinung geäußert, Prinzessin. Es ist Euch ganz und gar selbst überlassen, was Ihr für recht und billig haltet.«

Es folgte eine lange Stille, während der das Plätschern des Baches zu einem lauten Brausen anzuschwellen schien. Dann ergriff Peg das Wort.

»Eure Hoheit, wenn es Euer Wunsch ist, komme ich mit und kämpfe an Eurer Seite.«

Prinzessin Kerin lächelte ihre Freundin an und schüttelte den Kopf. »Nein, Peg. Ich danke dir von Herzen, aber dein rechtmäßiger Platz ist bei deinem Mann und deinen Kindern.«

»Und Eurer ist bei Eurem Volk. Hört auf das, was Eure Freunde Euch sagen, denn es kommt sicher auch von Herzen.«

»Das bezweifle ich nicht. Nun solltest du dich aber auf den Weg machen, Peg. Möge das Schicksal dich sicher nach Hause und in die Arme deiner Lieben führen.«

Die beiden Frauen umarmten sich noch einmal. Dann wandte sich Peg ab, griff nach dem Zügel ihres Rosses und schwang sich behände in den Sattel. Doch sie zögerte noch einen Moment und beugte sich zur Prinzessin hinunter.

»Dann will ich mal los, aber wenn Ihr einmal Hilfe brauchen solltet, Peg von den Hügeln ist immer für Euch da. Was auch in Keladon geschehen wird, bei mir könnt Ihr immer eine warme Mahlzeit und ein Dach über dem Kopf bekommen.« Sie warf einen kurzen Seitenblick zu Sebastian und lächelte verschmitzt. »Ihr hattet recht«, flüsterte sie. »Er ist wirklich ein gut aussehender Kerl!«

Die beiden Frauen hielten sich noch einen Augenblick bei den Händen, dann gab Peg ihrem Ross einen leichten Tritt in die Flanken und galoppierte durch den Bach und den sanften Hügel hinauf. Als sie die Hügelkuppe erreicht hatte, zügelte sie ihr Ross, drehte sich ein letztes Mal um und winkte. Dann ritt sie geschwind ins Tal hinunter und war nicht mehr zu sehen.

Prinzessin Kerin stand eine Weile da und sah ihr nach. Es vergingen einige Minuten, bis sie merkte, dass drei Augenpaare sie ansahen. Max hatte seinen Durst gelöscht und war ebenfalls stromabwärts gezottelt, um zu sehen, was seine Freunde jetzt vorhatten.

Prinzessin Kerin ging auf ihn zu und strich ihm zärtlich über die abgewetzten Hörner. »Ich habe dir noch gar nicht gedankt, Max«, flüsterte sie. »Du warst einfach großartig.«

Max schien einen Moment über ihre Worte nachzudenken. »Ich war ziemlich unglaublich, was?«, sagte er.

»Deine armen Hörner, sie sind ja ganz ramponiert. Ich wünschte, ich könnte etwas tun, damit es dir besser geht.«

»Hmm … du hast nicht zufällig ein paar frische Pommer dabei?«

»Max!«, rief Sebastian.

»Schon gut, war ja nur ein Versuch!«

Prinzessin Kerin wandte sich ab. »Ich … ich möchte eine Weile allein sein. Um nachzudenken«, sagte sie zu ihnen und ging am Ufer des Baches davon.

»Aber nicht zu lange, Eure Hoheit«, rief Cornelius ihr nach. »Vergesst nicht, vielleicht ist uns doch jemand aus Brigandia gefolgt.«

Doch sie antwortete nicht. Sebastian seufzte und ließ sich neben seinem Freund am Ufer nieder. Er fühlte sich müde und erschöpft von der Reise, aber er wusste, dass noch viel zu tun war. Er zog seine Stiefel aus und kühlte seine Füße im Fluss.

»Oh ja«, seufzte er erleichtert. »Das tut gut.« Er warf einen Blick auf Cornelius und die dicke Kruste von getrocknetem Blut, das durch sein Kettenhemd gesickert war. »Du solltest mich diese Wunde säubern lassen«, sagte er. »Nachher entzündet sie sich noch.«

Cornelius winkte ab. »Die Wunde werde ich säubern, wenn all das hier vorbei ist«, sagte er. Er blickte das Flussufer entlang zu der einsamen Gestalt, die dort umherwanderte. »Um diese Entscheidung beneide ich sie nicht«, sagte er. »Es wird viel Mut dazugehören zurückzugehen – nach allem, was passiert ist.«

»Aber was sollte sie sonst machen?«, fragte Max. »Das ist doch das Problem, wenn man Mitglied eines Königshauses ist. Man ist nicht darauf vorbereitet, irgendetwas anderes mit seinem Leben anzufangen.« Er sah verschmitzt zu Sebastian. »Vielleicht könnte sie es mit der Narrenkunst versuchen. Schlechter als gewisse andere Leute, von denen ich gehört habe, kann sie doch auch nicht sein.«

»Pass auf, was du sagst«, entgegnete Sebastian, aber in seiner Stimme war keine echte Bosheit, denn er musste zugeben, dass Max in Brigandia ein wahrer Held gewesen war.

Ohne ihn wären sie nie dort herausgekommen. Er wollte gerade etwas in der Richtung sagen, doch da schlug ihn Cornelius auf den Arm.

»He, aufstehen!«, sagte er.

Sebastian drehte den Kopf und sah, dass Prinzessin Kerin mit schnellen Schritten und neuer Entschlossenheit zu ihnen zurücklief.

»Ihr habt recht«, sagte sie zu ihnen, als sie näher kam. »Warum sollte ich das tatenlos hinnehmen? Er ist es schließlich, der im Unrecht ist, und nicht ich.«

»Nach Keladon also?«, fragte Cornelius.

»Nach Keladon«, sagte sie. »Ich will die Stadt zurückerobern… oder bei dem Versuch mein Leben lassen!«

* * *

In dieser Nacht kampierten sie in Sichtweite der Mauern von Keladon, nicht weit von der Hauptstraße, die zu den Stadttoren führte. Von hier würden sie mitbekommen, wenn sich jemand aus der Richtung von Brigandia näherte. Doch niemand war zu sehen.

»Die sind wahrscheinlich noch zu sehr damit beschäftigt, ihre Wunden zu lecken«, sagte Sebastian zu Prinzessin Kerin. »Seien wir doch ehrlich: Kasim wird es nicht gerade eilig haben, Septimus mitzuteilen, dass Ihr ihm entwischt seid.«

Sebastian und die Prinzessin saßen an einen mächtigen Baum gelehnt und suchten die Straße nach einem Lebenszeichen ab.

»Wo bleibt nur Cornelius?«, fragte die Prinzessin. »Er ist schon Ewigkeiten fort.«

Der kleine Krieger war vor einigen Stunden in Richtung

Stadttor aufgebrochen und hatte anscheinend keine Schwierigkeiten gehabt hineinzukommen.

»Er hat gesagt, da wären ein paar Dinge, die wir bräuchten«, sagte Sebastian. »Ich hoffe, eines davon ist Proviant, denn ich bin schon halb verhungert.«

Prinzessin Kerin schüttelte den Kopf. »Ich verstehe nicht, warum wir nicht einfach alle in die Stadt gegangen sind. Ich hab das Gefühl, wir verschwenden hier nur unsere Zeit.«

»Wir müssen den richtigen Moment abwarten«, erklärte ihr Sebastian. »Morgen früh, wenn der Markt in vollem Gange ist. Die halbe Bevölkerung wird auf den Straßen sein und der Rest von ihnen zumindest in Hörweite.« Er lächelte sie an. »Und macht Euch keine Sorgen, sie werden sich anhören, was Ihr zu sagen habt.«

Sie musterte ihn für einen Moment. »Habe ich dir eigentlich schon gedankt?«

»Gedankt? Wofür?«

»Dafür, dass du mir gefolgt bist. Dass du in Brigandia dein Leben für mich riskiert hast.«

Max, der ganz in der Nähe graste, räusperte sich bedeutungsvoll.

»Ja, du auch, Max. Ihr alle. Ich werde für immer in eurer Schuld stehen.«

»Unsinn«, widersprach Sebastian. »Ich habe doch nur… wir haben nur…«

»Ich weiß, wie leicht es für euch gewesen wäre, einfach zu verschwinden und mich meinem Schicksal zu überlassen. Aber ihr habt es nicht getan. Warum?«

»Weil… na ja, weil ich…« Sebastian saß da, starrte auf seine Füße und war außerstande, die Worte auszusprechen, die in seinem Herzen waren. »Was ich sagen will, Prinzessin, ist, dass ich… ich wirklich…«

»Er liebt Euch«, platzte Max dazwischen. »Das ist doch sonnenklar.«

Sebastian warf dem Büffelop einen vernichtenden Blick zu.

»Ich kann schon für mich selbst sprechen!«

»Na, dann würde ich mich an deiner Stelle aber ranhalten. Bis du so weit bist, ist sie ja eine alte Frau!«

»Ist das wahr, Sebastian?«, fragte die Prinzessin.

»Was, dass Ihr eine alte Frau sein werdet?«

»Nein, du Hornochse! Was Max gerade gesagt hat.«

Er drehte sich wieder zu ihr um. Ihr liebliches Gesicht war nur Zentimeter von seinem entfernt und das Herz klopfte ihm in der Brust. »Nun ja, ich … ich schätze, es ist …«

Ihre Augen brannten sich in die seinen. Er hatte das Gefühl, dass jeder Muskel seines Körpers zu Pudding geworden war. Er saß einfach nur da und starrte sie an.

»Sie würde jetzt gerne geküsst werden«, sagte Max leise.

»Kannst du dich nicht einmal um deinen eigenen Kram kümmern!«

»Ich meine doch nur …«

»Scht!«

Er nahm die Prinzessin in den Arm und zog sie an sich. Die Welt schien aufzuhören, sich zu drehen. Für einen langen, unglaublich schönen Moment gab es nur sie beide, die sich unter dem glitzernden Sternenzelt warm aneinanderschmiegten. Dann beugte er sich vor, um sie zu küssen …

»Ähem!«

»Nicht jetzt, Max!«

»*Ähem!*«

Es war nicht Max. Es war Cornelius, der mit mehreren Päckchen unter dem Arm in ein paar Schritten Entfernung stehen geblieben war. Sebastian und die Prinzessin fuhren schnell auseinander und saßen verlegen da.

»Ich hoffe, ich störe euch nicht bei irgendetwas«, sagte Cornelius.

»Nichts Weltbewegendes«, sagte Max.

»Gut.« Cornelius kam näher und setzte sich im Schneidersitz neben seine Freunde. Er legte eines der Päckchen zur Seite und begann, das andere auszupacken. »Ich hab es geschafft, noch ein paar Kronen zusammenzukratzen und etwas zu essen zu kaufen«, sagte er. »Es ist nicht viel. Etwas Brot und Käse, eine Kalebasse mit heimischem Wein...« Er wickelte das Papier auseinander und breitete das Essen vor ihnen aus.

»Cornelius, du bist einfach klasse!«, sagte Sebastian. Er brach einen Kanten Brot und ein Stück Käse ab und reichte sie Prinzessin Kerin. Als sie das Essen entgegennahm, berührten sich ihre Hände, und sie lächelten sich an. Für eine Weile aßen sie alle schweigend. Sie hatten keine Kelche, also reichte Cornelius die Kalebasse herum und sie nahmen alle einen Schluck aus dem großen Gefäß. Der Wein war etwas kratzig, aber er wärmte gut.

»Wie ist die Lage in der Stadt?«, fragte die Prinzessin, während sie Cornelius die Kalebasse zurückreichte.

»Reif für die Revolution«, erzählte er ihr. »Wo man auch hinkommt, reden die Leute von Euch und fragen sich, ob sie Euch je wiedersehen werden. Einige von ihnen glauben tatsächlich, dass Euch ein böser Magier weggezaubert hat...« Er deutete mit einem Kopfnicken auf Sebastian. »Aber viele andere sind von dieser Geschichte ganz und gar nicht überzeugt. Ich habe gehört, wie einige ihren Verdacht gegen König Septimus geäußert haben. Glaubt mir, es wird nicht viel erfordern, um diese Leute für uns zu gewinnen, und wenn sie sich uns anschließen, werden die anderen folgen.«

»Ich wünschte, ich hätte dein Selbstvertrauen.«

»Ihr werdet das schon schaffen.« Cornelius schob sein Essen zur Seite, griff nach dem anderen Paket und reichte es ihr. »Das ist für Euch«, sagte er. »Ich glaube, Ihr werdet es morgen brauchen können. Ich hatte kein Geld, um es zu bezahlen, und musste erst mal einen Händler finden, der bereit war, mich anschreiben zu lassen. Glücklicherweise bin ich Mitglied der Rotmäntel und werde als kreditwürdig angesehen.«

Prinzessin Kerin zögerte einen Moment, dann riss sie das Papier auf und zum Vorschein kam ein wunderschönes Kleid in einem kräftigen Rotton.

»Cornelius«, sagte sie. »Es ist wunderbar!«

Er zuckte die Achseln. »Morgen, wenn wir durch das Stadttor reiten, müsst Ihr von Kopf bis Fuß wie eine Prinzessin aussehen«, sagte er. »Wir haben nur eine Chance. Lasst uns unser Bestes geben.«

Sie beugte sich vor und küsste ihn auf die Wange. »Ihr beide seid wirklich fantastisch …«

»Ähem!«

»Entschuldige, Max. Ihr seid *alle* fantastisch. Das werde ich nicht vergessen. Wenn das alles vorbei ist – vorausgesetzt es läuft so, wie wir uns das vorstellen –, werde ich euch alle belohnen.«

»Darüber können wir dann immer noch nachdenken«, sagte Sebastian. »Lasst uns jetzt erst mal die Nacht hinter uns bringen. Wir sollten versuchen, etwas zu schlafen.«

Doch das war leichter gesagt als getan. Schließlich saßen die drei unter dem Sternenhimmel, redeten und schmiedeten Pläne, bis das erste Licht der Morgendämmerung den östlichen Himmel färbte.

KAPITEL 30

Alle Macht dem Volke

S ie warteten, bis die Sonne ganz aufgegangen und der Marktplatz am belebtesten war. Dann verkündete Cornelius, dass es Zeit sei, die letzten Vorbereitungen zu treffen.

Die Prinzessin verschwand hinter ein paar Büschen und zog ihr neues Kleid an. Sie fand einen kleinen Weiher und schrubbte sich mit einem Stoffstreifen ihres alten Kleides den Schmutz und den Ruß aus dem Gesicht. Während sie sich wusch, dachte sie darüber nach, wie sehr sie sich innerhalb weniger Tage verändert hatte. Das verwöhnte Kind von damals wäre sich viel zu fein gewesen, sich in einem Tümpel zu waschen. Als sie aus dem Gebüsch hervorkam, sah sie wieder ein bisschen mehr wie die frühere Prinzessin aus. Sie ging langsam zurück zu den anderen und Cornelius und Sebastian fielen beide instinktiv vor ihr auf die Knie.

»Das ist doch nicht nötig«, sagte sie zu ihnen.

»Und ob das nötig ist«, entgegnete Sebastian. »Ihr seid die rechtmäßige Königin von Keladon. Selbstverständlich verneigen wir uns vor Euch.« Er richtete sich auf und trat näher an sie heran. »Wegen gestern Abend…«, begann er.

»Lass uns jetzt nicht darüber reden«, bat sie ihn. »Dies könnte unser letzter Tag zusammen sein…«

Sie standen einen Moment da und sahen sich an, und wieder fragte sich Sebastian, ob sie darauf wartete, dass er sie küsste. Dann nahm er stattdessen ihre Hände in die seinen und drückte sie sanft. Für einen langen Moment sagte keiner von ihnen etwas.

»Na ja, immerhin haben wir gutes Wetter«, bemerkte Max etwas zu laut.

Sebastian und die Prinzessin traten wieder auseinander.

»Es ist Zeit«, sagte Cornelius.

Sie brauchten noch einige Minuten, um Prinzessin Kerins Kleid so zu drapieren, wie sie es sich vorgestellt hatten. Cornelius bestand darauf, dass man kein Detail vernachlässigen durfte. Dann ritten sie in flottem Galopp auf das Stadttor zu. Sie hatten die kurze Entfernung schnell zurückgelegt, und als sie näher kamen, rief ihnen eine Stimme vom Festungswall die übliche Frage entgegnen.

»Wer da? Freund oder Feind?«

Für einen Augenblick gab niemand eine Antwort.

Dann sprach Prinzessin Kerin mit klarer, selbstsicherer Stimme. »Soldaten von Keladon, ich bin es, Prinzessin Kerin!«

Noch einmal Stille. Ein paar weitere Männer erschienen auf der Brüstung und starrten überrascht zu ihnen herab. Dann hörten sie hinter den Stadtmauern die Stimme des Tierwärters, der einen Befehl schrie. »Schließt die Tore!«, brüllte er.

Einen Moment lang sahen die drei Reiter sich vollkommen verwirrt an. Dann begannen sich die Tore quietschend zu öffnen. Sebastian warf seinen Gefährten einen fragenden Blick zu.

»Ich erklär es dir später«, sagte Max.

Sie ritten hindurch auf den Platz hinter der Mauer. Eine Gruppe verdutzter Soldaten hatte sich am Eingang versammelt. Cornelius erkannte den rotgesichtigen Offizier, mit dem er einige Abende zuvor gesprochen hatte. Der Mann starrte Prinzessin Kerin einen Augenblick lang an, dann kniete er nieder.

»Eure Hoheit«, sagte er. »Ich ... ich bin erfreut, Euch zu sehen. Man hat mir gesagt, Ihr seid verschwunden, an einen furchtbaren Ort geschickt von ... von ...« Da erkannte er Sebastian und richtete vorwurfsvoll einen Finger auf ihn. »Von dem da!«, schnauzte er. »Wachen, ergreift diesen Mann und legt ihn in Ketten!«

»*Nein!*« Prinzessin Kerins Stimme ließ die Männer zusammenfahren. »Jetzt hört mir zu. Dieser Mann, Sebastian Dark ... und dieser Mann, Hauptmann Cornelius Drummel, sind meine getreuen Freunde ...«

»Ähem!«

»Und dieses brave Tier dort ist auch mein Freund. Wenn einer von euch ihnen irgendetwas zuleide tut, müsst ihr euch vor mir verantworten. Habe ich mich klar genug ausgedrückt?«

Der rotgesichtige Offizier verneigte sich. »Wie Ihr befehlt, Eure Hoheit. Doch jetzt erlaubt mir, einen Mann zum Palast zu schicken, um Euren Onkel von Eurer gesunden Rückkehr zu unterrichten.«

Prinzessin Kerin schüttelte den Kopf. »Schick niemanden«, sagte sie. »Ich möchte ... ihn lieber überraschen.« Sie blickte in die Runde der uniformierten Männer, die vor ihr knieten. »Ich möchte, dass du deinen Männern befiehlst, ihre Rösser zu besteigen. Lasst nur ein paar Wächter am Tor. Ihr werdet mich zum Marktplatz eskortieren, wo ich zu den Bewohnern von Keladon sprechen werde. Wenn ihr einen Trompeter habt, soll er unbedingt mitkommen.«

Der rotgesichtige Offizier sah sie skeptisch an. »Eure Hoheit, ich bin nicht sicher, ob ...«

»Verweigerst du mir den Gehorsam?«, fuhr Prinzessin Kerin ihn an.

Der Offizier verneigte sich pflichtbewusst und rief seinen Männern einen Befehl zu. »Sattelt auf! Wir reiten mit der Prinzessin.«

Cornelius deutete auf einen großen Heuwagen, der neben dem Wärterhäuschen stand. »Seid so gut und spannt unseren Büffelop vor diesen Wagen«, sagte er. »Die Prinzessin kann von der Ladefläche aus ihre Rede halten.«

»Ein Heuwagen?« Der Offizier machte ein entsetztes Gesicht, doch die Prinzessin bedeutete ihm zu gehorchen.

»Was hast du mit dem Wagen vor?«, murmelte Sebastian.

»Es ist doch ein guter Streitwagen für eine in den Krieg ziehende Königin«, antwortete Cornelius. »Und mit Max als Zugtier kann uns kaum noch etwas aufhalten.«

Max stöhnte. »Oh nein, nicht schon wieder«, protestierte er. »Immer benutzt ihr mich als Rammbock.«

»Mein lieber Freund«, sagte Cornelius. »Jede Revolution fordert ihren Tribut. Wir müssen alle bereit sein, einen Preis zu zahlen.«

»Ja, ja«, sagte Max trübsinnig. »Aber manchmal habe ich wirklich das Gefühl, ausgenutzt zu werden.«

In ein paar Minuten war alles erledigt. Die drei Freunde stiegen von den Rössern, Cornelius setzte sich auf den Kutschbock und Sebastian und die Prinzessin kletterten hinten auf den Heuwagen. Die berittenen Kavalleristen bildeten zu beiden Seiten des Wagens eine Schutztruppe. Cornelius gab Max einen Klaps mit den Zügeln und der Büffelop trottete die Hauptstraße entlang. Nach kurzer Zeit erreichten sie den Marktplatz. Wie sie gehofft hatten, war schon die halbe Stadt auf den Beinen. Sobald die Menschen die Prinzessin in ihrem prächtigen roten Kleid erblickten, ließen sie alles stehen und liegen und versammelten sich voller Begeisterung um den Wagen, die Köpfe ehrfurchtsvoll geneigt.

»Trompeter, eine Fanfare bitte«, sagte Prinzessin Kerin. »Ich möchte sichergehen, dass mir alle zuhören.«

Der Trompeter hob sein bronzenes Instrument an den Mund und stieß einen lauten Tusch aus. Sebastian blickte nervös die Straße hinauf, doch dann sagte er sich, dass sie immer noch zu weit vom Palast entfernt waren, um dort gehört zu werden. Der Trompetenstoß rief noch mehr Menschen herbei, die aus den Geschäften, Cafés und Häusern strömten und so nah wie möglich an den Wagen herankamen, bis er von einer aufgeregten Menschenmenge umringt war.

Prinzessin Kerin stand langsam auf. »Na, dann mal los«, redete sie sich leise zu. Sie ging in die Mitte der Ladefläche, stemmte die Hände in die Hüften und hob den Kopf. Langsam ließ sie den Blick über die Masse der verblüfften Gesichter gleiten und wartete einen Moment, um die Spannung zu erhöhen. Dann versuchte sie, den dicken Kloß in ihrem Hals herunterzuschlucken, und holte tief Luft. So laut und deutlich, wie sie konnte, begann sie zu sprechen.

»Bürger von Keladon. Eure Prinzessin ist zu euch zurückgekehrt!«

Die Menge jubelte begeistert, und die Prinzessin musste die Hände heben, um sie wieder zur Ruhe zu bringen.

»Vielen von euch hat man gesagt, dieser Mann, der Hofnarr Sebastian Dark, wäre für mein Verschwinden verantwortlich.

Ich sage euch jetzt, das stimmt nicht! Nur durch die Hilfe von ihm und seinem Freund, Hauptmann Drummel, – und dem mächtigen Büffelop, der diesen Wagen zieht – bin ich frei und kann heute hier vor euch stehen.« Sie machte eine kurze Pause und blickte ernst auf das Meer verwirrter Gesichter um sich herum. »Ich bin nicht von übernatürlichen Kräften in eine mystische Welt versetzt worden. Das war eine Lüge, ersponnen von den Leuten, die mich entführt haben.«

Jetzt waren von allen Seiten erschrockene Ausrufe zu hören. Die Prinzessin wartete, um sicherzugehen, dass alle sie richtig verstanden hatten.

»Ja, entführt – nicht durch Zauberkraft und Hexerei, sondern durch echte Menschen, die immer noch im Palast am Ende dieser Straße residieren. Und was das Ganze noch schlimmer macht« – sie hielt kurz inne, um ihre Worte wirken zu lassen – »ausgerechnet an meinem Geburtstag!«

Erneut schnappten die Zuhörer erschrocken nach Luft und das unzufriedene Gemurmel der Menge schwoll weiter an.

»Diese Leute haben sich verschworen, mich zu stürzen. Diese hinterhältigen Feiglinge haben mich nach Brigandia verschleppt und wollten mich auf dem Sklavenmarkt verkaufen!«

Da schrien die Zuhörer noch einmal auf. Sie alle verabscheuten die Stadt der Diebe, und der Gedanke, dass ihre Prinzessin auch nur in die Nähe dieses Ortes gekommen war, erschien ihnen unerträglich.

»Ja, es stimmt wirklich!«, versicherte sie ihnen. »Wie ein Stück Vieh wurde ich behandelt und vor dem Abschaum von Brigandia auf die Auktionstribüne gezerrt. Es war nur das tapfere Einschreiten dieser beiden Männer – und ihres Büffelops –, das mich davor bewahrte, an den höchsten Bieter verkauft zu werden.«

Jetzt waren aus der Menge Laute der Wut und Empörung

zu hören. Die Menschen schüttelten die Fäuste in Richtung des Palastes, auch wenn man ihn vom Marktplatz aus nicht sah.

»Und jetzt, mein gutes Volk von Keladon, komme ich zum schlimmsten Teil meiner traurigen Geschichte. Macht euch auf eine schreckliche Wahrheit gefasst. Der Mensch, der mich verraten hat – der Mensch, der mich in ein so elendes Schicksal gestoßen hat –, war mein eigener Onkel, König Septimus!«

Für einen Moment herrschte absolute Stille. Es war offensichtlich, dass die Zuhörer unter Schock standen. Doch dann erhob sich wieder ein Gebrüll, so laut, dass Sebastian sich die Ohren zuhalten musste. Die Prinzessin wartete darauf, dass der Lärm etwas abebbte, bevor sie weitersprach.

»Ja, euer König – euer *vorläufiger* König – beschloss, dass er das Königreich nicht an mich übergeben wollte. Er beschloss, dass er alles, und sei es auch noch so verachtenswert, tun würde, um seinen Platz auf dem Thron zu sichern. Und um zu erklären, was passiert war, dachte er sich eine kaltblütige Lüge aus, damit niemand je erfahren würde, was er getan hatte. Doch ich bin entkommen und kann ihn nun als das entlarven, was er ist. Ein Lügner, ein Dieb und – noch schlimmer – ein Mörder!«

Fassungslose Aufschreie waren zu hören.

»Ja, ich schwöre es bei meinem eigenen Leben!«, rief die Prinzessin. »Ich habe eine schreckliche Wahrheit über meinen Onkel Septimus erfahren, den Menschen, dem ich mehr als allen anderen vertraut habe. Er war es, der den Tod meiner Eltern – eures früheren Königs und seiner Frau – geplant hat. Er … er und seine niederträchtige Gefährtin, Magda, haben sie vergiften lassen!«

Jetzt war der Lärm der Menge ohrenbetäubend – und bald

konnte Sebastian hören, wie irgendwo in der Mitte ein Sprech-gesang anschwoll. Anfangs waren es nur ein paar Leute, doch dann wurde der Ruf immer lauter, als mehr und mehr Menschen einstimmten.

»Nieder mit dem König, nieder mit dem König, *nieder mit dem König*!«

»Bürger von Keladon, ich bitte euch um eure Hilfe«, schrie Prinzessin Kerin gegen den Lärm an. »Ich bitte euch, alle Waffen, die ihr finden könnt, zusammenzusuchen und mit mir zum Palast zu kommen, wo ich den Thron zurückverlangen will, der mir von Rechts wegen zusteht!«

Diese Ankündigung wurde mit viel Jubel begrüßt. Dann kam es plötzlich zu einem Tumult am Rande der Menschenmenge, als sich aus Richtung des Palastes mehrere berittene Soldaten näherten. Sebastian sah, dass die Truppe von Hauptmann Tench angeführt wurde. Mit stählernem Blick starrte er auf die große Menschenansammlung.

»Was geht hier vor?«, fragte er. »Wer hat diese Versammlung genehmigt? Geht sofort zurück in eure Häuser!« Dann fiel sein Blick auf die Prinzessin auf dem Heuwagen und sein Unterkiefer klappte herunter. Für einen Moment saß er vollkommen reglos auf seinem Ross und starrte sie sprachlos an. Dann bemerkte er die berittenen Soldaten, die sie eskortierten. »Was... was zum Teufel macht ihr da, Männer?«, schrie er. Er zeigte auf Cornelius und Sebastian. »Nehmt sie fest, bringt sie zum Palast!« Doch die Soldaten sahen ihn nur mit stillem Vorwurf an, und Tench musste feststellen, dass seine Macht und sein Einfluss plötzlich verpufft waren. Nackte Angst überkam ihn. Er versuchte ungeschickt, sein Ross umzulenken und zu fliehen.

»Haltet sie!«, rief Prinzessin Kerin. »Lasst sie nicht entkommen!«

Sofort griffen unzählige Hände nach den berittenen Soldaten.

»Fasst mich nicht an!«, brüllte Hauptmann Tench. »Wie könnt ihr es wagen! Wie ...«

Dann wurde er kopfüber vom Sattel gezogen und in die Menge gezerrt. Wütend trat er um sich, doch dann prasselten Schläge auf ihn nieder und zwangen ihn zu Boden.

»Schnappt euch ihre Waffen!«, schrie Cornelius. »Nehmt ihre Rösser. Nehmt alle Waffen, die ihr finden könnt. Bürger von Keladon, ihr seid belogen worden, ihr seid geschröpft worden von einem Mann, der es nicht einmal verdient hat, die Stiefel der rechtmäßigen Herrscherin zu küssen. Doch die Stunde der Rache ist gekommen. Auf zum Palast!«

Er schlug mit den Zügeln, und Max begann, den Heuwagen langsam durch das Gedränge zu ziehen. Die Menschen traten zur Seite, um ihn durchzulassen, und bald tauchte der Wagen aus der Menge auf. Die berittenen Soldaten nahmen zu beiden Seiten des Wagens Aufstellung und hinter ihnen rückte ihre Armee auf. Als Sebastian sich umschaute, sah er, dass die Marktbudenbesitzer alles verteilten, was auch nur im Entferntesten nach einer Waffe aussah, während andere Bürger in ihre Häuser rannten und alles heranschleppten, was sie für nützlich hielten. Er sah Mistgabeln, Armbrüste, uralte rostige Schwerter und Speere, die wahrscheinlich seit Jahrzehnten nicht benutzt worden waren.

»Ein ganz schön bunter Haufen, den wir da zusammengetrommelt haben«, bemerkte er leise.

»Wir haben Wahrheit und Recht auf unserer Seite«, sagte Cornelius. »Und natürlich meinen alten Liebling: das Überraschungselement.«

»Denkst du, das wird reichen?«

Cornelius grinste. »Frag mich das später noch mal«, sagte er.

Jemand beugte sich zu Sebastian und gab ihm zwei Schwerter. Er reichte eines davon an Prinzessin Kerin weiter, und als sie es entgegennahm, trafen sich ihre Blicke.

»Wie war ich?«, fragte sie ihn.

»Durch und durch die Königin dieses Landes«, versicherte er ihr. »Diese Leute werden Euch überallhin folgen.«

»Ich hoffe nur, ich führe sie nicht in ihr Verderben«, sagte sie. Dann ging sie zum vorderen Ende des Wagens und stützte sich mit einer Hand am Kutschbock ab. Sie hielt ihr Schwert in die Luft, damit es alle sehen konnten.

»Bürger von Keladon!«, schrie sie. »Auf zum Siege!«

Cornelius schlug noch einmal mit den Zügeln und Max preschte los. Die Soldaten trieben ihre Rösser an, und die wütende Menge folgte, schwang die Waffen und stürmte die breite Straße hinauf, die zum Palast führte.

KAPITEL 31

Nieder mit dem König

König Septimus war sehr zufrieden mit sich. Er war betrunken und mit einem übervollen Magen ins Bett gegangen und trotzdem früh aufgestanden. Er hatte ein herzhaftes Frühstück mit all seinen Lieblingsdelikatessen gegessen, hatte ein heißes Bad mit Ölen und Duftwässern genommen und sich soeben mithilfe von Malthus in seine edelsten Gewänder gekleidet. Es war ein befriedigendes Gefühl zu wissen, dass er jetzt der unangefochtene König von Keladon war und dass niemand mehr da war, der ihm den Thron streitig machen konnte. Er fragte sich, wo Prinzessin Kerin jetzt wohl war und stellte sich amüsiert vor, wie sie, in Lumpen gekleidet, auf Händen und Knien umherkroch und den Fußboden einer Latrine schrubbte.

Er fläzte sich auf ein Seidensofa in seinen königlichen Gemächern und überlegte, was er mit dem Rest des Tages anfangen sollte.

»Vielleicht mache ich später einen Besuch in der königlichen Schatzkammer«, sagte er zu Malthus. »Es ist eine ganze

Weile her, dass ich zuletzt meine Schatztruhen durchgesehen und nachgezählt habe, wie viel ich besitze.«

»Vier Tage, Majestät«, sagte Malthus, ohne eine Spur von Ironie.

»Hmm. So lange ist das schon her? Nun ja…«

»Bei der Gelegenheit, Majestät, könntet Ihr ja vielleicht auch einmal die unbedeutende Angelegenheit meines Gehalts prüfen.«

»Was ist mit deinem Gehalt?«, brummte König Septimus.

»Nun ja, das letzte Mal, als wir über diese Angelegenheit sprachen, habt Ihr mir gesagt, Ihr würdet es eventuell in Erwägung ziehen, mir tatsächlich eines zu geben.«

Septimus machte ein mürrisches Gesicht. »Willst du damit etwa sagen, Malthus, dass du für die Ehre, mir zu dienen, auch noch bezahlt werden willst?«

»Ja, Majestät! Äh… ich meine, nein, Majestät, natürlich nicht. Ich meine nur…«

»Mein Nachttopf muss geleert werden. Und bevor du das machst, öffne die Fensterläden und lass mal etwas Luft rein.«

»Ja, Majestät.« Der Leibdiener eilte, um den Befehl seines Herrn auszuführen. Er entriegelte die Fensterläden und öffnete sie weit, um die frische Morgenluft hereinzulassen. Es war ein schöner Sommertag, und man konnte die ganze Hauptstraße überblicken, die den Berg hinunter zum Marktplatz führte. Als Malthus hinaussah, entdeckte er etwas Ungewöhnliches. Eine Menschenmenge kam um die Straßenecke. Eine ziemlich große Menschenmenge. Er rechnete damit, dass sie sich auflösen würde, doch das tat sie nicht. Es schienen wirklich sehr viele Menschen zu sein, Tausende sogar. Und wenn man sah, wie sie mit den Fäusten fuchtelten – und mit einer furchterregenden Sammlung von Waffen –, konnte man kaum davon ausgehen, dass sie einen friedlichen Ausflug zum Palast machen wollten.

Malthus öffnete den Mund, um etwas zu sagen, doch dann überlegte er es sich noch einmal anders. Es war ihm bewusst geworden, dass es am besten wäre, schnellstmöglich von hier zu verschwinden, und er wollte sich nicht von einem weiteren Befehl des Königs zurückhalten lassen. Also wandte er sich schnell vom Fenster ab, griff nach dem königlichen Nachttopf und schritt auf die Tür zu, so schnell, dass der Inhalt des Topfes über die Ränder schwappte.

»Malthus, du Vollidiot, pass doch auf!«

»Entschuldigung, Majestät.« Doch Malthus verlangsamte sein Tempo nicht. Zügig schritt er weiter auf die Tür zu.

»Warum so eilig, Mann?«

»Ein... dringendes Bedürfnis, Majestät!« Und schon war Malthus aus der Tür und lief auf die Treppe zu. Septimus hörte ein plötzliches Scheppern, als der Nachttopf in der Eile zu Boden geworfen wurde.

»Was zum...? Malthus? Malthus!«

Keine Antwort. Der König stand auf und ging für eine Weile unruhig im Zimmer auf und ab. Er spürte, dass etwas nicht in Ordnung war. Dann ließ ihn das entfernte Geräusch lärmender Stimmen zum offenen Fenster laufen. Vollkommen entsetzt starrte er auf die riesige Menschenmenge, die auf den Palast zustürmte. Selbst auf diese Entfernung erkannte er die Gestalt in dem leuchtend roten Kleid, die auf dem Wagen an der Spitze der Menge stand. Für einen Moment stand er mit offenem Mund am Fenster und wollte nicht glauben, was da geschah. Dann kam er wieder zur Besinnung, drehte sich um und rannte aus dem Zimmer.

Die zwei Wachen, die vor seiner Tür standen, schlugen zackig die Hacken zusammen.

»Schlagt Alarm«, schrie König Septimus. »Ein bewaffneter Mob nähert sich dem Palast. Schickt die Rotmäntel her, um mich zu beschützen. Und ihr anderen, geht raus und haltet den Pöbel auf. Verbarrikadiert die Türen und verteidigt sie mit eurem elenden Leben!«

»Jawohl, Majestät.« Die zwei Männer drehten sich um, rannten die Treppe hinunter und riefen Alarm.

König Septimus wollte sich gerade wieder in seine Gemächer zurückziehen, als er eine gebrechliche Gestalt erblickte, die aus einem der Korridore zu seiner Linken auftauchte. Es war Magda, und sie trug eine große Tasche über der Schulter, während sie sich auf einen dicken Gehstock stützte.

»Magda«, sagte er. »Wohin des Weges?«

Sie war ganz offensichtlich nicht erfreut, ihn zu sehen. »Majestät!«, rief sie. »Was für eine angenehme Überraschung. Ich will nur... äh... einen kleinen Besuch... bei meiner... Mutter machen.«

»Deine Mutter?« König Septimus lächelte süß. »Ich hab gar nicht gewusst, dass deine Mutter noch lebt. Also, die muss ja jetzt... wie alt sein? Hundertzwanzig, hundertdreißig?«

Magda lächelte und zeigte ihre braunen Zahnstümpfe. »Sie hat ein stolzes Alter erreicht, Majestät, aber es geht ihr nicht gut. Sie braucht meine Kräuter und Tinkturen, um wieder zu Kräften zu kommen. In ein, zwei Tagen bin ich wieder zurück.«

»Hmm. Es könnte nicht zufällig sein, dass dir zu Ohren gekommen ist, dass sich ein wütender Mob auf den Palast zubewegt? Ein Mob, der von Prinzessin Kerin angeführt wird. Es könnte nicht zufällig sein, dass du dich aus dem Staub machen willst?«

Magda täuschte einen Gesichtsausdruck völliger Verblüf-

313

fung vor. »Ein Mob, Eure Majestät? Ich hatte keine Ahnung!«

»Oh, na gut. Du hast nicht davon gewusst. Dann solltest du dich jetzt wohl am besten auf den Weg zu deiner Mutter machen, nicht wahr?«

»Danke, Majestät.« Magda begann, auf die Treppe zuzuhumpeln, so schnell ihre uralten Beine sie trugen.

»Und wie willst du dort hinkommen?«, fragte König Septimus. Er holte sie ein und legte eine Hand auf ihre Schulter.

Sie schluckte nervös. »Ich … ähm … hab gedacht, ich nehme eine Kutsche«, sagte sie leise.

»Aber nicht doch. Eine Frau mit deinen magischen Talenten? Ich bin sicher, du würdest sehr viel schneller da sein, wenn du eine … nun ja, überirdische Form der Fortbewegung wählen würdest.«

»Was meint Ihr damit, Majestät?«

»Ich meine, du solltest verdammt noch mal *fliegen*!«, brüllte er. Und damit packte er sie mit beiden Händen am Kleid und warf sie die Treppe hinunter. Interessiert verfolgte er, wie ihr gebrechlicher Körper die Marmorstufen hinunterstürzte, und registrierte mit Genugtuung, dass sie es fertigbrachte, auf jeder einzelnen Stufe aufzuschlagen.

Am Ende der Treppe blieb ihr lebloser Körper liegen, genau vor den Füßen einiger bewaffneter Männer in tiefroten Mänteln. Die Leibgardisten des Königs sahen erschrocken auf die verdrehten Gliedmaßen der alten Frau hinunter.

»Jetzt glotzt doch nicht so, ihr Idioten!«, fuhr der König sie an. »Bewegt eure Hintern und stellt euch hier oben auf. Wenn irgendjemand versucht, die Treppe heraufzukommen, macht Hackfleisch aus ihm.«

Die Männer eilten die Treppe hinauf, um den Befehl auszuführen. Schließlich hatten sie geschworen, den König mit ihrem Leben zu verteidigen, mochte er auch die Angewohnheit haben, alte Frauen in den Tod zu stürzen. Auf dem oberen Treppenabsatz drehten sie sich um und zogen ihre Schwerter.

»Damit ihr es gleich wisst«, sagte der König, »diesen Aufstand hat Prinzessin Kerin angezettelt. Es könnte sein, dass sie es ist, die den Angriff gegen euch anführt. Vergesst ihre königliche Herkunft. Ihr werdet sie behandeln, wie ihr jeden anderen behandeln würdet, der die Souveränität eures Königs bedroht. Das befehle ich. Und jetzt macht schon, ihr Mistkerle. Ich bin in meinen Gemächern.«

Er verschwand durch seine Tür und eilte zum Fenster. Die Menge war jetzt schon sehr nah – beängstigend nah. Er konnte die Insassen des Wagens genau erkennen: Prinzessin Kerin, die ein Schwert in die Höhe reckte und wie eine Verrückte schrie; der kleine Golmirer, der die Zügel umklammert hielt und dieses Mistvieh von einem Büffelop antrieb; und dieser unverschämte Bastard von einem Narren, der neben Prinzessin Kerin auf der Ladefläche hockte.

König Septimus murmelte etwas sehr Ordinäres. Sollten sie doch versuchen, es mit ihm aufzunehmen, dachte er. Er würde sich nicht kampflos ergeben.

* * *

Unten auf dem rumpelnden, schwankenden Wagen konnte Sebastian schon die Palasttüren sehen. Als sie näher kamen, öffneten sich die Tore, und uniformierte Soldaten strömten, Schwerter und Speere schwingend, heraus. Sie stellten sich in dichten Reihen auf den Vorplatz und bildeten mit erhobenen Schilden einen anscheinend undurchdringlichen Schutzwall aus Bronze.

Der letzte Mann, der aus der Tür trat, musste sich bücken, um sich nicht den Kopf zu stoßen. Es war Klart, der Champion des Königs, bekleidet mit einem schweren Brustharnisch und bewaffnet mit einer Keule von der Größe eines kleinen Baumes. Sobald er herausgetreten war und seine Position eingenommen hatte, schlug die Tür hinter ihm zu, und Sebastian wusste, dass die im Schloss gebliebenen Soldaten sie nun sicher verbarrikadieren würden.

Der Wagen erreichte jetzt die kleine Treppe, die zum Vorplatz des Palastes hinaufführte. Sebastian war davon ausgegangen, dass sie hier anhalten und vom Wagen steigen müssten. Doch Cornelius hatte andere Pläne. Er gab Max einen Klaps mit den Zügeln und trieb ihn zu einem noch schnelleren Tempo an. Er warf einen Blick zurück über seine Schulter.

»Haltet euch fest!«, brüllte er, und Sebastian und die Prinzessin klammerten sich an die Wände der Ladefläche.

Max stürmte die Stufen hinauf. Es gab einen heftigen Ruck, als die schweren Räder des Wagens auf den harten Marmor trafen, und für einen Moment dachte Sebastian, das alte Gefährt würde auseinanderbrechen. Doch dann fanden die Räder Halt, und der Wagen rumpelte aufwärts, holpernd und bockend wie ein vom Teufel besessenes Tier.

Im Nu hatten sie wieder ebenen Boden unter sich und rasten über den weitläufigen Vorplatz, wo die Soldaten sie erwarteten. Als er zurückblickte, sah Sebastian die wütende Menge hinter ihnen die Treppen hinaufstürmen. Er drehte sich gerade wieder um, als Max mit dem Kopf voran in die Wand von Schutzschilden bretterte und die Soldaten wie Kegel zu Boden stieß. Und dann verwandelte sich die Welt in ein wildes Durcheinander von schreienden, kreischenden Menschen. Soldaten kletterten auf den Wagen, und Sebastian schlug mit seinem Schwert nach ihnen und stieß sie wieder hinunter, doch sobald ein Mann hinuntergestürzt war, kam ein anderer nach. Sie schienen von allen Seiten anzugreifen und er musste um sein Leben kämpfen.

Eine ganze Zeit lang konnte er nur flüchtige Blicke auf das Geschehen um sich herum erhaschen. Er sah Prinzessin Kerin, die um sich schlug wie ein professioneller Schwertkämpfer und ihren Anhängern aufmunternde Worte zurief. Er sah Cornelius, der auf dem Kutschbock des Wagens stand, wie ein Irrer vor sich hin grinste und Soldaten niederschlug, wie ein Bauer mit seiner Sense den Weizen mäht. Dann fiel Sebastians Blick auf Klart, der mit seiner mächtigen Keule Schläge hageln ließ und es doch nicht schaffte, die unaufhaltsame Menge von Menschen abzuwehren, die wie Ameisen über ihn herfielen. Sie hielten seine Arme und Beine fest, brachten ihn zu Fall, stürzten sich auf ihn und schlugen und stachen mit allem zu, was sie gerade in die Hände bekamen. Innerhalb kürzester Zeit verschwand Klart unter einem Haufen tobender Menschen und war nicht mehr zu sehen.

Und plötzlich wurde auch der Wagen nicht mehr angegriffen. Als Sebastian sich umblickte, sah er, dass die Streitmacht vor dem Palasteingang besiegt war. Nicht ein Soldat stand mehr auf dem Vorplatz. Cornelius sprang vom Kutschbock und begann, Max auszuspannen. Sobald er frei war, sprang der Büffelop los und suchte nach neuen Angriffszielen, doch da waren keine mehr, zumindest im Augenblick nicht. Cornelius kletterte zurück auf den Wagen und rief den Menschen um sich herum einen Befehl zu.

»Der Wagen!«, brüllte er. »Wir werden ihn als Rammbock verwenden!«

»Na, das ist ja mal was anderes. Sonst musste ich ja immer dafür herhalten«, murmelte Max.

Die Menge gehorchte sofort. Viele Freiwillige drängten sich um den Wagen und eifrige Hände griffen nach seinen Holzwänden.

»Und jetzt alle zusammen!«, rief Cornelius. »Eins, zwei, drei... los!«

Mit vereinten Kräften stießen sie den Wagen über den Platz und geradewegs auf die Palasttüren zu. Menschen stoben auseinander, um ihn durchzulassen. Der vordere Teil des Wagens krachte gegen das Holz und die Türen gaben ein wenig nach, doch dann sprangen sie zurück. Der Aufprall war so gewaltig, dass Sebastian und Prinzessin Kerin sich nicht mehr auf den Füßen halten konnten. Für einen Moment lagen sie auf der Ladefläche und sahen sich an.

»Vielleicht sollten wir von diesem Ding runtergehen«, sagte Sebastian.

Sie schüttelte den Kopf. »Die Leute müssen mich sehen«, erklärte sie ihm.

»Und noch einmal!«, schrie Cornelius. Der Wagen wurde wieder zurückgerollt, ganz bis ans Ende des Vorplatzes. »Eins, zwei, drei... los!«

Diesmal war der Aufprall noch heftiger und die Türen bogen sich mit einem lauten splitternden Geräusch nach innen.

»Noch einmal! Wir sind fast durch!«, brüllte Cornelius. Der Wagen rumpelte zurück.

Sebastian griff nach Prinzessin Kerins Hand und drückte sie. »Diesmal klappt es«, versicherte er ihr.

Es herrschte eine lange, tiefe Stille, während alle ihre Kräfte sammelten.

»Eins, zwei, drei... *los!*«

Jeder Einzelne gab sein letztes Quäntchen Kraft, und der Wagen raste über den Platz, als würde er von der Hand eines unsichtbaren Riesen angeschoben. Als das Fuhrwerk gegen das Holz krachte, ging der Ruck durch Sebastians ganzen Körper. Was auch immer die Türen verschlossen gehalten hatte, zerbrach unter der Wucht des Aufpralls wie ein Zweig. Die Türen sprangen krachend auf, und der Wagen donnerte in die Empfangshalle des Palastes und durchbrach die Reihen von Soldaten, die dort Stellung bezogen hatten.

Prinzessin Kerin sprang auf die Füße und schwenkte ihr Schwert. »Weiter geht's!«, rief sie. »Der Sieg ist nah!« Eine riesige Welle von schreienden Menschen drang durch das zertrümmerte Tor und trieb die verbliebenen Soldaten vor sich her, immer weiter in den Palast hinein. Die Prinzessin sprang vom Wagen und schloss sich, ohne eine Sekunde zu zögern, der Menge an. Sebastian kletterte ebenfalls vom Wagen und wollte ihr folgen, doch da spürte er, wie ihn jemand kräftig am Saum seiner Weste zog. Er sah hinunter und erblickte Cornelius. Der Freund deutete auf die große Treppe, an deren Fuße der leblose Körper der Hexe Magda lag.

»Da oben«, sagte Cornelius. »Die königlichen Gemächer. Dort wird er sich verstecken.«

Sebastian warf der Prinzessin einen letzten besorgten Blick nach, dann nickte er und folgte Cornelius. Noch während er die Stufen hinauflief, bemerkte er, dass der größte Teil ihrer Armee noch unten war und die letzten Soldaten durch das Labyrinth der Korridore im Erdgeschoss jagte. Sebastian und Cornelius eilten die riesige Treppe hinauf und hielten erst inne, als sie oben angekommen waren.

Vor ihnen auf dem Treppenabsatz stand eine Reihe von Männern in unverwechselbaren Uniformen. Es waren die königlichen Leibgardisten, die Rotmäntel.

KAPITEL 32

Der entscheidende Kampf

Cornelius kam kurz vor den Leibwächtern zum Stehen. Er musterte jedes der Gesichter, bevor er sprach.

»Rotmäntel«, sagte er. »Ich möchte ungern gegen euch kämpfen. Ich gehöre erst seit ein paar Tagen zu eurem Verband, aber ich betrachte euch als meine Waffenbrüder.«

Ein großer bärtiger Mann, offensichtlich der Anführer der Truppe, antwortete: »Und als Mitglied der Rotmäntel, Hauptmann Drummel, habt Ihr genau wie wir geschworen, das Leben des Königs zu beschützen. Warum dann greift Ihr den Palast an?«

Cornelius zog die Stirn in Falten. »Dafür habe ich einen guten Grund. Als ich jenen Eid geschworen habe, gelobte ich meines Wissens, einen ehrbaren Mann zu verteidigen – nicht einen Tyrannen, der seine eigene Nichte in die Sklaverei schickt, um zu verhindern, dass sie Königin wird.«

Sebastian hatte erschrockene Gesichter erwartet, doch die Männer zeigten keinerlei Reaktion. Sebastian spürte, wie sich in seinem Magen ein flaues Gefühl ausbreitete.

»Ach, wer hat dir das denn erzählt?«, höhnte der bärtige Mann.

»Niemand. Ich habe es selbst gesehen. Mein Freund Sebastian und ich haben die Prinzessin erst gestern vom Sklavenmarkt in Brigandia gerettet. Und das ist noch nicht das Ende des königlichen Komplotts. Er hat auch die Ermordung des früheren Königs und seiner Frau befohlen. Er hat sogar mir auf meiner ersten Mission eine Falle gestellt. Fünfzehn Briganten sollten mich zum Schweigen bringen. Ich kann euch versichern, der Mann, der sich hier oben in seinen Gemächern verkrochen hat, ist es nicht wert, verteidigt zu werden.«

Der bärtige Mann lächelte spöttisch. »Und wenn ich Euch sagen würde, Hauptmann Drummel, dass wir von diesem Hinterhalt gewusst haben – und von dem, was der König mit der Prinzessin vorhatte? Wenn ich Euch erzählen würde, dass jeder von uns großzügig dafür bezahlt wurde, dass wir vor allem die Augen verschlossen? Was würdet Ihr dann sagen?«

Die Augen des kleinen Kriegers weiteten sich erschrocken. Ein Ausdruck der Abscheu erschien auf seinem Gesicht. »Ich würde sagen, dass die Rotmäntel nichts als eine Farce sind«, knurrte er. »Und dass ich keinen Tag länger zu dieser Truppe gehören möchte.«

»Was, wenn wir Euch dasselbe Angebot machten?«, sagte der zweite Mann. »Ihr könntet reicher sein, als Ihr es Euch je erträumt habt.«

»Aber ich würde keine Ehre haben«, entgegnete Cornelius. »Und mein Leben wäre so wertlos wie die euren.«

Der bärtige Mann lachte. »Oh, kommt schon, Hauptmann Drummel, Ihr glaubt doch nicht im Ernst, dass Ihr es mit uns aufnehmen könnt. Wir sind die besten Krieger im Land. Wir werden Euch im Handumdrehen niederstrecken.«

Cornelius verbeugte sich. »Gentlemen, das könnt Ihr herzlich gerne versuchen«, sagte er.

Sebastian stellte sich neben Cornelius, doch der kleine Krieger schob ihn zurück.

»Jetzt wird es ernst, junger Freund«, sagte er. »Nimm es mir nicht übel, aber ich will nicht, dass du mir in die Quere kommst.«

»Cornelius...«

»Nein. Wenn ich es dir doch sage, geh aus dem Weg!«

Sebastian zuckte die Achseln und ging widerstrebend ein paar Stufen zurück. Es folgte eine lange Stille, während die Gegner sich taxierten. Dann trat der bärtige Mann nach vorn und hob sein Schwert. Cornelius wartete gelassen. Der Mann holte aus und wieder einmal machte Cornelius diese beiläufige, kaum wahrnehmbare Handbewegung. Sein Gegner stolperte noch ein paar Schritte nach vorn, doch seine Augen starrten ins Leere und auf seiner Brust breitete sich wie eine Blüte ein heller Blutfleck aus. Dann verlor er das Gleichgewicht und polterte die Treppe hinunter.

Die anderen Männer der Leibgarde tauschten ungläubige Blicke. Dann stürzten sie sich alle gleichzeitig auf Cornelius. Für einen Moment war er nicht mehr zu sehen, begraben unter einem Knäuel von fuchtelnden Körpern; doch dann riss er sich los und machte einen Salto nach oben, hinaus aus dem Gewühl, und landete elegant auf der steinernen Balustrade neben seinen Gegnern. Sein Schwert vollführte ein paar tödliche Schläge und zwei weitere Männer fielen auf die Treppe.

»Und jetzt, Gentlemen«, sagte er, »ist es an der Zeit, Euch mit der Golmirischen Todesrolle bekannt zu machen.«

Er warf den Kopf zurück und brüllte aus Leibeskräften. Dann sprang er in die Luft, wirbelte herum, bis sein Körper nur noch unscharf zu erkennen war, und machte einen Salto über die Treppe zur gegenüberliegenden Balustrade. Währenddessen schwang er sein Schwert in einem tödlichen Bogen durch die Luft und spaltete die Helme dreier weiterer Gegner, die sofort zusammenbrachen. Sebastian musste sich an die Wand drücken, als die Besiegten an ihm vorbei die steile Treppe hinunterschlitterten und sich zu ihren toten Kameraden gesellten.

Cornelius überschlug sich ein letztes Mal und landete hysterisch lachend auf dem gegenüberliegenden Geländer.

Die verbleibenen fünf Leibwächter hatten genug gesehen. Sie schreckten zurück, strauchelten, ließen ihre Waffen fallen und rannten an ihm vorbei die Treppe hinunter. Sebastian beobachtete, wie sie über ihre gefallenen Kameraden kletterten und durch die zertrümmerte Tür verschwanden. Er hörte ihre eiligen Schritte, als sie über den Schlosshof rannten. Dann drehte er sich zu seinem Freund um.

»Cornelius, du warst…«

Er brach entsetzt ab, als er sah, wie der kleine Krieger in sich zusammensackte und von der Balustrade auf die Treppe fiel. Sebastian eilte zu ihm, kniete sich neben seinen ausgestreckten Körper und drehte ihn auf den Rücken. Da sah er das frische helle Blut, das an seinem Bauch durch das zerrissene Kettenhemd sickerte.

»Da muss wohl… jemandem… ein Zufallstreffer geglückt sein«, presste Cornelius hervor. »Beim alten Shadlog!« Er versuchte, sich aufzurichten, doch dann sackte er stöhnend zurück. Der Todessprung hatte ihn vollkommen erschöpft.

»Ich geh und hole Hilfe«, sagte Sebastian.

»Nein…« Cornelius deutete auf die Tür zu den königlichen Gemächern. »Du darfst jetzt keine Zeit verlieren. Suche… Septimus. Jetzt… hängt alles von dir ab.« Ein Zittern ging durch seinen Körper, dann erschlafften seine Gliedmaßen.

»Cornelius!« Sebastian hielt ein Ohr an den Mund des kleinen Kriegers. Er schien zu atmen, aber es war ein langsames, flaches Atmen. Doch Sebastian wagte es nicht, länger zu zögern. Er stand auf, hielt sein Schwert bereit und schritt auf die Tür der königlichen Gemächer zu. Einen Augenblick hielt er noch inne und nahm seinen ganzen Mut zusammen. Dann hob er einen Fuß, trat die Tür auf und stürmte hindurch. Auf den ersten Blick schien der Raum leer zu sein, doch dann hörte er einen lauten Rums hinter sich. Als er sich umdrehte, sah er, dass König Septimus hinter der Tür gelauert und soeben einen riesigen eisernen Riegel vorgeschoben hatte. In seiner anderen Hand hielt er ein furchterregendes gekrümmtes Schwert.

»So«, sagte er. »Endlich allein. Der lustige Narr und ich.« Er hob sein Schwert, ließ es durch die Luft sausen und täuschte eine Reihe von Schlägen und Stichen vor. »Und, hast du einen guten Witz für mich?«

Sebastian schüttelte den Kopf. »Das ist wohl kaum der richtige Zeitpunkt für Witze«, sagte er.

»Und wie steht es mit deinen kämpferischen Fähigkeiten? Kannst du überhaupt mit dem Schwert umgehen?«

Sebastian zuckte die Achseln. »Ja, und zwar gar nicht so schlecht«, sagte er.

»Das freut mich«, sagte König Septimus spöttisch. »Ich für meinen Teil bin ein Champion. Dreifacher Gewinner des keladonischen Fechtturniers. Ich will mich ja nicht selbst loben, aber ich gelte als unbesiegbar. Und es wird mir ein Vergnügen sein, deinem jämmerlichen Leben ein Ende zu setzen, du elender Störenfried!« Er machte einen Schritt nach vorn, das Schwert zum Schlag erhoben. »Manchmal sind es die kleinen Dinge, die einem die größte Freude machen, findest du nicht?«

Sebastian hatte keine Zeit zu antworten. Der König stürmte mit brutaler Kraft auf ihn zu und schlug mit der schweren Klinge nach seinem Kopf. Sebastian konnte gerade noch sein eigenes Schwert hochreißen und spürte den Ruck in seinem ganzen Arm, als Metall auf Metall traf und Funken sprühen ließ. König Septimus grunzte, zog seine Klinge zurück und holte zu einem tieferen Schlag nach den Beinen seines Gegners aus. Sebastian sprang hoch, während die scharfe Klinge wenige Zentimeter unter seinen Füßen die Luft zerschnitt. Im selben Moment ballte er seine linke Faust und schlug dem König direkt ins Gesicht.

König Septimus taumelte fluchend zurück und hob eine Hand, um sich das Blut von den Lippen zu wischen. »Du hast dich nicht an die Regeln gehalten!«, sagte er. »Dafür wirst du büßen.«

»Du hattest recht«, sagte Sebastian. »Es sind die kleinen Dinge, die einem die größte Freude machen.«

König Septimus grinste höhnisch, doch sein Gesicht war finster vor Wut.

»Du Spaßvogel«, sagte er. »Wollen wir doch mal sehen, ob du in ein paar Minuten auch noch lachst.«

Er kam wieder auf Sebastian zu und schwang die Klinge mit einer solchen Kraft, dass Sebastian den Schlag zwar abwehren konnte, aber nach hinten stolperte, das Gleichgewicht verlor und rückwärts über einen niedrigen Holztisch schlitterte. Als er auf der anderen Seite auf dem Boden aufkam, sah er, dass der König immer noch auf ihn zustürmte und mit dem Schwert um sich schlug. Verzweifelt griff Sebastian nach einem der Tischbeine und zog das Möbelstück zu sich, um es als Schutzschild zu verwenden. Die Klinge des Königs hackte

Zentimeter neben seinem Kopf einen Keil aus dem Holz. Sebastian versetzte dem Tisch einen kräftigen Tritt und katapultierte ihn in Richtung seines Gegners.

Septimus trat leichtfüßig zur Seite, doch Sebastian hatte etwas Zeit gewonnen, um wieder auf die Füße zu kommen. Jetzt tänzelten die beiden Männer umeinander herum und versuchten, eine Lücke in der Deckung des Gegners zu finden.

»Bisher hast du Glück gehabt«, bemerkte Septimus ruhig. »Aber du kannst mir nicht ewig ausweichen. Immerhin bin ich ein König und du nichts als ein Bastard.«

»Ich möchte nicht tauschen«, versicherte ihm Sebastian. »Außerdem bist du kein König mehr. Deine Herrschaft war beendet, sobald das Volk von Keladon sich gegen dich auflehnte. Ob du mich nun tötest oder nicht, hier hast du ausgespielt.«

»Das wird aber ein schaler Sieg für dich sein«, gab König Septimus zurück. »Zumal du deine armselige Show in Zukunft ohne Kopf aufführen musst.«

Er hatte Sebastian geschickt in eine Ecke gedrängt. Sebastian spürte eine massive Holztür in seinem Rücken und wollte gerade einen Schritt zur Seite machen, als Septimus auf ihn zusprang und eine ganze Reihe von Schwerthieben auf ihn niedersausen ließ, einer kräftiger als der andere. Sebastian schaffte es mit Mühe und Not, sie abzuwehren, doch der letzte Schlag ließ ihn erneut zurückstolpern. Da öffnete sich ganz unerwartet die Tür hinter ihm und er fand sich in einem schmalen Korridor wieder, aus dem eine steinerne Wendeltreppe nach oben führte. Er hatte gerade noch Zeit zu denken, dass dies der berühmte Turm von König Septimus sein musste, dann griff sein Gegner wieder an und er war gezwungen zurückzuweichen. Rückwärts stolperte er die Stufen hi-

nauf und versuchte, die endlose Folge von Schlägen abzuwehren.

In dem Dämmerlicht des Turmes schienen die Augen des
Königs irr zu flackern. Hysterisch lachend schlug er immer
wieder nach Sebastian und trieb ihn weiter und weiter die
Treppe hinauf. Sebastians Arme schmerzten, und Schweiß
strömte aus jeder Pore seines Körpers, doch er fand nirgendwo
auf den glatten Steinstufen Halt, um zu einem Gegenschlag
auszuholen. Und dann schlug ihm ein besonders brutaler
Hieb das Schwert aus der Hand und schleuderte es außer
Reichweite.

Septimus grinste, die Augen voller Bosheit. »Oje!«, sagte er.
»Das sieht ja gar nicht gut aus, was? Fang lieber schon mal an,
um Gnade zu flehen, Elfenmann!« Er machte einen Satz auf
ihn zu, und Sebastian tat das Einzige, was er nun noch tun
konnte: Er rannte.

»Ja, lauf nur!«, rief Septimus hämisch und ging gemächlich
die Stufen hinauf. »Hier gibt es kein Versteck. Kein einziges.«

Nach ein paar Drehungen der Wendeltreppe kam Sebastian zu einem bemalten Wappenschild, der an der Wand hing.
Er griff hinauf und versuchte, ihn herunterzureißen, doch er
war fest montiert. Entsetzt bemerkte er, dass Septimus immer
näher kam, und mit fast übermenschlicher Kraft versuchte er
es noch einmal. Der Schild löste sich von der Wand und riss
Steinbrocken mit sich. Sebastian schob sich den Schild über
den linken Arm und kauerte sich eng an die Innenwand des
Turmes. Als Septimus sich ihm auf der Wendeltreppe näherte,
sprang er auf und stieß ihm den Schild vor die Brust. Septimus stolperte ein paar Stufen zurück, doch er stürzte nicht.
Er fasste sich sofort, ging wieder auf Sebastian los und schlug
so heftig zu, dass sein Schwert Kerben in das Holz des Schildes

327

hieb. Sebastian taumelte und begann erneut, rückwärts die Stufen hinaufzufliehen. Als er an einer Schießscharte vorbeikam, sah er, dass der Vorplatz des Palastes schon sehr weit unter ihnen lag.

»Komm schon, Narr, mir wird's allmählich langweilig«, beschwerte sich Septimus. »Gewähr mir einen Schlag und wir können diese Sache beenden.«

»Wie wäre es ... wenn *du mir* ... einen Schlag gewährst?«, stieß Sebastian hervor. Er war jetzt fast am Ende mit seinen Kräften, der Schweiß rann ihm über das Gesicht, und er glaubte nicht, dass er noch lange durchhalten könnte.

»Nein«, knurrte Septimus. »Ich hab *zuerst* gefragt!«

Er hob den Arm und ließ sein Schwert mit einer solchen Wucht hinuntersausen, dass Sebastians Schutzschild in zwei Hälften gespalten wurde und die scharfe Klinge tief in seine Schulter schnitt. Der Schmerz verlieh ihm ungeahnte Kräfte. Er schlug mit der Faust nach dem Gesicht seines Gegners, doch Septimus duckte sich und rächte sich mit einem eigenen Fausthieb, der Sebastian direkt auf die Nase traf. Er stolperte zurück und seine Schultern krachten gegen Holz. Etwas hinter ihm gab nach, und er fiel durch eine weitere Tür, geblendet von plötzlichem Sonnenlicht. Ein paar Vögel schreckten auf und flatterten kreischend in den klaren blauen Himmel. Für einen Augenblick lag Sebastian da und starrte ihnen nach. Alles schien sich zu drehen. Er begriff, dass er jetzt ganz oben auf dem Turm war. Septimus hatte recht gehabt. Hier gab es kein Versteck.

Mit äußerster Anstrengung rappelte Sebastian sich auf und stolperte die wenigen Schritte zur Brüstung. Er warf einen Blick hinüber und sah weit unter sich eine riesige Menschenmenge herbeiströmen. Von diesem Aussichtspunkt aus wirkten die Leute wie eine Armee von Insekten. Ein lautes Gebrüll klang herauf, als sie ihn erblickten, und er sah eine winzige Gestalt in einem roten Kleid aus den Palasttüren rennen, das Gesicht zu ihm nach oben gerichtet. Er wollte ihren Namen rufen, doch da packte ihn eine Hand an der verletzten Schulter, riss ihn herum und ließ ihn vor Schmerz aufschreien.

Septimus schlug ihm hart ins Gesicht. Beinahe wäre er über die Brüstung gestürzt, doch der König griff nach seinem Haar, drehte ihn wieder herum und hielt ihm die Klinge seines Schwertes an die Kehle. Schon konnte Sebastian spüren, wie ihm die scharfe Schneide in die Haut ritzte.

»Nicht so schnell, Elfenmann«, raunte Septimus in sein Ohr. »Schau nach unten. Da ist sie, deine geliebte Prinzessin. Ich will, dass sie sieht, was mit dir passiert. Und ich will, dass sie das Letzte ist, was du siehst, bevor du stirbst. Nun ... willst du noch irgendetwas sagen?«

In Sebastians Kopf drehte sich alles, doch durch den roten Nebel an den Rändern seines Bewusstseins drang eine letzte verzweifelte Idee zu ihm. Er wusste, dass er es versuchen musste.

»Nur eines noch ...«, krächzte er. »Was ich schon immer wissen wollte ...«

»Ja?«, raunte Septimus.

»Ist es ... ist es eine Perücke?«

Septimus zuckte zusammen, als hätte ihm jemand einen Dolchstoß versetzt. »Was redest du da?«, zischte er.

»Dein Haar ... es sieht zu perfekt aus, um echt zu sein.«

»Natürlich ist es echt!«, brüllte Septimus. »Jeder weiß, dass es echt ist!«

»Na gut ... wenn du das sagst.« Und damit ließ Sebastian eine Hand nach oben schnellen, packte ein Büschel Haare und zog. Für einen furchtbaren Moment schien es, als würde das Haar vollkommen festsitzen, als sei es auf die Kopfhaut geklebt – doch dann gab es ein reißendes Geräusch, die Perücke löste sich und entblößte einen Kopf, der so kahl war wie ein gekochtes Ei. Von unten drang Gelächter herauf.

»Gib das sofort zurück!«, brüllte Septimus, riss sein Schwert nach oben und griff mit der freien Hand nach der Perücke. »Gib das zurück, sage ich!«

Sebastian ging rückwärts an der Brüstung entlang und hielt die Perücke wie einen Köder in die Höhe. »Das willst du?«, fragte er. »Das hier?« Er lehnte sich gefährlich weit über die Brüstung und hielt die Perücke auf Armeslänge von sich. »Wir schicken das Teil nach unten zu den Leuten, was meinst du?«, sagte er. »Dann können es alle sehen!«

»Nein! Nein, gib sie mir zurück!« Septimus lehnte sich nun auch über die Brüstung und versuchte, sich die Perücke zu angeln. Seine Finger waren nur noch wenige Zentimeter davon entfernt, doch da…

»Ups!«, sagte Sebastian und ließ die Perücke fallen.

»*Neiiiiin!*« Septimus machte einen letzten verzweifelten Versuch, nach ihr zu greifen, und genau in dem Moment bückte sich Sebastian, packte die Beine des Königs und wuchtete ihn auf die Mauer. Für einen Augenblick hing Septimus über der Brüstung und wedelte wild mit den Armen, um Halt zu finden.

Er stieß einen jämmerlichen Angstschrei aus, dann rutschte er über die Kante und stürzte vom Turm.

Sebastian sah zu, wie der König hinunterfiel, sich immer wieder überschlug und wie verrückt mit den Beinen strampelte, als ob er laufen wollte. Unter ihm stoben die Menschen eilig auseinander, um nicht erschlagen zu werden.

Die Perücke, vom Wind getragen, fiel nicht so schnell wie

der ehemalige König. Es sah so aus, als würde er sie einholen, kurz bevor er auf dem Boden aufschlagen würde.

Sebastian drehte in letzter Sekunde den Kopf zur Seite. Als er sich traute, wieder hinzusehen, drängte sich die Menschenmenge schon um den zerschmetterten Körper, und er war nicht mehr zu sehen.

Erschöpft stolperte Sebastian zurück durch die offene Tür, strauchelte und schlitterte die glatten Stufen hinunter. Er musste sich mit seinem unverletzten Arm an der Wand abstützen. Es schien eine Ewigkeit zu dauern, bis er wieder unten in den königlichen Gemächern war. Er hörte, wie Fäuste an die Tür trommelten, doch er war so geschwächt durch den Blutverlust, dass er lange brauchte, den schweren Riegel zurückzuschieben.

Schließlich schwang die Tür auf und gab den Blick auf eine aufgeregte Menschenmenge frei. Sebastian erblickte ein wunderschönes Gesicht dazwischen, sagte ihren Namen und ging auf sie zu, doch in diesem Moment überkam ihn die Bewusstlosigkeit. Er fiel nach vorn in ihre Arme und spürte nicht einmal die vielen Hände, die ihn sanft hochhoben und die Treppe hinunter in Sicherheit trugen.

KAPITEL 33

Das Los einer Königin

Sebastian wartete unruhig vor der Tür der königlichen Gemächer. Drei Monde waren seit dem entscheidenden Kampf um Keladon vergangen und der Palast kehrte allmählich zu einer Art Normalität zurück. Die zertrümmerten Eingangstüren waren repariert worden und die Wunde an Sebastians Arm war fast verheilt. Auch Cornelius war auf dem besten Wege zu einer vollkommenen Genesung. Sebastian hatte ihn noch an diesem Morgen im Spital besucht und sich davon überzeugt, dass der kleine Krieger voller Energie war und es kaum erwarten konnte, wieder in Aktion zu treten. Er hatte auch erwähnt, dass er Sebastian etwas erzählen wollte; etwas, was er ihm nur unter vier Augen mitteilen könnte.

In den vergangenen Wochen hatte Sebastian kaum Gelegenheit gehabt, mit Königin Kerin zu sprechen. Anfangs war er im Spital gewesen, bewusstlos und fiebernd. Ihre triumphale Krönung hatte er verpasst. Sicher, sie hatte ihn danach ein paar Mal besucht und ihm überschwänglich für seine Hilfe gedankt. Doch beiden war bewusst gewesen, dass die Patienten in den benachbarten Betten ihre Unterhaltung mit anhören konnten, und so hatten sie keine Möglichkeit gehabt, über das zu sprechen, was in ihren Herzen vorging.

Doch jetzt endlich hatte sie ihn zu einer Privataudienz rufen lassen. Er war nervös, und da war wieder dieses mulmige Gefühl im Magen, von dem er inzwischen wusste, dass es ein Zeichen für Verliebtheit war. Er hatte keine Ahnung, was er zu ihr sagen sollte. Es war schon schwierig genug gewesen, als sie noch Prinzessin war. Aber eine Königin? Was sagte man zu einer Königin?

Die Tür zu den königlichen Gemächern öffnete sich und Malthus trat heraus, ein selbstzufriedenes Lächeln auf dem Gesicht. Sebastian war nicht gerade begeistert gewesen, als er gehört hatte, dass der hagere Leibdiener in das Gefolge der Königin aufgenommen worden war. Er erinnerte sich noch gut daran, wie er im Kerker gesessen hatte und Malthus sich geweigert hatte, ihm zu helfen, und er wusste, dass der Diener auch keinen Finger gekrümmt hätte, um für das Thronrecht der Prinzessin zu kämpfen. Aber er war ein Wendehals, einer von den Menschen, die von einem Augenblick zum anderen die Seite wechseln konnten. Nun munkelte man, dass es steil bergauf ging für ihn. Inzwischen erhielt er sogar tatsächlich ein Gehalt.

Er lächelte Sebastian an. »Ah, Mr Dark. Ich hoffe, es geht Euch gut.«

»Gut genug«, sagte Sebastian. »Aber bestimmt nicht dank deiner Hilfe.«

»Aber, aber, Ihr hegt doch wohl keinen Groll gegen mich? Ich habe nur nach meinen eigenen Interessen gehandelt.«

»Und das tust du noch immer.«

Malthus lächelte verkniffen und verbeugte sich höflich. »Ihre Majestät wird Euch jetzt empfangen«, sagte er, schob Sebastian ins Zimmer und schloss die Tür hinter ihm.

Sie stand vor dem Marmorkamin, in einem der wunderschönen Brokatkleider, die sie in letzter Zeit immer trug. Ihr Gesicht war bedeckt mit weißem Puder, ihr langes Haar zu einem kunstvollen Knoten gebunden, und er dachte, dass sie viel älter aussah als bei ihrer letzten Begegnung. Sie lächelte ihn an, doch es war ein höfliches, reserviertes Lächeln.

»Sebastian«, sagte sie. »Du bist also wieder gesund.«

Er ließ sich auf ein Knie nieder und verneigte sich vor ihr. »Wenn ich Euch sehe, geht es mir gleich besser«, sagte er.

»Ah, immer noch so ein Charmeur. Und wie geht es Cornelius?«

»Fast wieder genesen. Er müsste in diesen Tagen entlassen werden.«

»Das freut mich.« Sie bedeutete ihm, sich zu setzen. Sie selbst nahm, ein Stück entfernt, auf einem anderen Sessel Platz. Für einen Moment saßen sie da und sahen sich schweigend an. Es war eine ganz und gar unbehagliche Situation, als würden sie sich zum ersten Mal treffen. Schließlich ergriff die Königin das Wort.

»Sebastian, das Königreich Keladon möchte dir seine Dankbarkeit erweisen für die Dienste, die du geleistet hast. Ich habe beschlossen, sowohl dir als auch Hauptmann Drummel die Ehrenbürgerschaft der Stadt zu verleihen und euch eine jährliche Summe von dreihundert Goldkronen zu zahlen, die ihr nach eurem Gutdünken verwenden könnt.«

Er starrte sie an. Sie klang so kalt und distanziert, als spräche sie mit einem Fremden.

»Das Geld soll am …«

»Warum redest du so mit mir?«, unterbrach er sie. »Wir

sind doch Freunde, oder? Nach allem, was wir zusammen durchgemacht haben, hätte ich gedacht, dass wir wenigstens wie normale Menschen miteinander reden könnten.«

»Aber ich rede doch ganz normal. Also, das Geld soll ...«

»Vergiss das Geld! Geld interessiert mich nicht! Ich bin hergekommen, um dir zu sagen, was in meinem Herzen vorgeht.«

Sie schüttelte den Kopf. »Sebastian«, sagte sie ruhig. »Ich weiß, dass du einst Gefühle für mich gehegt ...«

»Was soll das heißen, ›einst‹? Es hat sich doch nichts geändert ... oder?«

Sie starrte einen Moment auf ihre Füße. »Ach, Sebastian, alles hat sich geändert. Ich bin jetzt Königin von Keladon und muss mich auch so verhalten. Ich kann nicht mehr einfach das tun, wozu ich gerade Lust habe.« Sie hob ihren Blick und sah ihn an. »Sebastian, ich werde unser gemeinsames Abenteuer nie vergessen. Aber jetzt bin ich meinem Volk verpflichtet. Ich habe dir doch damals schon gesagt, dass es meine erste Tat als Monarchin sein würde, Prinz Rolf von Bodengen zu heiraten.«

»Ja, aber das war, bevor ... bevor wir ...« Sebastian sprang aufgebracht von seinem Stuhl auf. Er kniete sich vor sie und nahm ihre Hände in die seinen. »Du liebst ihn nicht«, sagte er. »Ich *weiß*, dass du ihn nicht liebst. Du tust das nur als königliche Pflichterfüllung. Aber ich glaube, an *mir* liegt dir wirklich etwas.«

»Nein.« Sie schüttelte den Kopf. »Da irrst du dich.« Doch während sie das sagte, glänzten Tränen in ihren Augen. »Du musst das verstehen. Mein Leben gehört nicht länger mir. Es gehört dem Volk von Keladon, den Menschen, die gekämpft und in einigen Fällen ihr Leben gelassen haben, damit ich den Thron besteigen konnte. Indem ich dieses Bündnis mit

Bodengen schließe, werde ich jahrhundertelanges Blutvergießen zwischen unseren beiden Königreichen beenden.«

»Aber was ist mit *dir*? Was ist mit deinem Glück? Und meinem? Haben wir denn keines verdient?«

Sie hatte Schwierigkeiten, ihre würdevolle Haltung zu bewahren. »Sebastian, verlange alles, was du willst, und wenn es in meiner Macht steht, werde ich es dir gewähren. Aber nicht das. Das kann ich dir nicht geben. Es tut mir leid.«

Er ließ ihre Hände los und stand auf. Er fühlte sich niedergeschmettert, verlassen. Er ging zum Kamin und starrte düster in die leere Feuerstelle. »Dann verlangt aber nicht von mir, dass ich hierbleibe und zusehe, wie Ihr Euer Leben wegwerft«, sagte er. »Ich werde fortgehen...«

»Nein, Sebastian, bleib hier. Du wirst ein gutes Leben führen. Irgendwann wirst du ein nettes Mädchen treffen, in das du dich verliebst...«

»Ich dachte, das hätte ich schon.« Er sah sie durchdringend an. »Aber irgendwie ist wohl etwas schiefgelaufen.«

»Nun denn.« Sie dachte einen Augenblick nach. »Das Angebot des Geldes steht. Ich möchte dich für das, was du getan hast, belohnen. Willst du mir nicht wenigstens das erlauben?«

Er schüttelte den Kopf. »Bitte lasst das Geld zu meiner Mutter in Jerabim schicken. Ich brauche es nicht.« Er verbeugte sich höflich und drehte sich zur Tür um.

»Sebastian!« Für einen Moment entglitt ihr die königliche Haltung, und sie klang wieder wie das Mädchen, das er in Erinnerung hatte. »Bitte sag, dass du mich nicht hasst.«

Er sah sie lang und fest an, und für einen Augenblick vergaß er, wer sie war. »Oh Prinzessin«, sagte er. »Das könnte ich doch nie.« Er spürte, wie sich auch seine Augen mit Tränen füllten, und eilte zur Tür. Er blickte sich noch einmal um und sah sie in ihrem Sessel sitzen. Sie hatte den Kopf gesenkt und ihre Schultern bewegten sich langsam auf und ab. Das weiße Puder auf ihrem Gesicht war schon von Tränenspuren durchzogen.

Er wäre so gerne zu ihr zurückgegangen, aber er begriff, dass er das nicht tun konnte. Sie hatte sich ihm verschlossen und würde ihm nie wieder erlauben, ihr nahezukommen. Er schloss die Tür und ging schnellen Schrittes davon.

Er machte sich auf den Weg in die königlichen Stallungen, um nach Max zu suchen, und war überrascht, Cornelius vorzufinden, der sich selbst aus dem Spital entlassen hatte, lässig auf einem Heuballen saß und mit dem Büffelop plauderte. Sebastian blieb einen Moment vor der Box stehen und hörte ihrer Unterhaltung zu.

»Hast du gesehen, wie diese Soldaten durch die Luft geflogen sind, als ich in ihre Schutzschilde gebrettert bin?«, fragte Max. »Es war unglaublich. Man sollte mich Max den Mächtigen nennen.«

»Nun, du hättest mal meine Golmirische Todesrolle auf der Treppe sehen sollen. Ich prahle nicht gerne, aber es war eine persönliche Bestleistung. Ich habe immer noch nicht rausbekommen, wie es einer von denen fertig gebracht hat, mich zu verwunden.«

»Vielleicht bist du nicht mehr so gut in Form.«

»Unsinn! Ich bin in den besten Jahren. Sobald diese Wunde ganz verheilt ist, bin ich wieder zu allem bereit.«

»Wie wäre es mit einem neuen Abenteuer?«, fragte Sebastian und trat in die Box.

Cornelius grinste. »Warum nicht?«, sagte er. »Es wird etwas zu ruhig hier für meinen Geschmack.«

»Also, ich weiß nicht«, sagte Max. »Lasst uns nichts überstürzen. Die Verpflegung hier ist hervorragend – sie lassen es einem wirklich an nichts fehlen.« Er warf Sebastian einen fragenden Blick zu. »Wie ist es mit der Königin gelaufen?«

Sebastian setzte sich auf einen Heuballen und versuchte, sich seine Enttäuschung nicht anmerken zu lassen. »Nicht so toll«, gab er zu. »Sie wird Rolf von Bodengen heiraten.«

»Verstehe«, sagte Max. »Tja, das ist wirklich nicht gerade ein Erfolg.« Er dachte einen Augenblick nach. »Vielleicht behält sie dich ja als heimlichen Geliebten.«

Sebastian funkelte ihn wütend an. »Ich glaube kaum, dass mit einer solchen Regelung irgendjemandem geholfen wäre.« Er warf einen Blick zu Cornelius. »Du hast gewusst, dass das passieren würde, oder?«

Der kleine Krieger zuckte die Achseln. »Ich ... hab es geahnt. Sebastian, du musst verstehen, sie ist jetzt die Königin. Es gibt jetzt alle möglichen Dinge, die sie tun muss. Ich bin sicher, sie mag dich, aber machen wir uns doch nichts vor, du bist eben nur ...«

»Ein Hofnarr. Und wie es scheint, wieder einmal ein arbeitsloser.«

»Es tut mir leid, mein Freund, aber nur Märchen haben ein glückliches Ende.«

»Hmm. Nun, ich habe auch noch eine gute Nachricht. Sie gibt dir eine Schenkung von dreihundert Goldkronen im Jahr.«

Cornelius starrte ihn an. »Du machst Witze«, sagte er.

»Nein, ich bin todernst. Wir bekommen beide die gleiche Belohnung. Nur dass ich meine nicht will. Ich habe veranlasst, dass das Geld meiner Mutter geschickt wird.«

»Eine wunderbare Geste.« Cornelius überlegte einen Moment. »Meine Eltern sind schon furchtbar reich, also macht es für mich wenig Sinn, eine ähnliche Vereinbarung zu treffen.«

»Hat sie auch davon gesprochen, was *ich* bekommen soll?«, fragte Max erwartungsvoll, doch seine beiden Freunde ignorierten ihn.

»Gut«, sagte Sebastian, »dann gibt es also keinen Grund, hier noch lange herumzulungern. Ich habe keine Lust mit anzusehen, wie sie diesen schiefgesichtigen Trottel heiratet.«

»Völlig klar«, sagte Cornelius. »Was mich auf ein paar interessante Neuigkeiten bringt.« Er machte eine kurze Pause und sah sich nervös um, als fürchte er, belauscht zu werden. »Du hast ja lange vor mir das Spital verlassen, aber erinnerst du dich an den alten Mann in dem Bett neben mir?«

»Dunkel. Er war in einem schlimmen Zustand, oder?«

»Ja, er war im Kampf um den Palast verwundet worden. Nathaniel, so hieß er. Mir war gleich klar, dass er nicht mehr lange leben würde, also hab ich mir Zeit für ihn genommen und ziemlich viel mit ihm gesprochen. Er war als junger Mann ein Abenteurer; hat den Großteil seines Lebens im Hafen von Ramalat an der Ostküste verbracht. Er hatte vorgehabt, noch einmal für ein letztes Abenteuer dahin zurückzukehren, aber nun wurde ihm klar, dass er Ramalat nie wiedersehen würde.«

»Wie traurig«, sagte Max. »Ich frage mich, wann sie endlich das Abendessen bringen ...«

»Scht!«, sagte Sebastian. »Erzähl weiter, Cornelius.«

»Nun, in seinen letzten Stunden, als er wusste, dass es mit ihm zu Ende ging, gab er mir etwas.« Cornelius sah sich noch einmal um, dann griff er in seinen Waffenrock und zog ein vergilbtes Pergament heraus. Er faltete es auseinander und reichte es Sebastian. Es war offensichtlich uralt und über die Jahre fleckig geworden. Es schien eine Art Landkarte zu sein.

»Und was genau ist das?«, fragte Sebastian und hielt das Pergament ins Licht. »Diese braune Tinte ist so verblasst, ich kann die Worte kaum lesen.«

»Das ist keine Tinte«, sagte Cornelius. »Die Worte sind mit Blut geschrieben. Und es ist eine Schatzkarte. Sie zeigt das Versteck des verschollenen Schatzes von Kapitän Callinestra.«

»Kapitän wer?«, fragte Max.

»Callinestra!«, sagte Sebastian. »Hast du etwa noch nie von ihm gehört? Vater hat mir immer Geschichten über ihn erzählt, als ich klein war. Das war doch dieser legendäre Piratenkönig, der angeblich ein sagenhaftes Vermögen angehäuft und den Schatz an einem geheimen Ort versteckt hatte. Aber... ich hab immer gedacht, das wäre nur eine Geschichte.«

»Nicht wenn man Nathaniel Glauben schenken will. Er hat mir erzählt, er war früher Kajütenjunge auf der *Ocean Star*, dem Schiff des Kapitäns. Angeblich wurde ihm die Karte anvertraut, als das Schiff von einer Bande feindlicher Piraten gekapert wurde. Nathaniel konnte fliehen, aber der Kapitän und seine gesamte Mannschaft kamen um.«

Max schnaubte misstrauisch. »Wenn er die Karte die ganze Zeit gehabt hat, warum ist er dann nicht selbst losgezogen, um den Schatz zu suchen?«

»Das ist er ja. Er hat es dreimal versucht und jede Expedition war vom Unglück verfolgt. Beim dritten Versuch hat er beinahe sein Leben gelassen. Er wollte noch einen letzten Vorstoß wagen, doch da wurde er beim Kampf um den Palast verwundet. Er wusste, dass seine Zeit gekommen war, und da hat er wohl beschlossen, dass nun jemand anders sein Glück versuchen sollte.«

»Pah.« Max warf verächtlich den Kopf zurück. »Der war

bestimmt vollkommen übergeschnappt. Wahrscheinlich hat er die Karte selbst gezeichnet. Also, mich überzeugt dieser alte Fetzen nicht.«

Sebastian warf einen Blick zu Cornelius. »Aber du hast seine Geschichte geglaubt?«, fragte er.

Der kleine Krieger nickte. »Jedes Wort«, sagte er.

»Nun, das ist mir Beweis genug«, sagte Sebastian. »Sobald du wieder vollkommen gesund bist, brechen wir auf.«

»Moment mal!«, sagte Max. »Das versteh ich jetzt nicht. Du hast gerade eine Belohnung von dreihundert Goldkronen abgeschlagen. Aus Geld scheinst du dir also nicht allzu viel zu machen. Warum bitte willst du dann einem Schatz hinterherjagen?«

»Wegen des Abenteuers«, sagte Cornelius. »Es ist doch spannend, etwas zu suchen, was niemand je gefunden hat.«

»Mag schon sein, aber lasst uns keine voreiligen Entscheidungen treffen. Ich meine, wir haben es hier wirklich gut erwischt. Das wollen wir doch nicht so einfach aufgeben… oder?«

Sebastian lächelte. »Keine Sorge, alter Freund. Ich verstehe, wenn du lieber hierbleiben willst.«

Max sah ihn für einen Moment an, dann schüttelte er den Kopf. »Du weißt, dass ich das nicht tun kann. Ich hab deiner Mutter versprochen, dass ich auf dich achtgebe.«

»Sie würde es nie erfahren«, versicherte ihm Sebastian. »Du könntest es dir einfach hier bequem machen, alles fressen, was dir unter die Nase kommt und dick und fett werden.«

Max seufzte. »Das klingt wirklich verlockend«, sagte er. »Aber nein, ich denke, ich komm besser mit euch. Wir werden auf dem Wasser reisen müssen, nicht wahr? Büffelops mögen kein Wasser.«

»Büffelops mögen so manches nicht«, murmelte Cornelius.

Sebastian gab ihm die Karte zurück. »Hier, verwahr sie gut, bis wir zum Aufbruch bereit sind«, sagte er. »Wenn ich mir dich so ansehe, würde ich sagen, in ein paar Tagen bist du wieder fit.« Er warf einen Blick zu Max. »Und was dich betrifft, so würde ich dir raten, jeden Krumen zu verputzen, den sie dir geben. Wenn wir erst mal wieder unterwegs sind, werden die Mahlzeiten nicht mehr so üppig sein.«

»Es ist doch wirklich wunderbar!«, sagte Max empört. »Sobald man sich an einem Ort eingelebt hat, will der junge Herr auch schon wieder weiterziehen. Ehrlich, manchmal könnte ich mir in den Schwanz beißen, ja das könnte ich!«

In diesem Moment öffnete sich das Tor und der Knecht kam mit zwei Eimern voll Futter in den Stall.

»Oh, prima«, sagte Max deutlich munterer. »Mein Abendessen!«

EPILOG

Es war Zeit aufzubrechen. Max hatte gerade seine letzte gemütliche Mahlzeit in den königlichen Stallungen eingenommen und jetzt wurde er wieder vor Sebastians Wagen gespannt. Cornelius hatte Phantom gesattelt und die Taschen mit Proviant für die lange Reise gefüllt.

Es würde keine feierliche Verabschiedung geben, keine Blaskapelle, kein Trompetengeschmetter. All das war Sebastian nur recht. Er war froh loszukommen, denn er hatte gehört, dass heute Prinz Rolf von Bodengen zu Besuch kommen sollte, und er wusste, dass er das nicht ertragen könnte.

Er wollte gerade auf den Kutschbock des Wagens klettern, als Cornelius sich höflich räusperte. Sebastian drehte sich um und sah jemanden herbeieilen: eine Frauengestalt, in einen Mantel gehüllt.

Sie zog die Kapuze vom Gesicht und Sebastian und Cornelius fielen auf die Knie.

»Du würdest einfach gehen, ohne Adieu zu sagen?«, fragte sie vorwurfsvoll.

Sebastian runzelte die Stirn. »Ich dachte, das hätten wir schon getan«, sagte er. »Und Ihr solltet nicht alleine hier draußen sein. Es ist gefährlich, ohne Begleitschutz das Schloss zu verlassen.«

»Ich dachte mir, in diesem Fall wäre es das Risiko wert«, sagte sie zu ihm. »Du weißt, dass ihr drei mir viel bedeutet.«

»Offensichtlich aber nicht genug«, murmelte Sebastian.

»Sei nicht so boshaft«, sagte sie. »Das passt nicht zu dir.« Sie bedeutete ihm, sich zu erheben, und ging auf ihn zu, bis sie einander gegenüberstanden. »Ich habe veranlasst, dass deine Mutter die jährliche Zahlung von Goldkronen erhält. Ein zuverlässiger Bote ist schon auf dem Weg zu ihr. Jetzt musst du dir um sie keine Sorgen mehr machen. Sie wird genug haben, um für den Rest ihres Daseins im Luxus zu leben.« Sie griff unter ihren Mantel und reichte Cornelius einen schweren Leinenbeutel. »Und hier ist Eure erste Jahreszahlung, Hauptmann Drummel. Für die Dienste, die Ihr mir erwiesen habt.«

»Vielen Dank, Eure Majestät«, sagte Cornelius und verbeugte sich tief. »Ich danke Euch für Eure Güte.«

Dann blickte sie Sebastian an. »Und da du ja keine Belohnung annehmen willst, habe ich etwas anderes für dich.« Sie holte einen Anhänger hervor, den sie an einem Lederband um den Hals getragen hatte. Er war kunstvoll aus Gold und wertvollen Edelsteinen gefertigt und hatte die Form eines Auges, mit einer glitzernden blauen Pupille. Sie streckte die Arme aus und hängte ihn Sebastian um den Hals.

»Dieses Amulett«, sagte sie, »soll den Träger beschützen. Es ist schon seit Generationen im Besitz meiner Familie. Eigentlich soll es nur an Mitglieder der königlichen Familie weitergereicht werden, aber ich denke, in diesem Fall können wir eine Ausnahme machen.«

Sebastian nahm das Amulett in die Hand und betrachtete es.

»Das ist sehr liebenswürdig«, sagte er.

»Ich schätze, es hat keinen Zweck zu fragen, wohin eure Reise geht?«

Max öffnete das Maul, um zu antworten, doch da gab ihm Cornelius einen Stoß in die Rippen.

»Das wissen wir auch noch nicht so genau«, sagte Sebastian. »Wir gehen einfach, wohin uns der Wind weht.«

»Dann hoffe ich, dass er euch eines Tages wieder in diese Richtung trägt. Vielleicht bleibt ihr dann eine Weile und erzählt uns von euren neuesten Abenteuern.« Sie dachte einen Augenblick nach und lächelte. »Weißt du noch, wie wir uns zum ersten Mal getroffen haben?«, fragte sie. »Wie ich dich fast mit diesem Nachttopf erschlagen hätte?«

Da musste auch Sebastian lächeln. »Und ich habe dich als dummes Gör bezeichnet«, sagte er. »Das dürfte ich mir heute nicht mehr erlauben.« Er machte eine Pause. »Seltsam, das scheint alles so lange her zu sein. Und dabei sind seitdem nur ein paar Monde vergangen.«

Eine Weile sahen sie sich schweigend an.

»Ich werde unsere gemeinsame Zeit nie vergessen«, versicherte sie ihm. »Wenn ich alt und grau bin, werde ich meinen Kindern von meinen Abenteuern mit Sebastian, Cornelius und einem Büffelop namens Max erzählen.« Sie sah zu seinen Gefährten hinüber. »Passt mir auf ihn auf. Lasst nicht zu, dass ihm etwas geschieht.«

»Wird gemacht, Majestät«, sagte Cornelius. »Ihr könnt Euch auf uns verlassen.«

Sie nickte, und Sebastian sah, dass sie wieder Tränen in den Augen hatte. Sie beugte sich vor und küsste ihn sanft auf die Wange.

»Möge das Glück euer ständiger Begleiter sein«, sagte sie. Und damit drehte sie sich um, zog sich die Kapuze über den Kopf und eilte aus dem Stall. Sebastian starrte ihr nach; die Finger seiner rechten Hand spielten mit dem Amulett. Für einen langen, langen Moment herrschte Schweigen.

»Nun gut!«, sagte Cornelius schließlich, etwas lauter als nötig. »Die Zeit drängt. Wir müssen vor Einbruch der Dunkelheit noch eine ganz schöne Entfernung zurücklegen.«

»Meine Füße tun mir schon weh, wenn ich nur daran denke«, murrte Max. »Meint ihr nicht, wir könnten die Reise noch um ein paar Tage verschieben?«

»Nein«, sagte Sebastian und wandte sich wieder dem Wagen zu. »Wir haben den Abschied schon lange genug hinausgezögert. Lasst uns endlich aufbrechen.«

Cornelius schwang sich in Phantoms Sattel; Sebastian kletterte auf seinen Kutschbock und gab Max einen Klaps mit den Zügeln.

»He, he, immer mit der Ruhe!«, beschwerte sich der Büffelop. »Wir sind noch nicht einmal aus dem Stall und schon wirst du grob. Meine Haut ist immer noch erstaunlich empfindlich, weißt du!« Doch er setzte sich gehorsam in Bewegung und sie fuhren durch die Stalltüren, am Palast vorbei und auf die Hauptstraße.

»Wir haben uns einen schönen Tag ausgesucht«, bemerkte Cornelius und blickte hinauf in den weiten blauen Himmel.

»Ja«, stimmte ihm Sebastian zu. »Es könnte nicht besser sein. Auf die Freiheit und das Abenteuer!« Er warf einen Blick zurück zum Palast und glaubte, ein weiß gepudertes Gesicht zu erkennen, das ihm von einem der oberen Fenster nachblickte; doch als er zum zweiten Mal hinsah, war niemand zu sehen. Entschlossen richtete er den Blick nach vorn und drehte sich nicht noch einmal um.

Die Spielanleitung

Die Reise beginnt und endet in Sebastians Heimatstadt Jerabim und folgt in Pfeilrichtung den Spielstationen. Was dich dort jeweils erwartet, steht unten bei der entsprechenden Zahl. Gespielt wird mit einem Würfel, als Spielfiguren dienen z. B. Mensch-ärgere-dich-nicht-Figuren, Münzen oder was du sonst zur Hand hast.

Gewinner ist, wer zuerst wieder in Jerabim eintrifft.

Die Spielstationen:

1. Kaum bist du außerhalb der Stadtmauern, überfallen dich Briganten. Du brauchst eine neue Ausrüstung. *Gehe zurück an den Start.*

2. Es ist Abend und das Stadttor von Bodengen wurde bereits geschlossen. *1 x aussetzen.*

3. Hungrige Lupos verfolgen dich. Da hilft nur rasche Flucht.
   Der nächste Wurf zählt doppelt.

4. Max, dein treuer Büffelop, lahmt und braucht eine Pause.
   1 x aussetzen.

5. Die Wagendeichsel bricht. Ein geeigneter Baumstamm für die Reparatur ist nicht leicht zu finden.
   Weiter geht's erst, wenn du eine 5 würfelst.

6. Ein herrenloser Büffelop läuft dir zu: Zwei Tiere können den Wagen jetzt leichter ziehen.
   Du darfst 2 x würfeln.

7. Eine Vorstellung ohne amtliche Genehmigung? Das kostet Strafe!
   Gehe zurück an den Start.

8. Du triffst auf einen Trupp königlicher Soldaten. Unter ihrem Schutz kommst du gut voran.
   Rücke vor bis nach Keladon.

9. Der königliche Hofstaat war von deiner Vorstellung begeistert. Zur Belohnung bekommst du einen jungen Büffelop für deinen Wagen geschenkt.
   Du darfst 2 x würfeln.

10. Es ist eine unsichere Gegend. Vorsichtshalber trainierst du deine Fechtkünste.
    1 x aussetzen.

11. Sklavenhändler wollen deinen besten Freund verkaufen. Du musst ihn auslösen.
    Weiter geht's erst, wenn du eine 3 würfelst.

12. Sklavenhändler greifen dich an. Du kannst sie in die Flucht schlagen, aber ein paar Wunden musst du danach auskurieren.
    1 x aussetzen.

13. In der Prärie ist es heiß. Da kommt man langsamer voran.
    Du bekommst 2 Augen vom nächsten Wurf abgezogen.

14. Das Publikum ist von deiner Vorstellung enttäuscht und verlangt sein Geld zurück. Mache dich rasch aus dem Staub.
    Rücke 3 Felder vor.

15. Du musst dringend an deinem Programm arbeiten. Das kostet Zeit.
    Weiter geht's erst, wenn du eine 6 würfelst.

16. Du stärkst dich mit dem Zaubertrank der Hexe Magda.
    Danach siehst du die Augen des nächsten Wurfes doppelt und rückst entsprechend vor.

17. Eine Eislawine versperrt deinen Weg.
    Nimm den Umweg über Golmira.

18. Ein kräftiges Frühstück wirkt Wunder.
    Rücke 3 Felder vor.

19. Im Wirtshaus von Ramalat geht es wieder einmal hoch her. Leider verschläfst du am nächsten Morgen.
    1 x aussetzen.

Matt Haig
Im Schattenwald

288 Seiten   ISBN 978-3-570-13232-6

Trotz des strikten Verbots ihrer Tante betreten die Geschwister
Martha und Samuel den nahe gelegenen Wald, in dem nichts so ist,
wie es scheint. Hinter jedem Baum lauern tückische Gefahren:
Hinterhältige Pixies, die vergiftete Suppen kochen. Furcht
einflößende Huldren. Trolle mit zwei Köpfen. Schneehexen und
Schattenhexen. Sie alle würden ein glückliches Leben führen, wäre
da nicht der Veränderer, der mächtige Herrscher des Waldes, der
allen Wesen seinen Willen aufzwingt ...

cbj

www.cbj-verlag.de

10 001

Charlie Fletcher
Stoneheart – Die Suche
Band 1

320 Seiten   ISBN-10:   3-570-13179-3
ISBN-13: 978-3-570-13179-4

Der 12-jährige George läuft durch die Straßen von London.
Er läuft um sein Leben – verfolgt von einem lebendig gewordenen
Flugsaurier. Doch niemand scheint zu bemerken, was hier
Unheimliches geschieht: Die steinernen Monumente und Statuen
der Stadt sind zum Leben erwacht. George wird hineingezogen in
einen uralten Kampf, der im Reich der Steine tobt. Um in seine
Welt zurückzukehren, bleibt ihm nur ein Ausweg: Er muss sein
Stoneheart finden. Doch wer oder was ist ein Stoneheart?

www.cbj-verlag.de